anagramma

1176

Della stessa autrice:

Ti prego lasciati odiare
Come inciampare nel principe azzurro
Finché amore non ci separi
Tutti i difetti che amo di te
Un giorno perfetto per innamorarsi
L'amore non è mai una cosa semplice
L'importanza di chiamarti amore
È solo una storia d'amore
Un imprevisto chiamato amore
Non ho tempo per amarti
L'amore è sempre in ritardo
Questo amore sarà un disastro
Molto amore per nulla
Tutto a posto tranne l'amore
Non sono una signora
Sfida all'ultimo bacio
Un amore sulla neve
In amore vince chi rischia

Prima edizione: gennaio 2024

ISBN 978-88-227-8130-7

www.newtoncompton.com

Realizzazione a cura di Caratteri Speciali, Roma
Stampato nel gennaio 2024 presso Puntoweb s.r.l., Ariccia (Roma)

Anna Premoli

Tutto troppo complicato

Newton Compton editori

Per mia madre e mia nonna,
che già mi immagino a leggere insieme.
This one is for you, girls.

La mente ama l'ignoto.
Ama le immagini il cui significato è ignoto,
poiché il significato della mente stessa è sconosciuto.

René Magritte

Tutto il mondo apparente
deve precipitarsi su di noi, amalgamandosi.

Umberto Boccioni,
Manifesto tecnico della scultura futurista

Capitolo 1
Violante

Uscire o non uscire? Questo è il dilemma.

Forse sembrerà una cosa da poco, ma stasera mi sento stanca e inquieta, combinazione letale che non mi giova in alcun modo e rende molto faticoso giungere a una qualsiasi decisione.

Giro per il mio appartamento come una trottola, apro l'armadio indecisa tra il pigiama e un outfit per uscire, lo richiudo senza risolvere nulla e alla fine mi lascio cadere a peso morto sul divano. Prendo il cellulare e apro WhatsApp. Comincio a scrivere un messaggio per dare forfait, salvo cambiare di nuovo idea. Se non partecipassi alla sua festa, la mia amica Jeanne non me lo perdonerebbe mai e passerebbe i prossimi giorni, forse mesi, a ricordarmi a tradimento di questa defezione. Jeanne è una persona speciale, una delle poche per cui vale la pena fare lo sforzo di combattere contro la propria spossatezza.

Così poso il telefono, mi sollevo a fatica dal divano, che mai come ora mi pare vissuto e comodissimo, e torno davanti all'armadio. Dopo un istante di indecisione, indosso quella che ormai definisco "l'uniforme serale di quando manco del tutto di fantasia": jeans neri strettissimi e un ampio dolcevita dello stesso colore. La abbino a un paio di stivaletti sempre neri con un tacco importante ma comodo – combinazione rarissima, al pari dell'unicorno – e aggiungo degli orecchini pendenti, l'unico punto luce in mezzo a un mare scuro.

Davanti allo specchio, raccolgo i capelli in uno chignon, la sola acconciatura un minimo laboriosa di cui sono capace, esclusivamente grazie a dei tutorial molto dettagliati. Il biondo freddo cattura la luce ed è molto d'effetto; per questo ringrazio mentalmente Sibilla, la mia parrucchiera che, con la sua sapiente arte pagata a peso d'oro dalla sottoscritta, nel corso degli anni ha fatto sparire il mio biondo cenere naturale molto anonimo. Una volta contenta del risultato, passo al trucco: l'eyeliner di questa mattina non si è sbavato e non ha bisogno di ritocchi. Investire in prodotti realmente waterproof mi dà sempre grande soddisfazione, soprattutto quando a beneficiarne è la mia pigrizia. A quel punto, infilo il cappotto, prendo la borsetta ed esco di casa. Tempo due minuti e sono già pentita di non essere nel mio pigiama di flanella, perché, come spesso accade a Milano, dei taxi nemmeno l'ombra. E pensare che non distante da casa mia in genere se ne trovano, girato l'angolo in via Domodossola.

O, per meglio dire, se ne trovavano…

Il fenomeno della misteriosa sparizione dei taxi milanesi andrebbe indagato a fondo, secondo il mio modesto parere di lettrice indefessa di gialli e thriller. Deve trattarsi di qualche congiura machiavellica o di uno scherzetto alieno che ha rapito i tassisti.

Non ho ancora finito di sbuffare che mi squilla il cellulare nella borsetta.

«Jeanne, è una serata difficile…», le annuncio con voce seria. È solo per lei che sto affrontando questo viaggio, ma ciò non mi impedisce di lasciar trapelare il mio nervosismo.

«Lo so, lo so… E comunque è una vita difficile in generale. Ma questo non vale come scusa, mia cara. Stai arrivando?», vuole sapere con il tono di chi non ammette un no come risposta.

«Così pare. Prendo la metro. Spero di non perdermi. Cosa che mi accade di continuo», metto le mani avanti, mentre inizio a scendere le scale della fermata. I tacchi sono comodi fino a prova contraria, ovviamente. Ah, cosa tocca fare per il privilegio di svettare sopra a tutti, uomini compresi… «A proposito, tu sei riuscita a capire cosa diavolo ne è stato dei tassisti di Milano?», borbotto, ancora presa nelle mie riflessioni di poco fa.

«Estinzione di massa, a quanto pare. La sera, soprattutto. O, come direbbe mia madre, totale mancanza di voglia di lavorare. Ma applicata a ogni settore, sia chiaro, mica solo ai tassisti. Mammà dice che il mondo sta andando a scatafascio».

«E mammà ha ragione, mi sa. Un attimo solo...». Sono costretta a interrompere la conversazione per pagare l'ingresso in metro con il cellulare, operazione, questa, ovviamente molto difficoltosa: nelle micro borse che oggi vanno per la maggiore e che per motivi misteriosissimi costano quanto una di dimensioni decenti, è fuori discussione che possa entrare anche il portafogli. È una continua scelta per esclusione, metafora attualissima dei tempi moderni: qualsiasi decisione tu prenda, sei comunque destinato a pentirtene. «Eccomi, ce l'ho fatta. Non so bene nemmeno come. Stavamo dicendo...».

«Ci lamentavamo dello stato della società, temo. Passatempo utile e inutile allo stesso tempo...», replica.

Jeanne è un po' così, molto metafisica e a tratti un po' filosofa. Non a caso ci siamo conosciute a una lezione di yoga dove lei è capitata per puro caso con il compito di ricordarmi che ogni tanto le cose belle accadono ancora. È risultato subito evidente che fosse più esperta dell'insegnante e così una spanna sopra tutte noi altre da correre il rischio di starci naturalmente antipaticissima. E invece si è rivelata tutto l'opposto, senza contare che è rimasta con noi e non ha voluto cambiare corso. Inutile a dirsi, io ho capito in fretta di non potere fare a meno di lei e abbiamo iniziato a frequentarci. Questa è la prima volta che mi invita a casa sua e che incontrerò i suoi amici.

«Ti confesso che oggi non sono di grande compagnia. E se me ne tornassi indietro invece che rovinarti la festa?», azzardo. La pigrizia di dover persino cambiare la linea per arrivare in zona Brera, sciccoso quartiere in cui abita, all'improvviso mi pare invincibile.

«Non se ne parla!». Jeanne è metafisica ma anche d'acciaio. «Ti devo presentare una persona».

«Perché sento odore di fregatura?».

Jeanne scoppia a ridere. «Perché sei incredibilmente diffidente. E la diffidenza inquina la tua aura, mia cara Vivi», mi riprende in modo bonario.

«Sono le circostanze a inquinare l'aura che nemmeno so di avere», replico affranta. Ormai sono sul vagone, perciò credo proprio che andrò fino in fondo. «E, a proposito, non sono dell'umore per conoscere uomini in questo periodo». L'ultimo ha lasciato una discreta ferita che nel rimarginarsi mi ha omaggiato di ulteriore cinismo di cui avrei volentieri fatto a meno.

«E chi ti dice che si tratti di un uomo?»

«Me lo dice il mio infallibile sesto senso», replico.

«Ah, questo sesto senso è pericoloso. Diciamo allora che voglio presentarti una persona. Che sì, è un uomo, ma avrebbe potuto benissimo essere anche una donna», prova a spiegarmi.

Quando si dice una donna sibillina...

«Non ho capito nulla, ma sono certa sia una mia mancanza. È *sempre* una mia mancanza», commento sospirando. «Però sono curiosa, perciò non svelarmi altro che voglio un po' di effetto sorpresa». Nella mia vita manca del tutto, da un po' di tempo a questa parte, con la conseguenza che una certa antipatica apatia sa avvolgermi di tanto in tanto.

«Affare fatto. Ti aspetto!», mi saluta allegra.

Ah, Jeanne e la sua capacità di farmi fare qualsiasi cosa... non sono ancora riuscita a capire se sia una benedizione o tutto l'opposto.

Jeanne abita in via Pontaccio, zona che io ero abituata a considerare patria delle società di private equity, che da queste parti amano aprire uffici di rappresentanza, ma va detto che il mondo dei fiscalisti, ovvero il mio, è piuttosto particolare, perciò potrei avere in alcune occasioni una visione ridotta della realtà. A quanto pare esiste ancora qualcuno che ha soldi e pazienza per abitare in Brera, rifletto, mentre cerco di raggiungere il civico giusto senza farmi investire dai motorini che schizzano impazziti ovunque. Il pavé, ovviamente, non aiuta nessuno, né chi guida né chi attraversa. Farà anche atmosfera, ma non vedo altri risvolti positivi.

Mi viene aperto non appena citofono, senza che nessuno si interessi di chi io sia. Entro nel palazzo e seguo fino al quarto piano la musica dei Baustelle; la mia amica non mi sembrava il tipo da gruppo indie rock. Ma in effetti sulla carta, stando alle apparenze, non dovrei esserlo nemmeno io, eppure… Non ho ancora compreso se i gusti musicali definiscono un nostro lato nascosto oppure se siano in un certo senso casuali, e tanto vale non provare nemmeno a comprendere una persona sulla base di quello che ascolta.

Le mie riflessioni vengono interrotte da una coppia che sta uscendo dall'appartamento, così mi infilo senza troppe cerimonie. L'atmosfera all'interno è di quel caotico divertito e piacevole, per cui puoi subito intuire che la festa sia un vero successo: c'è tanta gente ovunque, che chiacchiera ridendo e bevendo drink di tutti i tipi, ovviamente da calici raffinati e non da semplici bicchieri di plastica. Jeanne è una che ci tiene all'ambiente, ma è anche un'amante del bello, e questa stanza lo dimostra. Il suo ampio salone è un riuscitissimo mix tra elementi di arredo moderni e antichi: muri color ottanio, un enorme divano Chesterfield ocra, un'imponente libreria di legno chiaro straripante di libri e oggetti. E ovunque statue e dipinti di ogni genere; sopra il divano è appeso un paesaggio inglese tempestoso, impreziosito da una cornice dorata, con ai lati due quadri sempre di paesaggi, ma ben più moderni.

«Ma ciao!», mi saluta tutta festante la padrona di casa, staccandosi da alcuni amici dopo avermi notato, mentre vago alla ricerca di un posto sicuro dove posare il cappotto. Ho frequentato abbastanza feste nella mia vita da sapere che il rischio che qualcuno scambi la sua giacca per la tua sia piuttosto alto.

Specie se la tua è migliore.

E questo è un cappotto di Max Mara, sebbene comprato in saldo perché sono un po' tirchia, come direbbe mia madre. A me piace pensare che è la fiscalista che è in me: perciò non è tirchieria, ma ottimizzazione fiscale.

«Grazie per l'invito», le sorrido.

«Oh, non dirlo nemmeno». Jeanne mi abbraccia a lungo prima di lasciarmi andare. «Fatti vedere un po'… aggressiva… mi piace!», si congratula facendomi l'occhiolino. «Anche se la gente alta dovrebbe evitare tacchi simili per non far sentire noi piccolini ancora più mignon», scherza bonariamente sulla sua statura. Vero, Jeanne non svetta, ma è così ben proporzionata, graziosa ed elegante che davvero l'altezza è del tutto ininfluente nel suo caso.

«La mia è una specie di divisa, altro che aggressiva», le confesso ridendo. «Per quando sono troppo stanca per pensare a qualcosa di più complicato da mettermi».

«Butta qui il cappotto», mi fa segno di lasciarlo su una sedia non troppo lontano dall'ingresso. È ovviamente ricoperto di altri capi, ma se lo dice la padrona di casa… «Sai cosa ti serve? Un bel drink!». Mi prende per la mano e mi trascina nella sua cucina, moderna, luminosa e ovviamente piena di ospiti. «Potrei aver un po' esagerato con gli inviti di questa sera», ironizza. «Oh, be', poco male. Cosa vuoi bere?». Mi indica l'isola della cucina che è stracolma di bottiglie di ogni tipo.

«Troppa scelta, perciò credo proprio che opterò per un classico Aperol Spritz», dichiaro.

«Mirko, prepara un Aperol Spritz per la mia amica Vivi!», ordina a uno dei ragazzi a poca distanza.

Lui era impegnato a parlare con altre persone, ma scatta subito sull'attenti. «Signor sì, signore», le risponde con un sorriso enorme.

«Vivi, lui è Mirko. Non credere a nulla di quello che ti dirà, ovviamente. Ma non avere remore a farti preparare un drink. Sa il fatto suo», mi avverte.

Mirko scuote la testa ridendo e allunga una mano affinché possa stringerla. «Vivi sta per?», chiede curioso.

«Sarebbe Violante, ma Jeanne ha deciso che si tratta di un nome troppo impegnativo». Non che non sia d'accordo con lei.

«Ti chiameremo Violante quando sarai una vecchia fiscalista ingrigita dalla vita e dalle tasse», si prende gioco di me Jeanne.

«E cosa ti dice che io non lo sia già?», la sfido e ringrazio Mirko che, nel frattempo, mi ha preparato il drink alla velocità della luce e con una notevolissima manualità.

Jeanne scuote la testa con decisione. «Non lo sei. Credimi, io me ne intendo».

«Di fiscalisti o di persone ingrigite?», vuole sapere Mirko.

«Tu, mio caro, non devi fare domande sfacciate e limitarti invece a versare alcol», replica con un tono tra il serio e il faceto che fa intuire che si conoscano da molto tempo. Le feste affollate sono il tipico posto in cui chi ha molta familiarità lo distingui al volo, spesso anche da certi sguardi di complicità da una parte all'altra di una stanza.

«Vi conoscete da molto». La mia è un'affermazione e non una domanda.

«Sono diciannove anni, ma chi è che li conta?», ribatte Mirko posando lo sguardo su Jeanne.

«Diciannove è un numero molto preciso», gli faccio notare.

Jeanne agita la mano con fare sbrigativo. «È sempre stato bravo in matematica, non farci caso. E non passava mai i compiti», finge di rimproverarlo.

Erano compagni di scuola. Ora si spiega tutto: le battute e la confidenza arrivano dai tempi dell'adolescenza.

«Non amo essere sfruttato», scherza lui.

«Be', Jeanne ti ha appena ordinato di prepararmi lo Spritz», lo stuzzico con un sorriso.

Mirko scrolla le spalle. «Lo vedi? Sono condannato ad avere la peggio. Da diciannove anni a questa parte».

«Per fortuna a breve saranno venti. Molto più melodioso da dire e da arrotondare», commenta lei. «Ma ora che Vivi ha avuto il suo drink, ti lasciamo per andare a fare un giro».

Lui le sorride per nulla turbato di essere stato, in un certo senso, scaricato. «Fate pure. Ma tanto tornerete. Perché la mia compagnia è la migliore», le fa il verso.

Jeanne alza gli occhi al cielo. «Riusciremo a uscire dalla cucina nonostante il tuo ego smisurato che sta bloccando l'ingresso?», scherza.

«Chissà...», ribatte sibillino, per poi raggiungere gli amici con cui stava parlando prima che lo interrompessimo.

«Mirko è simpaticissimo, ma per nulla affidabile», mi informa Jeanne. «E ci prova con tutte...».

«Ribadisco: non sono interessata alla compagnia maschile. Almeno non *in quel senso*». Meglio chiarire il concetto prima che cerchi di rifilarmi a chissà chi.

«E infatti io voglio presentarti una persona, inteso in senso generico, qualcuno che penso potrebbe legare con te. Perciò devi interpretare l'aggettivo maschile in senso universale», mi chiarisce il concetto prendendomi sotto braccio e tornando in direzione della sala. «Chissà dov'è finito...», borbotta pensierosa. «Di sopra c'è il mio studio, a proposito, ma è un open space in cui non potrebbe nascondersi e Amedeo ha un po' questa tendenza a voler scomparire sul più bello», ragiona a voce alta.

Jeanne mi ha accennato al fatto che dipingesse, ma pensavo fosse una sorta di hobby. Un po' come per me lo sono le torte di mele, che per quanto mi ci impegni vengono sempre da schifo. Invece a quanto pare l'avevo del tutto sottostimata: per avere addirittura uno studio, la pittura deve venirle molto bene.

«Posso vedere i tuoi quadri?», le domando.

«Ma prima dobbiamo trovare la persona che desidero presentarti...», mi fa notare.

«Non so chi sia questo uomo misterioso, ma sono certa che prima o poi salterà fuori. Nel frattempo, mostrami i tuoi dipinti», insisto. Le persone che non sanno tenere in mano una matita come la sottoscritta hanno da sempre una certa fascinazione per chi invece è artisticamente dotato.

«Potrei essere una terribile pittrice», si schermisce lei, ma poi cede e si incammina verso le scale che conducono al piano di sopra.

«Oh no, secondo me non potresti, invece», ribatto senza nemmeno un attimo di esitazione.

«Da cosa lo deduci?», vuole sapere divertita e un po' imbarazzata.

«Dalla tua aura». Per una volta sono felice di usare le sue stesse parole contro di lei. La mia frase la fa scoppiare in una fragorosa risata.

«Touché, Vivi...», mi concede.

Un attimo dopo sbuchiamo in un grande ambiente ben illuminato. Anche qui ci sono parecchi invitati, tuttavia la maggior parte dello spazio è occupato da quadri e cavalletti: una natura morta con un grande vaso antico al centro della scena, qualche paesaggio, sia marittimo che campagnolo, infine qualche tela astratta, studi di forme, linee e colori che si intrecciano in un mosaico moderno. L'effetto è da togliere il fiato: la mia amica non solo è brava, ma davvero bravissima.

«La tua aura non mentiva», sono lieta di poterle confermare. «Questi quadri sono magnifici!», mi complimento avvicinandomi a uno che raffigura una sorta di paesaggio marittimo molto stilizzato.

«Sai cosa dice mammà su come si valutano i quadri? Non è tanto il valore in sé e nemmeno l'eventualità che un artista sia quotato o meno. Alla fine, tutto si riduce al fatto che uno voglia o meno appendere una certa opera in casa. Magari nella propria camera da letto. Se un pezzo è qualcosa che desideri vedere per prima cosa la mattina e su cui ti piacerebbe volgere lo sguardo la sera, allora fa per te», mi rivela.

«Tua madre mi sembra una donna molta saggia».

«No, è solo pazza. Ma ogni tanto da quel mare di pazzia qualcosa di buono riesce a trarne», ribatte con una risata.

«E comunque io questo paesaggio marittimo lo appenderei subito nella mia camera da letto», affermo più che convinta. «Su di me ha un potere quasi calmante. Potrebbe aiutare non poco i miei momenti di insonnia». È una piaga che combatto ormai da anni, ma temo vada di pari passo con il cinismo e l'invecchiamento. Il che significherebbe che sono condannata a soffrirne per sempre. O magari è solo deformazione professionale, vallo a sapere, e un cambio di vita mi aiuterebbe in tal senso.

«E allora consideralo tuo», se ne esce fuori come se nulla fosse. «Te lo regalo, portalo via con te».

«Cosa? Non posso! È un quadro bellissimo! Relegarlo a casa mia sarebbe un vero e proprio spreco...», le dico subito.

Lei mi liquida con un cenno della mano. «Sciocchezze, è solo una spiaggia al tramonto...».

Sono pronta a difendere le sue doti con le unghie e con i denti, quando una donna la richiama dalle scale. «Jeanne, puoi venire un attimo? Non riusciamo a trovare altre bottiglie di rosso».

«Arrivo, arrivo… Ti dispiace se mi allontano?»

«Certo che no, fai pure. Io ti aspetto qui», la rassicuro.

«Tu chiacchiera tranquillamente con chi vuoi. Dovrebbero essere tutti relativamente sani di mente», mi garantisce prima di scendere di sotto.

Io ne approfitto per gustarmi con calma i suoi quadri; la mia amica ama dipingere i paesaggi, a quanto pare, sebbene le piaccia cambiare spesso: mare, montagne, scene di compagna… Si è cimentata in tutto tranne che nei ritratti.

Girovagando per il suo studio, noto una piccola porticina seminascosta da un enorme cavalletto e, infilandomi dietro, provo ad aprirla. Non è bloccata e si spalanca senza sforzo. Dato che nessuno mi sta guardando o sta facendo caso a me, decido di proseguire e di curiosare un po'; mi inoltro in un breve corridoio che conduce a una porta-finestra. È già aperta, perciò la oltrepasso e mi ritrovo su un terrazzo illuminato a malapena dalle luci della via. In un angolo è stato messo un tavolino di ferro con una sola sedia, che, sorpresa delle sorprese, è già occupata. A quanto pare non sono stata l'unica a essermi intrufolata. Qualcuno mi ha battuto sul tempo.

«Buonasera», mi saluta una voce maschile. È profonda, intrigante e in qualche modo curiosa.

«Buonasera», ricambio il saluto, mentre aspetto che la mia vista si abitui alla nuova situazione di penombra. «Spero di non disturbare…».

«Sono scappato sul terrazzo a fumare», mi rivela lo sconosciuto con un sorriso. «Ma non diciamolo a Jeanne», aggiunge subito. Ora che si è adattato alla luce fioca, lo sguardo mi rivela il volto di un uomo sui trent'anni, capelli corti scuri – probabilmente castani – ben in ordine, mascella forte e perfettamente rasata e due grandi occhi intelligenti. Non riesco a capire di che colore siano e mi stupisco non poco nel rendermi conto di volerlo scoprire. «Sarebbe contraria?», chiedo.

«Ovviamente. Sostiene da sempre che il fumo si sposi poco

con la mia *aura*», commenta con una risata, sventolando la sigaretta tra le dita. Da come enfatizza la parola "aura", si direbbe poco propenso a crederci.

«Anche tu sei un compagno di scuola?»

«Io, cosa?», domanda con espressione metà incredula e metà divertita. «No, no, il nostro è un legame ben più complicato», mi risponde.

«I rapporti migliori sono sempre complicati», gli faccio presente, nella speranza che questo lo porti ad approfondire la questione.

Lui mi scruta con interesse e poi porta la sigaretta alla bocca, concedendosi un lungo tiro. «Diciamo che ci piace illuderci sia così», replica. «In verità più invecchio, e più mi rendo conto che la semplicità spesso fa rima con felicità».

«Non ti piacciono le complicazioni, insomma».

«Ho detto questo?», ride. «A proposito, fumi?», mi chiede allungando il pacchetto sul tavolo verso di me.

«In teoria ho smesso», ribatto combattuta. «Ma ogni tanto una sigaretta la fumo ancora...». Ne tiro fuori una dal pacchetto e mi faccio passare l'accendino. È d'argento e piuttosto pesante. Molto diverso da quelli di plastica che usavo io, comprati a poco perché li perdevo in continuazione. L'uomo misterioso deve essere uno che non smarrisce le cose in giro, beato lui. «Grazie. A proposito, io sono Violante. Vivi, per Jeanne».

Gli porgo la mano, che lui stringe con determinazione. «Piacere Violante detta Vivi. Io sono Amedeo, detto Clemens. Sempre da Jeanne», rivela con un sorriso divertito.

Pare che sia riuscita a trovare l'uomo che voleva presentarmi Jeanne. «Ah, quindi poteva andarmi peggio in fatto di soprannomi!», lo prendo in giro fingendo di tirare un sospiro di sollievo.

«Al peggio non c'è mai fine. Alla fantasia di Jeanne, nemmeno», replica.

«Chissà perché, ma mi pare di intuire ci sia una storia interessante in questa vicenda...». Sì, sono maledettamente curiosa. Qualcosa mi dice che questo tizio è piuttosto intrigante, sebbene non sappia il perché.

«Ti assicuro invece che è tutto molto banale», ci tiene a tranquillizzarmi. «Figlia unica?», domanda criptico.

«Sì, perché?»

«Dall'osservazione sui rapporti complicati. Chi non ha fratelli o sorelle non può capire quanto sarebbe tutto più semplice se lo fossero anche i legami, a iniziare da quelli familiari».

«Forse», gli concedo. «Però ho una madre impicciona. Vale come sofferenza?»

«Vale, eccome se vale. Vuoi sederti, a proposito?». E così dicendo si alza dalla sedia, offrendomi il posto. Si avvicina alla ringhiera e si affaccia a guardare la strada, sempre trafficata. Sospetto che da queste parti lo sia a tutte le ore. «Sei... alta», commenta, squadrandomi da capo a piedi.

In effetti lo sovrasto non poco. Una parte di me per un breve attimo ci rimane male.

Ho una regola aurea: mai uscire con un uomo che non è alto almeno quanto me mentre calzo un tacco di 8 centimetri. E Amedeo detto Clemens, per quanto affascinante, probabilmente non mi supera nemmeno senza tacchi.

«Sì, un metro e ottanta. Ma questi aiutano», replico indicando i miei stivaletti.

«Perché porti delle scarpe così alte?», si informa curioso.

«Per poter torreggiare sopra tutti, ovviamente», replico semiseria.

«Ah, il dominio del mondo...», scherza lui.

«No, solo degli uomini».

«Perciò sei crudele...».

«Solo con chi se lo merita», lo rassicuro voltandomi verso di lui. Ora che gli sono più vicino, noto che ha gli occhi verdi. Peccato che per rendermene conto io abbia dovuto abbassare lo sguardo, anziché alzarlo come accade solitamente con gli uomini con cui esco.

«Oh, allora siamo a posto: Jeanne ti dirà che io sono il primo da maltrattare. A proposito, sono il fratello», mi svela finalmente.

«Il famoso fratello di Jeanne!», esclamo con fin troppa enfasi. Sarà colpa dello Spritz bello carico che mi ha preparato Mirko, o almeno spero sia quello. In ogni caso, non dovrei essere così felice di avere questa informazione. Non ho proprio la più pallida idea del perché io sia tanto euforica.

«Ah, sono famigerato?»

«No, no… è solo che Jeanne ti nomina spesso». E fino a questo momento non avevo compreso che Amedeo fosse, appunto, suo fratello. Maledizione a me, non ricordo le informazioni che mi ha dato su di lui tra un esercizio di yoga e l'altro. «Comunque tua sorella è un amore, non credo proprio sarebbe in grado di parlare male di qualcuno…».

Lui solleva le sopracciglia. «Mi sa che ti sbagli», ribatte. «Ma, come dicevamo, i rapporti familiari sono materia complicata ed esulano dalle solite regole».

La nostra conversazione viene interrotta da un rumore alle nostre spalle. «Cielo… siete qui», esordisce Jeanne, sollevata. «Vi ho cercato ovunque – separatamente, si intende – e invece voi vi siete già incontrati e presentati».

«A dire il vero le presentazioni sono piuttosto recenti: mi ha detto di essere tuo fratello solo un attimo fa», le riferisco.

«Sì, sì… lui ama mostrarsi enigmatico. Il suo forte sono il gioco del gatto con il topo, i rebus di parole, le battute che capisce solo lui ecc», mi elenca sbrigativa. «Ma ha anche dei difetti», scherza.

«Da che pulpito», le fa notare lui.

«In ogni caso, vediamo di rifare le cose a modo mio: Vivi, lui è mio fratello Clemens. Clemens, lei è la mia meravigliosa amica Vivi. Siete entrambi fiscalisti e, siccome ai miei occhi il vostro è un mondo inconcepibile nonché incomprensibile, ho ritenuto inderogabile che vi conosceste», interviene, prendendo le redini della situazione.

«Ma se ogni tanto vieni a darmi una mano al mio studio…», la sbugiarda lui.

«Solo perché ho pietà di te durante il periodo delle scadenze fiscali. E perché al telefono sono molto più affabile di te. Specie quando devi comunicare le cattive notizie…».

Amedeo detto Clemens si volta verso di me. «Sì, in effetti questo è vero: è molto più brava di me con le persone. Sia di persona che a distanza».

«Perché ci metto impegno. E faccio caso alle aure della gente. Mentre non si può dire la stessa cosa di te, fratello caro...».

«Lo prenderò come un complimento», ribatte, per nulla offeso.

«E comunque questo è interessante...», commenta Jeanne, all'improvviso distratta da qualcosa, facendo un passo indietro per osservarci meglio.

«Cosa?», domando confusa.

«Le vostre aure, in questo momento. Siete...». E poi si interrompe, sorridendo a più non posso.

«Non te lo dirà», mi avverte Amedeo. «Fa sempre così. All'inizio ti infuri, poi lasci perdere».

«Una cosa posso dirla con certezza: sono *entrambe* rovinate dal fumo». Ci ha colto in castagna. «Da quando fumi?», mi riprende severa.

Le mostro la sigaretta mezza consumata che in effetti stavo nascondendo dietro la schiena, come se a beccarmi in flagrante fosse stata mia madre. «Non fumo, infatti. Ho smesso. Ma ogni tanto mi concedo di sgarrare», provo a perorare la mia causa.

«È tutta colpa tua», si rivolge al fratello. «Porti sulla cattiva strada le mie amiche».

Lui scoppia in una risata divertita. «Magari, Jeanne. Magari...».

Per un attimo, mi domando se il suo commento non sia riferito a me.

Spero che sia riferito a me?

Mi impongo di non rispondere a un simile sciocco quesito, perché *davvero* non sono interessata a uscire con qualcuno, in questo momento della mia vita.

«Finite di fumare e rientrate, per cortesia», intima al fratello. «Ho altra gente da presentare a Vivi».

«Sarà fatto», le assicura. Nel momento in cui Jeanne ci lascia soli, scoppiamo a ridere.

«Beccati...», commento. «Allora, sei un fiscalista anche tu?»

«Non solo: lo è anche mio padre. Ho ereditato il suo studio. È l'azienda di famiglia, insomma. Mi sono sempre domandato se questo migliori e peggiori la mia situazione», si interroga alzando lo sguardo verso il cielo. La serata è grigia e non si vedono stelle, ma non sarebbe stato possibile notarle nemmeno in una nottata limpida: le luci della città sono troppo forti per questo genere di poesia.

«Migliora, se vuoi il mio parere. Almeno puoi dire di aver seguito le orme di tuo padre. Io invece non posso certo vantare una cosa del genere: il mio è mancato mentre ero piccola e… non so, forse questo mi ha reso più responsabile, almeno all'apparenza». Mi avvicino a lui con fare cospiratorio. «Inter nos, non credo di esserlo davvero». Così da vicino profuma di buono. «E comunque, alla fine la vera domanda è sempre e solo una: ti piace quello che fai?».

Lui mi osserva a lungo prima di rispondere. «Sì, mi piace», replica alla fine.

«Ma?», lo incalzo. Forse sotto quell'abbigliamento ordinario – maglione blu scuro sopra una camicia, pantaloni cachi e scarpe marroni anonime – si celano più segreti di quelli che posso immaginare.

«Cosa ti fa pensare che ci fosse un "ma" alla fine?», chiede sorridendo. È intrigato, glielo si legge nello sguardo.

«Non leggo le aure come tua sorella, ma so interpretare lo stesso le persone», mi vanto.

Lui sospira e poi si decide a rispondermi con assoluta sincerità. «Mi piace, ma ogni tanto… non so… mi domando se nella vita non serva anche un po' di avventura».

È una frase che non mi aspettavo da qualcuno che pare tanto sicuro di sé e il mio stupore deve essere evidente.

«Cosa c'è? Non avrei dovuto dirlo?», chiede.

«No, no… ma è anche quello su cui rifletto a mia volta», gli rivelo.

«Sarà una cosa da fiscalisti», ride. «Immaginarsi chissà quali avventure mentre si partecipa a riunioni infinite sul transfer pricing…».

Spengo la sigaretta su un piccolo posacenere sul tavolino e mi volto verso l'edificio di fronte, per osservarlo meglio. La distanza non è molta, visto che via Pontaccio è relativamente stretta. «C'è qualcuno che si ostina a non appendere le tende…», commento indicando un appartamento di fronte, due piani sotto di noi. La luce è accesa e si intravede un salotto, con un grosso quadro a campeggiare su un muro: è una vera esplosione di colori, con il rosso, il verde e il blu a farla da padrone. Il soggetto è stilizzato, come se il quadro fosse vagamente cubista, ma dovessi tirare a indovinare, direi che si tratta del ritratto di una persona.

«I voyeuristi non si estingueranno mai», replica Amedeo, sporgendosi a sua volta per osservare la grande finestra.

Un attimo dopo, vediamo un uomo passare di fretta e spegnere la luce. «Il padrone di casa sarà uscito?», rifletto ad alta voce. Qualche attimo dopo, ho la mia conferma. «Sì, eccolo lì per strada…», gli indico. Una grande macchina scura è sotto ad attenderlo.

«Entriamo?», mi propone Amedeo.

Sto giusto per accettare, quando qualcos'altro cattura la mia attenzione. «Dirai che sono pazza, ma qualcuno è appena passato davanti a quella finestra», affermo allarmata.

Amedeo acuisce la vista e torna a fissare la vetrata. Non mi sembra molto convinto. «Sarà stata un'ombra. O magari un animale, cosa ne sai…», suppone.

Rimaniamo in religioso silenzio a osservare l'appartamento buio. Dopo qualche istante, la situazione mi pare tanto ridicola che scoppio a ridere. «Sarà la stanchezza, scusami. Ora mi invento anche di aver visto chissà cosa». Sto per voltarmi per tornare in casa, quando una sagoma scura ripercorre velocemente la poca zona visibile della stanza.

«Che mi venga un accidenti…», esclama a denti stretti Amedeo.

«Dimmi che l'hai visto anche tu e che non sono fuori di zucca», lo supplico.

«Sì, l'ho visto anch'io», mi conferma. «E sinceramente non mi è parso un animale…».

«Lì, in quel punto, non c'era forse un grande quadro?», gli chiedo concitata. Sto aguzzando lo sguardo per studiare meglio la porzione di appartamento visibile.

«Sì, credo di sì. Ma forse ora non si vede a causa del buio…», azzarda.

Scuoto la testa. «Non è così buio. Il lampione si riflette esattamente sulla finestra. Se non vediamo più il quadro è perché è scomparso», dichiaro incredula. «Si è trattato di un ladro?», domando ancora. «Forza, dobbiamo andare a controllare!», quasi gli ordino, afferrando Amedeo per una mano e trascinandolo con me.

«Cosa? No! Al massimo possiamo chiamare la polizia...», prova a placarmi mentre tiene il passo.

Riattraversiamo lo studio alla velocità della luce e in un baleno siamo all'ingresso di casa di Jeanne. Senza fermarci neanche per riprendere fiato, infiliamo le scale a rotta di collo. È un vero miracolo che non ruzzoliamo entrambi giù. Una volta in strada, lascio andare la sua mano, rendendomi conto solo in quel momento che l'ho tenuta stretta molto più di quanto sarebbe stato necessario. Sempre che avesse senso farlo sin dall'inizio, ma fingiamo che avesse bisogno di un po' di spinta.

«Non possiamo chiamare subito la polizia», ribatto alla sua affermazione di poco prima, come se nel frattempo non ci fossimo fiondati fuori da un palazzo a tutta velocità. «Non così a caso. Prima dobbiamo almeno verificare che ci sia stata un'intrusione».

«E come?», domanda perplesso.

Sì, quesito non banale, ora che me lo fa notare. «Andiamo a vedere!».

Lui inclina la testa, per nulla convinto. «Non mi sembra una buona idea... senza offesa, mi pare una stupidaggine».

Ah, se solo sapesse quanto la mia vita abbia in verità bisogno di un po' di quel pepe che non può che venire dalle stupidaggini e dalle cattive decisioni... Si finisce con l'appassire, a forza di non deviare mai dalla strada giusta. «Il mio istinto mi dice di andare», insisto. «Ma non ti preoccupare, vado da sola».

Sbuffa e alza gli occhi al cielo. «No che non puoi andare da sola. Abbiamo visto un'ombra non meglio identificata in quell'appartamento. E se fosse sul serio un ladro e magari pericoloso? Se cercasse di stordirti con un colpo in testa?».

Se il suo scopo era spaventarmi, temo dovrà impegnarsi molto di più. In ogni caso, non voglio risultare scortese. «E va bene, accompagnami», mi mostro accomodante e gli sorrido come se avessi tutto sotto controllo.

«Giusto per sapere, abbiamo un piano?», si informa.

Non mi sorprende che un fiscalista voglia sapere tutto in anticipo, ma per una volta io vorrei vivere un po' all'avventura, se non gli dispiace. «No…», gli rispondo trattenendo a stento una risata. In verità ce l'ho, ma è divertente giocare un po' con lui, il che mi sorprende ancora una volta. Questa serata sta andando oltre ogni aspettativa, meno male che ho deciso di abbandonare il pigiama e venire a questa festa.

Mi volto sotto lo sguardo basito di Amedeo e attraverso con decisione la strada, facendo attenzione a non inciampare sul maledetto pavé e a non farci stendere da macchine, motorini, monopattini e chissà quali altre navicelle spaziali. Sono notoriamente tempi difficili per i pedoni di questa città.

Con Amedeo alle calcagna, arrivo senza intoppi al portone del palazzo di fronte. È chiuso, ma era previsto. In zone come questa, sono sempre serrati.

Mentre mi osserva per scoprire la mia prossima mossa, Amedeo ha un'espressione quasi soddisfatta. Forse spera che mi arrenda, ma ho pianificato tutto già mentre stavamo scendendo le scale.

Mi piazzo davanti al citofono e premo con decisione una serie di numeri del citofono finché non si palesa una voce di donna. «Sì?», chiede diffidente.

«Bollettini pubblicitari del supermercato all'angolo! Buoni allegati!», annuncio squillante.

«Cosa? Buoni?». Il tono è sempre diffidente, ma non disinteressato.

«Sì, signora. 10 euro da spendere in fondo al bollettino…», la tento.

«Senza limiti di spesa?», vuole sapere.

Al mio fianco Amedeo alza gli occhi al cielo, scuotendo la testa. «Senza limiti», cinguetto.

Lo scatto metallico di una serratura è indice che la strategia ha funzionato; ci ha appena aperto. «Lasci i buoni sopra le cassette della posta, se non le dispiace. Non dentro».

Certo, così potrà prenderli tutti… «Sarà fatto», la rassicuro.

Una volta dentro l'atrio di un marmo scuro lucidissimo e imponente, segno che qui non si è badato a spese, mi guardo attorno. Di fronte a me, c'è una scala elegante e maestosa, che ben si sposa con l'opulenza dell'interno del palazzo. Imbocco la rampa e salgo con passo che vorrebbe essere silenzioso e furtivo ma non lo è affatto per colpa dei miei stivali, il cui ticchettio rimbomba nell'edificio silenzioso. L'appartamento incriminato si trova al terzo piano e la salita mi pare interminabile. Prima di raggiungere il pianerottolo interessato, mi volto verso Amedeo. «Da qui in poi facciamo silenzio».

«Guarda che quella che ha fatto baccano sei stata tu con i tuoi tacchi...», mi fa notare trattenendo una risata. Sì, in effetti ha ragione. Appunto personale: mai utilizzare stivali col tacco durante un'indagine. Serviranno a sovrastare quasi tutti, ma sono poco funzionali, se non si desidera farsi sentire o vedere.

«E infatti ho detto "da qui"...», lo rimbecco e mi sollevo il più possibile sulle punte, con mio sommo dolore.

Una volta sul pianerottolo, notiamo due porte, entrambe senza alcuna targhetta: una è rivestita con un pannello di legno di colore chiaro, con tanto di piccola coroncina natalizia appesa già a inizio novembre; l'altra invece pare tutta d'acciaio, se non di qualche lega persino superiore, come per esempio il titanio, ed è scura. Il mio istinto di detective improvvisata mi dice che la porta che stiamo cercando è la seconda.

Camminando sulle punte quasi come una ballerina, arrivo alla porta con Amedeo al seguito. Gli lancio un'occhiata di intesa prima di allungare la mano sulla maniglia. Trattenendo il fiato, la abbasso lentamente e spingo, quasi certa che farà resistenza. Invece si apre senza alcuna fatica. «Ma che diavolo...», mi sfugge. Il cuore inizia a battermi all'impazzata: nell'aria c'è odore di avventura.

In realtà, non è affatto vero. Non c'è odore di nulla, il che è strano: non un mezzo profumo per ambienti, non odore di cucina, niente di niente.

Amedeo si porta il dito alla bocca e mi fa segno di stare zitta. Annuisco. Il mio Watson in versione fiscalista ha ragione da vendere.

Entriamo nell'appartamento e lui richiude con cautela la porta d'ingresso, facendoci piombare nell'oscurità. Attendiamo entrambi che i nostri occhi si abituino al buio e poi timidamente muoviamo i primi passi verso il salotto che si vedeva da casa di Jeanne. La luce del lampione in strada lo illumina e ci permette di scrutarlo con attenzione. È enorme ed è quasi completamente spoglio, a eccezione dei quadri alle pareti, che sono tantissimi e tutti alla stessa distanza, come se fosse stata calcolata al millimetro. È per questo che si notano distintamente gli spazi vuoti: come se in certi punti fossero stati appesi in precedenza dei dipinti che poi sono stati tolti.

Amedeo mi fa segno di raggiungerlo; si è piazzato davanti al muro che avevamo intravisto dal terrazzo di Jeanne. «Che mi venga un accidenti...», commenta.

«Puoi dirlo forte», gli faccio eco.

La parete non è più spoglia. Il quadro che credevamo scomparso è tornato al suo posto. È proprio il dipinto di prima, non ci sono dubbi. Sarà almeno due metri e da vicino lo posso definire solamente maestoso. L'esplosione di colori sulla tela è impressionante ed è inconfondibile. «Il pittore deve essersi ispirato a... come si chiama...?»

«Boccioni», mi risponde subito Amedeo. Che ne sappia di arte per qualche motivo non mi stupisce affatto. Ha l'aria di uno molto acculturato e con numerosi interessi. «E credo di doverti contraddire: questo non è un quadro ispirato a Boccioni».

«Ah no?», chiedo. In verità un po' lo sto ascoltando e un po' sto ringraziando il cielo di non aver chiamato la polizia, perché non ci avrei fatto una gran bella figura. Mi avrebbero presa per una con le visioni. Sono già eccentrica a sufficienza, grazie.

«No, potrebbe essere un Boccioni autentico», se ne esce lui, ispezionando il quadro. «Potrebbe trattarsi di un dipinto dello stesso periodo di *Materia*...», riflette a voce alta.

«*Materia*?», ripeto a pappagallo; la mia conoscenza in campo artistico è piuttosto limitata.

«Sì...», mormora, estraendo il suo cellulare e azionando la torcia in modo da osservare meglio la tela.

In me scatta un allarme. «Qualcuno ci noterà!», esclamo. È come se solo in quel momento mi fossi resa conto di essermi intrufolata in un appartamento che non so nemmeno di chi sia, per indagare su un furto che in verità nemmeno è avvenuto. Una volta tornata a casa, dovrò riflettere a fondo sulle scelte avventate di questa sera.

Amedeo, però, non pare rendersi conto della mia improvvisa epifania: va avanti a muovere la luce osservando in modo scrupoloso ogni angolo del dipinto. «Hmm, è strano…».

«Mi spiace dover essere brutale, ma qui i due strani siamo noi. Dai, andiamocene…», lo supplico, cercando di tirarlo per un braccio. Incurante del mio improvviso momento di coscienza, Amedeo detto Clemens non si sposta. Anche col panico crescente, non posso fare a meno di notare che non sarà un gigante in quanto a statura, ma i suoi bicipiti sono assolutamente degni di nota. Se non fossi così terrorizzata, lo apprezzerei di più.

«Un secondo ancora…», mi dice lui, sempre irremovibile. Probabilmente saremmo rimasti a fissare quel quadro ancora a lungo e da quell'osservazione avremmo tratto chissà quante e quali conclusioni, se la luce della stanza non si fosse accesa all'improvviso.

«Polizia! Mani in alto!», urla una voce alle nostre spalle.

Col cuore in gola, mi volto lentamente e mi trovo davanti un gruppo di uomini armati, che mi fissano con espressione dura.

Vero, desideravo un po' di avventura nella vita, ma non così tanta.

Capitolo 2
Amedeo

«Ricapitoliamo: eravate a una festa…». Il poliziotto in borghese che siede alla scrivania di fronte a noi non deve ancora aver superato la quarantina, nonostante abbia ai lati della nuca numerosi capelli bianchi. Sul volto ha dipinta un'espressione che è un misto di noia e incredulità per la storia che gli stiamo raccontando. Lo sguardo è freddo e tagliente; spero sia deformazione professionale e non una precisa reazione a noi due.

Violante si sporge sul tavolo e spalanca i suoi occhioni. Va detto che sono notevoli – grandi, di un castano quasi dorato, incorniciati da un mare di ciglia – perciò non è detto che non riescano ad ammorbidire il poliziotto che ci ha condotti alla questura di via Fatebenefratelli. Questo ufficio anonimo, dai muri ingrigiti e con vecchi ripiani pieni di pratiche, dev'essere il multiverso: a me pare fuori questione che la polizia creda sul serio che due come noi possano essere dei ladri colti in fragrante. Siamo due idioti, questo mi pare innegabile e tristemente evidente, ma se l'idiozia fosse un crimine punibile per legge, quasi tutto il Paese sarebbe in galera.

«Signor poliziotto…», lo supplica con voce di donzella ferita.

«È l'ispettore Martini», la corregge subito un agente in divisa piazzato dietro il diretto interessato. Uno che evidentemente non è ispettore sebbene vada per la cinquantina, se non di più. Non tutti sono destinati a fare carriera.

«Ispettore Martini…», ripete Violante con notevole diligenza. «Lo so che è una storia un po' buffa, ma è la verità: eravamo a una festa. Anzi, ci siamo giusto conosciuti a quella festa…».

L'ispettore sbuffa, ancora più annoiato di prima. «Non mi interessa dove diavolo vi siete conosciuti e nemmeno se eravate al vostro primo appuntamento. Io voglio solo sapere che cosa ci facevate in quell'appartamento in via Pontaccio». Pronuncia l'ultima frase alzando un po' la voce, cercando di intimorirci.

Sono piacevolmente sorpreso nel constatare che Violante rimane calma e serafica. Ma che non fosse una donna incline all'isteria e al pianto lo avevo già notato nel momento in cui ci hanno arrestato. È una fiscalista, in fin dei conti. Siamo gente che non si piega sotto pressione. Siamo abituati alle discussioni difficili con l'Agenzia delle Entrate.

«Nessun primo appuntamento. Sua sorella è una mia amica, e ci ha presentati questa sera. Ma senza finalità romantiche, se capisce quello che intendo dire. È pur sempre il 2023, ispettore; uomini e donne possono benissimo essere amici», gli fa notare.

Il poliziotto alle spalle di Martini scuote la sua grossa testa dalla chioma brizzolata mentre si lascia sfuggire un verso di disappunto. «Sì, questa storia dell'amicizia tra i sessi l'ho già sentita e personalmente mi pare una grandissima cazzata».

«A proposito, lui è il sovrintendente Roberto Belli. E tu, Roberto, cortesemente, puoi smetterla di darle corda sulle stupidaggini e di starmi con il fiato sul collo? Prendi una sedia, per la miseria!», sbotta l'ispettore. «E lei, signorina Mancini, è pregata di smetterla di cercare di stordirci con le informazioni inutili. Cosa ci facevate in quell'appartamento?». Le parla in modo meno brusco, ma il tono è ugualmente minaccioso.

«Se la smettesse di interrompermi…», borbotta seccata Violante. «Le stavo dicendo che il qui presente Amedeo Barbieri e io ci eravamo giusto conosciuti alla festa di sua sorella – ragazza adorabile». L'ispettore alza gli occhi al cielo, probabilmente sta cercando di racimolare tutta la pazienza di cui è capace. Ho la netta impressione che sia sul punto di strangolare a mani nude Violante.

«Capo, a questo proposito, la informo che abbiamo convocato Jeanne Barbieri e credo stia arrivando», afferma il sottoposto.

«*Ottimo*...», commenta sofferente Martini. «Ci mancava altra gente in questa riunione di matti...».

Violante gli sorride. Mi pare evidente a questo punto che la sua sia una tattica. «Tornando a noi, avrebbe dovuto presentarci Jeanne, ma la verità è che l'abbiamo anticipata e ci siamo presentati da soli, pensi il caso!».

«Incredibile...», è il commento sarcastico dell'ispettore.

«Anche mia moglie e io ci siamo conosciuti a una festa», interviene Roberto, che si è finalmente seduto come da ordini del superiore.

«A me questa pare una congiura. Roberto, o la smetti, oppure vedrò di farti trasferire a Trapani!», lo minaccia Martini. L'altro si ritrae vagamente risentito. «Prosegua, Mancini».

«Certo. Quindi, ci troviamo entrambi su questo terrazzo, a fumare anche se fa male alla salute, quando dall'altra parte della via notiamo una grande finestra illuminata. Niente tende, perciò l'occhio ci cade su questo quadro imponente e colorato», gli racconta.

«Vi siete messi a guardare dei quadri?». Martini lo domanda come se fosse una cosa del tutto insensata.

«La mia famiglia è molto sensibile all'arte», mi sento in dovere di intervenire. «Non a caso ci chiamiamo Amedeo... e Jeanne...».

Al mio fianco Violante si illumina. «Cielo, non ci avevo pensato prima! Modigliani!», esclama ridendo. Se non altro qualcuno è in grado di trovare del divertimento anche durante un interrogatorio in questura.

«Ebbene sì... nostra madre è stata una professoressa d'arte. E prima ancora, mia nonna materna aveva lavorato in una galleria d'arte», le svelo. «Certo, con una simile scelta la mamma ha dato prova di essere una grande amante delle tragedie...».

«Non mi ricordo bene i dettagli, ma muoiono tutti e due, non è vero?», chiede conferma Violante.

«Sì, in modo anche un po' cruento: Jeanne e Amedeo si erano conosciuti giovanissimi all'accademia perché dipingevano entrambi. Poi lui è morto di tisi e lei si è buttata, incinta, dal quinto piano», le riassumo brevemente. Forse è un bene che io sia sempre stato un uomo razionale con poca predisposizione al romanticismo, ora che ci penso.

«Cielo, che cosa tremenda», commenta impressionata. Apprezzo che non abbia detto "romantica", come fanno in tanti. Significa che anche lei ha un'inclinazione simile alla mia. «Rimane il fatto che sono due bei nomi, anche molto originali».

«Lo dice anche nostra madre, ma avendoli scelti lei, è un po' di parte...», scherzo.

«Senza contare che Jeanne dipinge... perciò, siete una famiglia con una certa propensione per l'arte», constata Violante.

«Sublime», borbotta Martini. Mi pare evidente che non lo pensi affatto.

«Era solo per spiegarle il motivo dell'interesse per il quadro nella casa di fronte. Persino a quella distanza mi ha ricordato qualcosa...», gli racconto.

«E quindi siete andati a vedere», cerca di arrivare al punto.

Vivi nega con la testa. «Non subito. A dire il vero non sapevo nemmeno che Amedeo fosse rimasto colpito dal quadro. A ogni modo, abbiamo notato il padrone di casa che usciva e spegneva la luce. Lo abbiamo visto partire dentro una grande macchina scura. Ma quando poi abbiamo rialzato lo sguardo, del famoso quadro non c'era più traccia in casa. Perciò siamo usciti...».

«A controllare? Voi due? Perché?», la incalza l'ispettore incredulo.

«Perché era tutto molto strano... Il quadro prima c'era, poi non c'era... sembrava quasi uno scherzo. Ah, e abbiamo anche visto un'ombra, subito prima che scomparisse!», le torna in mente.

Questo, se non altro, ridesta l'interesse dei poliziotti. «Un'ombra di che genere?».

Vivi si volta verso di me. «Come la descriveresti?»

«Fugace. Ma indubbiamente in movimento», rispondo.

«Perciò un uomo...», desume il poliziotto.

«Probabilmente», conviene Violante.

«Fatemi capire: voi volete farci credere che, mentre eravate a divertirvi e flirtare a una festa, avete colto qualcosa di sospetto nel palazzo di fronte – diciamo pure, probabilmente un ladro – e siete andati a controllare? Voi due? Da soli? E cosa diavolo ne è stato della vecchia cara abitudine di chiamare la polizia?». Posta così, la domanda dell'ispettore non pare del tutto priva di fondamento.

Catturo lo sguardo di Violante; tra di noi passa una comunicazione silenziosa ma altamente efficace. «Amedeo voleva farlo...», interviene Vivi, rivolgendosi agli agenti. «Effettivamente ha cercato di convincermi a chiamarvi...», ammette imbarazzata.

«Ma lei ha deciso che no, meglio infilarsi a caso nei palazzi altrui...», la riprende Martini. Il suo volto, inizialmente imperscrutabile, sta pian piano mostrando le crepe di un crescente nervosismo. Ha aguzzato lo sguardo in modo molto poco rassicurante.

«Lei, ispettore, non mi crede», dichiara con un tono velatamente accusatorio.

«No, signorina Mancini, il dramma è che invece sto iniziando a crederle. Se fosse sul serio un'artista del crimine, si sarebbe già fatta arrestare anni fa». Martini sospira, sconfitto.

Vivi lo scruta in cagnesco. «Lo prenderò come un complimento».

«Faccia pure come vuole. Era alla ricerca di cosa, avventura? Emozioni forti?», intuisce. «Roberto, cortesemente, facciamo un test antidroga», ordina al suo sottoposto.

«Certo, lo faccio subito, non appena terminiamo l'interrogatorio».

«Siamo perfettamente lucidi!», cerco di perorare la nostra causa. «Se non lo fossimo, avremmo se non altro una valida scusante. E invece ci siamo solo fatti prendere un po' la mano».

«Siamo due fiscalisti. Ci stavamo giusto lamentando di quanto nelle nostre vite mancasse un po' di brio...», confessa Violante. Io le lancio un'occhiataccia. «Oh, ok, non nella tua, ma solo nella mia...», rettifica alzando le mani. «La questione del quadro mi è parsa sospetta e ho voluto controllare con i miei occhi».

L'ispettore Martini sospira di nuovo ma non infierisce. È già qualcosa.

«Così siamo andati, ci siamo fatti aprire il portone da uno dei condomini...».

Martini alza la mano. «Non sono certo di voler sapere cosa vi siete inventati...». Lo dice quasi con ironia, incredibile ma vero.

«Niente di ché, glielo assicuro», si difende Vivi. «Siamo saliti e abbiamo trovato la porta dell'appartamento in questione aperta. Anzi, mi correggo. Non sapevamo fosse aperta; nel momento in cui abbiamo cercato di entrare, ce ne siamo resi conto», gli riassume.

«E come facevate a sapere quale fosse l'interno giusto?», chiede il poliziotto più anziano.

«Semplice intuizione: una porta dava l'aria di custodire una deliziosa casa di famiglia mentre l'altra aveva un aspetto da cassaforte bancaria. Abbiamo tirato a indovinare, ma le garantisco che chiunque ci avrebbe preso».

«Perciò siete entrati...».

Mi sento in dovere di intervenire, anche perché stiamo per arrivare alla parte delicata del racconto. «Sì, e non abbiamo impiegato molto a renderci conto che il posto era molto strano – quasi una sorta di galleria d'arte asettica – e che nel frattempo il dipinto, all'apparenza scomparso, era ritornato di nuovo al suo posto. Sembrava quasi uno scherzo dell'immaginazione».

«Magari semplicemente non è mai stato spostato», mi suggerisce beffardo l'ispettore. «Dicevamo, test antidroga...».

Scoppio a ridere mio malgrado. «Faremo tutti i test che volete, ma quando vi renderete conto che siamo puliti, dovrete affrontare il problema successivo», gli rivelo. Il mio tono è volutamente a effetto.

Sento che gli occhi di entrambi gli agenti si sono incollati sul mio volto. Violante fa lo stesso; non ha la più pallida idea di cosa stia parlando.

«Siamo tutt'orecchie, signor Barbieri», mi confermano.

«Quel quadro è un Boccioni. Anzi, mi correggo, vorrebbe esserlo. In verità è un falso».

Tre bocche si spalancano e rimangono pendenti per un bel po'. La reazione dei poliziotti è alquanto strana. Qui c'è sotto molto di più. Alla fine della serata sarò quasi costretto a dare ragione a Violante detta Vivi: un po' di avventura ogni tanto sa essere divertente.

Certo, se nel frattempo non ci arrestano sul serio.

Segue un discreto trambusto fatto di persone che parlano una sopra l'altra, che gesticolano e che si agitano, ed è esattamente così che ci trova Jeanne, quando compare nell'ufficio dell'ispettore Martini con un sorriso vagamente sardonico che in pochi potrebbero aspettarsi da lei. Ma non io, che ho l'innegabile vantaggio di conoscerla meglio di chiunque altro. Jeanne sembra o angelica o distaccata, ma non è in verità né l'una né l'altra cosa. È sicuramente elegantissima: capelli castano chiaro lasciati liberi di cadere sulle spalle e grandi occhi verdi, indossa un trench doppiopetto color cammello che sembra le abbiano cucito addosso, tanto le dona.

«È un brutto momento?», chiede entrando. «Sono Jeanne Barbieri», si presenta, stringendo prima la mano all'ispettore e poi al suo sottoposto. «La sorella. E anche l'amica», sorride, posando lo sguardo su Violante. «Ragazzi, un po' esplosivo come primo appuntamento», ci lancia una stilettata. «Farsi arrestare... che cosa memorabile», scherza.

Violante scuote la testa. «Non è un primo appuntamento e tu lo sai...», replica.

«A un certo punto siete semplicemente scomparsi! A dire il vero, pensavo si fosse trattato di una sorta di colpo di fulmine e che aveste deciso di dileguarvi insieme». Quella bastarda di mia sorella si sta divertendo un po' troppo, date le circostanze.

«E invece erano a svaligiare l'appartamento di fronte», si inserisce l'ispettore Martini.

«Ehi! Pensavo avessimo appena finito di ricostruire tutta la vicenda! Non abbiamo rubato niente e la porta dell'appartamento era già aperta!», gli ricorda Violante, facendosi rossa in volto.

«Sì, ma il suo nuovo amico se ne è anche uscito con la storia del quadro falso...», ricorda a entrambi.

Questo cattura subito l'attenzione di Jeanne. «Che quadro falso?», domanda.

«Quello che prima era appeso al muro, che poi è scomparso, e infine è ricomparso», le riassumo velocemente. «Il motivo per cui eravamo andati a controllare nel palazzo di fronte. Violante non voleva chiamare a caso la polizia, così prima di farlo abbiamo voluto accertarci che ci fosse stata un'intrusione».

Mia sorella è sconcertata. «E cosa avreste fatto se ci fosse stato effettivamente un ladro e se fosse stato ancora presente nell'appartamento?», vuole sapere. Il tono è vagamente sarcastico.

«Be', a quel punto avremmo chiesto aiuto», le risponde Vivi.

«Sì, e chissà quando mai sarebbe arrivata la polizia...», borbotta. «Avreste preso un colpo in testa, ecco cosa sarebbe successo!», ci rimprovera.

«Mi scusi, signorina...», la interrompe Martini. «Credo che ci stia insultando. In nostra presenza».

«Vogliamo sbirciare i tempi medi di intervento della polizia dopo una chiamata?», lo sfida Jeanne sorprendentemente battagliera.

Lui non pare gradire l'insinuazione non troppo velata. «Per motivi gravi e circostanziati interveniamo sempre in modo molto rapido», ci tiene a precisare. «Certo, quando si tratta di ombre e quadri che scompaiono e poi ricompaiono... può essere che passi più tempo».

Jeanne gli lancia un'occhiataccia, come a dire che la saccenza se la può anche evitare, e si concentra su di noi. «Quindi, Clemens, che idea ti sei fatto della vicenda?», mi domanda, passando a una modalità efficiente e risolutiva. Martini la scruta infastidito ma rimane in silenzio.

«Lo so che può sembrare senza senso, ma quel quadro è effettivamente scomparso per poi ricomparire. E l'ombra l'abbiamo vista in due, perciò impossibile fossimo entrambi così impressionabili. Il vero quesito è uno solo: il dipinto appeso all'inizio era originale? E quello che si trova ora sul muro è davvero una copia, come mi è sembrato? Ci potrebbe essere stata una sostituzione?», rispondo. «A proposito, sorellina, ho omesso il dettaglio più succulento: è un Boccioni e mi ha ricordato vagamente lo stile di *Materia*».

Mia sorella sgrana gli occhi colpita, prima di prendersi del tempo per riflettere. Alla fine si volta verso i nostri aguzzini. Si fa per dire, ovviamente. «Ispettore, credo che dovremmo vedere il quadro...», dichiara convinta.

Lui solleva un sopracciglio come se si fosse del tutto bevuta il cervello. «Chi?», chiede spaesato. Jeanne sa fare un po' quest'effetto alle persone, specie a quelle che non la conoscono ancora. C'è da dire che l'ispettore e mia sorella paiono un po' il giorno e la notte ed è facile possano non intendersi.

«Noi, tutti. Ma soprattutto io», gli spiega con poca pazienza. «Le saprò dire se è un Boccioni autentico o meno».

«E sulla base di cosa?»

«Ovviamente del mio curriculum: sono pittrice e restauratrice, ho studiato all'Accademia di Brera», gli rivela.

Martini è impressionato suo malgrado. «Abbiamo i nostri consulenti», replica, piccato.

«Vuol dire che non si fida di me?»

«Vuol dire che nella vita bisogna sempre conoscersi a fondo, prima di fidarsi», ribatte.

«Oh, secondo me lei è uno che non si fida a prescindere...».

Il sottoposto emette una sorta di risata strozzata. «Capo, direi che l'ha inquadrata bene», osa commentare.

Mi perdo la reazione del diretto interessato perché sono occupato a osservare curioso mia sorella: non è da lei essere così graffiante con perfetti sconosciuti. Non capisco perché abbia deciso di diventarlo proprio con la polizia. Personalmente sarei partito da una categoria meno potente e di sicuro non dotata di manette.

«Farò controllare le sue credenziali, signora Barbieri», le fa presente l'ispettore.

«Ci conto», gli sorride.

«E voi due», Martini torna a concentrarsi su Vivi e me, «di

là con il sovrintendente Belli, che vi porterà a fare tutti i test del caso», ci liquida. «Tornerete poi qui per la deposizione finale».

«Perciò ci liberate!», esclama Violante tirando un sospiro di sollievo.

«Perciò vi teniamo d'occhio», la corregge prontamente Martini. «Siete pur sempre due pazzi che sono entrati in un appartamento a caso, e poco importa che la porta fosse aperta», ci ricorda. Come se potessi dimenticarlo: questa vicenda rimarrà impressa nella mia mente ancora a lungo.

Sto per seguire il sovrintendente e Violante fuori dalla stanza, quando mi ricordo di fare un'ultima domanda. «A proposito, a chi appartiene l'appartamento?».

Dall'espressione enigmatica di Martini desumo di aver posto la domanda giusta. Come avevo sospettato, c'è qualcosa di meno scontato di quel che si potrebbe supporre in tutta questa vicenda. «Non sono affari che la riguardano», mi risponde secco prima di farmi segno con la mano di andarmene. Obbedisco, del resto non ho alternativa.

«Questioni di punti di vista», replica Jeanne prima di raggiungermi nel corridoio.

E poi chiude la porta dell'ufficio alle sue spalle. La targhetta con il nome dell'ispettore Martini è tutta storta; mia sorella cerca di raddrizzarla, ma alla fine è costretta a rinunciare. «Oh, al diavolo, che ci pensi da solo», sbotta.

Non posso fare a meno di sorridere. Ebbene sì, mi hanno praticamente arrestato e mi stanno conducendo a fare i test antidroga perché sospettano che io sia strafatto, eppure trovo comunque dell'ironia in tutta la vicenda. Che sia una sorta di crisi di mezza età anticipata?

Capitolo 3
Violante

Sono reduce da ore talmente inverosimili e burrascose che speravo almeno di aver diritto a un sabato mattina tra le braccia di Morfeo, invece mi tocca arrendermi all'evidenza: ultimamente mi va tutto storto.

C'è infatti qualcuno davanti alla mia porta di casa – qualcuno di molto ostinato, visto che ha già suonato svariate volte. Sollevo malvolentieri le palpebre pesanti e scruto l'orologio sul comodino: che mi venga un colpo, non sono nemmeno le dieci e io sono riuscita ad andare a dormire solo dopo le tre, visto che è servito del tempo per fare i test antidroga (non si trattava solo di una minaccia). Non solo: abbiamo anche dovuto attendere i risultati preliminari – ovviamente negativissimi – prima di essere autorizzati a tornare a casa.

Emetto un gemito di profonda sofferenza ma mi sollevo dal cuscino. Ormai sono sveglia, sebbene non di mia volontà.

Infilo una vestaglia di flanella, perché a novembre il clima di Milano è già gelido per quel che mi riguarda. Ogni anno di questo periodo rifletto sull'opportunità di trasferirmi in qualche città dove fa caldo sempre, come per esempio Miami. Sì, lo so che ci sono gli uragani, ma di qualcosa bisognerà pur morire. Io preferirei non doverlo fare di ipotermia.

Mentre rifletto su un mio ipotetico trasferimento, mi dirigo verso la porta. Sono talmente stordita che nemmeno mi ricordo di controllare dallo spioncino, onde sventare un'ipotetica aggressione; per mia fortuna dall'altra parte dell'uscio c'è

Jeanne, e non qualche serial killer mandato dal tizio che si è visto invadere la casa dalla sottoscritta.

«Buongiorno!», mi saluta tutta allegra. «Ti ho svegliato?...».

«Qualsiasi droga tu prenda, la voglio anch'io», replico istintivamente. Ma sono presto costretta a rettificare. «Anzi, no, non è vero; dopo ieri sera non voglio più sentir parlare di droga. Fingi che non te l'abbia mai chiesto...».

Lei scoppia a ridere mentre mi porge un sacchettino. «Brioche ancora calde. Credo proprio che potrebbero svoltarti la mattinata. A proposito, chiedo scusa per essere planata qui senza avvisare, ma ero preoccupata per te», mi dice mentre mi scosto per farla entrare.

«Benvenuta a casa mia, finalmente». Avevo già invitato Jeanne a salire da me alla fine di qualche lezione di yoga, ma era sempre di fretta. «E mi scuserai per il disordine e il poco spazio». Il sottinteso è che non tutti possiamo vivere in un affascinante appartamento con sopra il nostro studio di pittura. Anche perché non ho la minima inclinazione artistica. Zero totale.

«Figurati...», minimizza per nulla a disagio, sebbene sia certa che non si farà mai ispirare dalle mie quattro mura.

«Andiamo in cucina». Le faccio segno di seguirmi. «Caffè?»

«L'ho già preso, ma credo proprio che oggi mi servirà un'altra dose...», accetta.

Oggi ne dovrò bere almeno cinque, ma non è necessario che lo ammetta ad alta voce. «Ti sei svegliata presto...», dico, tanto per fare conversazione.

«È l'adrenalina!», mi conferma agitandosi sulla sedia su cui si è appena accomodata. «Tu sei riuscita a prendere sonno dopo tutto quello che ti è successo?», domanda con grande dose di incredulità.

«No, mi è servito parecchio tempo, ma va detto che quello mi serve sempre. Perciò non è che l'essermi trovata sottoposta a uno stress più estremo del solito abbia fatto chissà quale differenza...». Triste ma vero. È sempre stato così; o, per meglio dire, è sempre stato così da quando è mancato mio padre. Per fortuna ci si abitua a tutto, altrimenti, viste le carte che mi ha servito la vita sin dalla tenera età, a quest'ora sarei uno zombie. «Colazione?», le porgo una delle tante delizie che mi ha portato e che ho sistemato su un vassoietto.

«In teoria ho anche già mangiato, ma oggi credo valga tutto». Allunga la mano e acchiappa una sfogliatella alla crema.

«Eri preoccupata per me?», le domando dopo aver servito il caffè a entrambe ed essermi seduta di fronte a lei.

«Be', l'incursione nell'appartamento misterioso, la strana storia del quadro, l'arresto e l'interrogatorio...», mi riassume le mie ultime ore concitate.

«E invece non sei preoccupata per tuo fratello?». La mia non è una critica ma una sincera curiosità.

Jeanne scoppia in una fragorosa risata. «Preoccuparsi per Clemens è tempo perso. Lui ha sempre il controllo della situazione», mi informa. «Il che lo rende spesso piuttosto insopportabile, ma in senso positivo, se capisci cosa intendo...».

«Non ho fratelli e posso comprendere solo fino a un certo punto», le ricordo. «Però sì, mi è parso uno che ama avere tutto sotto controllo». Motivo per cui ora sarò di certo sulla sua lista nera, avendolo trascinato in una situazione a dir poco inusuale. «Perché volevi presentarci, a proposito?»

«Perché fate lo stesso lavoro. L'ho trovata una buffa coincidenza», mi sorride. «E perché secondo me c'è della compatibilità...».

«Amichevole», rimarco subito.

«Allora diciamo amichevolmente appassionata», non demorde.

«Jeanne, non vorrei essere brutale, ma tuo fratello non è il mio tipo». Ed è meglio dirlo chiaramente. Non vorrei si facesse illusioni. «Senza contare che dopo la serata che abbiamo appena trascorso, di certo non vorrà rivedermi mai più...». E io sono al momento molto combattuta se sia un bene o un male.

«Ma figurati! Lui non se la prende quasi mai...», mi rassicura. Forse, ma credo che per me potrebbe fare un'eccezione. «Come ti dicevo, è spesso di una perfezione assolutamente insopportabile». Sarà anche di una perfezione insopportabile per una sorella, ma ieri sera davanti agli agenti è stato di una perfezione molto rassicurante, devo ammettere. «Senza contare che non vi hanno arrestati davvero...».

«No, anche perché non abbiamo fatto altro che entrare in un appartamento che era già aperto. L'ispettore Martini si è dovuto arrendere all'evidenza che la porta non risultava scassinata».

Jeanne inclina la testa, facendosi pensosa. «Strano tipo quell'ispettore, non è vero?»

«Strano? A me è parso il classico poliziotto sempre diffidente. Non ho forse l'aria di una giovane donna chiaramente innocente e al massimo un po' impicciona? E invece ci ha mandati a fare il test antidroga, che ovviamente è risultato la cosa più pulita che si fosse vista da quelle parti da non so quanto tempo. Parole del loro esperto, non mie. Ma secondo te è normale che ormai la droga circoli così tanto?», le chiedo allibita.

Martini pareva davvero non riuscire a crederci che né io né Amedeo presentassimo la benché minima traccia di stupefacenti nel sangue. Avevamo solo un quantitativo alcolico assolutamente minimo e corrispondente a un drink.

«Sono tempi complessi», ribatte con diplomazia. «Nel mio piccolo, cerco di non giudicare ma di limitarmi a prendere le decisioni giuste, anche quando impopolari». Il che vuol dire che le è capitato molto spesso di frequentare persone che invece fanno uso di droga.

«Sei molto saggia, Jeanne. Io invece giudico. È più forte di me», le confesso. Ho mangiato la brioche alla marmellata ma ho ancora fame, perciò afferro anche quella al cioccolato e ne offro metà alla mia amica. Accetta senza battere ciglio. Nella cucina cala il silenzio, segno che è ora di cambiare argomento. «A proposito, non avevo capito che tu fossi una pittrice...».

Jeanne è sempre stata piuttosto vaga su quello che fa nella vita, per qualche strano motivo.

E infatti arrossisce. «Perché ogni tanto ci provo a esserlo, visto che è quello per cui ho studiato e che ho sempre sognato di fare. Ma poi mi deprimo, lascio perdere, e mi riduco a dare una mano nello studio che ora è di Amedeo ma prima è stato di mio padre, una sorta di attività di famiglia, se vogliamo chiamarla così. Oppure accetto qualche restauro; ma sono stata incostante negli anni perciò mi chiamano poco, quando capita, e quando tutti gli altri sono già occupati», mi racconta sospirando. La sua espressione, prima allegra, si è fatta scoraggiata, segno di quanto soffra per la sua situazione professionale incerta.

«Ti deprimi? E perché? Ho visto i tuoi quadri ieri sera e sono assolutamente meravigliosi. Hai un mare di talento!». E non lo sto dicendo per cortesia, lo penso seriamente.

Altro sospiro. Mi dispiace vedere la mia amica, solitamente sempre gioiosa e frizzante, così abbattuta. Ho chiaramente toccato un nervo scoperto. «Sei gentile, ma non sono proprio così talentuosa. E poi il successo lo fa il pubblico. Anzi, il mercato, che poi sono le gallerie d'arte e gli esperti. Si va a periodi e a mode, ovviamente. In generale, serve una grande forza di volontà per farsi respingere di continuo, oppure per reggere il peso di una recensione negativa, quando finalmente riesci a far esporre qualche tua opera… E io non sempre sono stoica quanto sarebbe necessario, perciò capita che le mie spalle si pieghino sotto il peso delle aspettative disilluse, motivo per cui mollo tutto e magari non tocco i pennelli per mesi. Salvo tornare sui miei passi, perché la vita è un posto maledettamente triste se non dipingi…».

«Non so disegnare una casa, perciò ti crederò sulla parola», commento cercando di farla sorridere. La mia battuta va a segno, per fortuna.

«In poche parole, questo è il motivo per cui da un lato non dico spesso in giro di cosa mi occupo nella vita, visto che ci sto ancora lavorando, ma è anche la ragione per cui sarei molto curiosa di dare un'occhiata al famoso quadro di ieri sera. Un Boccioni, eh? Vero o falso che sia…».

«Tuo fratello si intende di arte?». È da quando ci hanno quasi-arrestato che mi interrogo su come abbia potuto definire falso il dipinto.

«Clemens si intende di tutto», ribatte con una risata. L'accenno ad Amedeo pare farle tornare il buonumore. «Ma di arte ne sa molto, oggettivamente. Anche questa è un po' una cosa di famiglia, sai? Nostra madre ha insegnato storia dell'arte, dipingendo di tanto in tanto, più che altro repliche di quadri famosi. Mentre nostra nonna è stata persino direttrice di una galleria a suo tempo! Ormai ha novant'anni e la testa non è più quella di una volta, ma quando eravamo bambini ci raccontava storie pazzesche di artisti famosi che conosceva, di viaggi a Parigi e a New York…».

Sollevo lo sguardo e mi perdo a osservare la mia piccola cucina disordinata. «Tua nonna ha tutta la mia invidia». In fondo al cuore, nell'ultimo periodo mi capita spesso di pensare che avrei la tempra per una vita molto più avventurosa di quella che mi sono ritagliata. Il problema è il mio passato familiare, ovviamente.

Ho piena coscienza che a condizionarci spesso non sono solo i nostri errori, ma anche e soprattutto quelli degli altri. Certe volte ci si rifugia in vite monotone per proteggersi a priori dopo delle brutte esperienze. Certe altre ci mettiamo in prigione da soli e non sappiamo più come uscirne.

«Questa digressione per dire che sì, Clemens è ferrato a sufficienza da poter individuare un dipinto falso, eventualmente. Ma ti confesso che sono curiosa – e da morire – di vedere con i miei occhi cosa ha catturato la sua attenzione», commenta. «Ha avuto solo poco tempo per analizzare il quadro, e pure in penombra, se ho capito bene lo svolgimento degli eventi. Perciò, perché non crede sia autentico?».

Scrollo le spalle. «Non ne ho la più pallida idea: io non sarei arrivata nemmeno a capire che si trattava di un Boccioni». Per quanto non ne vada troppo fiera, non vedo perché mentirle. L'arte mi affascina, e pure moltissimo, ma le mie conoscenze sono limitate e alquanto scolastiche.

«Non riuscivo a dormire questa mattina perciò ho tenuto d'occhio il palazzo e l'appartamento di fronte», mi informa d'un tratto Jeanne. L'avrei fatto anch'io, va da sé. «Indovina un po': dentro ho visto solo polizia. Il proprietario non è ancora tornato, se vuoi la mia opinione». Ecco il vero motivo della visita di Jeanne: vuole raccontarmi quello che ha scoperto dopo che siamo stati rilasciati dalla questura.

«Niente di troppo strano: sarà partito per il weekend», minimizzo. A Milano mezza città si toglie di torno il venerdì sera. È il momento migliore della settimana, non a caso.

«Sì, ma la polizia avrà pur cercato in queste ore di farsi dare un contatto, di parlare con il proprietario... E cosa fai quando ti dicono che qualcuno si è infiltrato in casa tua?»

«Immagino dipenda dalla persona, Jeanne cara: se uno è a sciare a Saint Moritz, non vorrai mica che torni in fretta e furia solo perché *forse* è successo qualcosa. Magari il quadro è falso, lui ovviamente lo sa, e ora che non è nemmeno scomparso, non ha alcun motivo di rinunciare al divertimento...», ipotizzo.

Non credo di essere riuscita del tutto a convincere la mia amica. «Hmm... potrebbe essere, certo. Ma non so... quella volante lì fuori questa mattina secondo me è indice di altro». Apre la sua borsetta azzurra griffata ed estrae un biglietto da visita, facendolo girare tra le dita a mo' di trofeo. «Ecco perché penso che dovremmo chiamare Martini», se ne esce.

Strabuzzo gli occhi, presa alla sprovvista. «L'ispettore Martini?», ripeto. «Ti sembrerò prevenuta, ma in parte speravo di non dover mai più rivedere l'uomo che voleva sbattermi in cella...». E fino a questo momento non avevo la più pallida idea che lui le avesse dato i suoi riferimenti. «Per curiosità, te lo ha dato lui?».

Mi osserva come se fossi pazza. «Martini? Ma sei matta? No, ho parlato un po' con quel suo sovrintendente, mentre eravate a fare il test antidroga. Persona molto più affabile dell'ispettore, ma ci voleva poco...».

«In sua difesa, in genere ha a che fare con brutta gente...», le ricordo.

«E allora? Per una volta che gli capitano persone per bene e interessanti...».

Francamente è una strana conversazione, ma sembra brutto farlo notare a Jeanne. Pare quasi ci sia rimasta male del fatto che Martini non sia rimasto colpito da lei. «Perciò hai il suo numero diretto. Grazie al sovrintendente», riassumo.

«Esatto. E stavo giusto pensando di chiamarlo», riflette a voce alta.

«Secondo me tuo fratello non sarebbe d'accordo...».

Jeanne non fa in tempo a rispondermi perché il cellulare che ha posato sul tavolo si mette a squillare. «Parli del diavolo...», mi interrompe lei. «Clemens, ti sono per caso fischiate le orecchie? Cosa? No... aspetta che ti metto in vivavoce... Indovina dove mi trovo?». Sposta il telefono tra noi due, in modo che anch'io possa ascoltare alla perfezione.

«Non lo so, ma spero per te non sia la questura», le risponde lui sarcastico.

«Sciocco. Ovviamente no, sono a casa di Vivi», lo informa.

«Povera Vivi...», commenta ridendo. «Non sei proprio riuscita a non correre da lei per discutere gli accadimenti di ieri sera, eh?»

«In sua difesa, mi ha portato la colazione», mi intrometto, sentendomi in qualche modo in dovere di proteggere la mia amica. «Brioche calde».

«E a me niente?», scherza.

«Tu non hai bisogno di un sostegno morale», ribatte Jeanne. «Non ti agiti mai».

«Lo prenderò come un complimento. Perciò state bene, entrambe?», vuole sapere.

È carino che si preoccupi anche per me. «Stiamo benone», gli confermo senza tanti giri di parole. Diritta al punto.

«Sì, e stiamo complottando». La voce di Jeanne è tornata a elettrizzarsi.

«Cielo, cosa?», chiede Amedeo. Il tono scherzoso è sparito per lasciare il posto a uno inquieto.

«Volevo chiamare quell'ispettore... quel Martini», gli rivela.

«Non so perché, ma non sono troppo sorpreso dalla cosa», sospira. «Vuoi vedere il quadro», desume. Non c'è che dire: Amedeo conosce molto bene la sorella.

«Be', non voglio certamente vedere Martini...», replica ironica. «Sempre che il padrone di casa sia d'accordo. E spero proprio lo sia».

«Ecco, a proposito di questo... sono andato a correre questa mattina e l'aria frizzante mi ha fatto riflettere un po'», ci racconta.

La mia mente registra solamente un'informazione e si inceppa. «Dopo tutto quello che abbiamo passato tu sei uscito a correre? Ma sei matto?»

«Aiuta a scaricare lo stress», si giustifica. «E comunque ora lascia perdere le mie abitudini sportive. Mentre correvo, ho pensato che fosse strano che ieri sera nessuno abbia convocato il padrone di casa. In condizioni normali, è la prima cosa che uno fa, no? Porti in questura anche il legittimo proprietario e gli chiedi se vuole fare denuncia contro due che si sono infiltrati in casa sua...».

«Volevi che ci denunciasse?», domando ridendo.

«Certo che no! Ma ammetterai che è inusuale. Non solo, a domanda diretta, Martini è stato evasivo. Perciò, tornato a casa dalla mia corsa, ho chiamato un amico...».

«Ma siete tutti in piedi così presto il sabato mattina?», sospiro. Improvvisamente sono esausta, e non è nemmeno mezzogiorno.

«Il mondo è di chi si sveglia presto», scherza Jeanne. Qualcosa mi dice che abbia ragione.

«In poche parole, questo amico ha accesso al catasto e gli ho chiesto di controllare a chi appartenesse la casa in questione. Al terzo piano del palazzo incriminato gli appartamenti sono solo due: uno risulta intestato a una coppia di mezza età, mentre l'altro... rullo di tamburi... appartiene a una fiduciaria. E nemmeno una di quelle che si utilizzano frequentemente, come le classiche fiduciarie bancarie, bensì una fiduciaria lussemburghese».

«Però...», mormora Jeanne impressionata. «E lo dico senza sapere bene cosa sia una fiduciaria. *Sulla fiducia*, mi pare qualcosa di importante», scherza.

«Si tratta di imprese che hanno lo scopo di amministrare i beni che ricevono da terzi, secondo precise disposizioni del fiduciante. Servono a proteggere patrimoni finiti in mano a persone poco giudiziose, per così dire, ma anche per schermare la proprietà di società o immobili», le spiega il fratello.

«Si tratta di un'informazione indubbiamente interessante, ma, Amedeo, sai anche tu che ormai persino quelli che non hanno nulla da nascondere ricorrono continuamente alle intestazioni fiduciarie. È la nuova moda cittadina. Un mio cliente a momenti intestava alla fiduciaria anche la nonna…». Sono giunta alla conclusione che i fiscalisti vedono la vera faccia delle persone. Che spesso sia anche la peggiore, non è esattamente un caso.

«Forse», ammette lui, «ma comunque da approfondire».

«Sì, ma come?», chiedo a entrambi i fratelli Barbieri.

Jeanne si prende un attimo per ragionare. «Secondo me Martini è un rompipalle scrupoloso. Questa mattina non era presente in via Pontaccio, ma sono certa che l'abbia mandata lui la pattuglia che ho spiato dalla finestra. Avrà voluto far fare domande nel palazzo, in attesa che il padrone di casa torni dal weekend».

«Sempre che torni…». La mia è solo una battuta. Nel senso, a una parte di me piacerebbe che dietro a questa vicenda ci fosse chissà quale mistero, ma sono realista: di solito la vita è una grandissima palla.

«Già, sempre che torni…», ripete Jeanne.

«Il problema della polizia è che probabilmente non sanno come arrivare al proprietario: non hanno un nome e quindi non hanno un numero di cellulare. Le fiduciarie sono notoriamente come dei piccoli ministeri, ormai: prima di lunedì non troveranno nessuno che gli risponda», riflette Amedeo.

«Sapete cosa faremo ora? Ci trasferiremo tutti a casa mia per un bel brunch. Magari in terrazza!», propone la mia amica, dopo attenta riflessione.

«Un brunch fuori a novembre?», ride Amedeo, incredulo.

«Clemens, non rompere le scatole. Tanto lo so che sei sempre appollaiato lì fuori a fumare», lo riprende.

«Appunto! Due minuti e via», le fa notare.

«Oh, per favore. Vorrà dire che ti terrai la giacca. Faremo un brunch e osserveremo un po' quello che accade dall'altra parte della strada…». Mi pare piuttosto decisa; qualsiasi alternativa possa suggerirle, verrebbe di certo ignorata.

«Aggiudicato», cedo. Vorrà dire che mi vestirò pesante.

«Quindi, Clemens, sei dei nostri?», lo incalza. Ha il tono di chi sa di aver vinto.

«Come se potessi dire di no», le risponde sospirando, ma senza un secondo di esitazione.

«Già, non puoi, vero?», ride Jeanne. E solo questo basterebbe a scrivere un intero trattato sulle relazioni tra fratelli. Senza contare che ora ci sono anch'io in mezzo a loro; certo che siamo proprio un bel trio. Sperando di non essere il trio dei barlafus, come si direbbe in dialetto milanese, ovvero il trio degli incompetenti.

«Io vorrei tanto sapere chi è stato ad aver iniziato con questa storia dell'avocado sul toast...», brontola Amedeo, osservando con occhio critico il suo piatto. Abbiamo infatti ordinato un ricco brunch d'asporto, e Jeanne sta servendo a ognuno di noi la sua parte.

«Era un cibo molto amato dai mammut», lo informo. «E comunque gli aztechi lo chiamavano "testicolo", da cui puoi desumere l'interesse, visti i presunti poteri afrodisiaci».

Sia Amedeo che Jeanne mi fissano impressionati? «Che pozzo di scienza...», commenta la mia amica.

«Ho letto un articolo a proposito». Quando ero dal parrucchiere. Per puro caso. Ma aggiungerlo spegnerebbe del tutto l'effetto del mio intervento, perciò taccio saggiamente questo dettaglio. «La vera moda l'hanno fatta scoppiare i coltivatori californiani: marketing intelligente, pubblicità dopo il Super Bowl e cose simili. Ah, e so persino una piccola chicca, che mi stupisco tu non conosca, Amedeo: il padre di Italo Calvino fu tra i primi a coltivarlo in Italia, pensando fosse adatto al clima ligure». E con questo spero di aver riscattato le prossime figure di merda. Mi porto avanti, dati i miei pregressi. Certo, in una piccola parte della mia mente mi domando perché sia così impellente impressionare Amedeo, ma zittisco subito questa vocina fastidiosa.

«Be', qualunque sia la sua storia, io ne ho fin sopra i capelli», mi informa Amedeo.

Allungo il piatto verso di lui. «Dai qui, io lo mangio volentieri». Non se lo fa dire due volte e con una forchetta gratta via la generosa dose di avocado per cederla, facendo incrementare il livello del mio toast. «Grazie mille».

«Vedete come siete compatibili? Quello che a uno non piace, viene spazzolato dall'altro», osserva Jeanne. Ha negli occhi un'espressione di divertimento, perciò non mi è chiaro se la sua sia solo una battuta di spirito o un'insinuazione bella e buona.

Amedeo alza gli occhi al cielo. «Sì, abbiamo capito che avevi una mezza idea di trovarmi una fidanzata...», borbotta. «Ma io non sono il tipo di Violante».

«Ah no?». Jeanne fa la finta tonta.

Una folata fredda spazza il terrazzino e mi stringo nel cappotto. La giornata è soleggiata ma freschina. E persino il caffè americano che abbiamo ordinato, arrivato bollente, è ora appena tiepido. Rivolgo lo sguardo all'appartamento di fronte, per verificare che nulla si sia mosso. E infatti così è: niente volanti in giro, niente polizia e persino niente ladri. Dovremo rimanere qui in attesa a lungo? «Avevi detto che non si trattava di una presentazione spinta da motivazioni romantiche...», le ricordo, prima di addentare il mio toast, assolutamente divino. La doppia dose di avocado è quello che mancava nella mia vita, a quanto pare.

«E infatti non lo è stata, ma c'è sempre una sorta di scintilla dovuta alla possibilità, quando due persone single si incontrano, no?». Mi fa sorridere il modo in cui Jeanne sostiene certe sue cause perse.

Amedeo e io ci scambiamo un'occhiata e tratteniamo entrambi una risata. «Sono troppo basso per lei», se ne esce.

Questa proprio non me l'aspettavo! Apro la bocca per protestare, ma scopro di non sapere bene cosa dire, anche perché nel frattempo sono arrossita con fare colpevole. «Ma... non è vero...», mugugno.

Lui, in tutta onestà, non mi pare particolarmente ferito all'idea che questa sia stata una possibile motivazione per il mio scarso interesse sentimentale nei suoi confronti. Che mi abbia subito eliminato per lo stesso motivo? Perché sono troppo alta e amante dei tacchi vertiginosi? Inaspettatamente, mi scopro infastidita. «Invece è vero. Ti piacciono gli uomini alti». Lo afferma, non chiede conferma. «Non c'è niente di male…», aggiunge pure, ora con palese divertimento. Mi sta prendendo un po' in giro, sospetto.

«Non sono così superficiale!», provo a difendermi. Il boccone di toast è troppo grosso e mi va di traverso, provocandomi un attacco di tosse, peggiorata da questa sorta di interrogatorio scomodo. Mentre sparo una raffica di giustificazioni tra una tossita e l'altra, Amedeo allunga una mano verso di me e colpisce la mia schiena con la giusta forza: né troppo, né troppo poco. «Grazie», gli dico imbarazzata, mandando giù anche un sorso di caffè. Non morirò soffocata, quantomeno.

«E poi non si tratta di essere superficiali. Secondo me le persone non dovrebbero farsi problemi a essere sincere le une con le altre. Semplificherebbe moltissimo tutti i rapporti, non credi?».

Annuisco. Cosa diavolo mi rimane da fare? «Sì, va bene, subisco il fascino degli uomini alti…», confesso a denti stretti, sebbene non riesca a scollarmi di dosso l'impressione di aver fallito qualche test importante.

«Niente di male», mi rassicura Jeanne. «Anche perché, davvero, io volevo solo che mio fratello e la mia nuova amica si conoscessero. In modo che potessi fare questi divertenti brunch tutti insieme», ci dice facendoci l'occhiolino. «E poi a Clemens in verità le donne piacciono minute», mi rivela.

«Ah sì?». Sono più interessata alla questione di quello che dovrei essere, date le circostanze.

Lui sminuisce con un gesto della mano. «Non è vero…».

«Oh, quindi era solo un caso che le tue fidanzate fossero tutte delle Barbie tascabili?», lo punzecchia. «Non c'entra niente il volersi sentire in qualche modo fisicamente dominante?». Jeanne non risparmia l'affondo al fratello, che pare in effetti un po' in difficoltà.

«Stai cercando di psicanalizzarmi?», le domanda incredulo. «Mentre stiamo mangiando al freddo e al gelo perché tu vuoi beccare l'ispettore Martini? Forse anche tu dovresti farti un esame di coscienza».

Jeanne si raddrizza sulla sedia. «Non mi potrebbe importare meno di Martini. Io vorrei posare gli occhi sul quadro, se non ti dispiace. E secondo me lo vuoi fare anche tu. Con calma, senza la polizia pronta ad arrestarti».

«Sì, gradirei rivedere il quadro, non lo nego. E no, per la cronaca, non mi interessa essere fisicamente dominante nei miei rapporti con l'altro sesso», le risponde forte e chiaro.

«Magari è una cosa inconscia», mi intrometto, non so nemmeno io perché. Il silenzio sarebbe stata la scelta migliore, visto il contesto.

Amedeo si volta verso di me e ride. Alla luce del sole i suoi occhi sono molto verdi e molto d'effetto. E secondo me lui lo sa. «Tu dici?», chiede con un tono criptico.

Mi sento arrossire di nuovo sotto il suo sguardo penetrante, che sembra leggermi dentro. A salvarmi da questa situazione e da me stessa ci pensa Jeanne, che scatta in piedi, con un balzo quasi felino. «Eccolo!», esclama, indicandoci la strada.

In effetti una volante della polizia si è appena fermata di fronte all'ingresso incriminato e ne sta scendendo niente meno che Martini in persona. O almeno mi sembra lui, visto dall'alto.

«Cosa facciamo?», le domanda. La sua agitazione ha contagiato anche me, temo.

«Lo chiamiamo!», ribatte senza esitazione, afferrando il cellulare. A quanto pare questa mattina ha salvato il suo numero in rubrica, mentre eravamo indecise sul da farsi.

«Sorella cara, a me non pare una grande idea...», l'avverte Amedeo.

Lei gli fa segno di rimanere in silenzio, mentre attiva il vivavoce. Martini è appena entrato nell'edificio, quando le risponde. «Ispettore Martini, sono Jeanne Barbieri. Non so se si ricorda di ieri sera...».

Lo sbuffo è piuttosto rumoroso, persino dal telefono. «Mi sta spiando, non è così?», le chiede senza mezzi termini.

«Cosa?», finge con tono innocente.

«Sta spiando l'edificio e mi ha appena visto entrare», le ripete lui con tono scocciato.

«E se anche fosse?»

«Le direi di togliersi dalla finestra e tornare alla sua vita. E sia grata che non le abbiamo arrestato fratello e amica», le ricorda burbero.

«Non sia così villano con una persona che vuole aiutarla, ispettore», lo redarguisce. «Dovrebbe essere entusiasta di sentirmi».

«Ma questo *è* il mio tono entusiasta», replica imitando alla perfezione la sua cadenza. «E non voglio nemmeno sapere come si sia procurata il numero del mio cellulare...».

«Ovvio, mica ha tempo da perdere con simili dettagli inutili. Ha ben altri grattacapi, non è vero? Per esempio, un padrone di casa che non si trova, sbaglio?». Amedeo e io fissiamo Jeanne, indecisi se abbia fatto bene o male a calare una simile carta. «E non solo non si trova, ma non si sa nemmeno chi sia...». Qui sta un po' tirando a indovinare, ma le va dato atto che dal suo tono non si capirebbe mai. Pare sicura e perfettamente padrona della situazione.

Per un attimo Martini rimane in silenzio. Poi lo sentiamo sospirare. Qualcosa mi dice che lo faccia spesso. «Cosa sa?», domanda. «E, cosa ancora più importante, come ha fatto a saperlo?»

«Io le dirò quello che so, se lei ci farà vedere il quadro», contratta lei.

«Cosa? No!», esclama arrabbiato. «Ma dove diavolo siamo? Al mercato? Se sa qualcosa, è gentilmente pregata di informare la polizia, perché in caso contrario può essere accusata di...». E qui si blocca, all'improvviso a corto di minacce.

«Non dica complicità nel furto, visto che nemmeno sa se ce n'è stato uno», gli ricorda.

«Scenda». Un ordine. Non una gentile richiesta.

«Arriviamo», gli risponde allegra, prima di riattaccare.

«Forza, forza, portiamo i piatti in cucina, che altrimenti i piccioni milanesi si porteranno via anche le posate d'acciaio, e corriamo di sotto!», ci istruisce mettendoci fretta.

Sono tentata di chiederle che tipo di scintilla di possibilità sia scoccata ieri, quando ha posato per la prima volta gli occhi sull'ispettore Martini, ma poi decido altrimenti: in fin dei conti ci sono scintille che sanno trasformarsi in detonazioni. Meglio non soffiare nemmeno su certe micce.

Capitolo 4
Amedeo

«Ah, la formazione al completo», borbotta contrariato Martini, vedendoci attraversare la strada. È uscito di nuovo dal palazzo, per attenderci. E presumo impedirci di rimettere piede dentro, a giudicare dalla sua espressione non molto conciliante. Sono curioso di vedere chi avrà la meglio tra lui e Jeanne. Tutti sottostimano il potere devastante della forza di volontà di mia sorella, vista la sua statura minuta. Ma dentro è un drago.

«L'unione fa la forza», replica Violante.

«Dovreste averne abbastanza di questo palazzo… Avrei dovuto farvi passare una notte in cella, giusto per farvi imparare la lezione», ci rimbrotta in tono minaccioso.

«Le sono grata per non averlo fatto. Anche perché non aveva le basi per incarcerarci. Qualcuno ci ha forse denunciati?», gli ricorda lei con un sorrisetto beffardo. «Riforma Cartabia, non so se ha presente…».

L'ispettore alza gli occhi al cielo. «Sì, appunto. Arriviamo al dunque e non perdiamo altro tempo prezioso: cosa sapete?»

«E ci interroga così? In strada? Dove tutti possono sentire? Almeno saliamo su, nell'appartamento», gli propone Jeanne.

Martini si guarda in giro, ed è costretto a prendere atto del fatto che la via brulichi di gente. È pur sempre molto frequentata in un sabato soleggiato. I milanesi sono usciti a godersi la bella giornata di novembre. «E va bene… saliamo», acconsente, anche se per nulla contento di cedere. «Ma solo perché riportarvi in questura sarebbe una drammatica perdita di tempo!».

Facciamo a piedi le scale esattamente come ieri sera e ci troviamo sul pianerottolo. A fare da guardia oggi c'è però un agente piazzato davanti alla porta. Probabilmente vogliono prevenire irruzioni immotivate.

Martini ci fa segno di seguirlo nell'appartamento. Una volta dentro, non perde tempo. «Forza, ditemi cosa sapete...».

Jeanne pare non udirlo, presa com'è dall'esplorazione dell'ambiente. Alla luce del giorno anche a me pare tutto molto diverso: i locali sembrano più ampi e meglio definiti, con le grandi finestre illuminate ad arte dai raggi del sole. E a proposito di arte... «Quanti quadri», commenta mia sorella impressionata, passando di muro in muro, finché non giunge davanti all'opera che ha causato tutto questo caos. «Sì, un Boccioni...», mormora ispezionando il dipinto con grande attenzione. Se già ieri mi era sembrato un'esplosione di colori, oggi l'impatto è ancora più emozionante: il dipinto è molto grande, più di due metri di altezza, ed è indubbiamente un olio su tela, a giudicare dalla brillantezza dei colori. Al centro della scena vi è una donna dai capelli castano chiaro, la cui figura è stata resa stilizzata alla maniera cubista con grosse pennellate decise. Il quadro è maestoso, ma non sono certo sia autentico; i colori mi paiono troppo brillanti, come se fossero molto freschi. «Non conosco il dipinto, vero o finto che sia», constata Jeanne.

Martini emette un verso di derisione. «Perché, li conosce tutti?», ridacchia.

«A dire il vero sì», gli risponde mia sorella con una serenità disarmante. «Boccioni è morto giovane, a nemmeno trentaquattro anni, cadendo da cavallo durante la Grande Guerra. E il suo periodo cubista si è concentrato nei fatti negli ultimi cinque anni della sua vita. Perciò, sì, di un artista così famoso le opere finiscono per essere tutte note», aggiunge con un sorrisetto beffardo finale.

Lui incassa e torna al punto che gli sta a cuore. «Ora che ha visto il quadro, potete dirmi quello che sapete o pensate di sapere?»

«Avete chiamato un esperto per la valutazione?», mi inserisco. Sono curioso di capire se avevo ragione. Una sorta di sfida personale, se vogliamo.

La pazienza dell'ispettore sta per esaurirsi del tutto. «Sì, lo abbiamo chiamato. Verrà lunedì, al rientro dal fine settimana». Quello che non dice, ma che pare aleggiare nell'aria, è che per allora sperano sia tornato anche il padrone di casa. «Non fatemi ripetere un'altra volta: *cosa sapete*...?».

Lancio un'occhiata prima a Jeanne e poi a Violante: tra di noi passa una comunicazione silenziosa e complice. Siamo tutti e tre d'accordo di essere sinceri con lo sbirro. «E va bene: eravamo intrigati, perciò questa mattina abbiamo fatto un po' di domande...», la prendo alla larga.

«Alle persone giuste, presumo», commenta Martini con espressione concentrata.

Scrollo le spalle, come a giustificarmi. «È venuto fuori quello che di certo saprete anche voi: questo appartamento è intestato a una fiduciaria lussemburghese. Il che di per sé non è sospetto...».

«Forse nel vostro mondo», afferma suo malgrado l'ispettore. «Nel mio è già tanto se le persone fisiche possono permettersi una casa. Figurarsi farsi schermare da una fiduciaria. *Lussemburghese*».

«Ormai sono tutti fiscalmente residenti in Lussemburgo o in Olanda», lo informo. «Non solo chi ha qualcosa da nascondere».

«Ma certo, ma certo...», borbotta sarcastico l'altro.

«Si chiama ottimizzazione fiscale», gli spiega Violante.

«Chissà come mai, sui nostri miseri stipendi da dipendenti pubblici, nessuno ha mai da ottimizzare un bel niente».

Violante gli sorride con comprensione. «Potremmo parlare a lungo dell'iniquità del fisco: debole con i potenti, insensibile con i deboli...».

«Torniamo al punto, per cortesia», la interrompe l'ispettore, corrucciato. Come se non avesse tirato fuori lui per primo il discorso.

«Io ne vedo tante nel mio lavoro, ma è oggettivamente strano che un appartamento venga intestato a una fiduciaria straniera. Voglio dire, capita che sia intestato a una holding, a una società e così via... ma una fiduciaria? Rende tutto molto complicato», rifletto ad alta voce. Sebbene possa avere una funzione differente, considero subito dopo osservando i quadri appesi qui dentro; l'appartamento potrebbe non essere la cosa importante in questa storia, ma solo un contenitore di opere d'arte, alcune forse anche molto preziose. In quel caso si spiegherebbe la necessità di privilegiare l'anonimato più totale, a dispetto di tutto il resto. Mi sposto poco avanti e mi fermo di fronte a una piccola cornice dorata, il cui colore enfatizza una scena piuttosto cupa: l'immagine di una città industriale distopica. «Jeanne, questo è un...».

«Sironi, sì», mi precede. «E sinceramente mi pare autentico».

«Sto iniziando a pentirmi di non aver mai fatto attenzione durante le ore di storia dell'arte», è il commento dell'ispettore. «Non era mai accaduto prima d'ora».

«Ha chiamato l'amministratore di condominio?», gli chiede Jeanne.

Lui incrocia le braccia e la scruta in cagnesco. «Sì, ovviamente, nonostante non siano affari vostri. Lo abbiamo tirato giù dal letto. Potrete immaginare il suo *vivo entusiasmo*. Manda i dettagli delle spese condominiali a uno studio di commercialisti, da cui riceve regolare pagamento delle diverse spese. I commercialisti, a loro volta, sostengono di essere stati incaricati dalla fiduciaria per la normale operatività e non hanno altri nominativi. Il cerchio si chiude lì. Lunedì sentiremo la fiduciaria, che ovviamente ci dirà di farci gli affari nostri...», ci anticipa. «A meno di avere qualche mandato internazionale in mano».

Temo abbia ragione a non nutrire particolare ottimismo. «Hmm», rifletto.

«Ma confido sul fatto che per lunedì il tizio che avete visto partire l'altra sera in macchina torni per spiegarci tutto...».

«E se non tornasse?», domanda Jeanne.

Lui si ferma a osservarla, come se si fosse bevuta il cervello. «E perché mai?»

«Be', perché la polizia da ieri sera è ferma sotto casa sua…», gli fa notare. «A proposito, chi vi ha chiamati ieri sera, visto che mio fratello e la mia amica non hanno fatto in tempo?»

«I vicini di pianerottolo: hanno sentito dei rumori sospetti».

«E loro non sanno niente? Intendo, di chi abita qui…».

«State facendo troppe domande. Per giunta, non siete stati in grado di offrire alcuna informazione valida. Sapete quello che sappiamo anche noi», ci fa notare.

«Non è del tutto esatto, ispettore: sappiamo anche riconoscere i quadri», gli ricorda.

«Forse», replica. «È tutto un grandissimo forse…».

L'agente che era all'ingresso compare nell'appartamento e fa segno a Martini di avere qualcosa da dirgli. Jeanne ne approfitta per tirare fuori dai jeans il cellulare e scattare delle foto ai dipinti in questione. Riesce a far sparire il telefono prima che lui torni per buttarci fuori.

«Ok, ora che ci siamo chiariti, vi voglio fuori di qui», ci fa sapere. «Fatevi gli affari vostri, trovatevi altri hobby e soprattutto smettetela di intrufolarvi nelle case altrui», ci ordina. «In futuro, se mai vi venisse il sospetto di aver visto un ladro da qualche parte, l'iter giusto è chiamare le forze dell'ordine. E non sostituirvi alla polizia, sull'onda di non so quale demenziale senso di superiorità».

Violante apre la bocca per replicare, ma io la fermo con lo sguardo. Inutile mettersi a discutere ancora con lui. Escludo lo si possa convincere dell'intelligenza delle nostre azioni, visto che io per primo sospetto che non siano state propriamente geniali. «Tutto chiaro, ispettore», mi congedo. «Saremo buoni e tranquilli». O almeno spero.

Martini si fa sfuggire una risata. Sì, condivido anch'io il suo dubbio.

Seguono noiose giornate di troppo lavoro e riunioni fissate a orari assurdi, da cui una sera viene a salvarmi Jeanne in persona. «Ah, ma allora sei vivo!», mi riprende bonariamente. «Ti ho mandato non so quanti messaggi…».

Sollevo le mani in segno di resa, prima di indicarle la mole di documenti che giace sulla mia scrivania, trasformata in una sorta di fortino arroccato.

«La situazione è difficile», le rispondo. «La fine dell'anno si avvicina e il mondo degli affari è in fermento».

«Lo è sempre, no? Hai avuto altre notizie a proposito di quell'appartamento?», vuole sapere. «Io l'ho tenuto d'occhio, ma non è più tornato nessuno. E oggi è giovedì! Va bene fare il weekend lungo, ma anche in quel caso, se non torni almeno mercoledì, a questo punto non rientri più per questa settimana», riflette a voce alta. Il tono si è fatto vagamente elettrizzato, che lei se ne renda conto o meno. «Tra parentesi, credo che dovresti fare un'offerta di lavoro a Vivi».

La frase è del tutto inaspettata. «E... perché?»

«Tu hai troppo lavoro e hai bisogno di qualcuno di capace, e lei non ne può più di essere schiavizzata per pochi soldi».

«Te lo ha detto lei?». Per qualche motivo, ne dubito.

«Non con queste parole, ma so leggere tra le righe, cosa credi...?».

Per quanto non sempre mi piaccia ammetterlo, sì, sa farlo. «Il tuo non è solo un tentativo per fare in modo che io la chiami, vero?». Sempre meglio controllare e dirsi le cose chiaramente.

Jeanne mi osserva come se fossi del tutto pazzo ad averlo anche solo pensato. «Ma come ti viene in mente...».

Troppa enfasi nel suo tono. «Non ti piace avere torto», la punzecchio.

«Riguardo a cosa?», finge di non capire.

«Al fatto che ci saremmo piaciuti».

«Ma lei ti *è* piaciuta», afferma tronfia.

Negare del tutto allungherebbe solo i tempi di questa conversazione. «È una donna interessante, non lo nego. Ma anche un po' fuori di testa, nonché troppo alta, e capace di trascinarmi in avventure demenziali», le elenco.

«Sai, mi ha sorpreso quella sera. Anzi, mi avete sorpreso entrambi», mi confessa con quel suo candore adorabile. «Non vi facevo tipi da azioni improvvisate».

«Forse perché non lo siamo e quel venerdì sera è stato solo... *un momento*», provo a spiegarle. Per quanto io stesso abbia faticato a comprendere il senso degli eventi. «Dicevi, non si è fatto vivo nessuno dall'altra parte della via?». Meglio tornare su altri temi.

«No!», esclama Jeanne con vigore. «E ho controllato, sia chiaro».

«Ah, questo era scontato», commento ironico. Scommetto che mia sorella è stata appostata sul terrazzo per giorni.

«Sono anche andata a parlare con la portinaia», mi confessa. «Indovina: in verità non sanno chi sia la persona che occupa l'appartamento. Anche perché non ci vive davvero, ma si fa vedere solo ogni tanto. Non riceve niente a quell'indirizzo: niente posta, niente pacchi, nulla di nulla. Quasi non saluta, e passa solo velocissimo, cercando praticamente di non farsi vedere. Non lo trovi strano?»

«Che la gente sia molto stramba di questi tempi non lo scopri certo oggi, Jeanne».

«C'è strano e strano, Clemens. E detto da me, che frequento o artisti o fiscalisti…».

Mi trovo a sorriderle. «In effetti, due mondi che potrebbero dare lezioni di stranezza a chiunque».

«Ecco perché sto andando dalla nonna», mi anticipa. «Volevo farle vedere la foto del quadro».

«Non sperare che possa riconoscerlo», l'avverto. Nostra nonna ha ormai più giornate cattive che buone, le capita di confondere le persone, e in generale ha problemi nell'interpretare ricordi e spazi temporali. È come se tutto si fosse mischiato nella sua testa, con risultati che passano dall'essere buffi all'essere invece molto tristi.

«Non lo spero», replica sulla difensiva. «Ma parlare di arte potrebbe anche svagarla».

«Quando sarò anziano e decrepito, ti prego, non venirmi a parlare di fisco», la supplico.

«Tu non sarai mai decrepito. Anziano, forse, ma vedrai che sarai sempre sul pezzo. Perciò, vieni con me?», vuole sapere.

Avrei ancora una marea di lavoro da sbrigare, ma credo che Jeanne per una volta abbia ragione: staccare può solo farmi del bene. E forse potrebbe non essere male l'idea di assumere qualcuno nello studio; ho tante persone che lavorano per me, ma sono per lo più esecutori, impiegati che sanno fare in modo efficiente quello che gli viene assegnato e spiegato. Mi manca un partner con cui condividere giornate difficili e decisioni complicate, qualcuno che magari possa suggerire a me cosa fare.

Fino a qualche anno fa quel ruolo spettava a nostro padre, ma da quando è andato in pensione, le sue visite si sono diradate, e al massimo passa in studio per andarcene a pranzo a discutere delle partite del Milan. Le famose chiacchiere tra uomini, come le definisce lui. L'ora di libertà da mia madre, per come la interpreto io.

Non sono del tutto certo che Violante possa ricoprire un ruolo del genere, sebbene di solito Jeanne abbia fiuto per le persone e il loro potenziale. Forse il mio giudizio su di lei è influenzato dalle circostanze inusuali in cui ci siamo conosciuti. Certo, ho visto con i miei occhi come regge lo stress e gli imprevisti – maledettamente bene, a proposito – ma ho anche visto la facilità con cui mi sono lasciato convincere a seguirla alla ricerca del presunto ladro. Più ci rifletto a mente fredda, e più mi pare assurdo che non abbia ponderato meglio tutti i pro e i contro – anche perché i pro quasi non c'erano, mentre dei contro si poteva fare una collezione Panini.

Vabbe', ci dormirò sopra. Meglio non prendere più decisioni avventate. Spengo il computer e mi alzo per recuperare la giacca dall'appendiabiti. «Dai, andiamo a trovare la nonna», acconsento.

Jeanne batte le mani tutta contenta di aver vinto anche questa. Tanto le vince tutte, non so di cosa si stupisca.

Mia nonna abita in un elegante palazzo di via Monti. Per fortuna è ancora autosufficiente, sebbene a casa sua ci sia un viavai di badanti che la sorveglia. A un certo punto, i miei genitori si erano offerti di ospitarla da loro, ma all'epoca la nonna aveva ancora abbastanza presenza di spirito da opporsi all'idea. Credo che abbia declinato con una frase del tipo «piuttosto la morte». I rapporti familiari sono materiale complesso persino quando si va d'accordo.

La troviamo a guardare la televisione, seduta sul suo elegante divano in velluto blu scuro, in questo enorme salotto che pare essere uscito dal secolo scorso. La nonna cena molto presto, com'è ormai sua abitudine, perciò a quest'ora è già passata alle attività serali. «Oh cari, ma che bello vedervi!», ci saluta. Sembra così contenta della nostra presenza che arrivo a provare un po' di senso di colpa per non passare più spesso. Pare anche essere una giornata buona, per nostra fortuna.

«Il lavoro tutto bene?», mi domanda.

«Elettrizzante come sempre», le rispondo con il sarcasmo che si addice alla materia fiscale.

«E tu, cosa stai facendo?», chiede invece a Jeanne. Oh sì, è decisamente in forma.

«Dipingo», risponde mia sorella a disagio.

«Non ti devi limitare a dipingere. Devi entrare nel giro ed esporre», le consiglia mia nonna.

«Fosse facile...», mormora Jeanne a bassa voce. «In ogni caso, nonna, non crederai mai cosa è successo a Clemens...».

«Ha trovato una fidanzata?», chiede speranzosa.

Mia sorella scoppia a ridere. «No, quello no. Non esageriamo con le aspettative. Io ci metto del mio per presentargli donne interessanti, ma lui poi non le sa sedurre...». Le lancio un'occhiataccia che vale più di mille parole.

«Jeanne sbaglia il tipo di donna, temo», cerco di difendermi.

«Violante non è affatto sbagliata», insiste.

«Non ho detto che Violante sia sbagliata, ma che reciprocamente non siamo uno il tipo dell'altra». E pensavo fosse chiaro.

«Bel nome, Violante», commenta mia nonna.

«Sì, indubbiamente, ma non è questo il punto...».

«Dicevamo: Clemens non ha trovato una fidanzata, ma ha però trovato un appartamento pieno zeppo di quadri. Dipinti misteriosi che volevamo farti vedere», spiega Jeanne, ritenendo chiuso il momento dedicato alla mia personale umiliazione. Si avvicina alla nonna e le porge il telefono, facendo scorrere un po' di foto. «E questo è il pezzo forte», dice mia sorella, indicandole il simil-Boccioni.

La nonna si sistema gli occhiali sul naso, concentrata come non lo era da un po'. «Rivediamo le foto», chiede, studiandole una a una. «Ah, questo...». Punta il famoso simil-Boccioni che ha catturato l'interesse di tutti. Lo osserva con grandissima attenzione.

«Assomiglia molto a un Boccioni, vero?»

«Moltissimo. Ti direi quasi che *è* un Boccioni», le risponde la nonna.

«Ma non può essere... voglio dire, sarebbe inedito...», commenta Jeanne.

«Hmm, inedito... Più lo guardo e più ho come l'impressione di averlo già visto da qualche parte. Almeno una volta nella vita prima di oggi, intendo».

«Davvero?», esclamo colpito.

«Sì, be', è solo una sensazione. Se anche fosse successo, si tratterebbe di un milione di anni fa...», ride forzatamente e non senza malinconia la nonna. «Il rischio che stia prendendo un abbaglio è alto. Molto più probabile che mi ricordi invece altri suoi quadri e che questo mi porti a un'associazione automatica».

«Quindi non è da escludere l'ipotesi di un inedito», commenta Jeanne.

«Dite che sarebbe possibile?», domando.

«È capitato che saltassero fuori nuove sculture di gesso di Boccioni ma, che io sappia, non è mai stato trovato un quadro di cui non fossimo a conoscenza», interviene la nonna. «Sì, sarebbe anomalo. Ma non impossibile», conclude.

«Siamo d'accordo. C'è però un problema ulteriore: a noi dal vivo il quadro è sembrato una replica. Colore troppo brillante, come se fosse nuovo di zecca...», le spiego.

«C'è qualcosa nella pennellata che non mi convince del tutto», aggiunge Jeanne.

«Hmm», riflette la nonna. «Una copia di un quadro che non si conosce... sarebbe molto strano. Ah, se il mio amico Vittorio fosse ancora con noi!», sospira.

«Vittorio?», chiede Jeanne, subito interessata.

«Vittorio Ghezzi. Lo stesso della collezione Ghezzi», risponde sorridendo. «Ah, quelli sì che sono stati anni meravigliosi...».

«Un corteggiatore?», le domando confuso.

La nonna scoppia in una risata squillante. «Cosa? No, certo che no! Vittorio Ghezzi aveva almeno vent'anni più di me, che io ricordi, e io ero poco più che una ragazzina, quando l'ho conosciuto. Ma eravamo entrambi molto interessati all'arte, in particolar modo al periodo del Futurismo. Non a caso io ho lavorato prima e posseduto poi una galleria d'arte, e lui ha messo insieme pian piano una collezione magnifica di pezzi pregiati. Conosceva personalmente quasi tutti i futuristi, a eccezione proprio di Boccioni, visto che è morto molto giovane. Ma Ghezzi ne era affascinato... si è quasi dissanguato per acquistare ogni suo pezzo che è riuscito a trovare».

«Alt, vuoi dire *la* collezione Ghezzi? Quella che è ora approdata al museo del Novecento?», domanda Jeanne elettrizzata.

«Certo, quale se no? Peccato che Ghezzi non abbia visto quanto è diventata celebre la sua eredità nel tempo. Ha avuto un attacco di cuore quando era appena sessantenne. La sua collezione è passata a suo figlio, che ha effettivamente girato il mondo in lungo e largo per farla conoscere». La nonna sospira, come in balia dei ricordi.

Ne approfitto per cercare su internet qualche dettaglio in più. «E ora se ne occupa il nipote. Pare si chiami Giacomo in onore del nonno, di cui ha preso il secondo nome. Un bel cinquantenne». Volto il telefono verso mia sorella e mia nonna. «Esperto d'arte, dice l'articolo».

«Ha l'aria di essere un tizio piuttosto compiaciuto», commenta Jeanne, osservando la foto che lo vede accanto al sindaco e al direttore del museo del Novecento. È di sei mesi fa, quando la collezione è arrivata nella sua nuova casa.

«Anch'io sarei tutta tronfia, se fossi l'erede di un patrimonio simile», confesso ridendo.

«Tu sei compiaciuto anche senza collezione...».

«Questa, sorellina cara, te l'ho proprio servita su un piatto d'argento», mi tocca ammettere. «Secondo te, nonna, il nipote di Vittorio Ghezzi potrebbe essere una persona che vale la pena sentire?»

«Suo nonno era uno dei più grandi esperti di Boccioni al

mondo, questo è poco ma sicuro. Ne era… quasi ossessionato», ci racconta. «Venerava le sue opere, in modo particolare quelle degli ultimi anni. Se solo fosse possibile chiedere aiuto ai defunti, di certo il mio amico Ghezzi farebbe al caso nostro in questa indagine».

«Magari la famiglia ha tramandato l'amore per Boccioni», riflette Jeanne. «Dovremmo parlarci».

«O forse ci potremmo limitare a indicare il suo nome all'ispettore Martini», mi permetto di suggerire.

Mia sorella alza gli occhi al cielo. «Per carità… non mi sembrava affatto interessato all'arte. Invece io credo che sarebbe interessante conoscere Giacomo Ghezzi a prescindere. Chi può dire di possedere un'autentica collezione d'arte al giorno d'oggi?», mi sfida.

E qui mi tocca alzare le mani in segno di resa: già, chi?

Capitolo 5
Violante

La giornata procede sui binari della noia e delle solite rotture di scatole, nonostante il venerdì di solito si porti dietro la gioia della libertà del fine settimana, finché Amedeo non mi chiama, sorprendendomi. È un bene che sua sorella mi abbia convinto a salvare in rubrica il suo numero di telefono per averlo a portata di mano, in caso di imprevisti. Non mi era ben chiaro quali, ma nell'ultimo periodo sono successe cose talmente assurde che non me la sono sentita di porre limiti al destino. Mai sfidare il fato con il buonsenso. Mi dà appuntamento in via della Spiga, al bar di Ralph Lauren, un locale che ero curiosa di visitare da un sacco di tempo, dicendo di volermi parlare. Su certi uomini una dose di mistero stona subito; l'effetto sul signor Barbieri è invece vincente, a voler essere sinceri.

Non impiego molto a raggiungere il posto, dal momento che il mio ufficio si trova in via Manzoni. Anzi, sono talmente puntuale da essere quasi a disagio, mentre mi conducono lungo la sala arredata in perfetto stile country: divanetti in pelle marrone, cuscini verdi con motivo scozzese, molto legno e numerosi quadri appesi su tutte le pareti. Soprattutto di cavalli, a ricordarci che c'è una parte di umanità che davvero si dedica al polo e alle corse, a differenza di noi poveracci.

Con mia somma sorpresa, Amedeo è stato ancora più puntuale ed è già arrivato. Si alza in piedi mentre lo raggiungo, scostandomi la sedia con un gesto che mi colpisce più di quello che sono disposta ad ammettere.

Ma tu pensa, subisco il fascino della galanteria. Chi l'avrebbe mai detto.

«Ciao Vivi», mi saluta. C'è un momento di indecisione nell'attimo in cui ci troviamo di fronte: ci baciamo sulla guancia, non ci baciamo? Alla fine ci stringiamo la mano, optando per la scelta meno impegnativa.

«Ciao Amedeo», ricambio. «O forse dovrei chiamarti anch'io Clemens…».

Lui, sedutosi di nuovo al suo posto, mi sorride. «Come preferisci… ormai sono abituato a tutto».

È probabile che in gioventù ne abbia sentite di tutti i tipi; l'adolescenza è notoriamente un periodo difficile, ma sospetto lo diventi ancora di più se si porta un nome inusuale. «Clemente è davvero il tuo secondo nome o è solo un modo di scherzare da parte di Jeanne?», gli domando, incapace di resistere. L'ho googlato nei giorni scorsi, perché la curiosità era tanta: Modigliani si chiamava Amedeo Clemente, da cui presumo lui abbia preso il nome. Ma non so fino a che punto si siano spinti i suoi genitori.

«Clemente è davvero il mio secondo nome», risponde sospirando.

«Cielo, e non hai fatto causa ai tuoi?», chiedo bonariamente.

«No, ma solo perché mosso da buon cuore».

«O magari sei stato mosso da mero opportunismo: in fin dei conti tuo padre ti ha lasciato il suo studio…». Punzecchiarlo è divertente, non proverò nemmeno a negarlo. Ma solo perché ho percepito dal primo momento in cui ci siamo conosciuti che fosse una persona in grado di prenderla con ironia. Sono talmente poche le persone che non si offendono per un nonnulla, ormai, che quasi non ci sono abituata.

Lui finge di rifletterci. «In effetti, ora che mi ci fai pensare, quello potrebbe aver contribuito…».

Solleviamo entrambi gli occhi dal menu che stavamo consultando e tratteniamo lo sguardo uno sull'altra. È una strana sensazione che non saprei bene definire: c'è quella complicità che si prova in quei fortunati incontri con persone che ti sono simili e che sanno comprenderti. Ma è solo sintonia casuale o qualcosa che varrebbe la pena di approfondire?

«E a proposito di studio, ti ho chiesto di pranzare insieme perché mi è venuta una mezza idea», mi svela. «Ti trovi bene nel tuo attuale impiego? Mai pensato di cambiare?».

Sbatto più volte le ciglia – e forse dovrei farlo con meno vigore, dal momento che ho applicato una seconda generosa dose di mascara, oltre a quella già presente sin dal mattino, prima di uscire per raggiungerlo a pranzo – in qualche modo colpita dal motivo per cui mi ha chiamato oggi. Se ho intuito bene, vuole parlare di lavoro.

Ne sono lusingata? Ne sono delusa? Difficile a dirsi: probabilmente un mix di entrambi, anche se in proporzioni non necessariamente paritetiche. Fossi interessata a essere sincera con me stessa – e propendo per il non esserlo, perché non vedo quanto bene potrebbe portare – dovrei ammettere che, in modo per nulla razionale, sto facendo fatica a ignorare quel pizzico di delusione che basta a inquinare l'attimo e che non capisco da dove possa arrivare. «Sì, qualche volta sono stata tentata di cambiare…», rispondo vaga. La verità è che ci penso da anni, visto che mi pagano relativamente poco per le assurde ore che spesso mi vengono richieste, ma finora non sono stata abbastanza coraggiosa da fare il salto e osare. Sempre il mio passato che mi condiziona, temo. Ripeto continuamente che mi manca l'avventura, ma finora sono stata incapace di afferrarla anche negli ambiti meno audaci, come appunto quello professionale. «Perché?».

Veniamo interrotti dalla cameriera giunta per le ordinazioni: entrambi optiamo per il classico hamburger con patatine. Qualcosa mi dice che mi verrà un sonno tremendo nel pomeriggio, ma al diavolo tutto.

«E anche due bicchieri di prosecco», aggiunge Amedeo.

«Spericolato», commento con un sorriso.

«O forse spero solo che l'alcol ti aiuti a dire di sì alla mia proposta…».

«Una proposta molto sconveniente?», scherzo.

Lui scoppia in una risata a sorpresa. «Affatto. Ti piacerebbe che lo fosse?». Solleva un sopracciglio, stando al gioco.

Torno a concentrarmi sull'ultima parola che mi è passata per la testa. Già, un gioco. Sulla carta Amedeo non sembra la persona con cui ingaggiare una simile partita, stretto com'è nel suo completo grigio scuro, severo e dal perfetto taglio sartoriale. La cravatta è blu, senza fronzoli, a testimoniare una predilezione per le scelte sensate e razionali. Nemmeno a farlo apposta, anch'io ho indosso un tailleur pantaloni grigio, sebbene il mio sia gessato.

A vederci oggi, verremmo giudicati come due persone con la testa sulle spalle. Ma siamo pur sempre le stesse persone che dieci giorni fa si sono intrufolate nell'appartamento di chissà chi alla ricerca di non si sa bene cosa. È stata una sfida? Un'avventura? Una risposta francamente non ce l'ho.

La cameriera ci serve il nostro pranzo, distraendoci quel che basta affinché la conversazione torni sui binari rassicuranti della nostra professione. A proposito, le patatine fritte sono il peccato di gola di cui non sapevo di aver bisogno; l'entusiasmo con cui mi tuffo a mangiarle è assolutamente sincero.

«Battute a parte, volevo chiederti se saresti disposta a valutare un cambio di studio. E magari accettare una sfida più impegnativa», mi rivela.

«Sai di qualcuno che sta cercando?».

Inclina la testa per osservarmi meglio. «Sì, qualcosa del genere...».

Smetto per un attimo di mangiare. «Che tipo di sfida impegnativa?». Ora ha tutta la mia attenzione.

«Avere una promozione. Fare il partner», se ne esce.

La mia risata è denigratoria. «Certo, come no... sono tutti lì pronti a offrirmi un posto da partner...».

«Non posso parlare per gli altri, ma io sì, sto cercando un partner. O anche una partner», mi conferma.

Lo scruto per capire se sia serio o meno. «Tu? Vorresti un partner? E vorresti *me*?». L'incredulità è forte. Per un attimo quasi scoppio a ridere nell'udire la mia ultima frase: in altri contesti avrebbe significati piuttosto bizzarri. Ma qui si tratta di lavoro e Amedeo mi pare molto serio riguardo l'argomento.

Lui scrolla le spalle. «E perché no?»

«Be', per iniziare, perché sai poco di me...», gli ricordo. E quello che sa forse non mi dipinge nella miglior luce possibile, ora che ci penso.

«Ho chiesto in giro. Sei una che lavora sodo. Molto in gamba, mi dicono».

Mi raddrizzo sulla sedia, colpita e anche un po' orgogliosa. «Davvero? Chi?».

Amedeo mi sorride. «Mi sembri sorpresa. E comunque non svelo le mie fonti. Ma che il mondo dei fiscalisti milanesi sia tutto sommato piccolo, non lo scopri da me».

Se appaio stupita, è perché lo sono. Oggi giorno le persone non sprecano mai belle parole per gli altri. «È vero, lavoro sodo. Ma questo non mi rende automaticamente una buona scelta in termini di potenziale partner». Forse dovrei smetterla con la sincerità assoluta, e perorare maggiormente la mia causa.

«No, ma Jeanne ha un fiuto incredibile per le persone. Sa intuire di che pasta siano fatte. Perciò, se piaci a lei, non puoi non essere un'ottima scelta», mi rassicura.

Il vero nocciolo della questione non è tanto se piaccio a sua sorella, ma se piaccio a lui. «E se non andassimo d'accordo?», lo sfido sollevando il mento.

«Intendi dire, se capitasse un'altra volta che tu volessi intrufolarti in casa d'altri...?». Lo chiede con tono ironico, sebbene la sua espressione rimanga seria. Il contrasto è curioso e mi risulta difficile capire se a prevalere siano l'ironia o la serietà.

«No, non intendevo quello. Sarai felice di sapere che ho finito con quel genere di avventure». In effetti, si potrebbe obiettare che io non abbia mai nemmeno iniziato. Non sul serio, almeno. «Ma potrebbero esserci opinioni differenti su qualche tema lavorativo importante...».

«Ovvio. Di solito come sei solita risolvere questo genere di divergenze al lavoro?»

«Secondo la mia esperienza, ha ragione chi si trova più in alto nella gerarchia aziendale». E per quanto possa comprendere che questo sia naturale, spesso ci sono rimasta male per non essere stata presa maggiormente in considerazione.

«Be', un motivo in più per voler cambiare, allora», mi tenta.

Addento il meraviglioso hamburger e mi prendo un attimo per pensare. «Sai, a ruoli invertiti, non so se offrirei a me stessa un posto di lavoro...».

«A ruoli invertiti, al massimo non potresti voler *me*», mi fa notare. Ancora quel sorriso furbetto, che in effetti gli dona molto.

Ha ragione, maledizione, e non solo sui ruoli. La verità è che lo vorrei eccome, a lavorare con me. Qualcosa mi dice che potrebbe essere... quasi divertente. «E va bene, ci penserò», acconsento.

«Con la massima serietà?», insiste.

«Con la stessa serietà con cui mi sono precipitata in quell'appartamento», lo rassicuro. La mia risposta pare piacergli, perché solleva la mano e alza il pollice in segno di approvazione. «E a proposito di quella sera, hai novità?»

«Niente di interessante, temo. Ho fatto qualche altra domanda sullo studio di commercialisti che si occupa dei pagamenti relativi all'appartamento, ma non paiono sospetti. Ho anche provato a informarmi maggiormente sulla fiduciaria lussemburghese, ma come potrai ben immaginare è un muro di gomma...».

«Sì, mai sentito prima d'ora di una fiduciaria collaborativa con i curiosi, chissà perché...», mormoro. «Sarebbe da andare nei loro uffici e infiltrarsi in qualche modo...». Non che intenda farlo, era solo una battuta.

Amedeo sgrana gli occhi, sinceramente preoccupato. «Mi sento di sconsigliarlo. *Categoricamente*», rimarca.

«Ovviamente. E comunque la mia era semplice curiosità. Ho come la sensazione che ci siamo imbattuti in qualcosa di interessante, per poi lasciare agli altri il compito di scoprire le cose ghiotte», sospiro.

«Hai preso in considerazione la possibilità che in verità non ci sia niente di interessante in tutta questa vicenda?», azzarda.

«Certo, ma per quanto ci provi a non pensarci più, la mia mente torna sempre a tutti quei punti poco chiari. Che ci sono, non puoi negarlo».

«Non me lo sogno nemmeno. Vorrei solo spingerti a riflettere sul fatto che spesso e volentieri la vita sia complicata di suo, anche senza vederci necessariamente chissà quale marcio…».

«Però il tizio è scomparso. E non sappiamo nemmeno il suo nome», gli rammento. Mi paiono elementi importanti.

«Magari invece che farsi semplicemente un fine settimana via dalla città, si sta godendo due settimane alle Maldive, beato lui. E a Milano l'ossessione della privacy tocca vette altissime, inutile che te lo ricordi».

«Sì, sì, lo so che hai ragione. Ma il tarlo del dubbio mi rimane». E sinceramente non credo di essere l'unica ad averlo. Qualcosa mi dice che anche lui pensa più del dovuto a questa storia.

La conferma arriva quando Amedeo si raddrizza sulla sedia, come indeciso se confessarmi o meno qualcosa. «Abbiamo fatto vedere le foto dei quadri a nostra nonna, la massima esperta di Futurismo che conosciamo».

Mi sporgo in avanti, intrigata. «E? Cosa ha detto?»

«Che forse ha già visto prima quel quadro. Le ha ricordato qualcosa, sebbene non sia riuscita a contestualizzare meglio il quando e il come. Se fosse vero, sarebbe curioso: Jeanne e io abbiamo setacciato con attenzione il catalogo di tutte le opere di Boccioni, e non vi è traccia di quello dell'appartamento».

«Perciò dubiti di tua nonna…», intuisco.

«Le voglio molto bene, ma l'età è quella che è. La nonna ha novantatré anni e una discreta confusione che le regna in testa, ormai. Devi prendere tutto quello che racconta con la giusta dose di scetticismo», ammette.

«Verissimo, ma sai come funziona con i ricordi: magari tua nonna non si ricorderà di quello che le è accaduto la settimana scorsa, ma capace che sia invece molto precisa sugli eventi lontani».

L'espressione di Amedeo è piuttosto scettica. «Sì, ma qual è oggettivamente la probabilità che si possa rammentare di un quadro che avrà visto una volta in vita sua?».

Mi tocca dargli ragione. «Bassa. Molto bassa...».

«Appunto. Ci ha però parlato anche di un suo amico dell'epoca, un tale Vittorio Ghezzi, che ha bazzicato ambienti artistici e gallerie quando lei muoveva i primi passi nel mondo dell'arte, alla ricerca di opere dei futuristi. Pare che avesse una vera ossessione per Boccioni», mi racconta.

Mi sporgo interessata verso di lui. «Ghezzi... mi dice qualcosa...».

Amedeo mi sorride bonario. «Per forza. Il cognome è stato su tutti i giornali di recente: Vittorio Ghezzi è riuscito a mettere insieme una notevole collezione, che ora suo nipote ha appena affidato per cinque anni al museo del Novecento. Si tratta di oltre trenta opere, cosa che fa della collezione Ghezzi la più importante raccolta futurista del mondo».

Rimango a bocca aperta, piuttosto impressionata. «Ah, *quella* collezione...».

Lo vedo riflettere. «Forse dovremmo parlare con il nipote di Ghezzi», afferma, stupendomi. «Magari la passione per Boccioni si è tramandata di padre in figlio, di generazione in generazione, e lui può dirci qualcosa sul dipinto».

Stavo giusto per suggerirlo io! Mi fa piacere di non essere sempre quella che fa proposte azzardate. Sebbene questa sia in verità molto sensata. «Mi pare un'ottima idea. Ah, credo anche che dovremmo farci di nuovo vivi con l'ispettore Martini per scoprire una volta per tutte se il quadro sia vero o meno, giusto per capire se ha senso fare domande in giro».

«Potremmo mandare Jeanne a parlare con Martini», ride Amedeo.

«O magari potremmo accompagnarla», oso. «Visti i rapporti tesi...». Personalmente preferirei non rischiare; almeno non quando si tratta delle forze dell'ordine.

Lui annuisce. «Sì, ti lascio campo libero e mi ritiro da questa missione. Magari con voi due potrebbe essere più a suo agio. Due belle donne venute a scambiare quattro chiacchiere con l'ispettore burbero», ragiona.

Sono così poco abituata a ricevere complimenti che per un attimo rimango inebetita a ripetere nella testa le sue parole.

Mi impongo di riprendermi; saranno state mere frasi di circostanza. «Ah, vuoi mandarci da sole a combattere le battaglie difficili…», scherzo.

«Sono solo un bieco opportunista», ride. «Il ragionamento è semplice: Martini sarà più rilassato, senza me tra i piedi. È più probabile che si faccia scappare qualche informazione di valore. E poi a me non sembrate affatto due sprovvedute. Sbaglio?», mi sfida con sguardo brillante.

«No, certo che non lo siamo», concordo con un sorriso sornione.

Amedeo solleva il suo bicchiere di prosecco e attende che faccia altrettanto per farlo tintinnare contro il mio. «Brindiamo alle prossime avventure», mi dice. «Lavorative, artistiche o quelle che saranno».

«E speriamo che tutto fili liscio», aggiungo.

Non so perché, ma una parte di me dubita possa accadere.

Qualche giorno dopo Jeanne e io ci diamo appuntamento sempre in pausa pranzo, ma non per mangiare. O almeno è quello pensavo, perché la mia amica mi sorprende porgendomi un panino, dopo che la raggiungo all'incrocio tra via Manzoni e via Montenapoleone.

«Grazie», le dico colpita, accettando il cibo.

«Lo so che con la scusa della nostra missione avresti saltato il pranzo». Dopodiché tira fuori dalla sua borsa, oggi molto capiente, un panino analogo. «Sono farciti con verdure grigliate», mi informa. «Fingiamo di voler stare leggere». Mi fa l'occhiolino.

«Guarda che è meglio esserlo, visto che stiamo andando in Questura. Senza appuntamento», le ricordo. Dettaglio di non poco conto. Lancio una fugace occhiata alla più famosa via dello shopping milanese, mentre ci incamminiamo verso via Fatebenefratelli. «Sai, potremmo sempre lasciar perdere e darci allo shopping… altre lo farebbero», provo a tentarla.

Jeanne scoppia a ridere. «Noi non siamo così», mi ricorda.

No, in effetti non lo siamo, ma non sono certa che la cosa ci avvantaggi. «A proposito, tuo fratello si è premurato di rammentarci di usare *modi gentili* con Martini». Lo ha fatto di nuovo questa mattina.

Lo shopping mancato è già dimenticato. Abbiamo cose ben più importanti su cui concentrarci. L'industria del fashion, che pure in questa città conta parecchio, ci scuserà.

Jeanne alza gli occhi al cielo. «Non dirmi che ha chiamato anche te per darti istruzioni su cosa non dire e non fare…», sbuffa.

«No, mi ha mandato un'email». Scelta buffa nel 2023, ma immagino fosse un modo per risultare professionale. Dopo il nostro pranzo da Ralph Lauren, ci siamo scambiati anche i contatti lavorativi, quindi ora può rintracciarmi ovunque e dovunque. Avrebbe potuto farlo anche prima, voglio dire, visto che sua sorella ci ha fatto da tramite e io avevo già salvato il suo numero in rubrica, ma ora che abbiamo pranzato insieme è come se le carte in tavola fossero differenti, più libere nell'interazione reciproca.

«Ti ha mandato un'email?», ripete inorridita Jeanne. «Ah, che pena gli uomini al giorno d'oggi…».

Mi sento quasi in dovere di difenderlo. «Non ci vedo nulla di male».

«Punti di vista», sospira. «E comunque potrebbe rilassarsi un attimo. Siamo perfettamente in grado di flirtare un po' con Martini ed estorcergli qualche ghiotta informazione. Non siamo mica ragazzine!».

«Ah, è questo il piano? Flirtare?». Ci provo a rimanere seria, ma non riesco a non scoppiare a ridere.

«Dici che è impossibile? Intendo, visto il soggetto…», commenta preoccupata. «Guarda che sotto questo cappotto ho una gonna molto corta. E ho messo i tacchi!», mi informa.

«Le ho notate subito, sono bellissime», replico. Indossa delle Louboutin classiche, vere, mica un'imitazione come le mie, ma presumo altrettanto scomode. Certe volte l'altezza extra si paga con il sudore della fronte. Ogni tanto mi domando se abbia senso soffrire o se invece sia più sensato convertirsi alle sneakers. Orribili sotto molti punti di vista, ma vuoi mettere la sensazione di leggerezza alla fine di una lunga giornata di lavoro? A ogni modo, dubito che persino il tacco più sexy riesca a smuovere il nostro ispettore. «Tuttavia, credo che vada messo in conto che Martini possa non essere esattamente entusiasta di rivederci...», metto le mani avanti.

«Lo scopriremo tra poco», dice facendosi preoccupata. «Ah, intanto che ci avviamo nella tana del serpente, parliamo un po' di te e di Amedeo...».

Le lancio un'occhiata dubbiosa mentre camminiamo. Si intravede ormai piazza Cavour, da cui gireremo in via Fatebenefratelli. «Non c'è niente tra noi», l'avverto.

«Ma cosa vai a pensare... mi ha solo detto di averti offerto un posto nel suo studio». E rimane poi in attesa di un mio commento. Qualcosa mi dice che la sua frase non sia stata casuale, ma un tentativo di sondare la mia reazione.

«Ah, già, mi sono dimenticata di dirtelo...». O, forse, non si è trattato di una mera dimenticanza, perché in fondo al cuore ho voluto riflettere con calma sulla proposta senza pressioni esterne. «Tu cosa ne pensi?»

«Be', se non avete interessi romantici uno per l'altra, mi pare una buona idea. Anzi, un'*ottima* idea», calca la mano.

«No, non abbiamo interessi romantici», le confermo sorridendo.

«E va bene, ci metterò una croce sopra», acconsente. «In fin dei conti, per come vanno le relazioni tra i sessi al giorno d'oggi, molto meglio essere amici».

«Qualche brutto appuntamento di recente?», chiedo bonariamente. Ma non mi sento di darle torto, anzi. È come se di questi tempi fosse impossibile conoscere una persona interessante, che sia di parola e che nel momento in cui ti frequenta non si senta o veda con altre persone. Il problema è che nell'eccesso di contatti, facilitati enormemente dai social, si perde in qualche modo l'unicità di un rapporto. Anzi, non si arriva nemmeno a svilupparlo: se siamo solo numeri – tanti numeri, uno dopo l'altro – come sarà possibile emergere dalla mediocrità sentimentale che pare essersi impossessata di tutti noi?

«Sono *tutti* brutti appuntamenti», mi risponde sconfortata, come se mi stesse leggendo nel pensiero. «Enormi perdite di tempo. Mentre le mie amicizie maschili resistono anche al passare degli anni. Perciò, lascia perdere quello che era forse il mio obiettivo amoroso non dichiarato quando ti ho presentato Clemens...».

«Ah, ma allora lo ammetti!», esclamo trionfante, fermandomi di colpo. Del resto, siamo arrivate: l'imponente palazzo della Questura ci sta di fronte, con la sua facciata color ocra, che non deve essere stato granché bello nemmeno quando era fresco, figurarsi ora. Assorbirà lo smog o aiuterà a mimetizzarlo, probabilmente.

«E va bene: sì, ho pensato che forse poteva succedere qualcosa...». Scuote con decisione la testa, come a dire che l'ipotesi è stata nel frattempo del tutto seppellita. «Ma ora non importa quello che mi sono immaginata, concentrati invece sulla sua proposta. Guarda che l'offerta di mio fratello è seria».

«Lo so. È questo il fatto: io sono seria a sufficienza per un ruolo simile?», le domando con estrema sincerità.

Di questi tempi, tutti si sopravvalutano in modo sistematico; come se andasse di moda, con il risultato che gente impreparata si trova a occupare posizioni di potere. Purtroppo o per fortuna, io invece non ho mai avuto queste tendenze.

«Oh, cara», mi dice Jeanne prendendomi alla sprovvista e abbracciandomi. È davvero tanto minuta in confronto a me. La stringo a mia volta, sperando di non esagerare. «Ne riparleremo. Ora portiamo a termine questo difficile compito: andiamo a carpire i segreti di Martini». La sua espressione è molto determinata, non c'è che dire.

«Sempre che abbia dei segreti da svelarci...».

«Quelli, Vivi, ci sono sempre. Nelle migliori come nelle peggiori famiglie».

E su questo non posso che darle ragione. Il mio caso specifico ne è un discreto esempio.

Saliamo le scale e ci ritroviamo presto al primo piano dell'edificio. Sarà l'orario di pranzo, ma nei locali regna un certo caos.

Se il sovrintendente Belli, di passaggio in quel momento lungo il corridoio, è stupito di vederci tornare, non lo dà a vedere.

Ha l'aria di uno che ha imparato ormai da tempo a farsi scivolare le cose di dosso, capacità che spesso si accompagna all'esperienza. Certo, bisogna anche avere il carattere giusto per saper prendere le cose con filosofia. Non posso che sperare di diventare un giorno una dei fortunati; al momento mi mangio quasi sempre il fegato, e la sensazione non è piacevole.

«Vi siamo mancati...», si rivolge a noi. È ironico, ovviamente, perché la polizia non manca a nessuno.

Gli sorrido. «L'ispettore Martini è in sede?», domando.

«Per esserci, c'è, ma non sono certo sia un buon momento», ci avverte.

«Perché, ha buoni momenti?», chiede Jeanne seria.

Belli ridacchia. «È ancora da verificare. Qualcuno qui dentro propende per il no, ma io rimango un ottimista di natura, cosa posso farci...».

«Be', magari potremmo chiedere aiuto a lei, sovrintendente», mi viene in mente, lanciando un'occhiata alla mia amica.

Lui alza subito le mani. Buffo per un poliziotto, ora che ci penso. «Ah no, che poi verrei sgridato! E siccome Martini già si diverte un po' troppo a farlo – e io gli fornisco motivi a sufficienza di mio – per questa volta preferisco andare sul sicuro. Vi annuncio», ci informa, facendoci strada.

Ci sediamo su due seggiole di una plastica ingrigita dalla vita e dal tempo, e per poco non ci viene un colpo quando sentiamo provenire un lamento piuttosto forte dall'altra parte della porta dell'ufficio dell'ispettore, nonostante Belli l'abbia richiusa alle sue spalle.

«Possiamo ancora scappare», sussurro a Jeanne. E non sto scherzando.

«Ma ormai sa che siamo qui».

«E allora? Salviamo la pelle, finché siamo in tempo».

Lei scuote la testa. «È una questione di principio. Non intendo indietreggiare», ribatte risoluta.

Belli esce dalla stanza con quello che è indubbiamente un sorriso di circostanza, molto tirato. «Dieci minuti e vi riceve», ci dice. Poi si avvicina ancora di più a noi e con fare cospiratorio ci sussurra: «Oggi è particolarmente di cattivo umore».

Ma certo che lo è, la fortuna è dalla nostra parte ultimamente. Osservo con attenzione il volto di Jeanne per carpirvi un segno di cedimento; niente da fare, pare sempre molto determinata. «Aspetteremo...», informo il sovrintendente. «Siamo nati per soffrire». Pronuncio quest'ultima frase con un tono appena udibile, ma Belli deve avere un buon udito perché mi sorride.

Rimaniamo sedute, tese e immobili. Passano cinque minuti che mi sembrano infiniti. «È tutta strategia», dichiara Jeanne. «Intendo, questa attesa snervante...».

D'un tratto, la porta di Martini si spalanca con decisione, ben prima dei dieci minuti preannunciati.

«Ora mi fate pure le improvvisate in ufficio», commenta mentre ci alziamo dalle sedie.

«Ispettore, buongiorno. Ci spiace disturbarla, ma passavamo di qui...», esordisco porgendogli la mano in segno di saluto. La sua espressione è sempre un misto di noia e indecifrabilità, ma la stretta è d'acciaio, come a voler stabilire una gerarchia del potere. Stringo forte a mia volta, perché non sono una che si tira indietro. E se da me forse se lo aspetta, vedo un attimo di stupore nel momento in cui afferra la mano di Jeanne. Probabilmente si immaginava meno vigore, visto quanto è minuta.

«Buongiorno Mancini e Barbieri. Passavate? Ma che caso... E io che vi vedrei molto meglio in via Montenapoleone», ci prende in giro.

Sono sinceramente impressionata che si ricordi i nostri cognomi. Deve essere uno più attento di quello che vuole si percepisca. «Siamo passate anche di lì», lo rassicuro. Nel frattempo, come da piano più o meno prestabilito, Jeanne provvede a togliersi il lungo cappotto, rivelando la sua mise: la gonna è elegante ma molto, molto corta, come mi aveva anticipato. È chiaro che Martini non vorrebbe guardare, ma non è affatto immune; i suoi occhi si incollano alla figura perfetta di Jeanne, incapaci di evitarlo. Provo quasi un moto di tenerezza nell'osservarlo lottare contro la sua forza di volontà. Sembra uno abituato ad avere il più totale controllo in ogni attimo della sua vita.

Alla fine riesce nell'impresa di puntare la sua attenzione altrove, ma abbiamo notato tutti il suo sforzo. Jeanne per prima. «E siete andate oltre? Sconvolgente…». Il tono gronda sarcasmo.

Probabilmente è single; nessuna donna sana di mente potrebbe reggerlo a lungo.

«Sì, e visto che eravamo in zona, ci siamo fermate per chiederle se ci fossero sviluppi. Voglio dire, la mia amica qui è pur sempre vicina di casa di quel tizio che è scomparso… era preoccupata, com'è normale che sia. Perché, è scomparso, non è vero?», gli chiedo senza perdere tempo.

Martini alza gli occhi al cielo e ci fa segno di entrare nel suo ufficio. Lo fa malvolentieri, questo è palese, ma la nostra presenza stava attirando occhiate curiose e indiscrete.

«Il caffè fa schifo perciò non ve lo offro nemmeno», ci informa, reputando chiusa la questione e sedendosi con un tonfo sulla sua poltrona. «Dicevamo?»

«Il mio vicino di casa», gli ricorda Jeanne. «È ricomparso?».

Lui la fissa molto intensamente prima di aprire bocca, come se proprio non riuscisse a comprendere la sua domanda. «Non ci dorme la notte dalla preoccupazione…».

«Mi rovina il sonno, in effetti. Sono una persona che si preoccupa sempre per il prossimo», ribatte con lo stesso tono di presa in giro.

«No, non è ricomparso. E no, non sono affari vostri», ci avverte subito.

«Però sapete di chi si tratta…», va avanti Jeanne.

Martini incrocia le braccia, rimanendo in silenzio.

«Perché, nel caso non lo aveste ancora scoperto, avrei un suggerimento», lo sorprende.

Lui solleva un sopracciglio. «So già che mi pentirò amaramente, ma non riesco a resistere: sentiamo».

Jeanne si accomoda sulla sedia di fronte alla sua scrivania e incrocia le gambe con un movimento aggraziato e molto efficace. Martini deglutisce. Sonoramente. Mi siedo anch'io, ma senza ottenere alcuna reazione paragonabile. «Avete provato a cercare le impronte digitali nell'appartamento?».

L'ispettore rimane di stucco. «Legge molti gialli, non è vero?».

Jeanne ritrae le spalle risentita. «Non vedo cosa c'entri... E comunque il mio suggerimento è valido. Io cercherei in modo particolare sulle cornici dei quadri», insiste.

«Altro che volevate dirmi?», chiede spazientito. Si solleva dalla poltrona, ma dall'alto la vista sulle gambe della mia amica deve essere ancora più devastante, perciò si risiede in fretta e furia. È palesemente seccato per l'effetto che gli fa Jeanne, questo è poco ma sicuro. E qualcosa mi dice che l'attrazione non stia giocando granché a nostro favore. È il genere di uomo che non ama sentirsi attratto da qualcuno. Sono rari, ma esistono.

«Volevo anche sapere del famoso quadro, il sospetto Boccioni. È vero o finto?», mi inserisco.

«Finto», mi stupisce con una risposta chiara e diretta. Sposta poi lo sguardo su di me come a dire: «E quindi?»

«Perciò potremmo davvero aver assistito alla sostituzione!», esclamo stupendo anche me stessa. «Abbiamo visto un'ombra, e il quadro un attimo prima c'era e quello dopo era scomparso. Salvo ricomparire quando ormai eravamo nell'appartamento. Forse ci trovavamo sul terrazzo nel momento incriminato...», rifletto.

Martini sospira affranto. «Il troppo tempo libero distruggerà l'umanità», si lamenta. Ce l'ha chiaramente con noi, ma fingo di non cogliere.

«E il vostro esperto cosa ha detto del potenziale originale?», vuole sapere Jeanne.

«Niente, perché il quadro non esiste in alcun elenco delle opere di Boccioni. E voi lo sapete», replica duro. Non ci avevo fatto granché caso la sera del quasi arresto, ma i suoi occhi sono di uno strano color grigio che si sposa bene con il suo carattere intransigente.

«Lei, ispettore, ci sopravvaluta», provo a scherzare.

«Affatto. Ho molti difetti, ma riesco sempre a capire chi ho di fronte. Voi appartenete ai cittadini della peggior specie: quelli alla ricerca di qualcosa d'avventuroso, annoiati dalla perfetta vita borghese, desiderosi a tutti i costi di scontrarsi con qualche mistero...».

«Esagerato...», borbotta Jeanne.

«E la mia sfortuna è che sapete persino muovervi nell'ambiente artistico meglio di quanto possa fare la polizia. Lei terrà a breve una mostra personale, per esempio», si rivolge a Jeanne.

La mia amica rimane a bocca aperta, colpita dall'affermazione. «Come fa a saperlo?»

«Perché ho approfondito, ovviamente, essendoci pochissimi elementi certi in questa vicenda. Ho indagato su tutti voi e fatto qualche domanda in giro».

Un brivido non molto piacevole mi scende lungo la schiena. Sollevo lo sguardo e incrocio subito il suo: sì, sa perfettamente che ho cambiato cognome a un certo punto della mia vita. Sa anche di chi sono figlia...

È il momento di spostare l'attenzione su altro. «Jeanne, terrai una mostra?», domando eccitata. «Ma non mi avevi detto niente...».

Lei arrossisce. «È solo una piccola galleria in Brera». Cerca di sminuire la cosa, ma si vede che invece ne è felicissima. Uscite da qui, l'abbraccerò per bene.

«Come dicevo... ho motivo di credere che voi sappiate muovervi piuttosto bene nell'ambiente artistico. In modo particolare lei, signorina Barbieri», la incalza.

«Mi sta chiedendo di aiutarla?», si informa tornando a sorridere.

«Le sto suggerendo di venire a riferirmi quello che scopre, nel caso dovesse inciampare su qualche informazione preziosa», la corregge.

«Ma lei in cambio ci terrà informati», contratta lei.

L'espressione di Martini non è particolarmente confortante. «Diciamo che farò lo sforzo. Sulle notizie non riservate e non determinanti all'indagine, va da sé...».

«Mi sembra giusto», concordo, voltandomi verso Jeanne. Anche lei annuisce. È il massimo che possiamo ottenere, date le circostanze.

«Questo è un caso all'apparenza senza senso», riflette Martini ad alta voce. «Ma non c'è nulla che fili, non appena si inizia ad approfondire: persone scomparse, un quadro falso infilato non si sa bene come in un appartamento pieno zeppo di dipinti veri...».

Tra me e Jeanne passa un'immediata comunicazione non verbale: ecco che si è appena fatto scappare un dettaglio interessante. Con uno sforzo notevole riusciamo a tenere la bocca chiusa e non farglielo notare.

«Allora rimaniamo in contatto», mi congedo, alzandomi. Al mio fianco, Jeanne fa lo stesso.

«Non *troppo* in contatto, se capite cosa intendo dire», si raccomanda Martini, e per un attimo ho quasi il sospetto che possa trattarsi solo di una battuta benevola. Ci accompagna alla porta, impaziente di liberarsi di noi.

«Magari le manderò un invito per l'inaugurazione della mostra», gli dice la mia amica. Lui rimane molto stupito, a giudicare da come inarca le sopracciglia. «In modo che possa conoscere un po' l'ambiente della pittura», gli chiarisce. «Potrebbe venirle utile per il caso».

«Sono poco mondano», ribatte.

«Ma non mi dica...». Scherno puro, lo sa anche lui.

Afferro Jeanne sottobraccio e ci incamminiamo fuori dalla porta dopo aver salutato l'ispettore.

«Chissà qual è il suo nome», riflette, mentre mi accompagna di nuovo verso l'ufficio.

«Non lo so, ma Cerbero potrebbe fare al caso suo, non trovi?»

«Oh sì, decisamente sì», conviene. E poi scoppiamo a ridere, felici se non altro di non esserci fatte arrestare.

Sono piccole soddisfazioni, di questi tempi.

Capitolo 6
Amedeo

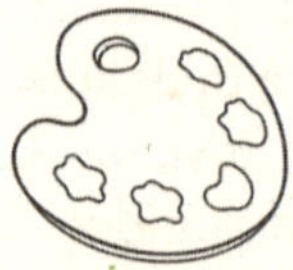

Le feste natalizie aziendali, tornate con prepotenza sulla scena dopo il periodo pandemico tanto da venire annunciate via email post rientro dalle vacanze estive affinché il *save the date* possa battere sul tempo quello di tutti gli altri, sono il classico affare megalomane per cui non si bada a spese. Nessuno le sopporta ma tutti si sentono obbligati a presenziare, anche solo per poter fare paragoni tra gli chef arruolati per l'occasione – tutti rigorosamente stellati, e specializzati in buffet di finger food così raffinati e ricercati che, una volta usciti dal party, la prima cosa da fare sarà cercare un maledetto McDonald's.

Nel caso specifico, l'evento natalizio di questa grande banca – un cliente importante che seguo da anni e che contribuisce a numerose fatture del mio studio – è stato annunciato a inizio settembre per fine novembre; l'ho inserito in calendario subito dopo aver confermato la partecipazione e me ne sono ovviamente dimenticato, com'è giusto che accada quando uno ti annuncia qualcosa tre mesi prima. Per la serie: «faccio in tempo a morire». Non stupisce affatto, dunque, che, arrivato in ufficio il lunedì mattina con l'entusiasmo sotto terra, l'agenda mi prenda alla sprovvista, ricordandomi la serata al museo del Novecento programmata per domani sera. Cazzo, domani?

Afferro il telefono e chiamo mia sorella. «Jeanne, buongiorno», la saluto cercando di risultare allegro, ma senza secondi fini.

«Cosa vuoi?», chiede diffidente. È la gioia del comunicare con chi ti conosce da tutta una vita.

«Ho bisogno di un *plus one* per una serata».

La sento sbuffare. «Ma perché non ti trovi una fidanzata da portare a questi pallosissimi eventi aziendali? Che poi, ci si deve presentare tutti in tiro perché ovviamente la prima persona che si incontra al buffet è sempre l'amministratore delegato».

«L'ultima che ho portato a una serata del genere l'ha scambiato come segno di serietà della nostra relazione – ed era solo la terza volta che uscivamo insieme. Ci ho messo settimane per scollarmela di dosso», le rispondo.

«Perciò chiami tua sorella. Come uno sfigato». Lo dice scherzando, ma non ha tutti i torti.

«Be', a mia parziale discolpa, va detto che mia sorella è una che a questi eventi dà il meglio di sé. E li prende per quello che sono: un'immotivata ostentazione che farà lievitare le spese aziendali».

«Clemens, sei un maledetto ruffiano. E per la cronaca, l'adulazione con me funziona eccome. Dimmi: dove e quando?», cede ridendo.

Alzi la mano chi non è davvero corruttibile con la lusinga. «Museo del Novecento, domani sera alle 19», le leggo, recuperando l'email dell'invito. «Ah, a proposito, mi era del tutto passato di mente, ma ci sarà la presentazione della collezione Ghezzi. Con tanto di intervento dell'assessore e di Giacomo Ghezzi in persona». Questo dettaglio ha appena cambiato del tutto la prospettiva della serata, passata da grandissima rottura di scatole a evento immancabile.

«Cosa? Domani sera? Ma non puoi avvisarmi con così scarso preavviso!», mi rimprovera, all'improvviso arrabbiata.

«Mi rendo conto...», provo a placarla.

«Ho una vita!», continua a inveire. Beata lei. Io non tanto, a quanto pare. «Domani sera devo vedere a cena il curatore della mia mostra. Non posso spostare il giorno prima, visto che sono nei fatti un'esordiente...».

Accidenti, questa cena è troppo importante per Jeanne. «No, non puoi disdire», concordo. So bene quanto mia sorella abbia dubitato di sé stessa in passato e questa mostra è fondamentale per la sua carriera. Potrebbe essere il famoso punto di svolta che stava aspettando da tempo e che le permetterà di diventare a tutti gli effetti l'artista riconosciuta che ha sempre sognato di essere.

L'ambito artistico è estremamente competitivo, e a ciò si aggiunge lo stress inevitabile del non piacere a tutti. Vi è infatti nell'arte una componente di soggettività così elevata che il confine tra il successo e l'insuccesso può ridursi al parere – del tutto sindacabile – di quei pochi che contano in quel momento. Ecco perché ho sempre preferito i numeri: hanno il grande vantaggio di essere molto democratici e oggettivi.

«E mi mangio le mani per non poter venire con te, perché è l'occasione d'oro per avvicinare questo fantomatico Ghezzi. È il modo migliore per metterci in contatto con lui, senza far scattare un campanello d'allarme...», borbotta. «Però puoi sempre chiedere a Vivi!», si rianima all'istante.

«Dici?», chiedo dubbioso, perché dopo il nostro pranzo della settimana scorsa non ci siamo più sentiti e lei non mi ha fatto sapere nulla circa la mia proposta. Senza contare che Violante ha il potere di riuscire a trascinarmi in situazioni impensabili. Ho quasi paura di quello che potrebbe succedere. Va da sé che non lo confesso a Jeanne, perché sarebbe un'ammissione di debolezza.

«Dico, eccome!». È proprio *entusiasta* all'idea. «Anzi, la chiamiamo ora e la uniamo alla nostra telefonata».

Non faccio neanche in tempo a dire la mia che è già passata all'azione. «Vivi, buongiorno!», la saluta tutta allegra, dopo che si è unita alla chiamata.

«Buongiorno anche a te», risponde Violante con diffidenza, perfettamente conscia dell'eccessivo impeto nel tono di mia sorella.

«In linea c'è anche Clemens», la informa.

«Buongiorno, Amedeo. C'era in programma una riunione e io me ne sono dimenticata?»

«Niente di simile, ma Clemens domani sera è stato invitato al party di Natale di una banca...», la informa.

«Che due grandissime palle», commenta Violante in modo

quasi immediato. Vedo che siamo sulla stessa lunghezza d'onda.

«Sì, ma non sai dove e non sai con chi», l'avverte Jeanne.

«E la risposta è al museo del Novecento, per festeggiare la collezione Ghezzi, arrivata da poco in esposizione in quei locali», intervengo.

«Il famoso Ghezzi che volevate contattare?», ci chiede subito interessata. «Ma tu pensa il caso...».

«Il mondo è piccolo», conviene Jeanne. «Però io domani sera ho già un impegno con il mio gallerista, e Clemens ha bisogno di una spalla».

Trattengo una risata. «Non necessito di una stampella, se è quello che intendi, sorella cara...». Ci manca solo che Violante mi prenda per un vero sfigato; per qualche strano motivo, non mi piace l'idea che possa giudicarmi negativamente. Spero sia solo perché sono interessato che lei prenda sul serio la mia offerta di lavoro, e non per altri motivi.

«Certo che no, ma Vivi è più brillante di te con le persone», mi fa notare.

Rimango in silenzio, perché questo è indubbio. Da quel poco che ho potuto osservare, Violante se la cava alla grande nelle pubbliche relazioni. «Grazie mille, Jeanne, ma mi pare che tu stia un po' esagerando. Però, Amedeo, se ti fa piacere e preferisci essere in due, domani sera sono libera. Potrei fingere di essere una con l'agenda sempre piena, ma sarebbe mentire spudoratamente», ride Violante.

«L'unione fa la forza», replico. «Ti giro via email l'invito. Hai bisogno che ti venga a prendere?»

«Vedrai che finirò per abituarmi a questa tua galanteria e sarà la fine», mi avverte divertita. «Comunque no, non c'è bisogno. Figurati se ora devi pure passare a prendermi».

Forse insisterei ancora un po', se Jeanne non fosse al telefono. È imbarazzante concordare un'uscita con Violante, sapendo che mia sorella è in ascolto.

«Allora a domani sera», mi congedo, perché nel frattempo la mia segretaria è entrata per annunciarmi l'arrivo di alcuni clienti. «Il lavoro chiama».

«Torno a dipingere», taglia corto Jeanne.

«E io riprendo certi noiosi contratti», è il commento di Violante.

Ci salutiamo e riattacchiamo.

Nell'istante di silenzio che segue la telefonata, sono costretto a prendere atto di una cosa: all'improvviso la serata di domani mi appare molto meno noiosa e non vedo l'ora di parteciparvi. E non credo proprio che il motivo sia Giacomo Ghezzi.

Il museo del Novecento, ospitato nel palazzo dell'Arengario e inserito nel cuore pulsante della città con tanto di affaccio su piazza Duomo, di fronte alla galleria Vittorio Emanuele II, è in verità un'aggiunta piuttosto recente alla scena culturale milanese, visto che è stato inaugurato alla fine del 2010. Tuttavia, per quanto sia un museo giovane, l'impressione è che ci sia sempre stato. Si è integrato sin da subito con gli abitanti della città, ha saputo cogliere nel segno, magari anche in modo più low profile di tanti altri spazi espositivi.

Come da accordi, attendo Violante nei pressi della biglietteria al piano terra. Sono in anticipo perché arrivo direttamente dall'ufficio, e la strada è stata breve.

La scorgo arrivare trafelata e mi godo la scena indisturbato. Sono libero di fissarla intensamente, dal momento che nel caos degli invitati alla serata, non ha ancora avuto modo di accorgersi di me. È un piccolo vantaggio che non mi dispiace affatto.

«Tacchi alti», le dico, avvicinandomi perché possa notarmi. Torreggia su di me come la sera in cui ci siamo conosciuti. E se all'epoca mi sono sentito in qualche modo a disagio, ora la cosa non mi infastidisce in alcun modo. Le porgo il braccio, che lei accetta subito.

«Ovvio. È o non è una serata elegante?», mi domanda.

«Pare lo sia, a giudicare dagli invitati che ho visto passare finora. Sono tornate di moda le paillettes? No perché mi sembra che questa sera ve ne sia una discreta abbondanza», commento indicando con lo sguardo una signora che ha appena lasciato il cappotto nel guardaroba, rivelando un vestito a dir poco sbrilluccicante.

«Sono ammesse solo sotto Natale, che io sappia», ribatte Violante, mentre siamo in coda a nostra volta per liberarci dei soprabiti. «Al di fuori di questa ridotta finestra temporale, rimangono kitsch e la sciura milanese non le tollera nella maniera più assoluta».

Lei evidentemente non deve sopportarle nemmeno a Natale, perché ha optato per un originale pezzo unico, rigorosamente nero: una salopette con pantaloni a zampa di velluto, maniche lunghe che a me, profano della moda femminile, paiono di un tessuto simile al satin, e con un'ampia fascia in vita a forma di fiocco. Questa sera ha lasciato sciolti i capelli, che le cadono sulle spalle in morbide onde. È elegantissima e stilosa allo stesso tempo. E alta, molto alta, con quei trampoli che si è messa ai piedi.

«Permettimi una curiosità: ma non sono maledettamente scomode queste scarpe?».

Violante ride scuotendo la testa. «Uomini... proprio non capite. Ci sono occasioni in cui si soffre e basta. Nemmeno ci si pone la questione». Si abbassa per essere alla mia altezza e mi sussurra: «Avrei dovuto mettere le ballerine?».

Le mie narici vengono invase da un profumo meraviglioso. Osservo il suo volto, incapace di distogliere lo sguardo. È truccata, a differenza delle altre volte, ma le dona: i suoi occhi sembrano ancora più grandi del solito grazie a due righe di eyeliner di un nero intenso e un sapiente uso di mascara. Sa come valorizzarsi senza strafare. «Intendi dire, per non farmi sfigurare?», le chiedo con un sorriso. Lei annuisce. «Cielo, no!», scoppio a ridere. «Il mio ego sopravviverà, stai tranquilla. E comunque, grazie per essere venuta con me, nel caso non lo avessi ancora detto. Sei uno splendore».

Violante arrossisce. Non è la prima volta che capita. Uno penserebbe che una bella donna come lei sia abituata a complimenti sinceri e disinteressati, e invece non è così. Credo anche sia molto timida. Forse non lo è quando si tratta di infiltrarsi nelle case altrui, ma lo diventa di fronte agli apprezzamenti.

«Grazie. Anche tu non sei male», ricambia, anche se sospetto che lo dica più per obbligo che altro. «Bel tessuto». Fa scivolare la mano lungo la manica della mia giacca grigio scuro. È una mossa totalmente innocente, che però il mio corpo fraintende, ridestandosi come dopo un lungo sonno. È come se si fosse attivata una sorta di ipersensibilità alla sua presenza. La speranza è che, una volta tornati a una distanza rassicurante, tutto svanisca come una bolla di sapone.

«Saliamo?», le chiedo indicando la scala mobile.

«Certo, dobbiamo pur trovare l'alcol». Mi fa l'occhiolino e si avvia.

Questo è il momento propizio per ricordare a me stesso che Vivi è un'amica di mia sorella, nonché la persona a cui ho appena offerto di lavorare con me. A proposito, meglio non pressarla sul tema e goderci la serata, concentrandoci al massimo sull'indagine. Una cosa alla volta.

Tuttavia, per quanto il mio sia un ragionamento molto sensato, non riesco a farmi scivolare di dosso la sensazione di essermi messo nei guai. Forse più di quanto io non lo sia mai stato.

Raggiungiamo insieme la Sala Fontana, ultimo piano dell'edificio, dove si trova la maggior parte degli invitati: sono infatti tutti in coda al buffet che è stato allestito nella maestosa stanza illuminata dalla famosa struttura in neon, un grande tubo serpeggiante di luce visibile anche da fuori.

«Il potere di un buffet gratis è sempre incommensurabile», constato benevolo.

«Più i partecipanti sono ricchi e più amano le cose gratis», commenta Violante. Che si mette subito in coda, tirandomi verso sé. «Poi ci sono io, che pur non essendo ricca, le apprezzo al pari di una milionaria qualsiasi». Scoppia a ridere, mentre la fila avanza molto lentamente.

Io nel frattempo scandaglio bene la stanza e studio i presenti. Prima di uscire ho cercato su internet la faccia di Giacomo Ghezzi, perciò spero di essere in grado di individuarlo, possibilmente prima che faccia il suo discorso e che tutti gli altri cerchino di monopolizzare la sua attenzione.

«Quello è l'assessore alla Cultura», mi rivela Vivi, indicando un uomo sulla quarantina in un bel completo blu.

«Ti interessi di politica?»

«Affatto», mi risponde con un sorriso. «Ma ho letto i giornali con un rinnovato interesse in questi ultimi giorni. In modo particolare la cronaca cittadina. C'era una sua intervista qualche giorno fa».

«E brava Vivi», mi complimento. «Teniamolo d'occhio. Ghezzi non può essere molto lontano».

Nel frattempo siamo arrivati al tavolo del buffet: ci riempiamo i piattini con qualche piccolo sandwich e proseguiamo fino all'angolo delle bibite, dove entrambi ci facciamo versare un bicchiere di prosecco. Certo che un'apertura serale extra di Luini avrebbe fatto comodo usciti da qui: temo proprio che queste minuscole porzioncine non basteranno e che un panzerotto fatto a regola d'arte avrebbe potuto saziare la fame che patirò di certo da qui a nemmeno un'ora.

Sto masticando un mini cono di una strana cialda con una mousse di cui non riesco a identificare il sapore, quando accanto all'assessore compare una figura che mi pare corrispondere alla descrizione dell'uomo che stiamo cercando. «Quello è Ghezzi», informo Violante.

«Vestito esattamente come ci si potrebbe attendere da un esperto d'arte», commenta. «Dolcevita nero e completo grigio... molto chic».

«Si vede che è uno convinto che l'abito faccia il monaco», concordo. «Ci intrufoliamo nella conversazione?»

«Aspetta solo che finisca il vino e poi sarò più efficace». E così dicendo svuota il contenuto del bicchiere in un sorso solo. «Ecco, adesso possiamo andare».

Ci avviciniamo ai due con la scusa di osservare piazza Duomo dall'alto – una visione spettacolare, ma non siamo qui per questo – e allunghiamo le orecchie per carpire qualcosa della conversazione tra l'assessore e Ghezzi. Stanno discutendo dei piani dell'ampliamento del museo, destinato a ingrandirsi nei prossimi anni, grazie alla probabile realizzazione di una sorta di passerella che unisca i due edifici, oggi separati, del palazzo dell'Arengario. Ghezzi sta insistendo sul fatto che la sua collezione meriterebbe uno spazio espositivo più grande, una volta che i lavori saranno portati a termine. L'assessore, come ogni politico che si rispetti, non dice né di sì né di no. Alla fine deve averne un po' le scatole piene, perché si allontana con la scusa di dover fare una telefonata.

Io e Violante ci scambiamo un'occhiata complice: è il nostro momento. Ci avviciniamo ancora di più, fingendo di parlare tra di noi della collezione.

«...Certo che deve essere una storia familiare incredibilmente affascinante!», sospira Violante. «Voglio dire, una collezione che si tramanda di generazione in generazione, ti immagini? E per quanto un simile impegno non stupirebbe magari in altri Paesi, come per esempio gli Stati Uniti, che hanno da sempre avuto l'abitudine al collezionismo familiare, in Italia la storia dei Ghezzi è proprio una rarità». Il suo tono è di sincera ammirazione.

Giacomo Ghezzi ha ovviamente sentito e va avanti ad ascoltare senza dare segno di volersene andare. È anche probabile che abbia posato gli occhi su Violante e l'abbia trovata maledettamente attraente.

«Più che altro, le collezioni private secondo me esistono eccome, ma in pochi sono lungimiranti a sufficienza da volerle poi prestare a un museo come questo, in modo che tutti possano godere delle opere», convengo, facendo la mia parte.

«Sì, be', fa parte dell'insegnamento di mio nonno», si intromette Ghezzi, che non è riuscito a rimanere in disparte. Proprio come speravamo.

«Lei quindi è...». Violante pare sinceramente emozionata, mentre allunga la mano e stringe quella dell'uomo.

«Sì, Giacomo Ghezzi», le conferma con un sorriso che non riesco a non trovare un tantino troppo tronfio. Stringe anche la mia mano, ma lo fa più che altro per educazione. Si vede che quella che ha fatto colpo su di lui è Violante.

«Signor Ghezzi, ci deve raccontare tutto!», esclama Vivi. Un'attrice nata, a quanto pare. «A proposito, sono Violante Mancini».

«Cosa vuole sapere, signorina Mancini?», le chiede, passandosi una mano tra i capelli, per sistemarseli. Ghezzi è sulla cinquantina, ma li porta bene: fisico asciutto e atletico, capelli brizzolati ancora al loro posto, e un evidente amore per i vestiti e gli accessori costosi. Basta guardare l'orologio che ha al polso: un raffinato IWC in oro rosa e cinturino di pelle che sono pronto a scommettere sia di coccodrillo, alla faccia degli animalisti e di tutti gli ambientalisti di questo mondo. È uno che ama il lusso e che non si fa problemi a indossarlo.

«Be', tutto! Com'è nata la collezione, tanto per iniziare...», gli risponde sbattendo ad arte le ciglia.

«Mi hanno chiesto di fare un piccolo discorso questa sera per presentare meglio la collezione, ma immagino di potervi dare qualche anticipazione e qualche dettaglio in più», è subito d'accordo. Il sorriso che rivolge a Violante è piuttosto sfacciato. La mia presenza di sicuro non lo inibisce.

Confesso di essene infastidito dall'atteggiamento di Ghezzi; in fondo, cosa ne sa di chi io sia? Potrei essere facilmente qualcosa in più di un semplice accompagnatore, data l'occasione. Se fossi il fidanzato di Violante, il suo comportamento sarebbe a dir poco irrispettoso.

«Affascinante e persino gentile», si complimenta Violante.

Le lancio un'occhiata ammonitrice come a dire di non esagerare troppo. Ma Ghezzi si sta bevendo la sceneggiata, questo è evidente.

«Tutto è iniziato con mio nonno, uomo straordinario e illuminato...», esordisce. Qualcosa mi dice che sarà lunga. «Anche se io non ho mai avuto modo di conoscerlo e mi dispiace...».

Mi correggo: sarà lunghissima.

«Che peccato», concorda veloce Vivi. «Però deve essere lo stesso un grande onore portare avanti la tradizione di famiglia...».

«Certo. Vittorio Ghezzi era molto avanti con i tempi, un vero appassionato dell'arte. Dipingeva a sua volta, sapete? Sebbene non abbia mai veramente sfondato, non come forse sperava. Però questo gli ha permesso di entrare in contatto con gli artisti dell'epoca, e lì ha scoperto che la sua passione poteva esprimersi in tanti modi, anche collezionando le opere degli altri. Ha fatto parte del giro dei futuristi, era al loro fianco quando hanno iniziato a rivoluzionare il mondo dell'arte».

Violante fa l'ennesimo sospiro; è la perfetta immagine di una persona rapita dal racconto. «Perciò non si è solo limitato ad acquistare i quadri. Ha proprio conosciuto gli artisti…».

«Esatto. Probabile che sia stato in grado di anticipare le tendenze proprio perché li ha visti lavorare dal vivo. Ed è quasi naturale che gli sia venuta voglia di collezionare dipinti e sculture del periodo futurista. Per mio nonno la passione per l'arte a un certo punto ha eclissato quella per tutto il resto. Noi Ghezzi eravamo una famiglia benestante di industriali, e ci si aspettava che si occupasse dell'azienda… e sebbene mio nonno lo abbia fatto, sapete, alla fine il Futurismo ha prevalso su tutto».

Il mio sguardo si fa attento, perché Ghezzi ha come cambiato tono verso la fine della frase; da fiabesco e aulico, il racconto si è fatto diverso. Sarò pazzo, ma mi è come parso di scorgere del risentimento, imbrigliato nelle parole. «Intrigante, e si sa com'è nata questa passione?», mi interesso.

«Uno scherzo del destino: mio nonno abitava a pochi metri da Marinetti, anche se a presentarli è stato Depero, da quello che mi hanno riferito. Frequentavano le stesse persone, ovvero circoli artistici, critici d'arte… E poi, grazie a Marinetti, ha conosciuto tutti gli altri: Giacomo Balla, Gino Severini e così via».

«Ha conosciuto anche Boccioni?», gli chiede Violante, fingendo di emozionarsi alla sola idea. «Le confesso che ho una passione smodata per i lavori di Umberto Boccioni».

Lo sguardo di Ghezzi è condiscendente. «Mia cara, sarebbe stato impossibile: Boccioni è morto nel 1916, quando mio nonno aveva solo undici anni. Purtroppo il grande artista ci ha lasciati davvero troppo presto…».

«Che peccato».

«Questo è un particolare che rende però le sue opere molto preziose: ha iniziato a dipingere solo ventenne, è morto giovane… insomma, non ha fatto in tempo a inondare il mercato dei suoi lavori», le spiega Ghezzi.

Non riesco a fare a meno di pensare che sia una frase insolita. «Intende dire che hanno molto valore commerciale?», gli chiedo conferma.

L'altro mi lancia un'occhiata diffidente. «Sì, non che questo sia davvero importante... almeno, non per me, visto che la mia collezione di famiglia è praticamente invendibile». Segue una risata nervosa e un po' forzata.

«E come mai?», chiede Violante.

«La collezione è stata notificata all'inizio degli anni Settanta dalle Belle Arti come indivisibile, in quanto insostituibile testimonianza del periodo del Futurismo e della Metafisica», chiarisce. Sembra stia recitando un copione che segue spesso.

«In ogni caso, la collezione è un capolavoro. Immagino quanto debba essere fiero della sua storia familiare...», si complimenta Violante.

«Molto. Ma va anche detto che certe volte il passato sa condizionare tutta la nostra vita presente e futura...». Si è fatto pensieroso. «Ancora prima di essere nati».

Violante annuisce con comprensione. «Le strade intraprese dai parenti sanno essere un ostacolo non da poco. Non che questo sia il suo caso, ovviamente...».

Ghezzi si esibisce in una risata palesemente forzata. «No, no. Anzi, sono molto fortunato a potermi muovere nel campo dell'arte grazie all'eredità di famiglia. E poi l'effetto di certi quadri non passa mai, non trova, signorina Mancini?».

Ghezzi vuole escludermi dalla conversazione, ma io non intendo dargliela vinta. «Per esempio *Materia*... si rimane senza fiato ogni volta», dichiaro con convinzione.

«Già, *Materia*», mi fa eco Violante. «Davvero un dipinto evocativo ed emozionante».

«Era uno dei pezzi preferiti di mio nonno», ci racconta Ghezzi. «Boccioni era un po' un'ossessione per lui. Forse perché non lo ha conosciuto, forse perché era affascinato dal suo mito, come spesso capita quando un artista viene a mancare in circostanze tragiche, o forse semplicemente perché è stato in grado di dipingere dei veri e propri capolavori».

«Un peccato che non ci siano stati più quadri come *Materia*...». Lo dico con noncuranza, ma lo sguardo di Ghezzi diviene algido all'istante.

«In questo museo è conservato un altro pezzo forte che personalmente ho sempre associato a *Materia*, ovvero *Elasticità*. Mio nonno aveva cercato di acquistarlo, ma senza successo», ci dice. La mia vaga impressione è che stia cercando di spostare la discussione su altro. Non riesco a comprendere il motivo di questo cambio di rotta.

«Sì, ma *Materia*, che ritrae la madre di Boccioni, è più maestoso, se posso commentare da profana. E anche la dimensione del dipinto conta», insiste Vivi a sua volta. «È un grande peccato che l'artista non abbia sviluppato altri ritratti in modo analogo...».

Ghezzi scrolla le spalle. «Per fortuna abbiamo qui a disposizione i suoi quadri più rappresentativi. Perciò, godetevi la visita questa sera. Con permesso, mi stanno chiamando perché fra poco sarà il momento di tenere il mio discorso». Prova a congedarsi da noi, ma Violante è rapida a fermarlo appoggiando una mano sul suo braccio.

«Magari potremmo scambiarci i numeri di telefono», gli propone. Il suo sorriso è allusivo, e sebbene la trovi una mossa intelligente, c'è un qualcosa che mi infastidisce. Sarà Ghezzi stesso, vallo a sapere. Vivi apre la borsetta e gli porge il suo biglietto da visita. «C'è anche il mio numero di cellulare», gli indica. «Mi chiami...».

Lui lo afferra velocemente e se lo mette in tasca. «Lo farò, signorina Mancini». E poi mi lancia un'occhiataccia, come se avessi chissà che colpa, forse solamente quella di esistere. «Buona serata», ci saluta.

Lo osserviamo allontanarsi, per un attimo. In silenzio. Ognuno di noi sta processando tutto quello che ci ha detto. E, cosa ancora più importante, quello che forse non ha detto. «Una bella testa di cazzo», mormoro a bassa voce.

Violante scoppia a ridere. «Amedeo...», mi riprende bonariamente. «Guarda che non doveva essere uno scontro tra maschi alfa».

«E infatti non lo è stato. Mi era chiaro l'obiettivo della chiacchierata». In alternativa sarei stato molto più tagliente, nonché sgradevole. Invece mi sono limitato a cercare di controllare un'antipatia che è stata quasi immediata. «Ma i palloni gonfiati non mi piacciono, cosa posso farci…».

«E a chi piacciono… Il dramma è che sono ovunque, nel caso non ne te fossi reso conto. Da parte nostra serve una sempre più crescente dose di sopportazione», mi ricorda.

«Sì, ma voleva flirtare con te davanti ai miei occhi». Che la frase sia infelice, è chiaro a entrambi. Vivi ha solo il buonsenso di non farmelo notare troppo, se non con una significativa alzata di sopracciglio. «Non ha nemmeno chiesto in che rapporti fossimo…», provo a rimediare. «Mi ha dato fastidio che neanche gli importasse». Perché ho l'impressione di stare peggiorando le cose con ogni parola che esce dalla mia bocca?

Violante mi prende per il braccio e si incammina di nuovo in direzione del vino. «Be', ha il mio numero. Speriamo lo usi…».

«Ha detto cose un po' strane, non trovi?».

Lei annuisce mentre ordina due bicchieri, questa volta di rosso. Appena il cameriere ce li serve, me ne passa uno. «Sì, ma teniamo conto che si tratta di gente un po' fuori dagli schemi… Forse sarei peculiare a mia volta, se la mia famiglia mi avesse trasmesso una famosa collezione d'arte, il cui peso, emotivo e non, grava sulle mie spalle».

Una gentile signorina ne approfitta per invitarci a prendere parte al primo gruppo in partenza per la visita guidata. Finiamo il vino e ci uniamo agli altri invitati.

La guida ci conduce per le sale e non voglio interromperla. Siamo di fronte nientemeno che a *Materia*, quando riesco finalmente a replicare all'affermazione di Violante. «È questo il fatto: ereditare queste opere non dovrebbe essere un peso. Dovrebbe essere una grande botta di culo», le faccio notare. «E comunque ribadisco che in questo dipinto c'è un qualcosa che mi ricorda fortemente quello che abbiamo trovato appeso alla parete di quel misterioso appartamento. La somiglianza è lì, sebbene le donne siano ovviamente diverse. Qui ha dipinto sua madre, mentre il soggetto dell'altro quadro sembrava una donna ben più giovane. Magari la sorella o qualche amante…», ipotizzo, riflettendo a bassa voce. Con la scusa di farmi sentire, mi avvicino molto all'orecchio di Vivi, inspirando il suo profumo. Che mi venga un colpo, l'effetto è sempre intenso.

«Perciò dici che, sebbene quello che abbiamo visto fosse falso, da qualche parte dovrebbe pur esistere un dipinto vero...». È molto concentrata e non toglie gli occhi dal dipinto.

«Dico che non mi sento di escludere l'ipotesi. E forse Ghezzi ha altro da raccontare...». Le probabilità che lo narri a me sono pari a zero, va da sé.

«Staremo a vedere. Vieni, non perdiamo la guida», mi esorta Violante. «Voglio imparare qualcosa durante questa serata».

«Arrivo, arrivo...». E così dicendo mi affretto a seguirla nell'altra sala.

Mi domando cosa avrò imparato a mia volta una volta tornato a casa, oltre al fatto che il profumo di Violante Mancini crea dipendenza. Be', è già qualcosa.

Capitolo 7
Violante

Sono passati alcuni giorni dalla serata al museo, ma da Giacomo Ghezzi ancora nessun segno di vita.

Mi trovo in ufficio, sepolta come mio solito dalle scartoffie fiscali dei clienti, ma invece che applicarmi senza sosta per diminuire la mole di lavoro, sto riflettendo che forse avrei dovuto giocarmela in modo differente, facendomi dare il suo numero invece che piazzargli un mero biglietto da visita in mano, quando mi squilla il telefono. La mia speranza si riaccende subito, salvo sgonfiarsi come un palloncino bucato, nel momento in cui mi accorgo che non è un numero sconosciuto. Negli ultimi giorni ho risposto con insolito entusiasmo ai soliti call center che fingono di non aver recepito la mia iscrizione al registro pubblico delle opposizioni. La vita sa essere molto crudele.

«Jeanne, buongiorno», saluto la mia amica.

«Ancora niente?», chiede subito, senza alcun indugio.

Mi sfugge una risata. «Ti avrei chiamato se si fosse fatto vivo…».

«Lo so, lo so, ma sono davvero pessima ad attendere senza poter fare nulla di utile per smuovere la situazione». Sospira con fare drammatico.

A chi lo dice… «Siamo in due, amica», la rassicuro.

«E se provassimo a tornare da Martini?».

Alzo gli occhi al cielo; per fortuna non può vedermi. «Non mi pare una buona idea: ho l'impressione che stavolta potrebbe ghigliottinarci, altro che arrestarci… Ci servono elementi nuovi», la faccio riflettere. «Un punto di svolta».

«Già... ma dove si trova questo punto?». Sto per risponderle qualcosa sulla necessità di lasciar fare al caso – frase di circostanza a cui non credo granché, ma a mali estremi, estremi rimedi – quando aggiunge: «Ah, mi sta chiamando la nonna. Posso richiamarti?», si congeda.

«A dopo», replico e torno a lavorare.

Passano dieci minuti ed ecco che si rifà viva. «Vivi, preparati! Cosa fai sabato mattina?». Il suo tono è eccitato e ho paura di scoprire perché.

«Dormo?». Mi accorgo subito dell'errore: non avrei dovuto utilizzare un tono interrogativo, ma di granitica certezza.

«No, non credo», ride. «Verrai a sentire del diario perduto del nonno del Ghezzi reticente, mia cara», mi informa.

«Aveva un diario?»

«La nonna mi ha chiamato perché questa mattina si è ricordata di un dettaglio potenzialmente interessante: pare che Vittorio Ghezzi fosse solito portarsi appresso un taccuino nero su cui annotava un po' tutto, ma specialmente le opere d'arte che gli interessavano e che secondo il suo parere erano da monitorare», mi informa. Inizio a comprendere il motivo del suo entusiasmo. «In ogni caso, sabato mattina andiamo a trovare la nonna, che cercherà di ricordarsi nel frattempo qualche particolare in più, qualcosa che possa aiutarci a toglierci dal punto morto in cui ci troviamo. Forse il diario di Ghezzi potrebbe essere la famosa svolta...».

Sto per ribattere che secondo il mio modesto parere è probabile che lo abbia la famiglia, ma questo riporterebbe la conversazione sull'uomo che ancora non mi ha chiamato, e francamente la cosa non fa bene al mio amor proprio. Non pensavo fosse così suscettibile. Perciò rimango in silenzio e glisso sulle mie osservazioni. «E va bene, sabato mattina vengo con te», acconsento.

«Ci porteremo dietro anche Clemens. Rimane pur sempre il cocco di nonna», scherza. «E poi di tanto in tanto ha qualche buona idea».

Non mi sento di darle torto, senza contare che rivedere Amedeo non mi dispiace. Giusto ieri gli ho mandato un messaggio per rassicurarlo sul fatto che non mi sono dimenticata della sua proposta, ma che mi servirà un po' di tempo per ragionarci bene sopra; lui ha risposto rassicurandomi di prendermi pure tutto il tempo che mi serve. «Ti passiamo a prendere in macchina alle dieci. Visto, sono anche magnanima con gli orari...», si fa beffe della mia abitudine di dormire fino a tardi nel fine settimana.

«Grazie mille, lo apprezzo. A sabato!», la saluto.

E poi mi impongo sul serio di tornare con la testa al lavoro, perché di certo non si sbrigherà da solo.

Amedeo e Jeanne mi citofonano alle dieci precise di sabato mattina, quando sono pronta e scattante. Non sapendo bene che tipo di abbigliamento sia richiesto per la visita alla nonna dei fratelli Barbieri, ho optato per jeans, un maglione grigio e scarpe da ginnastica.

«Eccoti!», esordisce tutta allegra Jeanne dal finestrino abbassato, vedendomi comparire in strada.

«Buongiorno», mi accoglie Amedeo, una volta che sono salita sulla sua macchina. Non sono una grande esperta di automobili, ma si tratta di un SUV Audi sportivo. Ricambio il saluto e mi metto comoda sul sedile posteriore.

Lui mi osserva dallo specchietto e sorride; indossa degli occhiali da sole stilosi che presumo abbiano più che altro funzione modaiola, dal momento che questa giornata di fine novembre è piuttosto grigia. Purtroppo siamo entrati ufficialmente nel periodo nell'anno che dal punto di vista meteorologico toglie ogni voglia di vivere e ti fa riconsiderare l'idea del letargo: potrei essere d'accordo sull'addormentarmi a dicembre per risvegliarmi a fine febbraio, ora che ci penso.

«Dove si va?», chiedo, abbandonando i miei foschi pensieri da meteoropatica.

«Non lontano: via Monti», mi risponde Jeanne.

Via Vincenzo Monti è simbolo di eleganza e di gran classe. Ospita bellissimi palazzi costruiti per lo più nell'Ottocento secondo un gusto che oggi possiamo solo rimpiangere ed è ombreggiata da alti bagolari che creano l'effetto di un lungo tunnel verde. «Ah, ma abitate tutti in postacci», scherzo. «Tu, Amedeo, in che zona?». Sono pronta a sentirmi rispondere piazza Duomo, date le premesse.

«City Life», esaudisce la mia curiosità.

Un amante del moderno. Sarei curiosa di vedere la sua casa: che scelte ha fatto in termini di arredamento, che tonalità privilegia. Il mio è solo un ragionevole interesse a conoscere meglio una persona con cui sto valutando l'eventualità di lavorare a stretto contatto o sotto c'è dell'altro? «Vicino di casa di influencer, insomma», scherzo. Ma nemmeno più di tanto: è noto che certi palazzi hanno attirato diverse persone alla ricerca di sfondi instagrammabili.

«Ah no, vicino di casa di gente che trascorre tutta la vita in ufficio come me. Altrimenti come ci si può permettere certe spese condominiali?», ribatte. «Ci abito ormai da qualche anno e francamente non ho ancora capito chi siano i miei vicini o che orari facciano. Pare peggiori dei miei».

«La vita difficile dei giovani manager…», commento ironica.

«C'è da dire che di solito non ho nemmeno il tempo per affacciarmi a spiare quelli che abitano di fronte. Chissà cosa mi sono perso», osserva.

Chiacchieriamo allegri fino all'arrivo in via Monti, all'altezza di piazza Virgilio. Amedeo recupera un telecomando dal vano portaoggetti e apre un cancello, che ci porta dentro un grande cortile. Vi sono parcheggiate solo altre tre macchine, a indicare che qui è tutto esclusivo. Probabilmente anche l'aria.

«Certo che una volta l'alta borghesia milanese sapeva proprio vivere bene», commenta dice uscendo dall'auto.

«Tutti non fanno altro che ripetere di quanto fermento ci sia oggi a Milano, ma io penso sia del tipo sbagliato; un secolo fa sì che questa città era rampante nel modo giusto», aggiunge Amedeo, chiudendo la macchina. «Ah, niente tacchi oggi!», nota subito, osservando le mie scarpe da ginnastica. Mi si avvicina per confrontare l'altezza. «Sempre più alta», gli tocca ammettere con una risata. «Ma decisamente meno di tutte le altre volte».

«Sai cosa dice sempre mia cugina Ilenia, che è alta quanto me? Che non ha mai conosciuto un uomo che si dichiari alto quanto lei e poi effettivamente lo sia...», lo stuzzico perfida.

Amedeo mi scruta senza comprendere. «Sarebbe a dire?»

«Che voi uomini tendete sempre a giocare al rialzo».

«O magari abbiamo una scala di misurazione differente», ipotizza ironico. «In ogni caso, io sono realmente alto quanto dico. Infatti ho constatato subito che ancora svetti».

Sì, lui è un precisino. Ed è uno che sta bene nella propria pelle, per questo non ha bisogno di aggiungere centimetri. «Vero, ma sei uno dei pochi».

In realtà, compensa con quegli occhi verdi, mi ritrovo a riflettere, mentre lo osservo appendere gli occhiali da sole al maglione. Anche se non credo proprio che glielo dirò. Sospetto che sia pericoloso fare un'ammissione del genere ad alta voce.

Se lo scalone che porta all'appartamento della loro nonna, situato al primo piano, è ampio e maestoso, l'ingresso dell'appartamento è da togliere il fiato: ci sono quadri appesi ovunque, che anticipano quello che è il tema predominante di questa casa, che ospita chiaramente qualcuno che ama le arti visive con tutto il cuore. Non vi sono solo dipinti, ma anche diverse sculture poggiate su ogni superficie disponibile. Una cosa è certa: fare la polvere, da queste parti, è un lavoro a tempo pieno nonché parecchio rischioso. Un movimento brusco e si possono fare danni da migliaia di euro.

«Per di qua», mi fa strada Jeanne, mentre io rimango indietro perché troppo affascinata dall'ambiente che mi circonda.

Ho visto poche abitazioni con più carattere di questa; si tratta indubbiamente di un grande lavoro che ha richiesto molta passione. La nonna di Jeanne e Amedeo ha dedicato tanto tempo ed energia ad arredare i propri spazi, e lo ha fatto secondo un gusto tipico di un'epoca in cui il minimalismo non andava per la maggiore.

La diretta interessata ci attende sorridente seduta sul grande divano della sala. È davvero enorme. Alle sue spalle si trovano tre enormi finestre che fanno filtrare una bellissima luce, incorniciate da splendide tende drappeggiate color beige con piccoli fiori oro. Sopra un caminetto sono appese delle spade che, a occhio e croce, mi sembrano giapponesi. Sono fiancheggiate da dipinti ispirati all'arte asiatica: una pagoda e un giardino pieno di fiori. È tutto colorato ma allo stesso tempo ben intonato, da far girare la testa.

«Oh, eccovi!», ci saluta la nonna dei fratelli Barbieri, alzandosi a fatica con l'aiuto di un bastone. Si vede che il suo fisico è molto fragile, ma il suo sorriso trasmette una grande energia. Indossa un completo con gonna lunga e maglioncino di lana grigi che dall'aspetto sembrano di cashmere. I capelli, del tutto bianchi, sono stati acconciati in corti boccoli spiritosi.

Amedeo le va incontro e le stampa un grande bacio sulla guancia, procedendo ad abbracciarla. Jeanne fa lo stesso, indicandomi poi con la mano. «E lei è la mitica Violante, di cui ti abbiamo parlato. Vivi, lei è nonna Elisa».

«Vivi, vieni qui!», mi richiama a sé la signora. Sono goffa mentre l'abbraccio, perché poco abituata a queste manifestazioni d'affetto. «Cielo, sei alta, ragazza mia...», commenta.

«Genetica», rispondo arrossendo. L'altezza l'ho ereditata sicuramente da mio padre, a cui spero di assomigliare solo in questo. Di lui non si parla mai in famiglia se non lo stretto necessario.

«Nonna, ci hai chiamato e noi siamo accorsi», dice Jeanne, una volta che tutti ci siamo seduti e la domestica ci ha portato il caffè. «Non tenerci oltre sulle spine: cosa ti sei ricordata?»

«Dopo la vostra ultima visita mi sono fatta portare giù dalla soffitta un po' di scatole con i ricordi di quella che ormai mi sembra una vita precedente. Probabilmente lo è pure. Ho ritrovato tantissime fotografie di cui non mi ricordavo nemmeno... Amedeo, porta qui per cortesia quella scatola che vedi sul tavolo e aprila», lo istruisce.

Il nipote esegue, sollevando il coperchio. «Su cosa mi devo concentrare? Su queste foto?». Ne estrae un numero considerevole.

«Sì, inizia pure a guardarle. Magari passane alcune a Jeanne e a Violante».

La mia amica e io, sedute insieme su un altro divano, iniziamo così a studiare queste incredibili fotografie in bianco e nero. Jeanne ne gira una e legge la data. «1951. Qui avevi 18 anni». La passa a sua nonna, affinché possa vederla a sua volta.

«Sì, e sono nella galleria d'arte in cui avevo iniziato a lavorare appena maggiorenne. Ci sono tanti scatti miei, lì. Probabilmente perché si trattava di inaugurazioni di mostre personali degli artisti dell'epoca. Ricordo che se ne tenevano in continuazione».

Jeanne continua a sfogliare le altre foto. «E qui sei con altre persone», le indica.

«Il buffo ometto con i baffi è il signor Biancardi, proprietario della galleria. Dovresti trovarne anche una di noi due con Sironi in persona».

«Questa?», chiede Jeanne, sventolando l'immagine in questione.

La signora annuisce. «Esattamente. Brava, buon occhio», si complimenta con la nipote.

Amedeo si alza dalla sedia per curiosare. «Allora questi potrebbero essere Sironi e...». Lascia la frase in sospeso, sollevando una foto di due uomini.

«Sono Sironi e Vittorio Ghezzi», conclude al posto suo la signora. «E tu lo sapevi», aggiunge.

Lui scrolla le spalle. «Ho fatto delle ricerche su internet in questi giorni. Ho visto qualche scatto sgranato», le rivela.

«Ghezzi? Fa' vedere...», interviene subito Jeanne. Osserva con aria concentrata la fotografia prima di passarmela. Ritrae due uomini in posa uno accanto all'altro. Devo ammettere che non noto nemmeno chissà quale somiglianza con Giacomo Ghezzi, altrimenti detto l'uomo che avrebbe dovuto chiamarmi e non l'ha fatto.

Amedeo riprende a sfogliare il plico di foto, e ne individua una in cui Vittorio Ghezzi è da solo. Ha indosso un cappotto, perciò è presumibile che o se ne stesse andando o fosse appena arrivato, nel momento in cui è stato immortalato. In una mano tiene un cappello e nell'altra una sorta di quaderno scuro.

«Ecco, questa foto mi ha fatto venire in mente che Ghezzi aveva sempre con sé un'agenda di pelle nera su cui annotava tutto. Alle inaugurazioni delle mostre non mancava mai – doveva essere tra i primi a posare gli occhi sulle opere di ogni nuovo artista. Faceva il giro delle stanze, appuntava le opere che lo avevano colpito, e poi rifaceva un secondo giro per confermare la sensazione che gli avevano suscitato», ci racconta la padrona di casa. «Era molto meticoloso nel suo operato, prendeva sempre appunti, come se avesse paura di dimenticarsi qualcosa».

Ho il massimo rispetto per la gente metodica. Io, essendolo poco per natura, cerco da sempre di impormi una metodologia del lavoro che mi obblighi a rigare dritto. Forse dovrei iniziare ad annotare tutto a mia volta.

«Buon per lui, ma non capisco come questo possa aiutarci», le dice Amedeo.

Il sorriso della signora Elisa non vacilla. «Questo è subito spiegato: Vittorio Ghezzi aveva una sorta di ossessione per Boccioni».

«Cosa che ci ha confermato anche suo nipote», ricordo ai presenti.

«E una volta mi ha mostrato questa agenda. Era molto fiero di come la compilava meticolosamente, con tutti i dettagli dell'opera, l'anno, la dimensione precisa e un'attenta descrizione del soggetto. Diciamo che, se non fosse andata perduta, secondo me vi sarebbe un'elevata probabilità di trovare ogni opera di Boccioni che sia transitata sul mercato, nei musei o anche nelle case di privati dell'epoca», riflette la signora Elisa. «La leggenda narra che Vittorio Ghezzi abbia trascorso la vita a scovare e acquistare tutte le opere futuriste che poteva permettersi. Ma la verità è un'altra: pur ammirando moltissimo gli esponenti del Futurismo, quell'uomo ha passato la vita a inseguire dipinti e sculture di Boccioni, che lui riteneva il vero punto di rottura, l'artista che rappresenta la genesi del movimento».

«Il problema è che le agende fanno in fretta a perdersi...», sospira Jeanne.

«Già. Chissà se si è salvata, dopo tanto tempo», rifletto. Se gli eredi di Vittorio Ghezzi assomigliano vagamente a mia madre, dell'agenda non rimarrà che cenere.

«Quando Ghezzi è morto, alla fine degli anni Sessanta, la sua collezione era già diventata famosissima e aveva fatto il giro d'Italia», racconta la nonna.

«Il nipote ci ha detto che la sovrintendenza l'ha dichiarata indivisibile già agli inizi degli anni Settanta», aggiunge Amedeo.

«Nessuna sorpresa a riguardo: avranno voluto evitare il rischio che al figlio che ha ereditato tutto venisse, come dire, la *tentazione* di vendersi qualche pezzo forte...», commenta Jeanne.

«Sì, ma gli eredi possono sempre vendere tutto in blocco, o sbaglio?», chiedo.

La signora Elisa annuisce. «Certo che possono, ma questa di Ghezzi è una collezione piuttosto nota e famosa. Posto che trovare qualcuno che la rilevi per intero non sarebbe semplice, ormai è parte della storia di famiglia. Nessuno vorrebbe essere ricordato come quello che ha venduto la collezione costruita con tanta fatica da Vittorio...».

Non ha tutti i torti. «Be', in ogni caso, non credo che i Ghezzi siano a corto di denaro», rifletto a voce alta. Se Vittorio poteva permettersi certi pezzi, i soldi non saranno stati un problema.

«Altamente improbabile», concorda Amedeo. «Da che mondo è mondo, l'arte rappresenta sempre solo una parte degli asset di una famiglia».

E lui ne sa qualcosa, a giudicare da questa casa.

«Tornando a noi, date queste premesse, secondo me è difficile che abbiano semplicemente deciso di buttare i suoi appunti, quando l'ideatore della collezione è morto», insiste Elisa. «L'agenda deve essere da qualche parte...».

Non facciamo in tempo a risponderle che mi squilla il telefono. Un numero di cellulare sconosciuto. Faccio segno agli altri di dover rispondere. La speranza è sempre l'ultima a morire e potrebbe trattarsi dell'uomo di cui aspetto la chiamata da giorni. «Pronto?», dico con troppo entusiasmo.

«Violante buongiorno, sono Giacomo Ghezzi. Spero di non disturbare», esordisce con voce affabile.

Sono così contenta che mi costa parecchio sforzo non mettermi a saltare per tutta la sala. «No, non disturba affatto», lo rassicuro.

«Eravamo d'accordo di rimanere in contatto, se non sbaglio...». È cauto, sa perfettamente che avrebbe dovuto contattarmi molto prima.

«Sono molto contenta che abbia chiamato», lo rassicuro, senza farmi desiderare neanche un po'.

Devo aver colpito nel segno, perché il suo tono si fa piuttosto compiaciuto. «In questo caso, mi perdonerà lo scarso preavviso ma fino all'ultimo non ero certo se sarei stato in città o meno questo fine settimana: cosa ne dice di una cena?»

«Questa sera?», domando e nascondo il fatto di essere molto indispettita. In circostanze normali non accetterei mai un simile invito: troppo poco preavviso e l'impressione che lui abbia solo bisogno di un tappabuchi. Senza contare che non ci faccio una bellissima figura neanche io: sembro una che non ha nulla da fare.

«Sì», conferma senza la minima esitazione, con il tono di uno che ottiene sempre quello che vuole.

Mantengo la calma e mi trattengo dal rifilargli una rispostaccia. Queste non sono affatto circostanze normali, perciò... «Certamente, volentieri», accetto.

«Ottimo!», esclama allegro. «Allora scelgo un ristorante carino e ti mando un messaggio con tutti i dettagli, va bene?»

«Va benissimo», rispondo, notando che è passato al tu come se ci conoscessimo da una vita. Ah, cosa ne è stato delle vecchie buone maniere... Sono certa che Amedeo avrebbe chiesto il permesso di abdicare dalle formalità. Giacomo Ghezzi invece non si è posto il problema.

Dopo che abbiamo scambiato qualche altra chiacchiera di cortesia e ci siamo salutati, riattacco.

I presenti hanno sentito tutto, perciò non serve che racconti per filo e per segno la telefonata.

«Ti manda *un messaggio*?», domanda Jeanne con espressione diffidente.

«E non ti viene a prendere?», rincara la dose Amedeo.

Alzo le mani con espressione tra il rassegnato e il disgustato. Giacomo Ghezzi non è decisamente l'uomo della mia vita.

«Non è mica un vero appuntamento», gli ricordo. «La nostra è una missione. Dobbiamo capire cosa ne è stato del famoso taccuino del collezionista».

«Speriamo che tu non ti stia sacrificando per niente», sospira la mia amica.

È quello che mi auguro a mia volta, ma sempre meglio tenere basse le aspettative. Sono quasi sempre le speranze disilluse a farci più male. Meglio affrontare le cose con la giusta dose di cinismo. Quello, almeno, non ha mai ucciso nessuno.

Giacomo Ghezzi mi manda un messaggio nel pomeriggio dandomi appuntamento al ristorante di Palazzo Parigi per le 20:30. Il posto mi è ben noto, ci sono stata diverse volte per alcune conferenze di lavoro; è abbastanza centrale senza essere scomodo, è elegante senza essere troppo sfacciato.

Informo prontamente Jeanne del luogo prescelto; lei mi promette di informare anche Amedeo.

Tempo qualche minuto, infatti, e la mia amica ha anche creato una chat di gruppo con noi tre. Il nome è: indagini artistiche. Non posso fare a meno di sorridere mentre scorro i suoi primi messaggi.

Jeanne:
Cosa ti metti?

Non lo so.
Suggeriscimi un outfit che possa andare bene.

Jeanne:
🤔

Devo essere abbastanza carina per indurre Ghezzi a svelarmi i suoi segreti di famiglia, ma nello stesso tempo non troppo carina, perché non voglio fraintenda le mie intenzioni.

Jeanne:
Niente abito nero, vai su qualcosa di più standard. Non so, un completo pantalone scuro.

Mi sembrerà di essere al lavoro vestita in quel modo…

Jeanne:
E allora metti una gonna non troppo corta, con una giacca sopra.

Amedeo: Mi avete inserito qui dentro per costringermi a leggere i vostri infiniti scambi di idee sui vestiti?

Jeanne:
😃😂 Forse

Amedeo:
😭

Hmm, una gonna non troppo corta… Apro l'armadio e mi metto alla ricerca di qualcosa di adatto. Dopo diversi tentativi – perché il mio armadio è un incastro diabolico di vestiti che mai penseresti entrassero tutti quanti in un simile spazio – estraggo una gonna nera svasata, a campana, che arriva a metà polpaccio. Il tessuto è di quelli moderni, si usa dire strutturati, che le permette di mantenere sempre la sua forma. Certo, se non l'avessi schiacciata sino alla morte dentro l'armadio. Oh, poco male, si riprenderà ora di questa sera.

Decido di abbinarci una camicetta di seta color panna e una giacchina nera con dei grossi bottoni d'argento.

Soddisfatta della combinazione, mando una foto dei vestiti che ho appoggiato sul letto a Jeanne. E al povero Amedeo, ma spero per lui che abbia smesso di leggerci.

Jeanne:
Bello!

Amedeo:
Con quali scarpe?

Stivali neri con il tacco sottile.
Alto, molto alto 😉

Amedeo:
Ah, quindi armata. Fai bene.
Non si sa mai con certi soggetti.

Jeanne:
Perché ti sta tanto antipatico Ghezzi?

Amedeo:
È una cosa a pelle. E poi è un pallone gonfiato che va in giro per il mondo a vantarsi di una collezione che non ha nemmeno messo insieme lui, bensì suo nonno.

Jeanne:
Se è per questo, tu ti vanti di uno studio fiscale che non hai nemmeno aperto tu... 😛

Amedeo:
Sì, ma io lo porto avanti alzandomi ogni mattina e mettendoci ore e ore di lavoro. Lui invece tiene discorsi in giro per i musei.
Scusa se non mi pare comparabile.

Osservo il loro scambio di opinioni decidendo di non intervenire. Non ho fratelli o sorelle, che io sappia, e posso comprendere solo fino a un certo punto.

Jeanne:
Secondo me in questa tua antipatia a pelle c'è un bel po' di gelosia.

Amedeo:
Sarei geloso perché ha ereditato una fortuna in quadri?

Jeanne:
No, sciocco. Sei geloso perché questa sera porta fuori a cena Vivi.

😬
Ragazzi, non litigate, per favore. Ho bisogno che siate sul pezzo!

Jeanne:
Sì, scusaci. Ogni tanto ci capita di accapigliarci come cane e gatto…

Amedeo:
🐱🐶

Credo che sfrutterò queste ore che mi separano dall'appuntamento serale studiando un po' a mia volta su internet i Ghezzi e la famosa collezione.

Jeanne:
Mi raccomando, per qualsiasi emergenza, scrivici! Io non esco questa sera e sono lì a due passi... posso arrivare in un attimo.

Amedeo:
Ti mando un taxi a prendere alle 20:15. Sono introvabili se non prenoti in anticipo.

Che dire... grazie mille!

Jeanne:
Oh, Clemens, sarai anche insopportabile la maggior parte del tempo, ma almeno sei un gentleman...

Amedeo:
Avrebbe dovuto offrirsi di venirla a prendere.

Sorrido come un'ebete scorrendo la chat. Per fortuna nessuno può vedermi in questo momento di debolezza. A differenza dell'appartamento di via Pontaccio, il mio ha le tende alle finestre. Nel frattempo, la conversazione virtuale tra i fratelli continua.

Jeanne:
Sì, forse, ma così Vivi sarebbe stata costretta a svelargli dove abita, ti pare? Vivi, a proposito, forse è meglio che il tuo indirizzo gli rimanga sconosciuto. Questa gente sarà anche ricca e importante, ma sono tempi strani...

Farò come dite! 👍

Sono tempi stranissimi e i pazzi abbondano, poco ma sicuro. Spengo poi lo schermo del cellulare e mi butto sul mio portatile, dove potrò leggere meglio tutto quello che avrò da memorizzare. Parto più o meno da zero in ambito artistico, ma ho buona memoria, senza contare che sono un drago con scadenze ravvicinate e sotto stress. Collezione Ghezzi, a noi due.

Arrivo a Palazzo Parigi spaccando letteralmente il secondo, grazie al taxi che mi ha prenotato Amedeo. Ghezzi invece mi ha mandato un messaggio anticipandomi che avrebbe avuto qualche minuto di ritardo e invitandomi ad accomodarmi pure nel ristorante, nel caso fossi arrivata per prima. È molto magnanimo da parte sua "darmi il permesso", rifletto con ironia, ma non avevo bisogno della sua esortazione, visto che non mi piace stare sul marciapiede al gelo.

Il cameriere mi accoglie subito e mi conduce in sala lungo un impeccabile corridoio di marmo; l'hotel è stato già allestito con gli addobbi natalizi – a Milano ormai l'albero di Natale si prepara a ottobre e quei pochi che ci tengono alla tradizione di Sant'Ambrogio o dell'Immacolata hanno dovuto accettare il fatto di essere in netta minoranza – ed è da togliere il fiato. Di solito non subisco granché il fascino delle feste, ma è innegabile che gli arredatori pagati a carissimo prezzo riescano a produrre vere e proprie magie.

Mi sto ancora guardando attorno a bocca aperta quando attraversiamo una parete di vetro che conduce alla sala più intima del ristorante. Vengo fatta accomodare a un tavolo tondo che affaccia direttamente sul giardino, di fronte a una grande finestra. Mi siedo su una poltroncina in pelle marrone, davvero molto comoda. Rifiuto un bicchiere di vino per ingannare l'attesa e mi faccio invece portare dell'acqua. Qualcosa mi dice che è meglio rimanere lucida questa sera, in modo da poter sempre controllare il discorso. Sono qui con una missione e intendo portarla a termine.

Prendo in mano il telefono e scorro i miei ultimi messaggi. Jeanne mi ha mandato diverse faccine buffe di incoraggiamento, finché non è intervenuto Amedeo, intimandole di smetterla una volta per tutte.

D'un tratto, mi sento osservata e sollevo lo sguardo. Giacomo Ghezzi mi sta venendo incontro a grandi passi. Questa sera indossa un completo blu scuro con un dolcevita chiaro, che sarà di certo di cashmere. Deve avere proprio una passione per i maglioncini a collo alto.

Quando è all'altezza del tavolo, mi alzo e ci salutiamo con un bacio sulla guancia. «Ho avuto proprio un'ottima idea a chiamarti», dice. E non si capisce se sia un complimento a sé stesso oppure a me. Propendo per la prima.

«Ottima, Giacomo», non mi rimane che rispondergli, dopo che ci siamo rimessi comodi e ci hanno portato il menu.

«Allora, Violante, tu mangi o fai finta?», mi domanda, con aria arrogante. La mia espressione dubbiosa lo induce a continuare. «Le donne con cui sono uscito nell'ultimo periodo ordinano solo insalate», chiarisce. «Che secondo me non è mangiare, ma mero piluccare».

«Ah no, io mangio. È già una vita difficile anche senza che uno debba convivere con la fame», ribatto subito, presa un po' alla sprovvista dalle sue affermazioni poco galanti sui suoi appuntamenti passati.

«Ottimo, allora cosa ne dici di ordinare un bel risotto alla milanese con ossobuco?», mi domanda, totalmente ignaro del mio fastidio.

«Volentieri», replico, mio malgrado. Ghezzi è davvero un pallone gonfiato come sostiene Amedeo, ma non ho nulla da ridire sulla sua scelta dei piatti.

Appena chiudiamo i menu, si avvicina un cameriere solerte, che si appunta tutto.

«Ci porti anche un Chianti classico», ordina infine, sempre con quel suo atteggiamento altezzoso. Appena il cameriere si allontana, mi punta addosso i suoi occhi calcolatori. «Quindi, eccoci qui», si concentra su di me. «Violante Mancini, di professione fiscalista, come ho scoperto grazie al tuo biglietto da visita».

«Stupito?», chiedo, perché mi sembra che lo sia.

«Un po'... non hai la faccia di chi passa la vita nella noiosissima fiscalità».

«E che faccia dovrebbe avere una persona del genere?», domando ridendo.

«Non lo so, ma seria. Poco amichevole, diciamo. Qualcosa di simile a quella del tuo amico dell'altra sera». Ghezzi ci sa proprio fare, devo ammetterlo. Sa come ottenere le informazioni che gli servono. Immagino che dovrò essere una degna avversaria.

«Lo è anche lui, infatti», gli confermo. Il cameriere efficiente è tornato nel frattempo alla velocità della luce con la bottiglia di rosso e ci versa una dose generosa nei raffinati bicchieri da degustazione.

«Perciò, colleghi».

«Colleghi», mento, giusto per semplificare le cose. Chi può dirlo, potremmo diventarlo a breve, tra l'altro. «E basta, se è questo che era in dubbio». Sollevo lo sguardo e gli sorrido, fiera di come sto interpretando il mio personaggio di detective seduttrice improvvisata.

La sua espressione indica che ha gradito l'aggiunta finale. «Pareva *possessivo*...».

«Forse è stata solo un'impressione. Forse avvertiva un pizzico di gelosia inconscia verso una persona così di successo come sei tu...». Allungo la mano e afferro il mio bicchiere di vino, perché temo che la mia faccia mostri quanto trovi ridicola questa frase. Attrice mancata ma con dei limiti.

«Il successo è un concetto molto relativo», si schermisce con falsa modestia come da copione.

«Indubbiamente. Però immagino debba essere interessantissimo viaggiare per il mondo insieme alla propria collezione d'arte di famiglia». Cerco di spingerlo ad aprirsi un po', sfruttando le informazioni che ho scovato.

«Ho viaggiato tanto, sì, ma ora, con la collezione approdata per un po' di anni al museo, credo che mi dedicherò ad altro. Forse scriverò un libro sulla storia della collezione», mi rivela.

Peccato non abbia tempo di attendere che il suo capolavoro veda la stampa. Ho bisogno di avere qualche anticipazione, qui e ora. «Sarebbe un gran bel progetto», mi complimento. «Hai tanto materiale su cui lavorare?»

«Be', ho molti racconti dei miei genitori. Mio nonno è morto quando io non ero ancora nato, perciò non ho una testimonianza diretta del suo lavoro, purtroppo».

«Avrai parecchio materiale a cui attingere: foto, articoli di giornale... e, magari anche gli appunti di tuo nonno», oso, mentre Ghezzi è distratto dal cameriere che ha portato i nostri piatti.

In effetti, sembra aver abbassato la guardia perché annuisce mentre si gusta la prima forchettata di quello che appare un risotto alla milanese eseguito ad arte. «Sì, sì, ci sono tante di quelle foto da perdere anni di vita a sfogliarle. E anche tantissimi articoli degli anni Cinquanta e Sessanta, quando mio nonno aveva iniziato a esporre la sua collezione. Prima ha girato per l'Italia e poi ha cominciato a essere invitato all'estero...», mi racconta.

«E appunti diretti? Secondo me sarebbero un grande valore aggiunto per il libro...». Per la serie, consigli disinteressati e dove trovarli.

Smette di mangiare e si ferma a riflettere. «Sai che... non ne sono sicuro? Di certo ci sarà qualche lettera, ma probabilmente saranno quelle che ha ricevuto negli anni dai suoi amici, dagli artisti e così via… però, grazie mille, ottima idea. Dovrò dedicare del tempo a cercare tra le scartoffie impolverate».

«Abiti ancora nella stessa casa di famiglia?», gli chiedo con nonchalance.

«No, no, mio nonno ha abitato quasi tutta la sua vita in un appartamento in via Senato. Era vicino di casa di Marinetti, pensa il caso… È stato Depero a presentarli, prima si limitavano a incrociarsi per la strada», ride.

Che Vittorio Ghezzi, Marinetti e Depero si conoscessero bene non è affatto un mistero per me: in rete ho visto una foto di loro tre, molto giovani e quasi goffi, nei loro abiti eleganti. Ma è un dettaglio che di sicuro non rivelerò: non voglio ammettere di aver messo il naso nel passato di suo nonno.

Ignaro delle mie riflessioni, Giacomo continua a raccontare. «Ho venduto l'appartamento in via Senato qualche anno fa, quando ne sono venuto in possesso. Va bene il valore affettivo, ma a un certo punto il troppo stroppia. E comunque non ci ha vissuto nemmeno mio padre, bensì lo dava in affitto», si giustifica, come se lo stessi giudicando per aver venduto un pezzo di storia familiare. Spoiler: è così.

«E… a chi l'hai venduto?», domando. Devo proprio essere diretta in questo caso. Ghezzi solleva la testa e mi fissa stupito. Forse dalla mia schiettezza?

«Non ricordo nemmeno… a una società, mi pare». Ci pensa su un secondo. «Anzi, forse a uno studio di avvocati. Gente che paga bene», ridacchia.

«Già…». Il mio sorriso è forzato e il mio cervello lavora frenetico per tornare su un territorio più neutro, quando gli squilla il cellulare. La sua espressione si corruccia nel leggere il nome sul display.

«Un secondo solo…», si scusa, allontanandosi per rispondere.

Esce in giardino da una porta di vetro e si mette a parlare animatamente al freddo e al gelo. Lo studio da lontano, mentre cammina agitato e gesticola. Purtroppo dal mio posto non riesco a vedere il suo volto, ma non è necessario per intuire quanto poco piacevole sia la telefonata che ha appena ricevuto. Non deve essere un uomo che conviene far arrabbiare, mi ritrovo a riflettere. Un attimo dopo, il mio telefono si rianima e mi distrae. Che Jeanne abbia capacità psichiche? «Ma come facevi a sapere che...», le domando, senza neanche salutarla.

«Siamo nell'altra sala e abbiamo visto Ghezzi in giardino», mi interrompe senza troppe cerimonie.

«Cosa?», chiedo sorpresa. «Perché?». Non riesco a credere che quei due siano venuti apposta a cena qui. «Oh, lascia perdere ora le domande inutili. Come sta andando?», vuole sapere.

«Bene, direi. Non alla grande, ma tutto sommato bene. Stavo tentando di farmi raccontare qualcosa degli appunti di suo nonno, quando si è alzato a rispondere».

«Maleducato», commenta Amedeo.

«Sì, molto», concorda sua sorella. «... ma ci voleva una pausa in cui potessimo palesarci a Vivi. Più che altro, con chiunque stia discutendo pare che si tratti di qualcosa di poco piacevole». Se sono nell'altra stanza, hanno una visione migliore della mia. «Comunque, in attesa che torni, vi anticipo che non pare essere a conoscenza di alcuna agenda del nonno», li informo.

«Maledizione», sibila Jeanne.

«Però ho scoperto che Vittorio Ghezzi ha abitato per quasi tutta la vita allo stesso indirizzo, da qualche parte in via Senato. Vedete se riuscite a scovare il palazzo preciso. Secondo me l'informazione si trova in rete, tenete conto che era vicino di casa di Marinetti».

«Hai un piano». Un'affermazione, non una domanda.

«No, non è tanto un piano, è l'istinto che mi guida. Un po' come è successo la sera della tua festa». Meglio mettere le mani avanti, perché potrei benissimo fare un buco nell'acqua. Anzi, lo sarà di certo...

«Niente idee demenziali, per cortesia», è il borbottio in sottofondo di Amedeo.

«Perché tuo fratello è così di cattivo umore? Perché l'hai costretto a seguirti qui a cena il sabato sera, quando avrebbe potuto uscire con qualcuno di interessante?»

«Ah, non lo so proprio... Clemens, Vivi vuole sapere se sei geloso», scherza. O almeno spero.

«Cosa? Non ho detto questo!», la riprendo, trattenendo una risata imbarazzata.

«Scommetto che non sono le parole che ha usato Violante», afferma Amedeo senza alcun dubbio.

«Certo che ormai vi conoscete proprio bene…», commenta Jeanne con tono insinuante. Un attimo dopo, però, la sento trattenere il respiro. «Vivi, riattacchiamo. Sta tornando!», mi avverte. Ghezzi, infatti, ha terminato la sua telefonata e sta per rientrare nel ristorante.

Chiudo la conversazione e nascondo il cellulare sotto il tovagliolo, mentre lui mi raggiunge con passo deciso.

«Ti chiedo perdono», si scusa il mio commensale, una volta che è tornato a sedersi.

«Rogne?», mi interesso. Questa volta non sto nemmeno fingendo.

Lui annuisce cupo allungando la mano per afferrare il bicchiere di vino, che procede poi a svuotare quasi in un sorso solo. «Cerchiamo di non pensarci… Stavamo dicendo…».

«Parlavamo del peso delle case di famiglia», gli ricordo.

«Sì, cercano sempre tutti di colpevolizzarti per il fatto di non voler vivere come hanno vissuto i tuoi antenati, non trovi?»

«È già difficile vivere non deludendo sé stessi, figurarsi tutto il proprio albero genealogico», gli rispondo con sincerità questa volta. «Hai fatto bene a vendere la casa di tuo nonno, se è quello che ritenevi più giusto per te».

Ghezzi è colpito dal mio tono di comprensione, forse per questo riprende a raccontare. «Quella casa era un incubo. Mio nonno in gioventù aveva avuto delle velleità pittoriche. Erano quadri terribili, te lo dico subito. E si vede che ne era cosciente anche lui, perché li ha rinchiusi in soffitta a prendere polvere. Ti immagini? Una grande soffitta piena zeppa di dipinti polverosi e senza alcun valore… Non l'ho mai confessato a nessuno prima, ma ho lasciato lì i quadri quando ho venduto l'appartamento. Ne ho presi giusto due o tre – per ricordo e per quietare quel senso di colpa che ci infliggono alla nascita – e mi sono del tutto disinteressato degli altri».

«Magari a qualcuno sono piaciuti e li ha appesi in casa», azzardo.

«Difficile, ma in fondo cosa ne sappiamo, i gusti sono gusti...», mi concede.

Nel frattempo abbiamo finito di mangiare e il cameriere, dopo aver gentilmente portato via i piatti, ci ha riportato il menu per farci scegliere un dolce. Sto sbavando all'idea di una tarte tatin alle mele servita calda con gelato alla vaniglia, quando il cellulare di Ghezzi squilla di nuovo. Lo osservo inspirare a fondo e chiudere per un attimo gli occhi. È evidente che sa già di chi si tratti. Questa volta non si allontana per rispondere. «Sì? Cosa c'è ancora? Ho detto... maledizione... non questa sera... Sì, sì, e va bene...». Poi riattacca, rosso in volto. «Devi scusarmi, Violante, ma a quanto pare questa serata si sta rivelando davvero sfortunata. È *tutto* molto sfortunato, ora che ci penso, a eccezione della tua meravigliosa compagnia».

Gli sorrido con comprensione. «Non ti devi preoccupare. Capisco se devi andare».

«Non vorrei affatto, sia chiaro». E così dicendo posa la mano sulla mia. La sensazione non è per nulla piacevole, ma mi impongo di non lasciarlo trasparire.

«Possiamo sempre rivederci...», gli propongo. In futuro potrei aver bisogno di altre informazioni da lui. Meglio non tagliare i ponti.

Si illumina, come colto di sorpresa. «Mi farebbe molto piacere. Però ora devo proprio fuggire. Salderò il conto uscendo», mi informa alzandosi.

Rimango al mio posto a bere vino finché non ho la certezza che sia scomparso dalla mia vista, poi afferro il mio bicchiere e mi incammino alla ricerca dei due Barbieri, le mie spie in incognito preferite. «Ah, eccovi!», esclamo dopo averli individuati in un angolo della saletta adiacente. Mi lascio quasi cadere nella poltroncina libera del loro tavolo e cerco di rilassarmi. È stato più stressante di quello che avrei pensato.

«Perché è corso via?», mi chiede Amedeo. Il sorrisetto insinua che sia stata io a farlo fuggire a gambe levate.

«Ah non lo so proprio. Ma io sono stata affabile, molto più di quello che sarei mai stata in circostanze normali, precisiamo. Ho elargito comprensione e complimenti».

Jeanne emette una risata. «Ah, la donna perfetta, allora. Almeno secondo il diktat maschile…».

«Gli hanno telefonato una seconda volta ed è dovuto scappare. Un mistero anche questo, ma prometto che non cercherò di risolverlo», rassicuro i presenti. «Avete già ordinato il dolce? Posso ordinarlo anch'io, nel caso?», domando, interessata a quello che mi sta più a cuore.

«Portare fuori una donna e poi dimenticarsi di ordinarle un dolce è da vili». Jeanne non approva, e io nemmeno.

Se il cameriere è stupito del mio cambio di tavolo quando si avvicina, ha il buon senso di non darlo a vedere. «Madame, desidera anche lei un dessert?».

Ah, sant'uomo… «Certamente, una tarte tatin. E si assicuri che ci mettano sopra una montagna di gelato», mi raccomando. Credo di essermelo meritato.

Mi portano l'ordinazione insieme a quelle di Jeanne e Amedeo: un tortino morbido di cioccolato per lei e un Mont Blanc per lui. Ora che ho posato gli occhi sulla montagna di meringa, panna e marron glacé, un po' mi è venuta la voglia di assaggiarla.

Amedeo deve essersi accorto dei miei sguardi voluttuosi al suo dolce, perché mi avvicina il suo piatto. «Forza, buttati», mi invita con espressione benevola.

La sua sarà anche mera gentilezza, ma io non me lo faccio dire due volte: immergo il mio cucchiaio nella crema e lo porto alla bocca, dove l'esplosione di sapori è davvero una poesia.

«Buono?», chiede lui ridendo.

«Buono non rende l'idea», sospiro, in estasi. È fin troppo facile dimenticarsi delle circostanze e di tutti gli altri, quando Amedeo sorride in quel modo, inclinando appena la testa e appoggiando una mano sotto il mento.

«Assaggia ancora, se vuoi», mi dice, senza spostare il piatto.

Una parte di me sa che dovrei declinare l'offerta; l'altra parte invece non conosce vergogna. «Se proprio insisti…». Faccio il secondo round di dolce. «Grazie mille. Non dovevi, ma grazie». Sentendomi un po' in colpa per aver assalito in questo modo il suo Mont Blanc, gli offro il mio piatto. «Provalo. Secondo me è buono anche questo».

«No, non ti preoccupare», declina Amedeo e io mi rivolgo allora a Jeanne, che per un attimo avevo quasi dimenticato sotto lo sguardo intenso di suo fratello; la mia amica è della mia stessa scuola e si serve volentieri di un pezzetto. Annuisce con approvazione. «Divino. E ora prova anche il mio, così abbiamo completato il giro», mi invita. Aspetta che abbia attaccato sia il tortino di cioccolato, che la mia tarte tatin, e poi mi domanda: «Perciò, quale vince la palma di dessert migliore della serata?»

«Non fare domande difficili. Tutti eccezionali, c'è poco da fare». E poi il mio amore per gli zuccheri mi rende un tantino di parte.

«Tornando un attimo a noi, vi informo che il vecchio Ghezzi abitava in via Senato al civico 8», ci riferisce Amedeo, su cui possiamo sempre contare perché ci riporti all'ordine. In ogni gruppo serve qualcuno in grado di funzionare anche sotto coma glicemico. «Avevi ragione, Vivi. L'informazione si trova online. Pare fosse un dettaglio noto a tutti», ci spiega.

«Buono a sapersi. Da quello che mi ha raccontato il nipote, sempre che non abbia detto sciocchezze, l'appartamento è stato venduto senza che l'erede avesse prima svuotato la soffitta. Che – come ha confermato lui stesso – era ancora piena di quadri dipinti personalmente da suo nonno. Zero valore commerciale, perché Vittorio aveva molta passione per l'arte del periodo ma nessuna capacità artistica effettiva. Giacomo non si è nemmeno scomodato a prenderli con sé».

«Però, che nipote *affabile*», ironizza la mia amica.

«Sì, ti aspetteresti maggiore considerazione da uno che ha ereditato una simile collezione, no?», ragiono. «D'altronde, quando uno è meschino, lo è a prescindere. Probabile che i soldi abbiano anche amplificato questo suo modo di essere».

«Care mie, lascerei da parte le questioni affettive che sono notoriamente materia complessa e scivolosa e tornerei invece a concentrarmi sul dettaglio più importante: da qualche parte in via Senato esiste una soffitta che potrebbe ancora contenere materiale lasciato da Vittorio Ghezzi. Quadri, sebbene di poco valore, ma magari anche appunti. O, perché no, agende». Ammiro la capacità di Amedeo di focalizzarsi sempre sulle cose che contano. Io, purtroppo, tendo un po' a divagare. Jeanne non ne parliamo.

«Chi ha comprato la casa avrà avuto bisogno di una soffitta, non pensate? A Milano, a maggior ragione in una zona così centrale, ogni metro quadrato dove poter riporre le proprie cose vale oro», commenta saggiamente Jeanne.

«Verissimo, ma pare che l'appartamento sia stato acquistato da uno studio di avvocati, o qualcosa di simile. E la possibilità che non abbiano toccato la soffitta perché non interessati a usarla come deposito non è pari a zero», ribatto.

«Già, un archivio in soffitta è sempre a rischio infiltrazioni negli edifici storici. Il pericolo è di perdere materiale sensibile», conviene anche Amedeo. «Avranno di certo un deposito come si deve da qualche parte. Sorvegliato, ben pulito, molto più efficiente. O almeno questa è la nostra speranza», sorride alla fine.

«Bisogna sempre essere ottimisti», gli do manforte. «Tanto, se deve andare male, lo farà comunque».

«Perciò dobbiamo andare quanto prima in via Senato al civico 8», interviene Jeanne.

«Sì, ma dobbiamo farci venire in mente una scusa valida per poter ficcare il naso nella soffitta. Non possiamo introdurci come se niente fosse», osserva suo fratello.

«No?», chiedo dubbiosa. Per quel che mi riguarda, avrebbe potuto essere un piano attuabile.

Amedeo scuote la testa. «No, dopo l'altra volta, direi di prenderci un attimo per riflettere a fondo su come muoverci...».

Siamo così assorbiti dall'ideazione di una strategia degna che non ci accorgiamo che nel frattempo un'ombra è calata sul nostro tavolo.

«Buonasera», ci saluta una voce che non ci è affatto sconosciuta.

Solleviamo tutti e tre la testa di scatto.

Cielo, è l'ispettore Martini.

«Buonasera», gli rispondiamo quasi all'unisono.

«Che strano trovarvi qui...», mormora, cupo e riflessivo come suo solito. E anche un filo sarcastico.

Jeanne si raddrizza sulla poltrona e solleva il volto con aria di sfida. «Ora non si può nemmeno andare a cena fuori?»

«Certo che si può, sebbene questo non sia il mio genere di posto...».

«Non l'avrei mai detto», replica lei.

«Eppure è qui», intervengo. Qualcuno doveva fargli notare questo particolare, o sbaglio?

«Sì, ma non sono venuto in qualità di cliente. Sono in servizio». Come sempre non è molto generoso di informazioni.

«È scomparso un quadro?». Il mio è un maldestro tentativo di essere divertente, ma Martini non sorride nemmeno.

«No, signorina Mancini. I quadri sono tutti al loro posto. Hanno trovato un cadavere in una delle stanze dell'albergo».

Alla faccia dell'effetto sorpresa. Tutto mi aspettavo meno questo. «Un che?», chiede Jeanne. «E perché ce lo sta dicendo?»

«Perché vi ho notati appena sono entrato nell'albergo, prima di salire di sopra, e perché in verità il morto vi riguarda: l'uomo in questione si chiamava Salvatore Busti e le sue impronte corrispondono a quelle che abbiamo trovato nell'ormai celeberrimo appartamento di via Pontaccio, quello situato di fronte alla casa della signorina Barbieri», ci informa.

Dire che rimaniamo a bocca aperta è l'eufemismo del secolo. «Il padrone di casa che era scomparso?», domando.

«Purtroppo per lui non è più scomparso», ci tiene a chiarire Martini. «E voi siete pregati di venire con noi. Facciamoci un'altra chiacchierata, va'...».

Capitolo 8
Amedeo

L'ispettore Martini siede di fronte a noi, alla sua scrivania, e ci osserva con aria infastidita. Visto che l'ultima volta che ci siamo trovati nel suo ufficio sembrava più che altro annoiato, non riesco a capire se si tratti di un miglioramento o di un peggioramento della nostra situazione.

«Quindi, ripetiamo ancora una volta la storia, per cortesia, in modo che possa essere tutto verbalizzato...», ci istruisce. Dietro di noi, infatti, un nuovo agente sta prendendo nota di tutto. Sono quasi tentato di chiedergli dove sia finito il sovrintendente Belli, che aveva dalla sua una certa ironia, caratteristica rara da queste parti.

Jeanne e Violante, sedute alla mia sinistra, hanno entrambe le braccia incrociate al petto con un'espressione che mi pare molto poco conciliante. La stanno prendendo sul personale, temo.

«Perché siamo qui?», si inalbera mia sorella. «Non c'era alcun bisogno di questa sceneggiata...».

«Non penserà mica che noi c'entriamo qualcosa con la storia del cadavere a Palazzo Parigi», rincara Vivi.

Martini sposta lo sguardo su di me, come a dire, intervieni per favore. Lo farò, ma non subito. Non sento le necessità di mettermi contro due donne arrabbiate, se permette. Che si prenda pure questo antipatico compito.

«Credo poco alle coincidenze», replica l'ispettore. «Anzi, zero. Perciò, se tre persone, in qualche modo collegate alla prima scena di questo caso, compaiono come per magia anche sulla seconda, tendo a sospettare che ci sia un filo conduttore».

«E invece il fato esiste. E Milano è piccola, se non se ne fosse accorto», ribatte mia sorella. «Senza contare che noi siamo stati tutto il tempo seduti al nostro tavolo. I camerieri possono confermarlo. Non ci siamo alzati nemmeno per andare a fare la pipì!».

Martini solleva un sopracciglio. Caro mio, benvenuto nel difficile mondo della cocciutaggine femminile… «Non c'è bisogno di andare proprio così nel dettaglio, signorina Barbieri», le dice.

«E invece sì. Siamo arrivati, abbiamo cenato e non ci siamo mossi dal tavolo», insiste arrabbiata.

«Voi due. Ma lei, signorina Mancini, era inizialmente seduta da un'altra parte. Con un'altra persona…».

Vivi sospira. Le si legge sul volto l'indecisione circa il grado di trasparenza da tenere. «Sono uscita a cena con un uomo, sì», conferma. «Una volta che il mio appuntamento è finito, mi sono accorta che per puro caso Jeanne e Amedeo stavano cenando nello stesso ristorante, nella saletta adiacente. Mi hanno invitato a unirmi a loro e così ho fatto», sintetizza.

L'ispettore non se la beve nemmeno per sbaglio. «Per puro caso, vero?», ironizza.

Vivi scrolla le spalle. «Non so lei quali ambienti frequenta, noi tendiamo un po' tutti a muoverci sempre tra i soliti locali. Perciò sì, capita spesso di incontrarsi *per caso*». L'enfasi sulle ultime due parole è una chiara provocazione.

Martini per il momento decide di lasciar correre. «E con chi era a cena?», vuole sapere.

Violante si raddrizza sulla sedia. «È importante?».

La palpebra dell'ispettore inizia a tremare. «Glielo avrei chiesto, altrimenti?».

Vivi è l'immagine dello scontento mentre gli risponde: «Ero a cena con un uomo di nome Giacomo Ghezzi. È ancora permesso accettare un invito, vero?».

Il tono di Violante è stato provocatorio, ma Martini non ci fa caso. «Giacomo Ghezzi… perché mi dice qualcosa?», chiede più che altro a sé stesso.

Mi sento in dovere di intervenire; d'altronde, meglio mostrarsi collaborativi che soprassedere su particolari che potrebbero poi ritorcersi contro di noi. «Ghezzi è il proprietario dell'omonima collezione di quadri e sculture che è ora in esposizione presso il museo del Novecento».

«Ah, *quel* Ghezzi! Ecco perché il nome mi era noto... nelle ultime settimane i giornali erano pieni di articoli sulla sua collezione di famiglia», commenta l'ispettore. Mia sorella gli lancia un'occhiata curiosa, che lui coglie subito. «Cosa c'è, non posso leggere a mia volta le pagine culturali?»

«Ma certo che sì», è fin troppo rapida nel rispondergli.

Lui scuote la testa. «Quindi, ricapitolando: vi intrufolate in un appartamento e qualche settimana dopo l'uomo che ha lasciato impronte ovunque giace cadavere qualche piano sopra di voi, mentre state amabilmente cenando. Non ci vedete un motivo che torna in tutta questa faccenda?»

«La sfiga?», suggerisce Vivi.

Martini non condivide la sua opinione. «No, non credo. Temo che la situazione sia più complessa. Conosce Ghezzi da tanto tempo?», domanda.

«Be', questi saranno anche affari miei...», ribatte piccata, ma Martini non ha affatto l'aria di uno che lascerà stare. Ne è cosciente anche Vivi, perché sospira. «E va bene. No, lo conosco da poco. Ci siamo incontrati a una festa aziendale al museo, dove lui ha parlato della sua collezione. Abbiamo scambiato due chiacchiere, io gli ho dato il mio numero di telefono e lui mi ha chiamato per invitarmi a cena. Insomma, la più classica delle situazioni».

«Un puro caso, presumo, il fatto che il quadro che avete visto scomparire e poi ricomparire assomigli sospettosamente a un Boccioni, artista ben rappresentato all'interno della collezione di questo Ghezzi...».

Certo che deve leggerli con molta attenzione i giornali. Osservo sinceramente impressionato Martini: è stato molto veloce nell'unire certi invisibili puntini. D'altronde, immagino sia un requisito professionale.

Anche Violante ne è sorpresa, ma è brava a mantenere la sua espressione da giocatrice di poker. «Un caso, sì», replica.

«E perché il suo cavaliere è andato via così presto?».

La domanda è scomoda, infatti Vivi non sa bene che dirgli. Alla fine opta per la verità, cosa che avrei fatto anch'io. Un conto è non volersi incriminare senza motivo con la polizia, e quindi tacere dettagli inutili che potrebbero farci sembrare sospetti, un altro è tacere informazioni che non siamo in grado di valutare quanto possano essere importanti.

«Ha avuto un imprevisto. Non so bene di che tipo, ma sembrava grave, ed è dovuto scappare via un po' prima di quanto preventivato», gli risponde alla fine.

«Un imprevisto di che tipo?», la incalza Martini.

Violante sta per perdere la pazienza. «Non lo so proprio! Ha ricevuto un paio di telefonate e poi si è scusato. Non ho origliato le sue conversazioni, se permette». Il sottinteso è che avrebbe voluto, ma non ci è riuscita.

Che sia stata sincera è palese a tutti, persino all'ispettore, che infatti riflette su queste informazioni.

Mia sorella ne approfitta per tornare sul tema che ci incuriosisce più di tutti. «E quindi, il morto chi era?»

«Salvatore Busti», le ripete lui, senza aggiungere altro.

Lei sbuffa seccata. «Sì, lo sappiamo, ma questo non ci dice molto. Tirerò a indovinare: quando avete preso le impronte nell'appartamento di fronte casa mia, avete scoperto che non era incensurato...». Quella di Jeanne sarà anche solo un'ipotesi, ma in effetti non mi pare del tutto insensata.

Martini è palesemente stupito. «E questo lo desume da cosa?»

«Dal fatto che non è più tornato in quell'abitazione, una volta che si è reso conto che vi era passata la polizia. Una persona incensurata, non presente negli schedari e senza nulla da nascondere, non avrebbe avuto motivo di tenersi alla larga, visto che mi sembra chiaro che fosse a Milano».

«Ribadisco che ha letto troppi gialli...», le fa lui. Ma non nega. Questo è evidente a tutti.

«So distinguere molto bene realtà e fantasia. Nei romanzi gli ispettori sono sempre figure interessatissime...».

Una risata alla porta ci fa girare tutti. È riapparso Belli. «Capo, credo che ce l'avesse con lei...», lo informa.

«Sì, lo so, Roberto. Sono ancora in grado di identificare una frecciata», gli risponde l'altro.

Il sovrintendente porge ridendo a Martini alcuni fogli. L'ispettore legge aggrottando le sopracciglia. «Hmm...», mormora solo.

«Quindi, quando è morto?», vuole sapere Jeanne.

Martini e Belli si scambiano un'occhiata inquieta. «Ma come diavolo...».

«Suvvia, era palese. E comunque sì, leggo moltissimi gialli. Il medico legale di solito è un bel personaggio. Il vostro?», chiede Jeanne. L'impressione è che si stia facendo un po' troppo fagocitare da tutta questa storia.

«Il nostro ci ha fatto sapere tramite un assistente che farà con calma», risponde Belli, prima che Martini possa fermarlo.

«Per la miseria...», lo riprende l'ispettore. «Zitto e muto. Non diamo alla signorina Barbieri altro materiale, per cortesia. Già ha una fervidissima immaginazione».

«Però ho ragione», lo sfida mia sorella. «Non era incensurato. E infatti si è dato alla macchia...».

«Diciamo che non è andato a Saint Moritz per il weekend», le dà manforte Violante.

«Se anche ci è andato, direi che ha fatto in tempo a tornare. E a farsi ammazzare», è la cupa risposta di Martini. «E voi, se siete un po' furbi, starete alla larga da tutto: dall'appartamento, dai dipinti e da eventuali indagini personali...».

Trattengo una risata: ha capito tutto, inutile fingere altrimenti. «La prego, non dica loro che sarebbe pericoloso, perché temo potrebbe non essere chissà quale deterrente», lo scongiuro semiserio.

«Sì, l'ho intuito». Si sporge poi verso Jeanne e Vivi. «Ve lo ripeto: niente iniziative, perché qui c'è gente che spara...».

«Quindi, non è stato strozzato, ma ucciso con un colpo di pistola!», commenta mia sorella. «Molto interessante».

Martini alza gli occhi al cielo. «Lo avreste comunque letto sul giornale di domani mattina. Non era una notizia particolarmente sensibile». E poi ci rivolge un sorriso di circostanza. «Se non c'è altro, se non mi state nascondendo informazioni preziose, direi che possiamo anche lasciarvi andare…».

Jeanne leva la mano ma non attende che lui le dia il permesso di parlare. Se lo dà da sola. «Come intendete procedere? Secondo me servirebbe una rogatoria internazionale per farsi rivelare dalla fiduciaria lussemburghese a chi appartiene davvero l'appartamento…». Si ferma solo quando si accorge dell'espressione adirata di Martini. «Cosa c'è? Il suggerimento sulle impronte digitali che vi ho dato l'avete colto», ribatte, sollevando con ostinazione il mento.

«Abbiamo finito», la informa lui, glaciale, alzandosi dalla sedia. È un uomo molto alto, che potrebbe incutere un certo timore, se solo mia sorella fosse il tipo che si lascia spaventare. E invece no, è un'artista un po' mezza matta che si sceglie amiche altrettanto avventurose, a quanto pare. «Il sovrintendente Belli vi accompagnerà fuori, dove potrete firmare la vostra deposizione».

Non abbiamo detto niente di molto interessante, ma se ci tiene…

«Signori, state lontano dai pasticci», ci intima con voce che si è fatta molto bassa. «Fatevi qualche gita fuori città, che c'è il ponte di Sant'Ambrogio… Andate a sciare almeno voi, godetevi la vita e non vi immischiate in cose che non vi riguardano».

«Ma che carino che è a preoccuparsi per il nostro tempo libero», gli fa Jeanne. «Vero, Vivi? Tanto, *tanto carino…*», rimarca ironica. «Però io non posso andare da nessuna parte, ahimè. Ho appena ricevuto la notizia che la mia mostra personale sarà anticipata all'undici di dicembre. Il che è meraviglioso ma anche terribile, perché avrò davvero pochissimo tempo per allestire il tutto».

Lui la squadra concentrato. «La famosa mostra a cui aveva promesso di invitarmi?».

Jeanne sgrana lo sguardo. «Vuole venire davvero?».

Martini scrolla le sue spalle larghe. «E perché no?».

Osservo meglio l'ispettore e non posso fare a meno di provare un pizzico di invidia per quello che è palesemente un fisico molto allenato. Non che il mio non lo sia, ma il suo è oggettivamente anche un regalo di madre natura. Una fastidiosa vocina mi suggerisce che uomini simili sono di certo il tipo di Violante, essendo alti a sufficienza. Le lancio un'occhiata per studiare come lo stia osservando. Difficile a dirsi: la sua espressione è intensa e concentrata, ma potrebbe essere anche per via del suo coinvolgimento con gli ultimi eventi. Non per la prima volta osservo quanto sia brava a reggere la pressione.

«E va bene, metterò il suo nome in lista: lunedì 11 dicembre alle ore 19 presso la galleria MiArt in via Brera. Segno per due?», gli domanda Jeanne.

Lui ci pensa un attimo e alla fine annuisce. «Sì, grazie».

E poi siamo finalmente liberi di andarcene. Per essere tre onestissimi cittadini, il tempo che stiamo trascorrendo a parlare con la polizia sta diventando preoccupante.

Il mattino seguente mi faccio forza e mi infilo la giacca per scendere dal giornalaio e comprare qualche quotidiano. Lo so che questa è l'epoca del digitale, e io stesso sono solito leggere infinite testate finanziarie e fiscali sul mio tablet, ma sfogliare il giornale scorrendo le notizie del giorno ha ancora un certo fascino. È un rito del weekend a cui non sempre ricordo di attenermi, ma quando lo faccio sono maggiormente soddisfatto di me stesso.

Questa domenica, poi, ho una ragione ulteriore per farlo, ed è la curiosità di scoprire se qualche giornalista abbia pubblicato ulteriori dettagli interessanti sul cadavere di ieri sera.

Una volta compiuta la mia missione, torno in casa. Mi faccio un buon caffè e inizio a studiare le notizie; nella sezione di cronaca nazionale niente di interessante, ma per fortuna quella cittadina regala maggiori soddisfazioni. L'articolo in questione parla di un uomo, S. B., di anni cinquantatré, che è stato trovato cadavere in una stanza lussuosa di un albergo a cinque stelle della città. Sorrido congratulandomi con Martini: è riuscito a convincere il giornalista a tenersi per sé, almeno per il momento, dettagli piuttosto succosi. S.B. risultava alloggiare presso l'hotel già da alcuni giorni, ma sotto un'altra identità.

Solo al momento della perquisizione della stanza sono saltati fuori i suoi documenti originali.

Ne deduco che la polizia lo stesse cercando già da tempo, da quando ha rilevato le impronte nell'appartamento di via Pontaccio, e che il diretto interessato lo sapesse o almeno lo sospettasse.

Vado avanti a leggere, sempre più curioso: dalla polizia filtrano poche informazioni, ma pare che sia stato ucciso con arma da fuoco, probabilmente dotata di silenziatore visto che non è stato udito alcun rumore, e il cadavere è stato ritrovato da una cameriera che stava portando dell'acqua in bottiglia di vetro all'uomo, come da sua richiesta espressa di mezz'ora prima. Questo rende quasi certa l'ora del decesso, tra le nove e le nove e mezza di sera. L'arma non è stata trovata, e nemmeno il cellulare dell'uomo.

Sollevo la testa e rifletto. Non mi stupisce che il mio telefono squilli in quel preciso momento. Tantomeno che a chiamarmi sia mia sorella. «Eccoci, siamo qui!», mi saluta con il tono di chi è già pronto a chissà quali avventure. «C'è anche Vivi in linea».

Povera Vivi, penso sorridendo... «Buongiorno Vivi e Jeanne», le saluto. «Avete dormito bene?»

«E chi ha dormito?», ribatte Violante. Temo che mia sorella l'abbia contagiata con il suo tono concitato.

«Io...», ammetto ridendo.

«Sì, lui riusciva a dormire prima degli esami, delle interrogazioni, degli eventi importanti...», si ricorda Jeanne. «E io ti detestavo per questo, caro Clemens!».

«Si riflette meglio con la testa riposata», rispondo solo. L'autocontrollo è oggettivamente un mio segno distintivo; spesso mi ha aiutato nei momenti difficili, ma ha tolto anche un certo grado di spontaneità alla mia vita. In effetti, Jeanne e io ci siano divisi sin da piccoli i compiti: lei era quella istintiva, a me è toccato il compito di quello razionale ed efficiente.

«Jeanne e io stavamo leggendo e commentando insieme le notizie che abbiamo scovato su internet», mi informa Violante. «E abbiamo notato un dettaglio interessante...».

«Chi gli ha sparato ha preso il cellulare, ma non i documenti», la precedo.

«L'hai notato anche tu!», esclama Jeanne.

«Sì, ma non è nulla di eclatante: sarebbero risaliti alla sua vera identità comunque, tramite le impronte. Probabile che l'assassino andasse di fretta. Piuttosto, ha rischiato di incrociare la cameriera: evidentemente non sapeva che l'uomo del mistero avesse telefonato alla reception per chiedere dell'acqua», faccio notare.

«I cattivi hanno sempre fortuna. Anche nei romanzi», sospira Jeanne.

«Mi sa che in questa storia i cattivi sono parecchi...», commenta Vivi.

«Probabilmente hai ragione», conviene mia sorella. «Teniamo d'occhio le notizie in questi giorni. Magari salta fuori qualcos'altro di interessante. Nel frattempo, io direi che dobbiamo pensare a un buon piano per la perlustrazione della soffitta di via Senato».

«Perlustrazione?», rido. Detta così, sembra molto facile e molto innocente.

«Dite che dovremmo entrare di nascosto?», domanda Violante.

«Non facciamoci arrestare», intervengo subito, prima che possa farsi venire qualche altra idea *impetuosa*, per così dire. «Su questo Martini ha ragione. Vorrei evitare altri giri in questura, se permettete...».

«Hai già in mente qualcosa?», domanda mia sorella.

«Forse. Ma dovremo aspettare domani mattina: io propongo di chiedere in modo molto diretto allo studio di avvocati l'autorizzazione a perlustrare la soffitta alla ricerca di qualcosa che potrebbe rivelarsi d'interesse per la pittrice tra noi. Potremmo dire che sei una grande appassionata della collezione Ghezzi, Jeanne, essendo tu un'artista, e che vorresti dare un'occhiata al luogo dove ha abitato Vittorio, soffitte incluse», espongo la mia idea. Milano è una piccola città, da certi punti vista, e in ambito professionale tutti conoscono tutti. Sono abbastanza certo che il mio amico Mario conosca uno dei soci dello studio di avvocati in questione. Ho consultato banalmente l'elenco telefonico via computer e ho scoperto che al civico che ci interessa vi è un unico studio legale; difficile sbagliarsi, quindi. «Ho delle amicizie che potrebbero mettere una buona parola e farci entrare con tanto di autorizzazione. Certo, nel caso acconsentano, Violante sarà molto delusa di non potersi intrufolare di nascosto in luoghi che non ci competono...», non resisto dal punzecchiarla un po'.

«Secondo me ti sei divertito più di quanto sei disposto ad ammettere», mi risponde a tono, con una risata.

«Mi sono divertito ma non ci tengo a ripetere l'esperienza, mettiamola così. Meglio provare a entrare in modo legale», insisto.

«E va bene, affidiamoci alle tue amicizie», acconsente Jeanne. «Mi raccomando, devi essere affabile quando chiedi un favore...».

«Lo dici come se io non fossi naturalmente affabile di mio».

«Be'... *affabile*... un parolone quando si tratta di te».

«Ho capito, ho capito, sarò affabile», prometto. «Qualsiasi cosa voglia dire».

«Diciamo che a quest'ora avresti magari una fidanzata, se lo fossi davvero», va avanti a tormentarmi mia sorella. La sua attività preferita, va da sé.

«E tu quindi come mai sei single, visto che sei così *amabile*?», le faccio notare.

Non vi è alcuna esitazione nella sua risposta. «Per scelta, mi pare ovvio».

Vivi e io scoppiamo a ridere. Jeanne ha stile, questo le va riconosciuto. «Signore, vi terrò informate. E ora tornate pure alla vostra domenica e dimenticatevi per un po' di tutta questa storia», mi congedo.

Dopo averle salutate, finisco di sfogliare i giornali e poi mi infilo una tuta: non avevo in mente di andare a correre – di solito non mi piace farlo all'aperto in inverno – ma per un attimo mi sono ricordato del fisico dell'ispettore Martini e mi sono sentito in difetto. Sensazione ridicola, lo so bene, ma anche le persone più razionali di questo mondo hanno i loro momenti.

Perciò correrò, al diavolo tutto. Chissà che mi aiuti a non pensare a niente per un po'.

Il mio contatto si rivela essere quello giusto, perché nel giro di un giorno mi ritrovo a parlare al telefono con l'avvocato Fanelli in persona, capo dello studio che ha acquistato il grande appartamento di via Senato 8. Il mio amico Mario ce l'ha nella sua squadra di golf, pensa un po' il caso. Dico sempre che ormai devi saper giocare per forza, perché nulla cementifica i rapporti come un'inutile coppa di golf amatoriale strappata con inusuale ferocia al proprio commercialista. I più svegli possiedono addirittura quote di campi, perché talvolta giocare nemmeno basta più; chi ha davvero stile, però, ha rilevato il golf club intero e passa il tempo tra una buca e l'altra a lamentarsi di come sia difficile trovare uno chef all'altezza per il proprio ristorante con affaccio sul green.

L'avvocato Fanelli appartiene a quest'ultima categoria, e si sta crucciando di quanto sia complicato trovare personale che non ti pianti dopo la prima settimana di lavoro. Io, interessato a ottenere il suo lasciapassare per frugare nel solaio, sto ovviamente ascoltando partecipe, premurandomi di dargli ragione ogni tot minuti.

«E quindi lo capisci anche tu che il mio nuovo resort ne risente… Certo, niente batte le mie 18 buche. È un percorso Championship da togliere il fiato. Devi assolutamente venire a giocare con noi…».

L'introduzione di Mario è stata molto calorosa, perciò siamo passati subito al tu e agli inviti. «Verrò volentieri un giorno, grazie mille», gli rispondo.

«Invece, mi dicevi, la storia della soffitta…». Si ricorda dopo mezz'ora di discussioni golfistiche.

Sono stato volutamente paziente e ho atteso il mio momento. Mia sorella sarebbe molto fiera della sopportazione che ci ho messo. «Sì, lo so che è una buffa storia. Sai, mio padre ha sempre fatto il fiscalista e io ne ho seguito le orme…».

«Ti devo mandare un po' di clienti, perché le rogne fiscali sono un tema pressante», si ricorda.

«Volentieri, sono a disposizione. In ogni caso, anche se a casa i numeri l'hanno sempre fatta da padrone, mia sorella è un'artista. Dipinge, e pure molto bene. A giorni ci sarà l'inaugurazione di una sua personale in una galleria a Brera», gli racconto.

«Cielo, anche mia moglie dipinge. Cose oscene. E no, non è per nulla un'artista, solo una donna di mezza età molto annoiata e con troppo tempo libero. Io zero e lei in abbondanza», ridacchia perfido. Spero che sua moglie gli abbia fatto un terribile ritratto e abbia preteso di appenderlo in sala.

«Jeanne è davvero in gamba. Ha studiato all'Accademia di Brera». Sì, sono fiero di mia sorella e non mi stanco mai di tessere le sue lodi. «Nell'ultimo periodo si è interessata di Futurismo, e ha iniziato a raccogliere un po' di informazioni perché vorrebbe creare una nuova serie ispirata appunto ai movimenti artistici del secolo scorso. Perciò immaginerai la mia sorpresa, quando mi ha raccontato che il tuo studio aveva acquistato l'appartamento in cui era vissuto il famoso collezionista Vittorio Ghezzi». La sto ovviamente condendo a dovere, in modo che Fanelli non abbia da ridire.

«Sì, è vero, ho comprato l'immobile dal nipote, l'unico erede rimasto, credo. Uno snob pieno di arie che aspira a vivere chissà dove… pensa, aveva da ridire sul traffico di via Senato», si stupisce. «Gli ho detto, ma questa è Milano, c'è traffico ovunque!».

«Buon per te che avesse voglia di dismettere la casa», gli faccio notare.

«Assolutamente. È stato un ottimo investimento. È la gioia del mattone», ridacchia tutto tronfio. «Modestamente so fare affari…».

Sa anche vantarsi come pochi, ma quelli come lui ultimamente abbondano, perciò non posso nemmeno mostrarmi troppo sorpreso. «Ecco, mia sorella ha sentito che Vittorio Ghezzi, il nonno che ha messo insieme la famosa collezione che ora si può vedere in mostra al museo del Novecento, ha riempito la soffitta di appunti e chissà cos'altro… e vorrebbe visitarla, se possibile».

«Cose di valore?», si interessa subito. Ah, il divino attaccamento al denaro, anche quando ne hai talmente tanto da non sapere come spenderlo.

«No, non credo proprio. Temo siano solo scartoffie destinate a far aumentare la polvere, per noi che non siamo dell'ambiente. Sai come sono fatti gli artisti…», cerco di parlare la sua lingua.

«Eh già. Anche perché il proprietario originario mi è sempre sembrato uno molto interessato ai soldi. Non avrebbe mai lasciato nulla che potesse avere un valore. A momenti si portava dietro le finestre», rievoca più divertito che altro.

«Tirchio?», azzardo.

Fanelli ci riflette. «No, a dire il vero aveva l'aspetto di uno abituato a spendere, e pure parecchio. Ricordo di aver notato il suo orologio, quando ci siamo trovati dal notaio a firmare il rogito: indossava un Vacheron Costantin che deve essergli costato almeno cinquantamila».

Emetto un fischio. «Però…».

«È quel genere di persona: vuole le cose costose per sfoggiarle», commenta con compassione. A Milano l'ostentazione sfacciata è chiaro sintomo di maleducazione o poco gusto, e Fanelli ci tiene a far parte della categoria di quelli dal gusto impeccabile. «Se lì su ci fosse stato qualcosa che avrebbe potuto rivendersi, se lo sarebbe portato dietro, nessun dubbio a riguardo. Hai ragione, saranno rimaste solo cianfrusaglie».

«Perciò, visto l'interesse di mia sorella, pensi che posso portarla a dare un'occhiata alla soffitta del vostro studio? Magari un sabato, quando non disturbiamo nessuno?». Spero di essere riuscito a piazzare la domanda nel momento giusto, quello in cui non potrà che darmi una risposta affermativa.

«Ma certo!», esclama per fortuna. «È da tempo che penso di svuotare quello spazio, ma la voglia di organizzare il tutto non si trova mai. Anzi, ci fate un favore ad andare a vedere. Magari poi potresti darmi una tua stima su quanto lavoro ci vorrebbe per sbaraccare tutto».

«Sarà fatto», acconsento in fretta. Questa telefonata è stata lunga ma è filata più liscia del previsto. «Possiamo venire questo sabato mattina?»

«Quando volete... lascerò detto in portineria. Cesarina ha le chiavi e vi porterà su. Venite vestiti sportivi», si raccomanda. «L'ultima volta che qualcuno ha fatto le pulizie lì sopra sarà stato quando il vecchio Ghezzi era ancora vivo. O almeno così mi dicono. Io non ci ho mai messo piede».

La cosa non mi sorprende ma gioca a nostro vantaggio. «Non so come ringraziarti. Ti devo un favore».

«Ma figurati... Sentiamoci, piuttosto, Barbieri, e andiamo a giocare a golf, che mi stai simpatico», mi saluta alla fine.

Terminata la telefonata, mi ritrovo a sorridere soddisfatto. Jeanne e Violante mi devono come minimo un drink: modestamente sono stato affabilissimo.

A Fanelli avevo parlato solo di mia sorella, ma dubito avrebbe da ridire sulla presenza di Violante, che ormai è parte integrante di questo nostro strambo gruppo. Non mi è ben chiaro cosa stiamo cercando di dimostrare, o a chi, a dire il vero, con questa assurda indagine; al momento rimane innegabile la presenza di un filo conduttore che ci sta portando in giro per Milano, a esplorare soffitte polverose che probabilmente non sono state ispezionate da molto tempo.

«Avete fatto l'antitetanica negli ultimi dieci anni, vero?», domando, mentre ci troviamo di fronte al civico 8 di via Senato, il sabato successivo alla telefonata.

Jeanne e Violante si guardano confuse prima l'un l'altra, e poi si voltano verso di me. «Diciamo di sì». La risposta di mia sorella non promette nulla di buono ma lascio correre. «Perché, tu sì?», si stupisce.

«Ovviamente», replico.

«*Ovviamente*», mi imita mia sorella, con enfasi. «Cosa vuoi che sia... è solo una soffitta...».

«È da tanto che non entri nella tua, presumo».

«Ci sono mai entrata?», domanda. Vivi e io scoppiamo a ridere.

«Io ci ripongo le scatole di tutto quello che acquisto, in modo particolare degli elettrodomestici, perché un ex fidanzato mi ha contagiato anni fa con l'ossessione di non buttarle. Diceva che in caso contrario non si sarebbero potuti sostituire», ci racconta Vivi. «Mi sono liberata di lui ma tengo ancora le scatole inutili. Demenziale. Dovrò provvedere a sbarazzarmene, ora che mi ci fate pensare...».

Basta chiacchiere, è il momento di passare all'azione. Se do retta a queste due, restiamo qui tutta la mattina. «Entriamo. Ricordatevi: se qualcuno ci dovesse chiedere qualcosa, Vivi è un'artista a sua volta, compagna di accademia di Jeanne, e anche lei è qui perché grande amante del Futurismo», ripeto la storiella che abbiamo concordato.

Annuiscono con vigore. «E infatti mi sono vestita da artista», fa notare Violante, indicando i suoi jeans sdruciti e le scarpe da ginnastica, non di certo nuovissime. Vorrei poter dire che l'abbigliamento casual non le doni, ma sarebbe una terribile bugia: fa parte di quelle persone a cui dona sia lo stile elegante che quello disinvolto.

Avanziamo nell'androne del palazzo e ci fermiamo in prossimità della portineria. «Signora Cesarina, buongiorno», la saluto cercando di risultare cordiale. «Non so se l'avvocato Fanelli le ha anticipato qualcosa, ma siamo qui per dare un occhio alla soffitta di pertinenza».

Lei smette di leggere la sua rivista di gossip e ci scruta con attenzione. «Sì, so tutto», conferma. «Volete curiosare nella soffitta del vecchio Ghezzi, eh?», chiede ridacchiando, mentre si alza dalla sedia per recuperare un grosso mazzo di chiavi appeso a un gancio sopra la sua testa. «Per di qua...», ci fa strada.

Nell'attesa che arrivi l'ascensore, su di noi cala un silenzio imbarazzato. «Conosceva la famiglia Ghezzi?», le domanda Vivi.

«Sì, sono qui da trent'anni. Ho avuto il piacere di conoscere Alberto Ghezzi e poi il figlio Giacomo, che è colui che ha venduto l'appartamento qualche anno fa».

Mi sembra che il suo tono sia leggermente cambiato nel nominare l'ultimo Ghezzi della stirpe, ma potrei essere solo prevenuto. «Non le sta simpatico Giacomo?», le chiedo sorridendo con fare comprensivo.

Lei solleva le spalle. «Meglio non esprimere opinioni sugli inquilini».

Saggio, indubbiamente, ma non sempre fattibile. Siamo tutti umani, in fin dei conti. «E Alberto Ghezzi, che tipo era?», provo un approccio differente.

Si illumina a sentirlo nominare. «Oh, un signore molto a modo. Ci teneva parecchio all'immobile ereditato da sua padre, sa? Aveva capito che si trattava di più di un semplice lascito, che era un pezzo di storia della famiglia...», commenta la portinaia, che si zittisce all'arrivo dell'ascensore.

Entriamo nella cabina e saliamo in silenzio fino all'ultimo piano. Da lì, una rampa di scale conduce alle soffitte; vi si accede tramite una prima porta, chiusa a chiave. «Questa è stata sostituita di recente. I condomini hanno optato per qualcosa di sicuro», spiega infilando una grossa chiave nella serratura. La fa scattare e spalanca l'uscio.

«L'avvocato Fanelli non viene mai qui sopra?», chiede Jeanne.

La donna scuote la testa. «Che io sappia, ha visto questo posto solo una volta, quando ha comprato l'appartamento che poi ha trasformato in uno studio chic. Bellissimo, per carità, con arredi molto moderni e minimalisti ma...». Si ferma, sospirando.

«Ma si è un po' perso un pezzo di storia», intuisce Violante. «Secondo lei come mai Giacomo Ghezzi non si è portato via tutto da qui, dopo che aveva venduto?».

A Cesarina scappa una risata. «Si vede che non c'era nulla che valesse qualcosa qui sopra».

Non è la prima persona che descrive l'erede della più grande collezione futurista come un soggetto piuttosto avido. Due indizi iniziano a fare una prova.

«Vi lascio. Se avete bisogno di me, sapete dove trovarmi. La soffitta dei Ghezzi è quella». E ci indica una porta di legno alla nostra destra, mettendoci in mano una chiave antica.

La ringraziamo e attendiamo che abbia ripreso l'ascensore, prima di avvicinarci. È come se fossimo timorosi, spaventati dall'idea di non trovare nulla di interessante. Questa soffitta è la nostra unica possibilità di andare avanti a investigare. Pazzesco come possano cambiare le cose nel giro di qualche settimana: la follia in cui mi sono trovato invischiato per puro caso è diventata un'avventura di cui voglio capirci qualcosa in più.

«Diciamo che l'avremmo individuata anche senza aiuti», scherza Vivi. «Tutte le altre porte sono nuove, mentre questa pare avere letteralmente un secolo».

«È il fascino della storia», le rispondo. Infilo la chiave e impiego un po' di tempo e una certa forza per far scattare la serratura: di certo non è stata oliata di recente.

«È emozionante, non trovate?». A mia sorella brillano gli occhi mentre spalanco la porta.

«Qui dentro è… polveroso», osservo dopo aver acceso una luce sul muro subito alla mia destra. «Molto, molto polveroso».

Lo spazio è più grande di quello che mi sarei potuto immaginare, con due vecchi armadi posti ai lati del muro, e una credenza che pare in procinto di sgretolarsi davanti ai nostri occhi. Un po' come nei film di Indiana Jones, dove basta il mero contatto con l'ossigeno a distruggere reperti antichissimi.

In mezzo alla stanza vi è un cavalletto con sopra una tela, ma è stato coperto con un panno. Per terra giace abbandonata una tavolozza che una volta conteneva probabilmente colori a olio e invece ora è solo una testimonianza di quanto sia scura la polvere milanese. Vi è anche un barattolo di vetro con ancora dentro alcuni pennelli che si saranno seccati per sempre.

«Certo che Ghezzi non ha preso davvero nulla da qui…», mormora Violante.

«Per uno come lui queste sono solo cianfrusaglie». Mi avvicino al cavalletto e tolgo il panno; il quadro che si nasconde sotto è un abbozzo di una sorta di natura morta stilizzata.

«Fortemente influenzato da Giorgio Morandi», sentenzia Jeanne. «Ma con una mano che non vi si avvicina nemmeno per sbaglio».

«Be', io non lo trovo brutto», dichiara Vivi. «E se mio nonno avesse dipinto qualcosa di simile, mi sarei portata via il quadro anche solo come ricordo».

«Temo che qui i sentimenti non siano molto ben visti. Sta tutto nel valore commerciale dell'opera. Il vecchio Ghezzi non aveva particolare talento, se non per scopiazzare gli amici pittori che frequentava, inseguiva e collezionava», dichiaro. «Insomma, il capitalismo della peggior specie applicato all'arte...».

«E dici poco? Vittorio ha avuto il fiuto di mettere insieme una grandissima collezione», rimarca Violante. «In certe famiglie invece c'è solo da vergognarsi dei propri predecessori...».

Il suo tono è strano, è come se parlasse per esperienza diretta. «Ne sai qualcosa?», le domando bonario.

Scuote la testa, ma lo fa con troppa enfasi. «Era solo una riflessione. Quindi, come procediamo?».

Jeanne tira fuori dal suo zainetto una scatola di guanti di lattice e ce ne passa un paio ciascuno. «Mettetevi questi, che non vogliamo rovinare nulla. Vivi, tu puoi ispezionare l'armadio di sinistra. Io farò altrettanto con quello di destra. E tu, Clemens, te la vedrai con la credenza».

«Affare fatto». Violante non perde tempo e apre subito le ante dell'armadio assegnatole; devono essere ben incastrate, perché impiega un po' per aprirle. Il rumore che fanno è sinistro, uno scricchiolio che fa tanto casa stregata. Inizia a tirar fuori il contenuto: a una prima occhiata solo vecchie tele.

Anche mia sorella ha iniziato a lavorare e sta facendo lo stesso: anche per lei tele, tele e ancora tele. «Queste invece non mi paiono ispirate a nulla e infatti il risultato è persino peggiore del simil-Morandi», osserva dopo aver finito di tossicchiare per la troppa polvere. Appoggiando i quadri per terra, deve aver sollevato il pulviscolo secolare.

«Questi, invece, sono dei ritratti...». Vivi si gira verso di noi, tenendo sollevato un grosso dipinto. «Ha un che di Modigliani, no?». Ride, perché anche al suo occhio poco esperto l'accostamento pare un azzardo. «E questo è un nudo!», esclama, mostrandoci un secondo reperto.

«Ti dirò... il nudo non è venuto malissimo», commento.

«Clemens, dal punto di vista della tecnica, è terribile, invece». Jeanne ci tiene a ricordarci di essere l'artista tra di noi.

«Terribile o meno, io lo appenderei in sala», insisto. «La ragazza in questione ha un che di familiare, con quei capelli rossicci...».

Jeanne sbianca di colpo. «Cielo», mormora, portandosi istintivamente la mano impolverata alla bocca. Poi scoppia in una risata. «Oh cielo...», ripete andando avanti a ridere con una certa incredulità.

Mi avvicino a Violante per osservare da vicino il quadro. «Decisamente mi ricorda qualcuno. Cosa sto guardando?», chiedo a mia sorella.

«Non cosa. Chi», mi corregge. «Mi duole informarti che secondo me quella potrebbe essere la nonna». E va avanti a sbellicarsi. «Hai capito la nonna?»

«Cosa?», esclamo. «Rossa?»

«Era di un biondo rossiccio, da quello che so. Ma è diventata bianca presto, non ha mai voluto tingersi, e le foto che abbiamo visto di lei da giovane sono tutte in bianco e nero... insomma, l'ipotesi non è del tutto avventata. In volto le somiglia, non puoi negare», mi fa ragionare.

«E brava la signora Elisa», commenta Violante, positivamente impressionata. «Sono un po' gelosa: piacerebbe anche a me avere in famiglia qualcuno di così estroso».

«Sto iniziando a capire cosa voleva dire la mamma quando definiva la nonna una pazza totale», ricordo a mia sorella.

«Per il momento diamole il beneficio del dubbio. Faremo qualche foto e gliele mostreremo per conferma. Vivi, quadri di poco valore a parte, hai trovato altro di interessante lì dentro?», domanda Jeanne.

«Purtroppo no. È solo un armadio che il vecchio Ghezzi ha destinato a ripostiglio per le sue opere», osserva. «Tu, Amedeo?»

«Ho appena iniziato a curiosare, ma qui direi che ci sono dei fogli. Non so nemmeno cosa siano...». Apro un cassetto e tiro fuori un fascicolo che è stato ben rilegato. «Ah, queste sono delle lettere. Ce ne sono tantissime».

Le ragazze si avvicinano per ispezionare a loro volta il plico. «Lettere che ha ricevuto da chiunque... e qualche lettera che non ha inviato», osserva Jeanne. «Queste andranno lette in modo molto dettagliato per vedere se può saltare fuori qualcosa di utile».

Aprendo le altre ante troviamo invece vecchissime bollette

della luce e del gas, relazioni meticolose delle spese condominiali, conti su conti dall'aria molto misteriosa. «È uno che annotava tutto», osservo.

«Appunto, vuoi che non lo facesse per quello che gli stava più a cuore, ovvero le opere d'arte?», ragiona Jeanne.

Tuttavia, andando avanti a ispezionare la credenza non troviamo nulla che possa assomigliare anche solo vagamente a un'agenda come quella vista in foto. C'è un quadernino, ma anche questo è pieno di numeri. Una volta le persone appuntavano tutto, non come oggi: computer e cellulari dominano le nostre vite e contengono per noi tutte le informazioni.

Violante emette un suono di delusione. «Niente da fare... ma vi pare possibile?»

«È probabile che sia andato perso. Sono passati decenni», le ricordo.

«Non so voi, ma io mi perdo qualsiasi cosa», dice Jeanne.

Sto cercando di richiudere l'ultimo cassetto che abbiamo aperto, ma pur insistendo, pare non voglia collaborare. «Non scorre più», dico.

«Legno vecchio...», interviene Vivi. «Non mi stupisce più di tanto».

«È come se ci fosse qualcosa...». Tiro fuori del tutto il cassetto e con la torcia del cellulare cerco di ispezionare il fondo. Non si vede granché e sto per infilare la mano per tastare direttamente, quando mia sorella mi ferma.

«Sicuro di quello che stai facendo?»

«*Io* ho fatto l'antitetanica di recente». La mia mano arriva in fondo e tocca come un rigonfiamento nel legno. «Che strano...», mormoro.

«Probabile che il legno si sia gonfiato con il tempo. In fin dei conti è rimasto tutto esposto all'umidità, che a Milano abbonda», ragiona Violante.

«Indubbiamente, ma qui c'è qualcosa. Mi pare di poterlo quasi sentire. Giriamo la credenza, se non vi dispiace», propongo, ritirando la mano.

Stacchiamo il mobile dal muro, sollevando una tale quantità di sporco che dopo questa ispezione della soffitta ci toccherà lavarci tre volte, e ci chiniamo per osservare il legno. Jeanne fa scorrere delicatamente le dita su un punto che pare tondeggiante. «Sentite qui…», ci invita.

La mia mano e quella di Violante si trovano presto una sopra l'altra; ci blocchiamo e ci sfugge una risatina. «Tu, fai prima tu», l'invito.

Ma lei scuote la testa. «No, no, tocca tu per primo».

Jeanne non perde occasione per scherzare. «Vivi, queste cose gliele devi dire in altri momenti…».

Altra risata da parte nostra, sebbene più imbarazzata. «Avrebbe poco da toccare», le risponde l'altra. «Sono una seconda. Nei giorni buoni».

«E da quando sono le dimensioni a contare?», ribatto facendole l'occhiolino.

«Per favore… da sempre», replica, mentre io tasto il punto incriminato del mobile.

«Fatto. Tocca anche tu», la incalzo.

«Hmm, più che una seconda», ridacchia. «Parrebbe quasi un libro…».

«O un'agenda», suggerisce Jeanne. «Forza, apriamo questa benedetta credenza».

Non avendo con noi attrezzi adatti, ognuno cerca di tirare da un bordo. Ma per quanto impegno possiamo metterci, la credenza ci oppone una certa resistenza.

Stiamo per dichiararci sconfitti, quando si ode come un "tac" che precede lo stacco del pezzo di legno. «Ce l'abbiamo fatta», mormoro sorpreso.

«Non è stata la nostra forza bruta, ma l'effetto del tempo sul legno», osserva Violante, scrutando il punto che ha ceduto. Sul retro del mobile scopriamo che è stato creato come un doppio fondo. C'è quindi ancora uno strato da togliere, sebbene questo sia molto meno problematico del primo. E una volta che ci siamo liberati anche di quello, ecco che posiamo gli occhi sul nostro premio: un'agenda nera è stata infatti fissata al fondo con un vecchissimo scotch di carta.

«Ed ecco il tesoro perduto». Jeanne ne è così certa che non fa che sorridere.

«Forse...». Non vorrei che si facesse prendere prematuramente dall'entusiasmo.

«Clemens, non fare il solito guastafeste», mi riprende.

Nel frattempo Violante ha tolto lo scotch e ripulito la copertina. «Mi sento sciocca, ma mi batte un po' il cuore all'idea di aprirla», confessa. Passa poi l'agenda a Jeanne. «Credo tocchi all'artista l'onore».

Mia sorella non se lo fa dire due volte e con impazienza inizia a girare le pagine. Lo fa con una tale velocità che arrivo a dubitare che possa leggere qualcosa. Dopo poco emette un suono di entusiasmo e volta l'agenda verso di noi: «*Materia*!», esclama. «Boccioni! È lei! Ragazzi, ce l'abbiamo fatta!».

Ci viene istintivo abbracciarci tutti in quel momento. In fondo avventura e adrenalina sono da sempre ingredienti che cementano il legame tra le persone. E, se mi accorgo di stringere un po' troppo Violante, decido di non badarci e vado avanti a farlo. Per cinque minuti, almeno, mi pare che tutto sia ammesso.

Capitolo 9
Violante

Sono seduta sul divano di Amedeo dopo la recente avventura in soffitta, e anche se mi sono fatta una doccia, continuo a sentirmi alquanto impolverata. Ho il terrore di lasciargli l'impronta del mio sedere sulla stoffa beige, di quelle tonalità molto alla moda ma per me impraticabile, visto che soffro della sindrome da "macchia facile". Come riesco a sporcarmi io, nessuno mai.

Il padrone di casa si è scusato e si è assentato per concedersi una doccia a sua volta. Dovrei concentrarmi sull'agenda che ho tra le mani e che tanto abbiamo faticato a trovare, invece la verità è che sono distratta. Jeanne ci ha abbandonato in quanto la sua presenza era richiesta altrove – l'apertura della mostra è tra due giorni, come non ha fatto altro che ripetere, e l'esposizione non si organizzerà da sola – così sono rimasta l'unica ad accettare l'invito di Amedeo per pranzo, prima di iniziare ad analizzare le informazioni contenute nel quadernetto nero. È una strana sensazione trovarmi in casa sua. Intima, in qualche modo. È come avere uno spaccato ulteriore sulla sua persona, perché le scelte che facciamo in tema di arredamento raccontano di noi più di quello che saremmo disposti ad ammettere.

La casa di Amedeo lo rispecchia: moderna, elegante, efficiente. Non ci sono cose sparse in giro come nel mio appartamento, vi è armonia di forme e di colori, e in generale si respira ovunque un certo ordine. Probabilmente riflette quello interiore del padrone di casa.

La sua doccia, che ho studiato poco prima, non ha deluso le aspettative, a proposito: di marmo, sufficientemente grande da poter ospitare comodamente due persone, con uno di quei soffioni enormi… All'improvviso ho caldo, e non dovrei sentirlo. Hmm, meglio tornare a concentrarsi su altro.

«Già scovato qualcosa di interessante?», mi chiede Amedeo, rientrando in sala. Si è messo addosso dei vestiti puliti, un paio di jeans e un maglione azzurro, e si sta tamponando i capelli con un asciugamano. È a piedi scalzi, e pare così a suo agio che desumo lo sia spesso. D'altronde, sul pavimento c'è uno splendido parquet di rovere naturale che gli invidio moltissimo e che pare essere stato pulito alla perfezione.

«Stavo iniziando a leggere…», gli rispondo. La verità è che ero troppo occupata a far vagare lo sguardo in ogni angolo della casa, alla ricerca di chissà quale dettaglio interessante che mi raccontasse di più di lui.

«Ti dirò: ho fame. Ordiniamo qualcosa d'asporto?», mi tenta. «Avevo quasi voglia di messicano, se ti va».

Annuisco, perché il cibo mi era per un attimo passato di mente, ma ora che me lo fa notare, sono già quasi le due e il mio stomaco si è rianimato all'istante. «Perché no?»

«Fajitas?», propone scorrendo un menu sul cellulare.

«E vada per le fajitas».

Lui alza il pollice in segno di approvazione, e poi inserisce l'ordine. «Non dovrebbero metterci molto. Il posto è qui davanti, in City Life».

«Mi piace il tuo appartamento. È molto luminoso, persino a dicembre», gli faccio i complimenti. Le finestre sono enormi, e sono ovunque, tanto che l'intera parete che dà sul balcone è fatta di vetro. Oltre la ringhiera si ha una splendida vista sul parco e su Milano. Le gioie di abitare a un piano alto.

«Potrei fare il modesto e sminuire in qualche modo questo posto, ma in effetti lo adoro. Si adatta perfettamente a me, o io mi adatto perfettamente alla casa, chissà», sorride. Posa l'asciugamano su una poltrona e si siede accanto a me.

Lo sguardo mi cade di nuovo sui suoi piedi scalzi: sono bei piedi, sebbene non mi sembrino enormi.

«Porti il 43?», domando d'impulso, senza sapere bene perché. Forse voglio solo sapere qualcosa in più di lui.

Amedeo solleva lo sguardo e mi scruta incuriosito. «Sì, buon occhio», si complimenta. «39?», tira a indovinare a sua volta.

Non mi sono rimessa le scarpe dopo la doccia, ma solo le calze, perché sono ancora piene di polvere, nonostante tutti i tentativi di pulirle con la spazzola.

Scoppio a ridere. «Figurati… 41. E le scarpe di oggi mi calzano anche piccole, perciò ho un 42. Niente piedi da fatina, per la sottoscritta».

«Be', ci sta. È tutto proporzionale. L'altezza, i piedi…».

Per qualche motivo c'è una strana atmosfera tra di noi. È probabile che sia la consapevolezza di questa nuova familiarità, che sia questo affaccio nella quotidianità di Amedeo che mi permette di immaginarmelo al tavolo della cucina a fare colazione, o seduto sulla poltrona in terrazza nelle giornate meno fredde. Senza contare che è sorprendentemente sexy, con i capelli ancora tutti arruffati e l'abbigliamento casual. Avevo sottostimato il fatto che potesse esserlo, o che almeno *io* potessi ritenerlo tale, e ora che mi ritrovo seduta a mezzo metro da lui, sul suo divano, mi scopro stupita e anche un po' destabilizzata. Forse ero stata troppo rapida a catalogarlo come "rassicurante".

«Non devi cercare di farmi sentire meglio. Io sto bene con me stessa», gli assicuro con un sorriso.

«Ah, lo so…».

Inclino la testa per scrutarlo con attenzione. «Vuoi dire che sono vanitosa? Puoi dirlo, non mi offendo mica».

Amedeo ridacchia ma nega. «No, no, qualcosa di molto differente: voglio dire che si vede che non sei alla ricerca di conferme da altri, che sei sicura di te, ma inteso nel senso migliore possibile. Le persone con la giusta consapevolezza di sé sono quelle più affidabili, perché meno esposte ai malumori che derivano dal dubitare di sé», mi spiega.

«Tu mi sopravvaluti molto, Clemens», gli rispondo, usando per una volta il nomignolo. «Dici che avremmo dovuto insistere maggiormente affinché tua sorella accettasse il nostro aiuto oggi pomeriggio?».

Scuote la testa. «Le saremmo stati d'impiccio, credimi. Abbiamo fatto bene a lasciar fare a lei e al gallerista, che avrà comunque aiutanti a sufficienza, stai tranquilla. Io le avevo dato una mano nell'allestire qualche personale ai tempi dell'accademia e ancora me ne pento: abbiamo finito per litigare tutto il tempo», mi confessa.

«Parlando di quadri e allestimenti, dove vorresti appendere il nudo?», domando. Sono curiosa.

Amedeo mi indica il muro alle nostre spalle, quello che divide la zona della sala da pranzo dalla cucina. «È da un po' che rifletto su cosa appenderci… chiederò a Fanelli di vendermelo».

«Avremmo potuto anche portarcelo via senza dire niente a nessuno», gli faccio notare.

Amedeo scoppia a ridere. «E alla portinaia come l'avremmo spiegato?»

«Uno di noi poteva distrarla e permettere agli altri di portar fuori il dipinto». Mi pare ovvio.

Solleva una mano e mi indica con un dito con espressione allegra. «Tu sei un po' matta. Intendo dire, più matta di quello che si potrebbe sospettare a una prima impressione».

«Lo dici perché ti sei pentito della proposta di lavoro?». Meglio saperlo subito; in fin dei conti, non potrei nemmeno fargliene chissà quale colpa. Un po' matta lo sono per davvero. E sì, in genere riesco a camuffare questa mia caratteristica e apparire seria e affidabile la maggior parte del tempo, ma lui ha assistito a degli sprazzi di assoluta spontaneità. Fin troppa, ora che ci penso.

«Scherzi? Certo che no…», mi risponde. «A proposito, ci hai pensato?».

Ho trascorso alcuni giorni a riflettere troppo, in modo quasi ossessivo, sulla questione e altri a rimandare a un momento in cui mi pareva di essere lucida a sufficienza per poter prendere una decisione, come se avessi paura del possibile salto. Sarebbe difficile spiegargli il mio stato d'animo. «Sì, ma non sono certa di essere all'altezza…».

«Non vuoi diventare partner da qualche parte? Lo sai che

in questi grossi studi tocca aspettare che si ritirino prima tutti gli altri».

Ha ragione, ovviamente. «La verità? Non sono certa di avere la stoffa necessaria per decidere come un capo. O, per meglio dire, per prendere le decisioni giuste...». Spero davvero che non faccia troppe domande su quello che ho appena detto, perché non saprei come rispondere senza tirare in ballo mio padre e la facilità con cui invece ha imboccato sentieri sbagliati, di cui poi tutti abbiamo pagato il prezzo, in un modo o nell'altro. Io, per esempio, sono cresciuta con un solo genitore proprio per questo motivo.

Per fortuna il citofono di casa Barbieri ci interrompe. «Il pranzo!», esclamo tutta contenta. In parte è la fame, e in parte la consapevolezza di aver troncato un discorso che stava andando troppo sul personale, per i miei gusti.

Amedeo si alza per andare ad aprire e rimane in attesa della consegna. «Fajitas per due», annuncia portando il sacchetto sul tavolo. È di marmo ed è molto grande, con ben otto sedie.

Mi avvicino e mi siedo, guardandolo trafficare con il cibo. Belle mani, a proposito, che si aggiungono ai piedi di prima. «Mai convissuto con qualcuno in questa casa?», gli domando a bruciapelo.

Solleva la testa sorpreso; evidentemente non si aspettava che fossi così diretta. «No, perché?»

«Perché è una casa che sa di vita già ben costruita e delineata», affermo, cercando di spiegargli la sensazione.

«E secondo te la vita è tale solo in coppia?». Sorride divertito, mentre mi parla.

«Dici che sono poco moderna? Forse hai ragione... È probabile che il mio caos esteriore, che è visibile ovunque nel mio appartamento e che io giustifico con la storia dell'abitare da sola, in verità sia il sintomo di un mio disordine che viene da dentro, e che nessun compagno potrebbe mai placare». Sospiro e mi faccio passare il piatto. «Io ho convissuto, ma è stato un disastro. Ed è tutto quello che sono disposta a raccontare dell'esperienza».

Amedeo scuote la testa e si siede di fronte a me. «Io no. Sono una persona riservata. Non amo farmi stravolgere la vita, se capisci cosa intendo. Perciò dopo un po' le donne si stufano di uscire con me, perché percepiscono il fatto che io le tenga sempre a una certa distanza. Non lo faccio in modo cosciente, però alla fine conta più il risultato delle presunte intenzioni».

«Nessuna ha ancora abbattuto il tuo muro...», lo prendo un po' in giro.

«Sono giunto alla conclusione che il momento migliore per innamorarsi sul serio sia da giovani, sui vent'anni, quando hai ancora il tempo e la voglia da dedicare ai sentimenti. Così fai entrare una persona nella tua vita, ti abitui a lei, ci cresci insieme, ed eviti di arrivare ai trenta o ai quaranta anni troppo preso dalla tua carriera».

Il suo è un interessante punto di vista. «Stai dicendo che siamo fuori tempo massimo, insomma...».

«Un po' sì. Siamo già molto più cinici di quanto fossimo dieci e passa anni fa, siamo nel vortice delle decisioni lavorative. Non siamo tanto disposti a dedicare tempo a qualcun altro, ammettiamolo», mi sfida.

«Però ci lanciamo in avventure impreviste», replico.

«Forse è un meccanismo di compensazione», azzarda. «A proposito, dov'è il diario?».

Gli indico il tavolino di fronte al divano. «Meglio non rischiare di sporcarlo».

«Dopo mangiato dovremo impegnarci nella lettura. E poi ci sono le lettere che ci siamo portati dietro», mi ricorda.

«Sai, un po' mi dispiace che si sia persa l'abitudine di scrivere lettere al giorno d'oggi. La stesura di un testo scritto di proprio pugno, destinato a una persona lontana, ha un suo ritmo che permette una profonda riflessione. Invece oggi mandiamo email che nemmeno rileggiamo. E inviamo messaggi rapidissimi perché sappiamo che spesso dall'altra parte si attende una risposta concisa... insomma, non c'è più quella profondità di espressione del pensiero, quell'andare a fondo». Non è la prima volta che ci penso, ma oggi sono riuscita a esprimere il concetto a voce alta e con coerenza.

«Ah, una romantica», ride.

Nemmeno a farlo apposta, il mio cellulare posato sul tavolo – alla faccia del romanticismo – vibra segnalando l'arrivo di un messaggio. Mi sporgo solo per scoprire il nome del mittente. «Non ci crederai, ma è Ghezzi…». Afferro il telefono, curiosissima.

«Gli avevi scritto?», chiede Amedeo.

«Ah no, ero in attesa che si facesse vivo, anche se non avrei pianto se non l'avesse fatto. Va bene il volergli scucire più informazioni possibili su suo nonno, ma è pur sempre corso via lasciandomi senza dolce». La sto buttando un po' sull'ironia, ma di base i dessert per me sono una questione seria.

«A proposito… a ripensarci a mente fredda, non pensi sia stato un po' troppo sospetto il modo in cui ti ha piantato a Palazzo Parigi?»

«Questo è il 2023 e che gli uomini si comportino in modo irrazionale o che scompaiano alla velocità della luce non è esattamente un qualcosa di sospetto», gli faccio notare. «Anzi, a dire il vero si diventa diffidenti di quelli che *non* scappano…».

Amedeo scoppia a ridere. «Siamo così pessimi? Davvero?».

Scrollo le spalle. «Se rispondo solo sì ti offendi?»

«Ah, io non di certo. Un po' perché non scappo, un po' perché sono invece molto interessato al tuo punto di vista femminile», rivela.

Mi passa poi una fajita ancora ben calda e mi invita a servirmi della carne e delle verdure da un contenitore. Non me lo faccio dire due volte, preparo il tutto e do un grosso morso al mio cibo divino. Avevo più fame di quello che immaginavo. «Hmm, buonissimo». Sto parlando con la bocca piena, ma non mi importa. «Comunque secondo me tu non scappi perché non ti metti nemmeno in quella posizione scomoda, se così vogliamo chiamarla…».

«Quale?», vuole sapere interessato.

«Quella di chi ti lancia messaggi contraddittori. Secondo me le donne che escono con te lo sanno come stanno le cose». E gli faccio l'occhiolino.

«Non riesco a capire se sia un complimento o una accusa non

troppo velata», ridacchia. «In ogni caso, non lo scopriremo mai perché tanto non uscirai mai con me…».

Sollevo la testa di scatto. «Perché non inviteresti mai una come me a uscire per un appuntamento galante?». Questa discussione si sta facendo incredibilmente avvincente. È tutto un gioco, ma nello stesso tempo è come se non lo fosse affatto.

Lo sguardo di Amedeo è altrettanto divertito. «Più che altro, tu non accetteresti mai», afferma certo.

«Davvero?»

«Certo, sono troppo basso, ricordi?».

È più forte di me: scoppio a ridere. «Te la sei proprio presa…», lo punzecchio.

«No, certo che no», prova a convincermi. «E comunque avevi ragione: tu sei troppo alta per me, perciò la cosa è reciproca».

«Sì, non saremmo un bello spettacolo visti da fuori…», rifletto.

«L'impatto visivo conta?». La domanda sa di invito a essere sincera.

«Tutto conta, in questa superficiale società di merda», rispondo, stupendo persino me stessa. «È un perenne gioco degli specchi, un continuo evitare le trappole della vita. Bisogna sottostare a regole che nemmeno dovrebbero importare e che invece, sorpresa delle sorprese, sono fondamentali. Perciò l'estetica non solo conta, ma addirittura comanda».

«Anche nel mondo degli affari?», insiste. È una specie di test, mi pare evidente.

«Anche. L'avvenenza aiuta, ma le donne devono fare attenzione a non mettersi eccessivamente in mostra, se vogliono essere prese sul serio».

Amedeo sorride soddisfatto. «Sono d'accordo. Però, se venissi a lavorare con me, potresti essere più libera. Quando ci si gestisce da soli, si possono in parte plasmare le regole».

Ah, ecco dove stava andando a parare con tutte queste domande! Per un attimo sono quasi delusa che il fulcro del discorso vertesse su tematiche professionali, il che è assurdo… «Il messaggio è arrivato forte e chiaro», lo rassicuro sorridendo. «Nel tuo studio potrei lavorare in santa pace. Sono molto tentata, ma ti devo chiedere ancora un attimo di pazienza, visto che l'hai già avuta fino a questo punto. Sia chiaro: non sei tu il problema, sono io. O, per meglio dire, sono i pregressi… Certe volte il passato ci condiziona e ci limita senza che ce ne rendiamo quasi conto». Inarca curioso un sopracciglio, invitandomi ad approfondire, ma io non ho la minima intenzione di addentrarmi in certi percorsi tortuosi. Perciò scuoto la testa. «E comunque abbiamo del tutto deviato dal tema principale: Ghezzi che chiede scusa per il modo brusco in cui si è dileguato durante la cena. Sembra un tentativo di riallacciare i rapporti».

«Vuoi rivederlo?»

«Non è tanto quello che voglio, quanto quello che potrebbe tornarci utile…», replico.

L'espressione di Amedeo si è fatta quasi preoccupata. «Cercare questa benedetta agenda è stato divertente, non lo nego, ma forse è il caso che il nostro passatempo avventuroso non superi certi limiti».

«Non abbiamo nemmeno iniziato a leggere il contenuto del quadernetto», gli ricordo. Questo suo modo di fare è strano.

«Lo so, ma Martini aveva ragione nel volerci mettere in guardia. Sono iniziati a comparire cadaveri. Negli stessi posti frequentati da Ghezzi», ci tiene a sottolineare.

Sono sinceramente stupita da questa sua ritrosia, se così possiamo chiamarla. «Non cadaveri al plurale ma al singolare. Uno solo. E non vorrai mica sottintendere che Ghezzi c'entri qualcosa…». Quell'uomo ha di certo numerosi difetti, ma da qui a pensare che possa esserci un collegamento con il morto misterioso, ce ne passa. «A te non piace, ammettilo. E sei prevenuto…».

«No, non mi piace, ma non è gelosia», si affretta a precisare.

«Non pensavo di certo che lo fosse», gli rispondo con una risata. «Non sono mica Jeanne».

«È sesto senso, chiamiamolo in questo modo».

«Be', il tuo sesto senso potrebbe anche sbagliarsi. E ora che abbiamo la possibilità di scoprire qualcosa di più da Giacomo Ghezzi, sarebbe sciocco lasciar perdere…».

Amedeo sospira con rassegnazione. «Cosa avevi in mente?»

«Pensavo di invitarlo all'apertura della mostra di tua sorella, visto che si è fatto vivo. In questo modo rimarremmo sempre ancorati al mondo dell'arte ma non butteremmo via la possibilità di un altro contatto in futuro, nel caso si rendesse necessario». Gli sorrido, perché modestamente mi pare un piano intelligente e con zero rischi.

È costretto a darmi ragione. «E va bene. Invitalo», acconsente. «Ma la serata si preannuncia caotica, tra Martini e Ghezzi, entrambi da tenere d'occhio...».

Per un attimo mi ero dimenticata del nostro ispettore sempre incarognito. «Secondo te Martini era serio quando parlava di voler venire?»

«Certo che sì, ci reputa sospetti».

«Be', non esageriamo... *sospetti...*». Non credo di avere la faccia di una criminale. Al massimo di una rompiscatole, ma se rompere le scatole fosse un crimine, altro che carceri piene a quest'ora.

Amedeo invece annuisce con determinazione. «Ti dico di sì, invece. Puzziamo come il pesce, ai suoi occhi». Fingo di annusare le mie ascelle. Lui scoppia a ridere. «Non puoi negare che abbia i suoi buoni motivi: eravamo presenti ogni volta che c'era qualcosa fuori posto. E quel cadavere in verità non era proprio una cosuccia da nulla, visto il collegamento con l'appartamento...», sottolinea.

«Ti confesso che ho cercato di pensarci il meno possibile. Al morto, intendo. Sul caso in sé continuo invece a meditare quasi tutto il tempo. È come se la soluzione fosse ovvia e a portata di mano, peccato che continui a sfuggirmi», cerco di spiegargli.

«Io invece diffido di Ghezzi», commenta Amedeo.

Lo scruto accigliata. «Non penserai che c'entri qualcosa con questa storia...».

«Mah, non saprei...».

«Non avrebbe motivo per essere coinvolto», gli faccio notare.

«Sì, sì, è il proprietario di una collezione dal valore inestimabile che porta in giro per il mondo vantandosene e non facendosi scrupolo di usarla come elemento di fascino per sedurre povere donne impressionabili...», scherza.

Gli faccio la linguaccia. «Guarda che mi sono sacrificata, e non poco, per estorcergli quei pochi dettagli interessanti sul nonno! Dovresti farmi una statua!».

«Addirittura...», ride. «Quindi Ghezzi non è il tuo tipo?».

Dico, ma è serio? «Cielo, assolutamente no. Quelli pomposi proprio non li reggo».

«E Martini?», mi domanda a bruciapelo.

Per un attimo rimango di sasso. «Ma chi, l'ispettore Martini?». Scoppio a ridere nel momento in cui annuisce. «Sei matto? Secondo te mi piacciono quelli cupi e brontoloni?»

«E io cosa ne so! Per essere alto, Martini è alto», mi fa notare quasi risentito.

«No, per carità, non voglio drammi nella mia vita». Mi sono bastati e avanzati quelli dell'infanzia. «L'altezza da sola non basta di certo. Chiamami sognatrice, ma un giorno vorrei riuscire a costruire un rapporto sano e soddisfacente con una persona serena, razionale e trasparente». Specialmente quest'ultima qualità la ritengo fondamentale. «E poi Martini ha un debole per tua sorella, nel caso non te ne fossi accorto...».

La mia affermazione non lo prende del tutto alla sprovvista, testimonianza del fatto che ha notato eccome. «Tu dici?»

«Sì, e secondo me potrebbe essere persino un po' reciproca, come cosa. Non che Jeanne sia pronta ad ammetterlo tanto presto...».

Su questo mi sembra invece meno d'accordo e mi scruta con espressione di dubbio. «Non mi sembra il tipo di mia sorella...».

«Probabilmente non lo è, ma è pur vero che gli opposti si attraggono. E cosa c'è di più lontano dal mondo un po' onirico di un'artista di quello tenebroso e cruento di un poliziotto? Comunque ho solo parlato di attrazione; nella maggior parte dei casi le attrazioni non si concretizzano mai», preciso.

Amedeo ha inclinato la testa per osservarmi meglio. «Però danno sale alla vita», afferma sicuro.

Annuisco ridendo. «Così dicono… vai a sapere se sia vero. Forse invece danno solo mal di testa. Comunque, Ghezzi invitato», torno a concentrarmi sull'organizzazione del piano per l'apertura della mostra.

Digito velocemente mentre con la coda dell'occhio non mi perdo nemmeno un'espressione di Amedeo. Sarà la luce di questo appartamento, che qualcuno definirebbe fotogenica, ma oggi il signor Barbieri mi pare maledettamente attraente, con quel suo modo di fare rilassato. È un bene che non sia alto. «Mi ha risposto che verrà», dichiaro prontamente. «Anzi, è positivamente colpito che io sia interessata anche al mondo dell'arte contemporanea».

«Non può averlo detto davvero. Sarebbe troppo paternalistico persino per uno come lui».

Volto lo schermo del cellulare verso di lui affinché possa controllare il messaggio con i suoi occhi. Amedeo alza gli occhi al cielo. «E va bene, lo ha fatto davvero», ammette ridendo.

«E tu che hai persino osato chiedermi se mi piaceva *sul serio…*», gli ricordo.

Solleva le mani in segno di resa. «Chiedo umilmente perdono per Ghezzi. Ma non per Martini, che invece poteva starci», insiste.

«Caro Clemens, nel caso non te ne fossi accorto, uno dei problemi della mia vita è che non faccio mai follie per niente e per nessuno. Non per un uomo, non per un'opera d'arte…». Visto che siamo in tema.

«Rigoroso spirito di autoconservazione, lo posso comprendere», mi concede.

«Più che altro, sono le vecchie ferite. E no, non farmi altre domande perché non risponderò. Aspiro a mantenere un po' del mio mistero», la butto sullo scherzo. «Penso che possa aumentare il mio fascino».

«E va bene, niente più domande. Finiamo di mangiare e poi mettiamoci al lavoro sulle lettere e sul diario, cosa ne dici?», mi propone.

«Affare fatto. E ora passami per cortesia un'altra tortilla

che io di piccolo non ho nulla, specialmente non l'appetito». Nel caso non se ne fosse accorto.

Lui scoppia a ridere e me ne fa scivolare sul piatto direttamente due. «Tutte quelle che vuoi», dice con voce quasi suadente.

Oh sì, Amedeo Clemente Barbieri è sexy, maledizione a lui. E sospetto che non solo ne sia consapevole, ma che la cosa gli piaccia pure.

Abbiamo finito di spulciare tutta l'agenda e devo ammettere che siamo piuttosto provati. Sperare che il signor Ghezzi l'avesse intesa come una guida da trasmettere ai posteri sarebbe stato troppo, e infatti siamo stati puntualmente smentiti.

«Non si capisce niente...», sospiro delusa. «A parte *Materia* e qualche altro quadro, il cui titolo è nominato espressamente, quasi non si comprende che cosa vi sia stato annotato».

Amedeo, seduto sul divano accanto a me, alza le spalle. «Forse avremmo dovuto aspettarcelo... sono appunti non destinati ad altri, ma solo per un uso personale. E non dimentichiamoci dove l'abbiamo trovata...».

«Dici che l'ha volontariamente nascosta nell'intercapedine della credenza? Se non avesse voluto che venisse ritrovata, avrebbe potuto bruciarla», osservo.

«Forse, ma è difficile buttare nelle fiamme una cosa che si è compilata negli anni in modo così preciso e metodico. Che abbia annotato con dedizione è piuttosto palese, sebbene l'agenda a noi dica poco».

A ogni opera sono state dedicate una o due pagine, con strane indicazioni probabilmente relative alla tecnica, ai colori e così via. Il problema è che il soggetto è descritto in modo così breve e conciso – quando viene nominato, ovvero raramente – che è molto complicato intuire di quale dipinto stia parlando. Le opere sono state numerate, ma se la sua collezione effettiva è arrivata a contenerne una trentina, qui si arriva al centinaio. Perciò, deve essersi trattato di un quaderno degli appunti inteso in senso molto ampio; riporta non solo i pezzi che ha acquistato effettivamente, ma anche altri che lo hanno colpito e che ha tenuto d'occhio, forse sperando di poterseli accaparrare un giorno. «Sarà anche stato preciso, ma certe cose paiono davvero incomprensibili. La domanda è: lo sono volutamente?», rifletto.

«Non credo», risponde Amedeo. «Quando ti annoti le cose, tendi a essere molto essenziale riguardo a quello che a te pare ovvio e che sei certo di non dimenticarti. A me pare il classico caso di un quaderno destinato a non essere divulgato».

«E questi simboli?». Apro una pagina a caso e poso il dito sui trattini, sulle stelle e sulle mezzelune.

«Era un modo veloce per identificare alcune caratteristiche comuni delle opere», ipotizza.

«Sì, ma quali? E poi, il modo strano in cui l'abbiamo trovato...», gli ricordo.

«Secondo me non è stato lui a nascondere l'agenda. Più probabile si sia trattato di qualcuno che gli stava accanto, che lo ha visto compilare con cura le pagine negli anni...».

L'ipotesi di Amedeo è sensata. «Qualcuno che ha voluto mettere al sicuro l'agenda da mani indiscrete, intendi dire... Non sappiamo molto delle varie signore Ghezzi, in effetti».

Amedeo mi scruta sorridendo. «Già, mai sottostimare l'intervento delle mani femminili...».

«Cercherò quello che si riesce a trovare in rete, o magari chiederò direttamente al nipote», dichiaro, convinta.

Amedeo non ha ancora terminato con le ipotesi. «E non dimentichiamoci che una volta le persone come il vecchio Ghezzi avranno di certo avuto al loro fianco domestici fidati. Non escluderei che a mettere al sicuro l'agenda possa essere stata di qualcuno che ha lavorato nel suo appartamento, che ha visto il padrone di casa riempire l'agenda con dedizione negli anni e che ha voluto fare qualcosa...», azzarda.

«Avrebbe voluto dire non fidarsi troppo degli altri Ghezzi», gli faccio notare.

Sollevo lo sguardo senza nemmeno nascondere soddisfazione alla sola idea. «Sì, immagino di sì», mi conferma.

Mentre studio Amedeo, assorto nelle sue riflessioni, sono costretta a constatare che tutto questo tempo trascorso in sua compagnia mi sta facendo uno strano effetto; mi sento viva, tutto a un tratto. È come se stessi respirando a pieni polmoni, come se volessi avvicinarmi ancora di più a lui, che invece si tiene a una saggia distanza di sicurezza.

Qualcosa mi dice che è meglio io mi tolga di torno. «Suppongo che abbiamo letto quello che c'era da leggere». Chiudo in modo secco l'agenda e gliela ridò. La mia mano sfiora la sua. Entrambi fingiamo di non farci caso. «Me ne torno a casa e ti lascio in pace», dichiaro alzandomi.

Lui fa altrettanto, e per un attimo rimane a fissarmi negli occhi. «Se sei d'accordo, terrei io l'agenda e proverei a fare un riassunto di quello che abbiamo letto, dei vari simboli e così via. Secondo me dobbiamo trovare il modo di identificare in modo chiaro le opere che alla fine ha acquistato e che sono entrate a far parte della sua collezione».

Annuisco perché mi pare un'idea molto sensata. «Se qualcuno può capirci qualcosa, quello sei tu», affermo in modo sincero. «Sei strutturato a sufficienza».

«Strutturato?», ripete interessato a capire cosa intendo.

«Lo intendo in modo positivo, ovviamente. Sei uno su cui si può fare sempre affidamento», lo rassicuro.

«Noioso, insomma», insiste. Sorride, ma è come se lo facesse più che altro per tranquillizzarmi sul fatto che non si è offeso.

«Non credo affatto tu sia noioso, Amedeo Clemente». Una frase molto più sincera e ricca di significato di quanto lui creda.

«Solo basso», scherza.

Scoppiamo a ridere nello stesso momento. «Sì, be', l'altezza conta fino a un certo punto», dichiaro sorprendendo entrambi.

«E da quando?», mi punzecchia.

«Non fare troppe domande», lo riprendo scherzosamente.

«E io che pensavo fossimo finalmente arrivati alle questioni interessanti...». Gli occhi gli brillano di un misto di divertimento e provocazione.

All'improvviso la necessità di scappare dal suo appartamento mi appare impellente, perciò mi allungo verso di lui e lo stupisco con un bacio sulla guancia. Il mio voleva essere un saluto finale, un modo per stemperare la situazione, ma ha tutt'altro effetto: vorrei baciare anche l'altra sua guancia, per sentire meglio il suo profumo. Ma sarebbe molto, molto stupido…

«Hmm…». Amedeo si schiarisce la voce mentre mi guarda in modo indecifrabile: è seccato oppure gli è piaciuto?

«Ora vado», ribadisco. Mi volto alla ricerca delle scarpe da ginnastica, che avevo abbandonato chissà dove. Dopo averle ritrovate e indossate, sono pronta a mettermi la giacca e a scomparire. «Ci vediamo lunedì sera», mi congedo.

Amedeo mi accompagna fino all'ingresso e poi si appoggia allo stipite. Ha le mani infilate nelle tasche dei jeans, sembra rilassato, ma gli occhi sono invece molto vigili. «A lunedì», mi conferma a mo' di saluto. E poi all'improvviso mi afferra per la vita e mi dà a sua volta un bacio sulla guancia.

Quando sono finalmente al sicuro nell'ascensore, mi sventolo con una mano, evitando espressamente di specchiarmi. Ma tu pensa questo Amedeo… è riuscito a sorprendermi. Per l'ennesima volta.

Capitolo 10
Amedeo

Il lunedì sera arriva velocissimo, e con lui anche il fermento e l'eccitazione tipici dei grandi eventi. Che lei lo neghi o meno, questa mostra rappresenta per Jeanne un punto di svolta, qualcosa che ha desiderato realizzare a lungo e che ora è finalmente qui. E lei dovrebbe godersi il momento, invece che rifugiarsi dietro alla pianta del tavolo con i drink.

«Ma… che diavolo!», esclamo dopo averla finalmente trovata. «Era da un po' che stavo girando per la galleria alla ricerca della stella della serata».

«Vieni qui e non farti vedere», mi intima minacciosa, a bassa voce.

«Non sono certo di volerlo sapere ma… perché ti stai nascondendo? Tutti non fanno che chiedere di te», le faccio notare.

«È questo il punto: troppa pressione», sospira senza dare la benché minima impressione di voler abbandonare il suo nascondiglio. Il ficus è grande e lei minuta, perciò la mimetizzazione funziona.

«Anche mamma e papà ti stanno cercando, a proposito», mi duole avvisarla. Emette un suono di palese sofferenza, perché sa bene che almeno da loro dovrà farsi trovare prima o poi, pena la decapitazione. Nostro padre sa anche essere conciliante, ma la mamma non perdona, specialmente perché ha atteso a lungo quello che è ai suoi occhi un grande momento trionfale per la figlia. «Dai, esci da lì…».

«Tu non capisci, dall'alto della tua perfezione…», brontola.

«Cosa non capisco?»

«Come ci si sente a ritrovarsi con le proprie opere appese al muro, in bella vista, pronte per essere criticate da chiunque...».

Non voglio sminuire la sua improvvisa ansia perché posso benissimo immaginarmi lo stato d'animo. «Siamo tutti costantemente giudicati dagli altri, sorella cara... Se vuoi un suggerimento, dovresti fregartene».

«La fai facile: non sarà di te che il mondo dell'arte riderà a crepapelle domani». Scuote con troppa energia la pianta, facendo cadere diverse foglie. «O magari già questa sera!», azzarda.

È proprio fuori di testa. «Vuoi del vino?», le offro. È una di quelle occasioni estreme in cui l'alcol potrebbe effettivamente aiutare.

«E perché no?», acconsente.

Recupero due bicchieri di prosecco dal tavolo, e poi gliene passo uno. Non ci siamo ancora spostati. «Esci da lì...», ordino con tono un po' perentorio stavolta.

«E se mi vedesse il critico Bianchi? Mi hanno detto che partecipa alla serata. È famosissimo», mi spiega. «Ha stroncato tante di quelle carriere che quasi non si contano più...».

«Perché, se ti trova a nasconderti dietro il ficus, scriverà meglio di te?». Quando ci vuole, ci vuole.

Jeanne rimane per qualche momento in silenzio. «Hmm, no», ammette alla fine. «Probabilmente farmi trovare qui non aiuterebbe la mia situazione».

«E allora esci...», ripeto esasperato. Le allungo una mano; lei la prende e, seppur titubante, ricompare tra di noi. Si sistema i capelli e si toglie di dosso un paio di foglie che sono rimaste impigliate alla sua giacca blu scuro. «Bel tailleur», mi complimento. Ha infatti indosso un coordinato blu scuro con gonna piuttosto corta che le sta a pennello.

«Grazie. Quasi non ho dormito questa notte, indecisa com'ero su cosa mettermi», mi racconta e poi porta il bicchiere alla bocca. Manda giù un bel sorso.

In quel preciso istante davanti a noi compare l'ispettore Martini; anche lui è nettamente più elegante del suo solito, con un completo grigio e una camicia azzurra. Jeanne solleva gli occhi e impallidisce visibilmente.

«Buonasera», ci saluta. Sebbene si sia rivolto a entrambi, i

suoi occhi sono incollati su Jeanne. La scruta pensieroso, come non sapesse bene cosa pensare.
«Mi hai visto uscire dalla pianta», intuisce lei al volo.
Martini solleva la mano e le toglie dai capelli una foglia prigioniera della sua chioma. «Ci davamo del tu?», le domanda senza negare.
Jeanne alza il mento e quasi non batte le palpebre mentre gli risponde: «Non mi ricordo, ma ho deciso che uno che mi stava spiando come minimo merita che si passi al tu».
Lui trattiene una risata. «Non ti stavo spiando. Ti ho solo notato dietro a quella pianta. E quasi contro la mia volontà», ci tiene a precisare. «Deformazione professionale, temo. Noto subito le *cose anomale*».
«E quindi te ne sei rimasto in disparte ad attendere di scoprire quando sarei uscita...». Mia sorella incrocia le braccia con atteggiamento sempre più battagliero.
«In effetti stavo iniziando a chiedermi *se* saresti mai uscita», replica, probabilmente conscio di farla arrabbiare ancora di più. «Non è la tua grande serata?».
Lei sbuffa. «Sì, così dicono...».
«Ma?», la incalza Martini. Del suo "plus one" nessuna traccia. Pare essere da solo.
«Ma l'artista è tesa», mi permetto di intervenire. «E due parole di rassicurazione sarebbero gradite». Si vede che non ha una sorella; è molto poco perspicace nell'interpretazione della psicologia femminile.
«Non vedo proprio per cosa dovresti essere tesa. I quadri sono bellissimi», afferma con grande disinvoltura.
Dire che Jeanne non se lo aspettava è davvero sminuire del tutto la portata delle sue parole. «Cosa?», chiede confusa.
«Ho girato tutta la mostra. Ripeto, i tuoi lavori sono splendidi». Lo dice quasi seccato di dover constatare l'ovvio, ma forse è proprio quello che serviva per dare una scossa a mia sorella: ascoltare qualcuno il cui parere non è di parte, qualcuno che non è di famiglia, e che probabilmente non nutre nemmeno chissà quale simpatia per lei. In poche parole, un giudizio oggettivo e per questo salvifico.

Jeanne si ritrova quasi a balbettare imbarazzata. «Be', grazie... Grazie mille».

«E i tuoi quadri piacciono anche a un critico con cui mi sono ritrovato a parlare per caso... un tale Bianchi?», azzarda, ma è ovvio che a lui il nome non dica nulla.

Jeanne emette un gridolino di gioia e prende tutti di sorpresa saltando al collo di Martini, che l'afferra, anche se per poco non ci rimane secco dallo stupore. «Ma che diavolo...».

Io mi stringo nelle spalle come a dirgli che è tutto incomprensibile anche per me.

«Grazie! Grazie mille di queste notizie», gli dice mia sorella. Con la stessa velocità con cui gli è saltata al collo, si stacca da lui e gli sorride apertamente per la prima volta da quando si conoscono. E l'ispettore, pur essendo palesemente uno duro e intoccabile, assume l'espressione inebetita di chi all'improvviso non ci capisce niente, e non è affatto abituato alla sensazione.

Molto più sicura di sé, Jeanne si volta verso di me. «Clemens, ora mi sento pronta a salutare finalmente i nostri genitori. Dove devo andare?», mi chiede sistemandosi la giacca e i capelli.

Io le indico l'altra sala. «Non puoi mancarli. La mamma è quella che si sta vantando con tutti...».

«Cielo, allora è meglio che vada subito, prima che la cosa degeneri. Scusatemi», si accomiata.

Martini e io rimaniamo a fissarla mentre si allontana. «Be', grazie», gli dico. «Era un momento delicato, nel caso non si fosse capito».

«Non ho fatto niente», borbotta come sulla difensiva. «Ho solo detto quello che pensavo».

«Appunto. E ha funzionato», gli confermo.

«Strana donna...», mormora lui con lo sguardo rivolto al punto in cui l'abbiamo vista scomparire.

«Essendo il fratello, temo di essere un tantino di parte. E poi è un'artista...», gli ricordo.

Questo pare scuoterlo. «La domanda è se è anche altro, come per esempio una criminale. Anzi, se lo siete tutti». Si volta per fronteggiarmi e rimane in attesa.

È più forte di me, scoppio a ridere, molto divertito all'idea che qualcuno possa trovarci sospetti. «Ma ci ha visti?», gli chiedo scettico.

«Sì, vi ho visti e continuo a studiarvi, perché c'è qualcosa di anomalo nelle vostre reazioni: le persone annoiate, di fronte a un morto, di solito danno maggiormente in escandescenze. Invece voi niente, quasi non avete battuto ciglio», ci rinfaccia.

«Avrebbe preferito scene di isterismo?», scherzo, ma solo fino a un certo punto.

«Avrei preferito una reazione più standardizzata, diciamo. Le anomalie sono sempre indice di qualcosa. E infatti la polizia ne è a caccia. Se qualcosa non torna, è perché c'è un motivo», mi fa presente.

Mando giù un sorso di prosecco. Né caldo, né freddo; né buono, né cattivo. «Magari siamo solo originali», replico.

«È quello che vorrebbero essere tutti, criminali inclusi. Ma lo sono di rado».

La risposta arguta che volevo rifilargli mi muore sulla punta delle labbra: a qualche metro da noi compare Violante, in compagnia di Ghezzi. Stanno chiacchierando amabilmente, commentando un quadro alla volta. Lei ha indosso un grazioso vestitino nero con scollo ampio. I miei occhi scendono lungo tutta la sua figura e si fermano sugli stivali che ha scelto: neri e con il tacco alto e stretto. Avrebbe potuto anche mettersi un po' meno in ghingheri per chiacchierare con Ghezzi, mi ritrovo a pensare con una punta di fastidio.

Martini ha colto subito la direzione del mio sguardo e mi sorride con fare bonario. Di male in peggio. «Ah…», dice solo.

«Non c'è alcun *ah*», ribatto fin troppo velocemente.

Lui non nasconde nemmeno il suo divertimento. «Se permette un'osservazione da qualcuno che se ne intende: negare l'ovvio non fa mai bene a nessuno».

«Forse nelle indagini di polizia».

«Specialmente, ma non solo».

«E comunque non è come pensa…». Non la migliore delle difese possibili, di questo sono cosciente subito.

Martini ride, infatti. «Se solo sapesse quante volte ho già sentito queste parole».

La mia ostinazione mi porta a non voler mollare. Non mi piace essere preso per uno sfigato che va in giro sospirando per donne che lo considerano solo un amico. «Dico davvero. Quello è Ghezzi…».

«*Quel* Ghezzi?», chiede subito l'ispettore, cambiando del tutto espressione.

Non vedo come potrei mentirgli e nemmeno perché dovrei farlo, perciò annuisco. «Sì, proprio lui».

Martini borbotta qualcosa e si passa una mano tra i capelli, palesemente esasperato. «Voi state ancora giocando ai piccoli detective», mi accusa. «Sebbene io vi abbia detto chiaramente di dimenticarvi di questa storia». Il tono della voce è basso e tagliente.

«Veramente non controllo mica con chi esce Violante…», provo a salvarmi in corner, ma gli occhi furenti di Martini mi suggeriscono di fare attenzione con le cazzate.

«Inizio a pensare che invece dovrebbe controllare, perché sta facendo fare da esca alla sua amica», mi accusa.

«Io, cosa? Cosa vuole dire, che Ghezzi è pericoloso?», gli chiedo, all'improvviso agitato.

«È questo il punto, non lo sappiamo. Ma è innegabile che anche lui fosse presente quella sera a Palazzo Parigi. Smettiamo cortesemente di credere alle storielle degli incontri casuali e torniamo a ragionare. Anzi, tornate voi a farlo, perché io di certo non mi sento parte di questo ridicolo teatrino».

È stato molto diretto, devo dargliene atto. «Io…», mormoro a corto di parole.

Non ho nemmeno il tempo di formulare un pensiero coerente, visto che Vivi sta portando il suo accompagnatore a prendere qualcosa da bere, a poca distanza da noi. Ci ha notati, impossibile non farlo, ma fa finta di niente.

Martini rimane immobile a osservare tutta la scena, concentratissimo e attentissimo. Emana un disappunto quasi palpabile, che a Violante non è sfuggito, a giudicare dall'occhiataccia che gli lancia subito dopo. Ma dura solo un attimo. Quello successivo è di nuovo impegnata a sorridere a Ghezzi. Lui le passa un bicchiere di vino e insieme brindano con un sorriso.

Certo che è proprio da sfigati brindare di fronte a un tavolino per il rinfresco, non posso fare a meno di osservare.

Io e Martini ci avviciniamo in modo quasi istintivo per origliare quello che si stanno dicendo.

«... e quindi mi interesso attivamente di nuovi talenti. Se mio nonno è riuscito a mettere insieme una collezione impressionante con le opere degli artisti del suo tempo, magari potrei fare altrettanto», le sta raccontando.

Violante annuisce. «In effetti, perché no? Di certo il gusto artistico è qualcosa che si trasmette di generazione in generazione, e infatti io ne sono del tutto sprovvista», ride. Molto forzatamente. Ma Ghezzi non è in grado di accorgersene, preso com'è da sé stesso.

Solleva una mano e gliela appoggia sulla spalla con fare paternalistico. «Se è per questo, ci sono sempre io che posso indirizzarti verso le opere di valore...».

Non riesco a capire come faccia a reggerlo, anche solo per finta. «Come sei gentile», lo ringrazia Vivi.

Ora vomito, giuro.

«A questo proposito, penso che andrò a scambiare due parole con l'artista, perché in effetti ho notato un quadro niente male... Vieni?»

«Tu vai pure. Io credo che sfrutterò l'occasione per una sosta in bagno», lo liquida. «Ti raggiungo». O anche no.

«Ma certo, ci vediamo tra poco». Ghezzi si fa riempire ancora una volta il bicchiere che aveva svuotato in due secondi, scolandosi letteralmente il vino in una sorsata, e poi si allontana alla ricerca di Jeanne.

Martini mi fa segno che intende seguirlo. Annuisco, ma rimango dove sono; io invece voglio scambiare due parole con Violante in santa pace, se tutti hanno finito di rompere. L'ispettore mi rivolge un sorrisetto allusivo prima di andarsene.

«Alleluia...», commento avvicinandomi a Violante.

«Guarda che sono io quella che sta soffrendo», mi ricorda. «E mi tocca pure rimanere molto sobria, per non dire qualcosa di sbagliato». Solleva il suo bicchiere, ancora pieno.

«Non sembravi così tanto provata, un attimo fa», le faccio

notare. Vorrei suonare meno risentito, ma non mi riesce granché bene.

«Questo perché sono professionale, cosa credi. Prendo sul serio i miei compiti...».

«Scoperto qualcosa?»

«Dipende dai punti di vista. Non credo ci aiuti con la nostra piccola indagine, ma più ci parlo, e più mi rendo conto che ha un vero e proprio complesso nei confronti del nonno: secondo me gli pesa il fatto che il suo antenato abbia combinato qualcosa nella vita, mentre a lui è bastato ereditare», mi rivela. «E infatti pare si sia messo in testa di copiare l'avo: vuole anche lui iniziare ad acquistare pezzi d'arte contemporanea, in modo da avere una collezione a suo nome un giorno. Ma mi sa di ambizione piuttosto recente, qualcosa che gli è venuto in mente da poco. A cena non me ne aveva fatto parola. C'è da dire che in quell'occasione è scappato così in fretta che forse non ne ha avuto nemmeno il tempo», riflette.

«Il complesso di chi vive nell'ombra di familiari di dichiarato e universalmente riconosciuto successo è un problema di cui non ci si occupa mai, e invece è una piccola piaga sociale». Ne conosco tanta di gente che si è buttata via, cercando disperatamente di essere all'altezza di quelli venuti prima. Il fatto è che certi traguardi sono stati raggiunti in periodi storici differenti dal nostro; oggi, dubito che le stesse persone saprebbero fare altrettanto.

«A me Ghezzi non pare avere problemi di autostima. Al massimo soffre della malattia inversa: è talmente pieno di sé che reputa di dover fare qualcosa di eccezionale anche lui. Ma qui potrebbe esserci anche dell'altro: non ha fatto che ripetere di voler fare soldi. L'ha proprio detto e ridetto mentre studiavamo i quadri di tua sorella: "voglio scoprire e valorizzare i futuri grandi artisti, e poi voglio guadagnare una montagna di soldi". Per carità, alla fine ha riso, come a minimizzare le sue stesse parole, ma ho trovato singolare che uno così benestante, con una simile collezione al museo, ponesse tutta questa enfasi sul vile denaro», mi racconta con tono dubbioso.

Ci rifletto un attimo. «Dici che può avere problemi economici?»

«Sulla carta non dovrebbe averne nella maniera più assoluta, ma le persone sanno essere imprevedibili…».

«Senza contare che la collezione non si può di certo vendere», le ricordo.

«In realtà, si può anche liquidare, ma va ceduta come un blocco unico, rispettando i limiti posti a suo tempo dalla sovrintendenza. Gli servirebbe un compratore che fosse disposto a rilevare tutto il pacchetto insieme. E per quanto i ricchi abbondino ultimamente, non ci vedo uno come Elon Musk o qualcuno dei suoi simili a interessarsi al Futurismo. Alle stupidaggini, senz'altro. Ma l'arte è oggi appannaggio di gente che ha gusto, prima ancora che soldi. Specie in via di estinzione». Violante procede poi a scandagliare la sala e, individuata una sedia, mi prende per mano e mi trascina con sé. «Perdonami, ma devo assolutamente sedermi due minuti. Questi tacchi sono infernali», si lamenta, massaggiandosi il polpaccio, mentre si accomoda.

«Sarebbe bastato mettere delle scarpe differenti», non resisto dal farle notare.

Lei solleva un piede e mi mostra meglio le sue calzature. «Però questi stivali sono stupendi, non trovi?»

«Sì, sono sexy», ammetto, mio malgrado.

Vivi scoppia a ridere, incredula. «Lo sono, ma non pensavo l'avresti mai dichiarato apertamente!». Si porta una mano alla bocca, senza riuscire a trattenere le risate.

«E perché mai?», le chiedo avvicinandomi. Per una volta sono io che sovrasto lei, essendo rimasto in piedi, e la sensazione è divertente.

Tornata seria, fissa i suoi occhi nei miei. «Hmm, non so bene perché, ora che mi ci fai pensare…». Arriccia le labbra, richiamando la mia attenzione sulla sua bocca, messa in risalto da uno di quei rossetti luccicanti. «Per qualche motivo non ti ci vedevo a flirtare. Almeno, non con me».

«Ah, è questo che sto facendo? Flirtando?», sono curioso di sapere.

Pare quasi imbarazzata. «Più che altro, ti stai divertendo a giocare con me, non è vero?».

Se solo sapesse come mi sento in questo momento, non scherzerebbe affatto. Avrei una stramaledetta voglia di abbassare ulteriormente il mio volto e mordere quelle sue labbra tentatrici. Per non parlare del profumo che ha addosso questa sera; è una di quelle fragranze misteriose che hanno il potere di farti girare la testa.

Forse è il caso che mi riprenda e torni a concentrarmi sulla mostra e sulla nostra indagine improvvisata. Mi costringo a raddrizzarmi e ad allontanarmi quel che basta affinché possa tornare a ragionare lucidamente. «Qui dobbiamo solo fare attenzione che il gioco non ci sfugga di mano», replico indicando con lo sguardo le figure familiari di Ghezzi e di mia sorella, occupati a parlare animatamente di fronte a uno dei suoi quadri migliori, ovvero un paesaggio del Naviglio Grande in una giornata uggiosa, ma ugualmente piena di una luce straordinaria. La frase potrebbe avere tante interpretazioni, ma sia Violante che io scegliamo di darle una connotazione precisa: meglio smettere di stuzzicarci per concentrarci sulla missione in corso.

«Ghezzi ha buon occhio», commenta a sua volta. «Questo devi ammetterlo. Chissà se tua sorella sarà disposta a venderglielo».

Mi incupisco. «Proprio a lui?»

«Lascia perdere l'antipatia, è uno che sa comunque muoversi nel mondo dell'arte. Un suo acquisto potrebbe essere un biglietto vincente per Jeanne, non pensi?».

Il ragionamento non è del tutto sbagliato, per quanto a me lui proprio non vada a genio. «Immagino di sì», rispondo a denti stretti. «Ma ci sono quadri speciali, che, a prescindere da tutto, si meritano un proprietario che possa dimostrarsi all'altezza».

Lo sguardo di Violante si accende di una luce speciale. «Hai ragione. Ci sono opere d'arte da cui gli stessi artisti fanno fatica a separarsi. La storia è piena di esempi. E infatti mi domando se anche Boccioni avesse dipinto qualcosa di simile...», riflette.

«Stai pensando al famoso quadro dell'appartamento?».

Annuisce decisa. «Potrebbe essere uno di quei casi, no?»

«Diciamo che potrebbe esserlo diventato quasi contro il volere dell'artista, che non ha fatto in tempo a venderlo. È morto giovane, in modo imprevisto, no?»

«Una caduta da cavallo», mi conferma. «Ho studiato molto prima di uscire a cena con Ghezzi la prima volta», confessa con una punta d'imbarazzo.

«Potrebbe trattarsi della sua ultima opera...», azzardo improvvisamente elettrizzato. Più ci penso e più trovo l'ipotesi molto verosimile.

«Sempre che ne esista anche una versione "vera" e non solo una copia recente...». Violante fa bene a frenare il mio entusiasmo.

«Se qualcuno sapeva tutto di Boccioni, secondo me quello era il vecchio Ghezzi. E in un modo o nell'altro, lo ha annotato nella sua agenda».

Vivi non riesce a fare a meno di sorridere. «Calma, calma. Tutto possibile quello che stai dicendo. Ma probabile?»

«Lo scopriremo, se riusciremo a decifrare i simboli con cui ha segnato le pagine», insisto.

«E a questo fine, il nipote potrebbe tornarci utile», mi fa presente, con una chiara punta di soddisfazione. «Magari sa qualcosa, anche solo per sentito dire in famiglia, riguardo alla modalità con cui operava il nonno».

Sono seccato di doverle dare ragione. «Sì, ok, è una possibilità da non escludere. Lui come ti sembra questa sera? La solita testa di cazzo pomposa?»

«Mah, difficile a dirsi, ma è nervoso, per qualche motivo. Gli ho anche chiesto se andasse tutto bene, e ci ha pensato a lungo, prima di darmi la solita risposta diplomatica che danno sempre tutti. Ma è stato quasi tentato di aprirsi, l'ho proprio percepito. C'è qualcosa che non lo fa stare tranquillo, e sarebbe molto interessante scoprire cosa», mi racconta. «Riproverò a buttare l'amo sul tema dell'agenda, ma devo farlo in modo intelligente, in un momento in cui non sembri troppo sospetto». Violante sta fissando a sua volta Jeanne e Ghezzi nell'altra sala. Dalla nostra posizione riusciamo a vederli molto bene. «E a proposito di gente sospetta, Martini è talmente vicino che tua sorella si sta innervosendo», osserva ridacchiando.

«Avevi ragione», ammetto, all'improvviso.

«Posto che sì, grazie, ho spesso ragione, a cosa ti stai riferendo di preciso?», chiede divertita.

«All'ispettore e a mia sorella: c'è dell'elettricità tra di loro».

Vivi scrolla le spalle. «Modestamente, te l'avevo detto...».

«Non che questo li renda in alcun modo compatibili», ci tengo a precisare.

Violante annuisce. «È uno dei problemi della vita: capita spesso di essere stranamente attratti da persone non proprio adatte. Di solito la cosa porta a grosse rogne», riflette.

«Parli per esperienza personale?».

Sorride enigmatica. «Chissà...». Si alza poi dalla sedia e si sistema il vestito. «Torno da Ghezzi. Vieni anche tu?»

«Credo che rimarrò a distanza, per il momento. Tanto di me non si ricorda di certo, e forse è meglio così».

«A dopo allora. Tra parentesi, mi ha già invitato ad andare a bere qualcosa dopo, in un locale qui vicino, perciò credo proprio che accetterò e che cercherò di farlo ubriacare a dovere per scucirgli tutte le informazioni possibili». Lo dice come se le capiti tutti i giorni.

«Non mi pare una grande idea...». Sono fiero di me per essere riuscito a pronunciare una frase quasi controllata, visto che invece dentro avverto una strana sensazione. Ha ragione Martini, per la miseria: stiamo giocando una partita di cui conosciamo poche regole, e che ha lasciato un cadavere in una stanza l'albergo. «Anzi, mi pare *decisamente* da rivedere».

Violante scuote la testa. «Non sarai mica preoccupato per me...». Quasi ride, come se fosse impossibile.

«Non è tanto l'apprensione, quanto il sentirmi responsabile», replico in modo sincero.

Mi scruta come se fossi pazzo. «Per me?»

«Certo, anche per te». È quello che fanno le persone con la testa sulle spalle: badano agli altri. In tutti i modi che conoscono.

«Ti manderò un messaggio per dirti dove siamo», è il massimo che è disposta a concedere.

Mi riavvicino e le prendo un attimo la mano. «Violante, fai attenzione, per cortesia».

«Certo. E poi, nonostante quello che credi, io sono solita fare *molta* attenzione», ci tiene a chiarire.

Lascio andare la sua mano e faccio un passo indietro. Lei si incammina per raggiungere Jeanne e Ghezzi.

Dopo un po', il mio cellulare vibra segnalando l'arrivo di un messaggio.

Violante:
Andiamo a N'Ombra de Vin
in via San Marco.

Violante:
Ha invitato anche tua sorella,
ma Jeanne non può scappare troppo
presto dalla sua stessa mostra.
Ha detto che ci avrebbe raggiunto,
nel caso.

Violante:
Ora vado. Se ci segui – e lo so
che lo farai – cerca di non dare troppo
nell'occhio.

Sollevo lo sguardo e scoppio a ridere. Ah, questa Violante...

Capitolo 11
Violante

Il locale che ha scelto Ghezzi è indubbiamente ricco di atmosfera: soffitto a volte, colonne di pietra, mura e pavimentazione che paiono originali del tredicesimo secolo.

«Sei già stata qui?», mi chiede avvicinando troppo il suo volto al mio orecchio, con la scusa del chiacchiericcio di fondo. I prosecchi che si è fatto servire alla mostra cominciano a farsi sentire.

«A dire il vero no». Siamo tutti troppo abitudinari, e si finisce sempre con il frequentare gli stessi posti. Forse nella vita servirebbe più avventura in generale. Certo, non che questa mi manchi al momento, visto anche il motivo per cui mi trovo in questo locale.

Il cameriere ci fa accomodare a un tavolino di legno dalla forma quadrata e dall'aspetto rustico, consegnandoci il menu.

«È il vecchio refettorio dei frati agostiniani sotto la basilica di San Marco», mi svela Giacomo. Da come lo dice, tutto fiero, quasi c'è il dubbio che lo abbia costruito lui.

«Carino», gli rispondo. Però ci aggiungo un sorriso, che spero basti e avanzi.

Sto studiando cosa prendere – ho pochissima fame, stranamente, ma forse è meglio mangiare qualcosina – quando con la coda dell'occhio intravedo Amedeo, che ha scelto di sedersi dietro una colonna, a uno dei tavolini che vi girano attorno. Mi viene quasi da ridere, a osservare la sua testa che ogni tanto sbuca per spiarci. Con lui non lo ammetterò nemmeno sotto tortura, ma mi sento più al sicuro a saperlo qui. Una parte di me vorrebbe riflettere più a fondo su uno strano fremito che ho provato in sua compagnia alla galleria d'arte, ma l'altra, quella che in genere è più saggia, mi suggerisce di lasciar perdere le impressioni e le emozioni: di rado portano a conclusioni sensate.

«Rosso?», mi tenta Giacomo, costringendomi a smettere di pensare ad Amedeo e alla sensazione fin troppo piacevole che ho provato quando si è chinato sopra di me alla galleria.

«Sì, per me va bene tutto. Prendiamo un tagliere di formaggi e salumi da dividere?». In genere non è assolutamente vero che mi accontento di tutto, ma questa sera non voglio perdere tempo a parlare di vini.

Lui annuisce e richiama il cameriere. Tempo qualche minuto e ci hanno portato l'ordinazione; così possiamo finalmente concentrarci a parlare di cose interessanti. «Non male la tua amica Jeanne...».

«Te l'ho detto che ha molto talento. Non ti ho invitato a caso», rimarco.

Giacomo intanto non perde tempo e si getta sul vino, un pinot nero del Trentino. «Hai fatto bene a insistere perché venissi. Quel quadro del Naviglio Grande è notevole. Speriamo che la tua amica si decida a vendermelo...».

Se pensa che farò pressioni affinché accada, si sbaglia di grosso. «Devi darle tempo. Questa sera è stata speciale. A proposito, tu hai mai dipinto?», gli domando. La sto prendendo molto alla lontana.

Scoppia a ridere, quasi imbarazzato. Francamente è la prima volta che lo vedo così. Per un attimo sono sinceramente sorpresa. «Come hai fatto a intuirlo? Ebbene sì, ho provato... ma si vede che in famiglia non abbiamo molto talento. Tale nonno, tale nipote».

«Mettiamola così: era nato per collezionare opere d'arte», lo blandisco, accomodante.

«A dire il vero, credo che per lui sia stato inizialmente un ripiego. Mio padre mi ha sempre raccontato che il nonno avrebbe voluto dipingere. Ha iniziato a frequentare tutti i futuristi dell'epoca perché sentiva il fuoco sacro dell'arte dentro di sé... ma per sua sfortuna i giudizi sulle sue opere sono sempre stati piuttosto unanimi: una tragedia», conclude con una risatina. «Ecco perché non sono stato granché stupito di scoprirmi non molto portato a mia volta, quando ho tentato in gioventù la strada della pittura».

Interessante questo tentativo di dare la colpa agli altri dei suoi fallimenti... «E quindi hai deviato verso un percorso più teorico», desumo.

«Sì. Com'è quella frase? Chi sa, fa; chi non sa, insegna».

Riesco a resistere alla tentazione di correggerlo, anche perché non mi pare abbia mai insegnato. Ma meglio verificare. «Oh, hai insegnato?».

Segue un'altra risata. «No, no, non nel vero senso della parola... mi ci vedi a fare il professore d'arte?».

No, non ce lo vedo proprio, e infatti ho chiesto. «Perché no?», gli rispondo invece con un sorriso finto.

«No, la vita da professore non fa per me. Anche se, forse... in qualche università di livello...», riflette. Probabilmente si sta immaginando direttamente alla Sorbona, conoscendo il tipo. «A ogni modo, intendevo dire che mi sono occupato negli anni di tenere diverse conferenze in tutte le parti del mondo in cui ha viaggiato la collezione di mio nonno. Le persone amano gli aneddoti».

«Oh, se è per quello, li amo anch'io. Raccontami qualcosa di più», lo esorto. Me l'ha servita su un piatto d'argento.

«Quello che so mi è stato riferito da mio padre e da mia nonna, che ho fatto in tempo a conoscere, sebbene per poco tempo. Be', non saprei bene da cosa partire...».

«Da come ha selezionato le opere della collezione, per esempio», gli suggerisco come se nulla fosse.

«Oh, sì, da quello... credo sia andato del tutto a gusto personale, facendo però attenzione al fatto che ogni artista che lui stimava fosse rappresentato in modo adeguato. Certo, sempre che l'opera che lui aveva adocchiato fosse disponibile... ma aveva pazienza, pare, e in certi casi ha atteso anni prima di riuscire ad acquistare quello che desiderava».

Prendo un grissino dal cestino del pane e vi avvolgo una fetta di prosciutto. «Anni?», ripeto interessata.

Lui annuisce mentre gusta del formaggio. «Sì, non è stato facile acquistare i pezzi di Boccioni, per esempio».

«Proprio quello che lui amava in modo particolare», commento.

«Sì, mio padre mi raccontava che il nonno aveva ormai sentinelle ovunque nel mondo dell'arte. Ogni volta che compariva un pezzo di Boccioni da qualche parte in vendita, lui si fiondava subito». Si volta a osservare la sala con fare un po' diffidente e poi, rassicurato da non si sa bene cosa, avvicina il volto al mio per potermi confidare a bassa voce: «Inter nos, qualche pezzo gli è arrivato anche dalle svendite durante la guerra…».

Sì, è una storia che ho già sentito; sono stati anni burrascosi, a dir poco. «Ed è riuscito a comprarsi tutto quello che aveva in mente, che tu sappia?»

«Dubito vivamente. Un collezionista non conosce la soddisfazione di aver terminato, se capisci cosa intendo…».

«Sì, perfettamente. Perciò, vi ha lasciato delle indicazioni sui pezzi eventualmente da acquistare?».

Giacomo Ghezzi mi guarda stranito, come se fosse un'idea ridicola. «Indicazioni?», ripete.

«Se io fossi una grande collezionista e avessi l'impressione di non riuscire ad accaparrarmi tutti i quadri che bramo in tempo utile, credo che farei una lista di quello che negli anni mi ha catturato in modo particolare», provo a spiegargli. «Affinché i miei eredi possano continuare il mio lavoro».

La mia affermazione gli strappa una risata vagamente inacidita. «Sì, be', per quel tipo di cose servono soldi…».

Osservazione interessante. «E tuo nonno non ve ne ha lasciati?».

Dalla sua espressione, è chiaramente indeciso se rispondere o meno. Alla fine l'alcol deve avere la meglio su di lui. «No, a dire il vero non ci ha lasciato niente. Solo le opere d'arte e la casa in cui abitava. Punto. Anzi, ci ha servito persino la sorpresina di qualche debito con il fisco…».

«Ma per fortuna la collezione è stata posta sotto vincolo. Si esclude quindi dall'attivo ereditario», gli ricordo.

Spalanca gli occhi. «Ah già, fiscalista...», commenta, come se lo ricordasse solo ora. «Professione interessante. Sì, non ho dovuto pagare tasse di successione sulla collezione, o in caso contrario avrei dovuto inventarmi qualche fondazione a cui fingere di lasciare le opere...». Sospira, come se la questione fiscale gli avesse tolto il sonno in più di un'occasione. «La verità è che il caro nonno si è lasciato assorbire così tanto da questa ossessione per la sua stessa collezione che si è speso tutto alla ricerca del pezzo migliore, e mentre lo faceva ha fatto anche andare in malora l'azienda di famiglia...».

«Non ci sono fissazioni sane, in effetti», cerco di rincuorarlo. «E non ci sono nemmeno mezze misure, quando ci si fa prendere da qualcosa o da qualcuno».

Ghezzi scuote la testa. «Appunto, magari si fosse trattato di una donna... Le ossessioni amorose, anche le più intense, finiscono sempre per affievolirsi, fino a che la fiamma non si spegne del tutto. Fa parte dei giochi, se così vogliamo dire. Ma l'arte...». Si blocca, lo sguardo perso chissà dove. Gli serve del tempo prima di riprendere con il suo pensiero. «Ma l'arte è maledetta. Ti spreme, ti soffoca, non ti dà pace. Temo che tutta la vita di mio nonno sia stata ostaggio di questa spasmodica ricerca dell'opera più significativa, o più misteriosa, o di quella introvabile...».

L'ultima parola che ha pronunciato fa risuonare in me un campanello. Sono indecisa se pressarlo su questo argomento o pazientare, versargli ancora da bere e aspettare che si confidi. Alla fine scelgo la seconda opzione: sollevo la bottiglia e servo i bicchieri di entrambi. In verità io ho bevuto molto poco, perciò aggiungo solo mezzo dito.

«In vino veritas», mormora con un sorriso.

«Breve confinium artis et falsi», replico, con la volontà precisa di stuzzicarlo. Dire al nipote di un collezionista che il confine tra arte e falso è sottile è davvero rischioso. Rimango in attesa, temendo in parte la sua reazione. Potrei aver azzardato un attimo...

Per mia fortuna Giacomo deve trovare la mia frase molto divertente, perché scoppia a ridere. Il motivo non mi è del tutto chiaro. «Ah sì, lo possiamo dire davvero…», commenta, più che altro rivolto a sé stesso. «Oggi il confine è ancora più sottile. Ma sono anche in pochi quelli che se ne intendono davvero e che sono in grado di identificare correttamente un quadro vero da uno falso», precisa. «Tra l'altro, a certi compratori quasi nemmeno interessa…».

«A quali?», chiedo curiosa.

«Be', quando si vende in Arabia Saudita», mi fa un esempio. «Il caso del *Salvator Mundi* è piuttosto emblematico, non è così?».

Ha tirato fuori una vicenda davvero controversa. L'ormai famigerato dipinto è stato infatti venduto in asta nel 2017 per la cifra record di 450 milioni di dollari, la somma più alta a oggi raggiunta per un'opera d'arte, ritenuta da molti del tutto folle, in considerazione dello stato del dipinto (conservata male e soggetta a numerosi restauri non sempre eseguiti bene) e della dubbia attribuzione del quadro al genio di Leonardo. «Secondo te alla fine era vero o falso?»

«È questo il fatto: non importa. Ormai si trova in una collezione privata ad Abu Dhabi, e che sia un vero Leonardo o meno, non interessa a nessuno. È leggendario, e tale continuerà a essere, specialmente perché lontano dagli occhi di tutti…».

Dalla colonna da cui ci sta spiando, Amedeo sta cercando di catturare la mia attenzione e mi fa strani segni. Qualsiasi cosa abbia in mente, dovrà attendere, perché ho l'impressione che dalla bocca di Ghezzi stiano uscendo rivelazioni piuttosto interessanti. «Stai dicendo che lì fuori esistono persone che non si fanno problemi a pagare anche cifre molto alte per quadri di dubbia provenienza?».

Il sorrisetto di Giacomo è già una mezza risposta. «Tutto ha un suo mercato, in fin dei conti», afferma con un certo cinismo. «Ci sono opere destinate a essere esibite nei musei, e altre per palati fini, se così possiamo chiamarli…».

«Palati con soldi di dubbia provenienza, più che altro», azzardo.

Per un attimo ho il timore che possa risentirsi delle mie parole, ma per mia fortuna non è così. «Oh, possiamo anche dirci le cose come stanno, no? I soldi sono sempre benaccetti, da qualsiasi parte arrivino... si fa solo finta, di tanto in tanto, di avere degli scrupoli di coscienza quando avvengono episodi spiacevoli».

«La nostra società non è certo perfetta, ma ha ancora una sua etica», insisto.

Scuote la testa come se mi trovasse molto sciocca. «Non dirmi che ci credi davvero... Ti ricordi sicuramente dell'uccisione di quel giornalista dissidente saudita. All'inizio tutti indignati, ma poi...».

«Poi hanno prevalso gli interessi economici», sono costretta a dargli ragione.

«Ovviamente. Nonostante quell'esecuzione, gli svizzeri non si sono fatti problemi a prendere i soldi dal fondo saudita per ricapitalizzare le loro banche, i cantanti americani di punta si sono fatti pagare profumatamente per esibirsi a Dubai. E, ancora, Hollywood si è subito fatta sedurre dai petrodollari per finanziare le proprie produzioni, quando sono venuti a mancare i soldi cinesi, altrettanto poco limpidi».

«Hai indubbiamente ragione», convengo.

«Perciò, se è tutto lecito, perché non dovrebbe esserlo la compravendita di beni artistici con soldi di provenienza non sempre pulita?», torna sul punto centrale della nostra chiacchierata.

«Tutto verissimo. Triste ma non per questo meno reale. Comunque, meno male che ci sono persone come te e la tua famiglia, che invece si impegnano attivamente affinché le collezioni più importanti girino per i musei...». E così dicendo poso una mano sulla sua. Cosa mi tocca fare, pur di ottenere qualche informazione in più.

Da dietro la sua colonna di pietra, Amedeo deve aver visto tutta la scena, perché il suo sguardo è diventato ancora più intimidatorio. Mi sta facendo chiaramente segno di raggiungerlo.

Ghezzi mi sorride ebete. La mia mossa ha avuto successo. «Sì, be'... cerco solo di portare avanti la tradizione familiare... Non che sia sempre facile resistere a certe offerte...».

«Offerte?», non perdo tempo a domandargli.

«Sì, capita che qualcuno di tanto in tanto mi faccia un'offerta a tratti irrinunciabile per qualche quadro...», ammette, all'improvviso un po' a disagio.

«Per esempio *Materia*?», butto lì.

Mi osserva colpito. «Esattamente. Negli ultimi anni le offerte per *Materia* si sono fatte via via più consistenti».

«Però il quadro da solo non si può vendere...».

«Infatti. La collezione è indivisibile». Lo dice con uno strano tono, di uno che vorrebbe essere distaccato ma non lo è affatto.

Tento di pungolarlo ancora un po' sull'argomento. «E, se per pura ipotesi, non lo fosse stata?», chiedo con finta innocenza.

Giacomo sospira, si passa una mano sul volto e poi sorride enigmatico. «Domanda difficile... non saprei, siamo tutti umani, in fin dei conti...», mette le mani avanti.

Desumo che avrebbe venduto eccome. Interessante a sapersi. «La collezione si potrebbe pur sempre vendere in toto eventualmente...».

«Sì, ma il problema è che ormai il pubblico la conosce. È famosa, il che è sia un bene che un male, in un certo senso», mi spiega.

Sfodero il sorriso più convincente possibile e lo assalto di nuovo. «Per me è solo che positivo. Che poi, non l'avresti comunque mai venduta, no? Tanto meglio che sia famosissima, che venga ospitata nei musei più noti e che la veda il maggior numero di persone possibili. L'arte è patrimonio di tutti, in fin dei conti».

Lui ci riflette sopra. «Sì, ma per questo patrimonio comune spesso sono stati spesi soldi individuali».

Nel frattempo il modo in cui Amedeo sta cercando di attirare la mia attenzione è diventato sempre più sfacciato, al punto che ho il serio timore che Giacomo possa accorgersi della sua presenza. E non voglio assolutamente buttare al vento la pseudo-complicità che sono riuscita a creare con Ghezzi, facendolo insospettire. Sono quindi costretta mio malgrado a sospendere momentaneamente questa interessante conversazione e sentire cos'ha di così urgente di dirmi Amedeo. «Ti dispiace se mi assento un secondo per andare in bagno?»

«Fai pure. Ti aspetto».

Prendo la mia borsetta e mi incammino in fondo al locale, dove ad attendermi c'è il rompiscatole, che mi ha preceduto una volta che mi ha visto alzarmi dalla sedia. È seminascosto in un punto buio del corridoio, tanto che mi coglie di sorpresa. «Ma che diavolo...».

«Ce ne hai messo di tempo», mi accusa.

«Ovvio, perché eravamo finalmente arrivati a un buon punto!».

«Che sarebbe?», vuole sapere.

Una serie di persone di passaggio in quel momento ci lancia occhiate curiose, perciò, non volendo mettermi a parlare con lui in pubblico, afferro Amedeo per un braccio e lo trascino con me nel bagno delle donne. Sono rapidissima a spingerci in uno dei gabinetti, facendogli cenno di tenere bassa la voce.

«Mi hai seriamente chiuso in un bagno?», chiede trattenendo una risata.

Sollevo le mani. «È la prima cosa che mi è venuta in mente. Possiamo sempre fingere di esserci fatti prendere da un impeto di passione». Lo dico in modo ironico, ma Amedeo mi lancia un'occhiata strana. «Scherzavo, no?». E così dicendo, lo colpisco bonariamente sul petto.

Lui cattura la mia mano e non la lascia andare. La sensazione è troppo, troppo piacevole.

«E poi cos'era tutta questa urgenza?», gli domando.

«Jeanne sta venendo qui. Con Martini al seguito, che ha intenzione di fingersi un suo amico. E siccome non avevi il telefono a portata di mano...».

Che osservatore attento. «Ce l'ho nella borsetta, per potermi concentrare meglio sulle parole di Ghezzi», gli spiego.

«Appunto, siccome eri tutta presa dalla tua discussione con Ghezzi e non davi segno di aver letto i suoi messaggi...». Parole volutamente ambigue, ma lascio correre. «...Jeanne mi ha chiesto di avvisarti, in modo che non venissi presa alla sprovvista e non ti lasciassi sfuggire l'identità dell'ispettore».

«Per chi mi prendete? Sono una spia altamente professionale», fingo d'indignarmi.

«Ho notato l'improvviso trasporto. Tutta finzione con Ghezzi?».

La domanda è talmente ridicola che scoppio a ridere. «Dottor Barbieri, ha mai riflettuto sulla possibilità di essere geloso?»

«Chi, io?», domanda quasi oltraggiato.

«No, perché basterebbe dirlo chiaramente...», lo punzecchio. Tormentare un po' il signor-perfezione è inspiegabilmente divertente.

Amedeo mi coglie di sorpresa afferrandomi e avvicinandomi del tutto a sé, in modo che i nostri corpi combacino. E siccome il gabinetto è già stretto a sufficienza, la sensazione di improvvisa intimità è molto forte. Sì, lo so che è pur sempre il bagno di un locale, ma al momento il luogo è passato in secondo piano.

Sono sempre più alta di lui – e non poco, visti i miei tacchi – ma stranamente la cosa mi infastidisce molto meno del solito. Sarà che ci si abitua a tutto, rifletto semiseria. Io, per esempio, all'improvviso sento che riuscirei ad abituarmi senza problemi al calore che emana il suo fisico. È deliziosamente solido, a proposito.

«Geloso?», ripete dopo che ci siamo guardati negli occhi per quella che mi è parsa un'eternità. Ma questa volta la sua voce è curiosa, come se stesse soppesando una possibilità che un minuto fa era del tutto esclusa e ora invece potrebbe non esserlo più.

«Con Ghezzi è puro show, ovviamente. La discussione è finita su temi davvero intriganti. Non so bene come collegare il tutto, ma mi pare ci sia qualcosa...». Sto parlando molto velocemente nella speranza di distrarre entrambi dall'impulso che sta facendo avvicinare impercettibilmente i nostri volti. Il mio battito cardiaco ha preso ad accelerare nell'istante in cui mi ha preso per mano e ora galoppa a un ritmo quasi preoccupante. Tutti i miei sensi si sono risvegliati all'improvviso e mi rendo conto che non andavano in iperattività da un bel po', tanto che ora non sanno gestire il bombardamento di stimoli.

Il mio sguardo cade inevitabilmente sulla sua bocca. Pessima idea, mi dico subito. Demenziale, mi ribadisco il concetto. Ma tutto a un tratto pare che i pensieri stupidi esercitino su di me un fascino irresistibile.

Amedeo annuisce con comprensione, ma anche lui pare combattere una lotta interiore contro l'attrazione tra noi. Lo osservo deglutire, inspirare, deglutire ancora. «Devi smetterla di usare questi tuoi profumi...», mi dice con voce roca.

«Non approvi?»

«Approvo. È questo il problema», replica facendomi sorridere.

«Basterebbe che ti allontanassi...», gli faccio presente.

«Sì, lo so».

Ma non solo nessuno dei due lo fa, bensì la distanza tra di noi si accorcia ancora di più.

Oh, al diavolo tutto, mi dico nell'istante prima di chiudere gli occhi e lasciarmi andare al desiderio di osare. Mi sembra quasi di sentire già le sue labbra sulle mie, mi pare di poterne anticipare in qualche modo il sapore, e invece la porta si apre di prepotenza. Pensavo di aver chiuso a chiave, ma a quanto pare ero troppo agitata per ricordarmi di farlo.

«Oh, scusate!», ci dice poco dopo una donna imbarazzata. «Non avevo controllato che ci fosse qualcuno... mi scappa...», si giustifica e se ne va.

Amedeo e io facciamo un balzo e torniamo a una distanza di sicurezza, fissandoci con occhi increduli. La scena sarebbe molto comica, se solo non fosse capitata a noi. «Ehmm...», balbetto a disagio. «Sarà meglio che torni da Ghezzi o penserà che sia fuggita». Mi scappa una risatina, ma non so proprio cos'altro dire.

«Sì, e ricordati...».

«Di non spiattellare a Ghezzi che Martini è in verità un ispettore. Sì, lo so», lo precedo. Sarò uscita un attimo fuori di testa, ma la memoria ce l'ho ancora.

Mi incammino fuori dal bagno e torno al mio tavolo stampandomi in faccio un sorriso che spero nasconda il mio tumulto interiore per quanto appena accaduto con Amedeo. Recupero poi il cellulare dalla borsetta e fingo di stupirmi nel leggere un messaggio. «Oh, a proposito, la stella della serata, la nostra artista, ci sta raggiungendo», lo informo.

Ho giusto fatto in tempo a preannunciarglielo che Jeanne e Martini compaiono nel locale. La faccia dell'ispettore non è particolarmente allegra; delle due l'una: o è sempre così, oppure questa è stata una mossa forzata da Jeanne, che lui ovviamente non approva. La diretta interessata ci viene incontro sorridendo, ma il suo sguardo mi pare piuttosto battagliero. Probabile che si tratti quindi della seconda opzione…

«Eccoci!», ci saluta la mia amica tutta allegra.

«Grazie mille dell'onore», le fa Ghezzi, alzandosi per scostarle una sedia. «E lui è?», chiede indicando l'ispettore cupo.

«Un amico. Marco», risponde lui. Protende il braccio e procede a stringere con troppa forza la mano di Giacomo Ghezzi, che per un attimo rimane attonito.

Jeanne e io ci scambiamo una buffa occhiata: si chiama Marco? È il suo vero nome o è solo per finta? Per qualche ragione, nessuna di noi due ha mai pensato al nome di battesimo di Martini.

«Accomodatevi», li invita Ghezzi. «Un po' di vino rosso?», offre.

Jeanne accetta non appena il cameriere fa comparire altri due bicchieri, ma Martini copre velocemente il suo con la mano. In servizio non si beve, mi tocca presumere. «Sono a posto», risponde. «Grazie», aggiunge poi, a seguito di uno sguardo di rimprovero eloquente da parte di Jeanne. È come se avessero sviluppato in poco tempo un linguaggio tutto loro, constato divertita.

«Brindiamo al grande successo della sua mostra», propone Ghezzi, sollevando il bicchiere. È palesemente brillo.

Jeanne ne è cosciente, ma non si fa problemi a far tintinnare il bicchiere contro il suo. «Vedremo. È andata abbastanza bene, ma il successo è un'altra cosa», ricorda a tutti.

Ghezzi si volta verso di me. «La tua amica è molto modesta», mi dice con alito alcolico. La situazione non potrebbe essere più differente da quella di poco fa con Amedeo: anche in questo caso il volto di un uomo è troppo vicino al mio, ma Ghezzi non mi tenta in alcun modo. Anzi, mi porterebbe a indietreggiare in modo istintivo, ma sopprimo l'impulso perché cozzerebbe con la mia parte. «Quindi, me lo vende quel quadro?», domanda a Jeanne. Ubriaco o meno, non è uno che perde tempo.

«Sono ancora agitata per la serata, nei prossimi giorni prometto solennemente di fare mente locale sulle persone che mi hanno chiesto di poter acquistare questo o quel dipinto», prende tempo lei. «Sa, dottor Ghezzi, questa sera mi sono resa conto che ci sono quadri da cui un artista fa fatica a separarsi, per qualche motivo...».

Lui annuisce con comprensione. «È vero, ma forse bisognerebbe impegnarsi a farlo per poter evolvere come artista. A volte ci si fissa su certe opere con il risultato che poi finiscono in mani sbagliate».

Martini solleva un sopracciglio, colpito dalla strana affermazione. «Per esempio?»

«Diciamo che quasi tutti hanno una loro Monna Lisa. Leonardo non è stato l'unico a essersi portato dietro per anni un quadro nelle sue varie peregrinazioni», risponde Ghezzi. «E, se l'avesse lasciata in Toscana, dove avrebbe dovuto rimanere, oggi sarebbe un vanto italiano e non francese».

«Toscana?», domando d'impulso, sebbene questo metta in evidenza la mia scarsa conoscenza di un'opera famosissima di Leonardo. Se me lo avessero detto, avrei studiato, esattamente come ho fatto con il Futurismo. Non mi piace la sensazione di essere in difetto.

«Ormai è opinione quasi certa che la Monna Lisa sia in verità il ritratto di Lisa Gherardini, che sposò uno dei mecenati di Leonardo, tale Francesco del Giocondo», mi racconta Jeanne.

«Qualche anno fa c'è stata una sorta di caccia alla sua tomba, in modo da comprovare una volta per tutte la teoria...».

«Che in verità è sempre stata una certezza, sin dalla notte dei tempi. Ma, si sa, l'arte si nutre di leggende. A torto o a ragione», commenta Ghezzi pensieroso.

«Be', l'hanno poi trovata?», chiedo, molto interessata a saperne di più.

«Sì, è stata sepolta nella cripta dell'ex convento di Sant'Orsola a Firenze», mi risponde la mia amica. «Ma per anni è girata voce che in verità la sua tomba fosse a Lagonegro, dove si diceva fosse morta per un'infezione alla gola».

«Leggenda e fantasia sono un connubio molto potente», commento.

«Sì, ma hanno bisogno sempre di un qualcosa di concreto su cui basarsi», osserva Ghezzi.

«Presumo sia sempre così. E infatti qui abbiamo il dipinto», replico. È come se stesse pensando ad altro. Mi sento in dovere di scoprire cosa gli stia passando per la testa. «Ti vengono in mente casi in cui non è così?»

«Le guerre sono sempre stato un periodo tragico sia per gli uomini che per le opere d'arte. Un discreto numero di quadri e altri oggetti di valore è misteriosamente scomparso anche durante l'ultima guerra mondiale. Un esempio su tutti, *Ritratto di un giovane uomo* di Raffaello Sanzio».

Questa volta sono io a sporgermi verso di lui. «Scomparso e mai più ritrovato?».

Lui annuisce vigorosamente. «Se ne sono perse le tracce nel 1945. Il quadro si trovava in un museo privato in Polonia, nel momento dell'invasione dei nazisti. Venne confiscato, infine custodito nel castello di Cracovia, finché scomparve del tutto all'arrivo dell'esercito americano. Hans Frank, il governatore tedesco mandato in Polonia, era infatti scappato portandosi dietro quello e altri due quadri famosi della medesima collezione: *La Dama con l'ermellino* di Leonardo e *Il paesaggio con il buon samaritano* di Rembrandt. Frank fu acciuffato e i capolavori recuperati. Ma il capolavoro di Raffaello si è come volatilizzato».

«La seconda guerra mondiale è stata piuttosto turbolenta, per le opere d'arte. Chissà quali e quanti pezzi pregiati, custoditi direttamente nelle case delle famiglie nobili o benestanti, si sono eclissate...», aggiunge Jeanne.

Ghezzi si raddrizza sulla sedia. «Be', in alcuni casi potrebbe essersi trattato di veri e propri salvataggi», precisa.

«In che senso?», chiede Jeanne.

«Che magari, di fronte al pericolo che certe opere venissero sequestrate o distrutte, chi era in fuga all'epoca ha preferito affidare tele e altro a chi se ne sarebbe preso cura».

«Prendersi cura però sottintende anche la restituzione dei beni alla fine della guerra», sottolinea Jeanne, fissandolo attenta.

«Un sacco di persone non sono però mai tornate. Dal fronte, dalle carceri, dai campi di concentramento», ci ricorda. Il tono è distaccato, ma gli occhi si sono fatti piuttosto inquieti. «Prendiamo a esempio quello che è successo ai tre dipinti perduti di Klimt...».

Martini e io ci scambiato l'occhiata complice di due ignoranti che non hanno la più pallida idea di cosa si stia parlando.

Jeanne viene in nostro soccorso. «L'allora ministero dell'Istruzione austriaco commissionò a Klimt tre grosse tele per il soffitto dell'aula magna all'università di Vienna: *La Filosofia*, *La Medicina* e *La Giurisprudenza*. I dipinti avrebbero dovuto celebrare le scienze razionali ed essere una sorta di vittoria morale della luce sulle tenebre; peccato che Klimt decise di dare una lettura molto onirica del tema, interpretando a suo modo l'enigma dell'esistenza umana e inserendo diversi nudi nelle opere. Seguirono feroci polemiche, che portarono Klimt a decidere di riacquistare le tele, grazie al sostegno dei suoi estimatori danarosi. Alla sua morte le opere finirono al mecenate Wittgenstein, che le conservò nel suo castello».

Inspiro profondamente. «Qualcosa mi dice che ora arriva il punto dolente...».

L'espressione di Jeanne è sofferta, infatti. «Purtroppo. Nel 1945 le truppe tedesche che stavano fuggendo dall'Austria diedero fuoco al castello, e numerose opere della preziosa collezione di Wittgenstein andarono perse per sempre. Inclusi i tre quadri delle Facoltà. Sappiamo però com'erano fatte – opere davvero magnifiche – perché abbiamo delle loro foto, sebbene solo in bianco e nero».

Mi ritrovo molto più coinvolta da queste narrazioni di quanto mai avrei immaginato. «Però, che storia tragica», commento.

«Molto», conviene subito Ghezzi. «Ecco perché in alcuni casi ad aver salvato determinati capolavori è stato il fatto che i proprietari in pericolo li avessero affidati ad altri».

«Che però avrebbero avuto il dovere morale, ma non solo, di restituirle o ai legittimi proprietari, o ai loro eredi, una volta che si è concluso il conflitto», torno a insistere. Mi pare un punto tutt'altro che marginale.

Il volto di Ghezzi non nasconde che è spazientito dalle mie parole. «Non è così facile. In Francia qualche tempo fa hanno organizzato una vera e propria mostra di dipinti di cui non si è mai riuscito a risalire ai proprietari o alle loro famiglie, nella speranza che qualcuno potesse riconoscere un cimelio visto in qualche foto. Ma tanto, troppo, è andato distrutto, sia in termini di patrimonio artistico che di ricordi familiari», enfatizza agitandosi. «Mio nonno si prodigò moltissimo per mettere in salvo il maggior numero possibile di ebrei in quegli anni terribili…».

Martini è pensieroso e molto taciturno. È come se stesse cercando di farci dimenticare della sua presenza. E infatti per un attimo a me è accaduto; ma non a Jeanne, che continua a lanciargli delle occhiate a intermittenza.

«Be', vi confesso che la stanchezza inizia a farsi sentire terribilmente. L'agitazione, lo stress per la mostra… voi mi capite…». Jeanne si alza dalla sua sedia. L'ispettore fa altrettanto.

Mica mi lasceranno da sola con Ghezzi: anch'io scatto in piedi, pronta ad andarmene. «Magari potete darmi un passaggio in modo da liberare Giacomo?», domando.

Il mio cavaliere dall'armatura tutt'altro che scintillante scoppia a ridere. «Liberarmi? E chi ha detto che abbia voglia di essere liberato?», ridacchia.

È decisamente brillo. Meglio evitare di farmi accompagnare a casa da lui, ora che ci penso.

Mi sento addosso una strana sensazione che non so bene come spiegare, ma è un forte istinto che non mi sento di ignorare. Senza contare che al di là della colonna che lo nasconde a malapena, Amedeo mi sta facendo di nuovo strani gesti. Credo che si stia seriamente preoccupando per me. È quasi tenero. A suo modo, ovviamente, ma lo è.

Pensavo che gli uomini attenti alla sicurezza di una donna fossero ormai degli unicorni. «Eh, sono stanca anch'io... mi sono emozionata non poco per la mia amica», mi giustifico. Al mio fianco, Jeanne mi abbraccia. «Temo che non sarei una grande compagnia. Però possiamo rivederci!», gli prometto sfoderando un sorriso scintillante.

Ghezzi abbocca e alla fine cede. «E va bene: vai pure con loro e noi ci sentiamo presto per uscire ancora. E lei, cara Jeanne, mi telefoni con buone notizie su quel quadro». Così dicendo, le passa un biglietto da visita patinato.

La mia amica gli sorride e lo mette via. «Come le ho detto, è un quadro speciale... però magari, nel peggiore dei casi, potrebbe decidere per qualcos'altro».

Lui scuote la testa. «No, no, quello è il quadro giusto per me», sentenzia. «Certe volte è così: uno lo riconosce e sa. Un po' come con le donne, no?», aggiunge sfacciato, rivolgendosi a Martini, a cui fa persino l'occhiolino.

L'ispettore sta al gioco. «Vale anche il contrario: uno conosce una donna e sa che assolutamente no, nemmeno se ne andasse della sua vita ci uscirebbe...».

«Quadri, si parlava di quadri», gli ricorda cupa Jeanne.

«Certamente», concorda lui, in fretta.

«Be', allora buona serata, Giacomo, e a presto», lo saluto. Io gli porgo la mano, ma lui non si accontenta di stringerla; mi abbraccia pure, dandomi un bacio sulla guancia. Ugh, cosa mi tocca fare...

E poi finalmente usciamo dal locale, all'aria fredda e gelida di una umida notte milanese. Amedeo ci attende già davanti all'uscita. «Andiamo un attimo tutti da me», propone subito

Jeanne. «Vorrei riflettere a voce alta, prima che mi passino di mente certe cose».

«Va bene», acconsente Martini, stupendoci tutti. «Ho proprio bisogno di farmi una risata. Qualcosa mi dice che le tue *riflessioni* potrebbero aiutarmi...». Si incammina sicuro senza quasi voltarsi indietro, ma sono certa che abbia udito il suono indignato di Jeanne.

Capitolo 12
Amedeo

Siamo seduti attorno al tavolo da pranzo di Jeanne con espressioni che vanno dal meditativo al preoccupato, in qualche modo indecisi da dove partire con questo bizzarro brainstorming.

Martini controlla il suo orologio, un gesto nervoso che gli ho già visto fare diverse volte. Anche Jeanne deve averlo notato, perché inarca un sopracciglio.

«Ecco, ora posso accettare l'offerta. Sì, gradirei qualcosa da bere, grazie. Per caso hai del whisky?», la sorprende l'ispettore.

«Ma ti ho chiesto giusto cinque minuti fa se volessi qualcosa...», borbotta lei incredula.

«Cinque minuti fa ero ancora in servizio. Ora non lo sono più», si giustifica.

Mia sorella mi lancia una comica occhiata, come a dire «ma questo ci è, o ci fa?». Sospetto la prima.

Jeanne si alza dalla sedia e apre l'anta di quello che potrebbe sembrare solo un armadio, ma è invece un perfetto angolo bar. Martini è talmente colpito dallo spettacolo che la raggiunge per curiosare di persona. Mia sorella non beve molto, e di solito prende sempre le stesse cose, ma organizza spesso feste e ha amici che le regalano bottiglie interessanti. La sua collezione è degna di nota.

«Lagavulin!», esclama infatti l'ispettore, identificando subito il whisky migliore tra quelli presenti. Un intenditore, poco ma sicuro. «Posso?», le chiede prima di prendere la bottiglia.

«Certo», gli risponde passandogli un bicchiere di cristallo. «A proposito, ti chiami davvero Marco?»

«Perché, non ho una faccia da Marco?»

«No, per nulla», gli conferma continuando a fissarlo con espressione concentrata.

«Per favore, non dirmi quale nome mi sarebbe stato meglio», la prega semiserio. «Non so se reggerei il colpo».

«Oh, secondo me lo reggeresti senza problemi… Ma va bene, lasciamo perdere che qui abbiamo un caso di cui discutere», gli concede. «Ghiaccio?»

«No, grazie. Va bene liscio», replica e torna a sedersi al tavolo. «E comunque qui *non abbiamo* un caso», ci tiene a ricordarci. «*Io* ho un caso. Voi avete da trovarvi un hobby».

Jeanne lo scruta corrucciata. «Oh, ce l'ho eccome, l'hobby: tormentare ispettori di polizia che pensano di non aver bisogno d'aiuto». Questa gliel'ha servita su un piatto d'argento, temo.

«Ispettore, deve darci atto che la chiacchierata con Ghezzi è stata interessante», interviene Violante, cercando di perorare la nostra causa.

«Oh, per la miseria, diamoci tutti del tu, a questo punto», cede lui, probabilmente rabbonito dall'eccezionale malto scozzese. «Le formalità si sono sciolte come neve al sole. Ma questo non cambia la situazione: c'è qualcosa che non mi piace in tutta questa storia, e voi fareste meglio a starne fuori. Anche perché, non vi riguarda affatto», ci rimprovera. E non è che abbia torto, a voler osservare le cose in modo oggettivo.

«Forse non ci riguardava all'inizio. Ma ormai ci siamo dentro. E quando uno inizia, deve portare a termine le cose, nonostante ormai vada di moda abbandonare qualsiasi cosa: lavori, relazioni, impegni…», tiene duro Jeanne.

«Cosa non ti piace di questa storia, esattamente?», mi permetto di domandare, perché mi pare piuttosto importante.

Marco si prende del tempo per ragionarci a fondo. «Non so bene, ma è come se ci fosse un sottile filo invisibile tra tutti questi elementi: il quadro, la sua copia, Boccioni, i Ghezzi, la collezione…».

«E il morto», gli ricorda mia sorella.

«Ecco, il morto stona, perché francamente è un po' troppo... voglio dire, un morto per cosa, per un quadro che non è nemmeno un Leonardo?»

«Non sarà un Leonardo, ma c'è stato molto interesse dei collezionisti negli ultimi anni per le opere di Boccioni, specie quelle ultime del periodo futurista. E vi ricordo che ce ne sono in giro molto poche, essendo lui morto giovane», fa presente Jeanne.

Lo sguardo di Martini si fa interessato. «Di che cifre stiamo parlando? Ho provato a chiedere ai nostri consulenti ma erano poco preparati», gli tocca ammettere. «Stavo giusto per rivolgermi a qualche esperto...».

Jeanne gli sorride vittoriosa. «Si dà il caso che sia preparata su questo punto: nel 2018 Sotheby's ha battuto a Londra un dipinto relativamente piccolo, proprio del periodo futurista di Boccioni, a dieci milioni di euro».

All'ispettore va di traverso il whisky. «Cosa? Dieci milioni? Cristo santo...», impreca.

«Le opere sono poche, e quelle sul mercato collezionistico si contano sulle dita di una mano. E poi c'è stata inflazione ultimamente, su tutti gli asset, a partire dagli immobili di pregio per finire con il mondo dell'arte», gli spiega.

«Perciò, facendo solo un'ipotesi, nel caso da qualche parte esistesse la versione autentica del falso che abbiamo trovato nell'appartamento qui di fronte, quanto potrebbe valere?», chiede Vivi.

«Un quadro di quelle dimensioni, di oltre due metri, potrebbe valere... non so... anche trenta/quaranta milioni, a patto che venga correttamente autenticato, ovviamente», ipotizza Jeanne.

Emetto un fischio di apprezzamento. «Però... che cifre...».

«E se non venisse mai autenticato, almeno non alla luce del sole?», indaga Martini.

«Al mercato nero, dici? Be', dipende tutto dall'acquirente, immagino. E dalla presenza o meno di eventuali compratori concorrenti. Le competizioni aiutano sempre, va da sé. Diciamo che se io dovessi piazzare un simile quadro in modo illegale – e ci tengo a sottolineare che non lo farei mai», puntualizza agitandosi, prima che Marco possa saltare a conclusioni affrettate, «...ecco, probabilmente organizzerei una sorta di asta...».

«Sì, concordo», mi unisco. «Più interessati ci sono, e minore potrebbe essere lo sconto che mi toccherebbe concedere all'acquirente per il fatto di aver messo le mani su un'opera d'arte di dubbia provenienza».

«Sapete, secondo me il quadro autentico c'è, è lì fuori da qualche parte, ed è probabile che il motivo per cui non sia mai venuto alla luce del sole, almeno non in modo legale, con un proprietario certo e un'autenticazione che possa metterlo in circolazione, è da ricercare nella sua provenienza. Ricordate cosa ci ha detto Ghezzi questa sera?», chiede Violante.

Trattengo uno sbuffo di insofferenza. «No, non lo ricordo perché ero dietro quella colonna», le rammento.

Lei scoppia a ridere. «Sì, tu eri dietro la colonna...».

«Prezioso come sempre», mi rassicura Jeanne prendendomi palesemente per i fondelli.

Le lancio un'occhiataccia.

«Ti faremo un riassunto, non temere», aggiunge magnanima Vivi. «In breve, Ghezzi a un certo punto si è messo a raccontare che, durante la seconda guerra mondiale, le famiglie abbienti che sono state costrette a scappare o a nascondersi, o peggio sono finite nei campi di concentramento, hanno affidato gioielli o pezzi d'arte a chi secondo loro avrebbe potuto tenerglieli al sicuro. Ma tanti non sono mai tornati, una volta finita la guerra, e di certe opere si è semplicemente persa ogni traccia...».

«Ma che strano», commento cinicamente.

«In altri casi le opere sono anche saltate fuori, ma nessuno è venuto mai a reclamarle», aggiunge Jeanne.

«Fosse stato un Leonardo, o anche solo un Boccioni, secondo me qualcuno si sarebbe fatto avanti», osservo.

«Quanto è probabile che nella casa di qualcuno ci fosse un Boccioni di cui nessuno era a conoscenza, che quel qualcuno a un certo punto abbia avuto bisogno di scappare, e che abbia affidato il quadro alla persona sbagliata?», chiede Marco, centrando subito il nocciolo della questione.

«Forse non era la persona sbagliata. Almeno, non in senso assoluto. Forse era quella giusta, ma ha finito per trasformarsi in altro...», riflette criptica mia sorella.

Vivi la fissa confusa. «Ovvero? Non credo di aver compreso appieno il senso...».

«Proviamo a ragionare bene su tutto: una volta le persone di un certo rango non sentivano alcun bisogno di tirarsela o di mettere in mostra i propri capolavori – quello è un male che è arrivato dopo, con i tempi moderni – e li tenevano appesi in casa, per il piacere personale di osservare qualcosa di bello...», spiega Jeanne.

«Quello lo fanno ancora certi eletti», aggiungo sorridendo.

Ma mia sorella è concentrata e non si lascia distrarre. «Mettiamo il caso che qualcuno fosse in possesso di un Boccioni visto da pochissimi, magari acquistato direttamente dall'artista. Ipotizziamo anche che si tratti di uno dei suoi ultimi dipinti, elemento che potrebbe aver fatto sì che lo stesso artista ne abbia parlato a stento in giro. Immaginatevi il clima del periodo: scoppia la guerra, il proprietario magari ha origini ebree ed è costretto a nascondersi o partire in fretta e furia. Cosa fa prima di scappare? Si rivolge a una persona che conosce, che come lui condivide il grande amore per il dipinto di Boccioni, e che sa essere al cento per cento affidabile...».

«Le persone sono sempre fidate fino a prova contraria», sospira Martini, quasi seccato di dover far notare l'ovvio.

«Fatemi capire: stiamo supponendo che la persona a cui sia stato lasciato in custodia il dipinto sia Vittorio Ghezzi, corretto?», chiede conferma Violante, temendo di perdersi qualche passaggio logico.

Jeanne annuisce. «Sì, stiamo provando a vedere se il ragionamento potrebbe filare, diciamo».

«Ghezzi e il proprietario sono due grandi appassionati di Boccioni e si conoscono, perché il giro dei futuristi è piuttosto ristretto, e probabilmente a un certo punto tutti hanno dato la caccia alle stesse opere. Perciò Ghezzi sa dell'esistenza del quadro, ma è uno dei pochi, perché il proprietario è una persona riservata che non va in giro a sbandierare l'esistenza del dipinto…», riassumo. «Nel momento in cui è costretto a fuggire, decide di affidare il dipinto al Ghezzi, perché è certo in cuor suo che lo custodirà costi quel che costi».

«Però la guerra finisce e lui non torna. Così Ghezzi si trova in una scomoda situazione: ha presso di sé un quadro che sa bene non appartenergli, ma nello stesso momento non sa come muoversi», continua Jeanne.

«Esattamente. Però ora il racconto ipotetico si fa complesso, perché le opzioni sono due e hanno implicazioni completamente differenti: terminata la guerra, o Ghezzi non è riuscito a rintracciare nessuno degli eredi del proprietario, oppure ha deciso con coscienza di non contattarli, facendo affidamento sul fatto che avrebbero considerato il quadro perso, probabilmente sequestrato o bruciato, sempre che fossero a conoscenza della sua esistenza…», spiego. Gli sguardi dei presenti sono attentissimi e concentratissimi.

«Se Ghezzi avesse avuto la certezza che non ci fosse alcun erede di mezzo, secondo me lo avrebbe inglobato nella sua collezione, e tanti cari saluti», è il parere di Martini. «Propendo per la seconda ipotesi: ha nascosto a sua volta il quadro perché temeva che qualcuno potesse reclamarlo».

«Ma Ghezzi aveva già la sua collezione…», osserva Vivi. «Perché avrebbe dovuto complicarsi la vita in questo modo e tenersi un quadro non suo?»

«Diciamo che la passione offusca la ragione delle persone. E per certi la passione per determinate opere artistiche è in tutto e per tutto paragonabile a quella amorosa. Stessa devastante mancanza di giudizio oggettivo, stessa propensione a sbagliare per via della mente annebbiata…», commenta Jeanne.

«Parli per esperienza?», punzecchia l'ispettore.

«No, a me piace rimanere sempre padrona dei miei sentimenti: sia verso l'arte che verso gli uomini», gli risponde senza esitazione.

«Quindi, state dicendo che Ghezzi brama il quadro, sa che se lo esponesse nella sua collezione, qualcuno potrebbe riconoscerlo e chiederlo indietro, perciò decide di tenerselo nascondendolo?», interviene Violante. «Sono tutte ipotesi piuttosto forti».

«Indubbiamente. Ma la cosa ha senso», insisto.

Vivi incrocia le braccia. «Ammettilo: Giacomo Ghezzi ti sta così antipatico che non vedi l'ora di appioppargli qualche malefatta. Vi ricordo che non c'è alcun collegamento tra la famiglia Ghezzi e il quadro misterioso, allo stato attuale. Anzi, non abbiamo neppure il quadro...».

Mi alzo per andare a recuperare la famosa agenda nera, che mi ero portato appresso per passarla in visione a mia sorella alla fine della serata e che avevo messo al sicuro in una tasca della mia giacca. «Appunto. Non ancora, ma secondo me la chiave di tutto è qui dentro. Se Ghezzi aveva messo gli occhi sul quadro, di certo lo ha catalogato qui». E così dicendo sollevo il quaderno.

L'ispettore mi fissa allarmato. «E quello cosa diavolo sarebbe?»

«Niente, solo una cosa che abbiamo recuperato in una vecchia soffitta polverosa...», minimizza mia sorella, lanciandomi nello stesso momento un'occhiataccia per redarguirmi. In effetti forse avrei potuto farlo in un secondo momento...

«Quello non è *niente*», sbotta lui brusco. «E ora voi tre piccoli investigatori improvvisati mi direte subito di cosa si tratta!». Quando vuole sa essere piuttosto autoritario.

Noi tre ci scambiamo una veloce occhiata per decidere cosa fare. Violante scrolla le spalle, mentre Jeanne sospira rassegnata. «Il vecchio Ghezzi aveva un'agenda in cui pare annotasse tutto sulle opere su cui aveva messo gli occhi. Ecco, noi l'abbiamo trovata», spiego in fretta.

«Dove?», vuole sapere.

«Nella soffitta della sua residenza in via Senato. L'immobile non è più della famiglia, Giacomo ha venduto qualche anno fa», specifico.

«E voi vi siete intrufolati di nascosto nell'ennesimo appartamento?». Il tono di Martini è incredulo e turbato.

Jeanne salta sulla sedia. «Ah, no! Fermi tutti! Non ci siamo affatto intrufolati di nascosto! Abbiamo chiesto il permesso all'attuale proprietario! Diglielo, Clemens...».

«È vero: l'avvocato che ora ha la sede nell'immobile è un amico di amici e ci ha dato permesso di accesso», sono felice di potergli confermare.

Martini alza gli occhi al cielo. «Ma perché diavolo non siete venuti alla polizia a raccontarci dell'agenda?»

«Perché era solo un'ipotesi!», interviene Jeanne. «Non eravamo certi di trovare nulla. Anzi, a dire il vero eravamo quasi rassegnati all'idea di uscire da quella soffitta a mani vuote... Avrei proprio voluto vedere la tua faccia, nel caso avessimo fatto perdere tempo prezioso alla polizia per la ricerca di vecchie agende probabilmente inesistenti», lo sfida.

Lui ci riflette per un attimo. «Ok, lasciamo perdere la questione delle azioni troppo intraprendenti. Dove l'avete trovata, di preciso?»

«Era nascosta. Di proposito, mi verrebbe da dire. Era incastrata tra due lamine di legno della spalliera di una vecchia credenza», gli racconto.

«Il che mi fa pensare che qualcuno sapesse del Boccioni occultato», riflette Vivi. «Sul momento non riuscivamo a comprendere perché qualcuno avesse voluto occultare l'agenda, ma alla luce delle nuove supposizioni, potrebbe avere senso».

«Ma chi potrebbe averlo fatto? Il vecchio Ghezzi stesso?», domanda Jeanne.

Scuoto la testa. «No, non credo. Secondo me, se lui avesse voluto liberarsene, l'avrebbe semplicemente bruciata. Più probabile che l'avesse affidata a qualcuno...».

«Al figlio?», ipotizza mia sorella.

«In tal caso, significherebbe che il padre di Giacomo Ghezzi abbia fatto la strana scelta di non passare l'agenda a sua volta, preferendo nasconderla. Che poi, riflettete: se Giacomo avesse saputo cosa c'era nella credenza, non l'avrebbe ceduta con l'appartamento pertinente», azzarda Vivi.

«Oppure avrebbe invece fatto la scelta di lasciare l'agenda lì, reputando improbabile che qualcuno mai la ritrovasse», suggerisce Martini.

«Non avrebbe potuto sapere che lo studio di avvocatura non era interessato alla soffitta e che finisse con il lasciare tutto com'era. Avrebbe corso il rischio che qualcuno incappasse nell'agenda svuotando la soffitta», osserva giustamente Jeanne.

«Vi dirò di più: quando gli ho fatto delle domande sulla casa di suo nonno, mi è parso molto contento all'idea di averla venduta. Non poteva importargli di meno dei cimeli di famiglia rimasti a prendere polvere lassù. E ricordiamoci che ha mollato all'acquirente persino i quadri dipinti da suo nonno, solo perché privi di valore commerciale», ci informa Violante.

Segue un raro momento di silenzio in cui tutti si concentrano per un attimo sul problema.

«Quindi, la cosa più probabile, se vogliamo continuare su questa linea di pensiero, è che sia stato il padre di Giacomo Ghezzi ad aver nascosto l'agenda, senza dire un bel niente al figlio. Perché?», domanda Jeanne.

«Forse perché era cosciente che il figlio non ne avrebbe fatto un buon uso?», azzardo. Non mi vengono in mente altre ipotesi, sinceramente.

«Verosimile, ma possiamo fare di meglio».

Violante scrolla le spalle. «Perché forse sapeva che l'agenda conteneva informazioni che avrebbero reso più semplice per Giacomo decidere di vendere il quadro inedito?».

Jeanne annuisce pensierosa. «Sì, forse qui dentro c'è qualcosa che avrebbe permesso di dimostrare la veridicità di un quadro che era sempre stato tenuto lontano da occhi indiscreti… E forse il padre di Giacomo Ghezzi non voleva che il figlio si mettesse a vendere opere sotto banco, rischiando di attirare l'attenzione su di sé e di infangare il buon nome della famiglia».

«Sì, ma i Ghezzi sono ricchi. Anzi, ricchissimi…», constata Martini. «Perché mai uno che ha ereditato case e una collezione d'arte si dovrebbe ridurre a vendere pezzi controversi?»

«Lo sono davvero?», chiede Jeanne. «Certo, sulla carta, molto. Ma credo che la polizia dovrebbe fare un'accurata indagine patrimoniale su Giacomo. Qualcosa mi dice che la ricchezza che gli è rimasta è ormai quasi esclusivamente quella della collezione...».

«...Che per sua stessa ammissione sarebbe complicatissimo vendere. Le opere sono indivisibili, e godono di una certa fama. La loro vendita accenderebbe un faro sulla famiglia», interviene Violante. «Mi ha accennato alle difficoltà finanziarie in cui è incappato il nonno pur di creare la sua collezione. Si è venduto tutto per comprare le opere su cui aveva messo gli occhi. Il nipote mi è parso un po' risentito della decisione, a proposito. Giacomo Ghezzi ci tiene che il mondo lo veda come un vincente e non vorrebbe mai che si dubitasse dello status della loro famiglia».

«Hmm...». Marco Martini si passa una mano sulla mascella su cui è ben visibile un velo di barba di qualche giorno. «E va bene, chiederò un'indagine sui conti di Giacomo Ghezzi. Spero che il PM non mi faccia troppe storie, visto che si tratta di una persona piuttosto in vista sulla scena cittadina. Pranza con sindaco e assessori, inutile a dirsi...», mette le mani avanti.

«E allora? Siamo tutti uguali di fronte alla legge, no?», borbotta mia sorella.

«Chi è che ti ha raccontato questa storiella?», le chiede lui quasi ridendo. «No che non siamo tutti uguali, né di fronte all'amministrazione né tanto meno di fronte alla legge. Ci sono sempre quelli che godono di corridoi preferenziali, dato il giro in cui si muovono. E voi, gente ricca, dovreste saperlo meglio degli altri». Il tono è ironico, nonché chiaramente strafottente. Dovessi tirare a indovinare, direi che all'ispettore la gente ricca non sta granché simpatica.

Vivi solleva le mani. «Ah no, io con i patrimoni familiari non c'entro niente», ci tiene a chiarire subito.

Martini le lancia una strana occhiata; Violante la coglie e lo sfida, rifiutandosi di abbassare lo sguardo. È come se solo loro fossero a conoscenza di un qualche dettaglio fondamentale che invece a noi altri sfugge. Mi domando di cosa si tratti.

«Eviterei banalizzazioni simili, ispettore», mi permetto di

intervenire, prima che mia sorella, che ha un'espressione velenosa, salti al collo di Martini. «Meglio rimanere concentrati sul nostro caso».

Lui scuote la testa. «Continuate a non capire: non è il *vostro caso*. Al massimo è il vostro passatempo. Uno pericoloso, se volete dare retta al mio sesto senso. Questa è un'indagine della polizia e come tale andrà affrontata. Non dico che non vi sono grato della chiacchierata e dei suggerimenti, e chissà che qualcosa possa anche venire fuori da tutto ciò, ma ora è il momento per voi di fare un passo indietro. Anzi, dieci passi indietro. E di lasciare che i professionisti si occupino di dare la caccia ai cattivi».

Oh sì, ci sta palesemente ridicolizzando.

Si sporge sul tavolo e si allunga verso di me; apre la mano e mi fa segno di consegnargli l'agenda. «Questa è nostra», provo a resistere alla sua richiesta.

Jeanne salta sulla sua sedia. «Non se ne parla!».

«E invece sì!», tuona lui. «È il caso che persone capaci diano un'occhiata al suo contenuto e cerchino di capire una volta per tutte se vi è un qualche collegamento concreto tra la famiglia Ghezzi, la collezione attualmente tanto celebrata al museo e il quadro di Boccioni», replica con forza. La sua espressione non è per nulla conciliante; non vuole sentire storie, questo mi pare evidente.

Molto malvolentieri poso l'agenda sul tavolo e la faccio scorrere nella direzione di Martini. Mia sorella fa però in tempo a intercettarla, stringendosela al petto. Lui sospira, come se stesse invocando tutta la pazienza possibile. Si alza dalla sedia e, troneggiando sopra Jeanne, allunga una mano.

«Non è giusto, l'abbiamo trovata noi. Nemmeno sapresti della sua esistenza, se non ti avessimo raccontato di come l'abbiamo trovata…», gli fa presente.

«La vita è ingiusta, signora pittrice, se non te ne fossi accorta. Tra l'altro, l'interesse di tutti noi dovrebbe essere solo quello di risolvere il caso. E fino a prova contraria la polizia è pur sempre in grado di farlo meglio di altri. È il nostro mestiere», le ricorda.

Jeanne, sapendo bene di non avere altra scelta, gli consegna l'agenda.

«Grazie», le fa Martini. «E ora è il momento che tutti noi ce ne andiamo a letto», dice congedandosi.

Mia sorella lo accompagna scocciata alla porta. Sia Violante che io cerchiamo di carpire qualcosa delle loro battute finali, ma sono stranamente attenti a parlare a bassa voce. Segue il rumore della serratura che scatta e il ritorno di mia sorella in sala. Jeanne ha lo sguardo di chi è sul punto di disperarsi sul serio. «E ora che diavolo facciamo?», domanda lamentosa.

«Ora chiediamo aiuto agli esperti. Quelli veri. Almeno, quelli che sono ancora in vita...», replico con tatto. L'età media è alta, inutile a dirsi.

«Non starai pensando agli amici pazzi della nonna...», ribatte Jeanne tornando a rasserenarsi.

«E invece sì. Mostriamo loro l'agenda, e vediamo se salta fuori qualcosa», suggerisco.

«A costo di farti notare l'ovvio, ti ricordo che è appena uscita di scena insieme all'*amabilissimo* ispettore Martini, che non avremmo dovuto coinvolgere in alcun modo», osserva lei.

Violante posa una mano su quella di Jeanne. «Non te la prendere, cara. Gli uomini sono così. Stronzi».

«Ragazze, siamo onesti: al suo posto io avrei fatto lo stesso. Ci vuole fuori dalle scatole per motivi assolutamente comprensibili...».

«Sì, ma noi non ci vogliamo stare!», sbotta Jeanne, come se ce ne fosse bisogno. «Fa tanto quello superiore, ma senza di noi a quest'ora non avrebbe tra le mani un bel niente!».

Cerco di tranquillizzarla con un sorriso. «Secondo me lo sa, eccome. E ci è riconoscente. Solo che non può dirlo esattamente in questo modo».

«Sì che potrebbe. Se solo lo volesse. Ma no... deve sempre confermarsi l'uomo odioso che abbiamo conosciuto il primo giorno», si lamenta.

«Non è un romanzo, purtroppo. Nessun eroe e nessun cambiamento caratteriale per il nostro protagonista», commenta

Violante con sguardo furbetto. Sta un po' testando un'eventuale reazione della sua amica.

«No, certo che no...», conviene Jeanne, ma con espressione quasi delusa. «Dicevamo... vuoi mostrare l'agenda agli amici pazzi della nonna. Ma come intendi fare, se Martini se l'è appena portata via?».

E qui mi concedo un attimo di pausa a effetto e poi sorrido alle due signore con la faccia soddisfatta di chi, per una volta, si è premurato di fare la cosa giusta. «Be', non avremo più l'agenda, ma abbiamo una copia. Anzi, abbiamo diverse copie, che ho fatto l'altro giorno proprio perché non ho voluto correre rischi...».

Jeanne e Violante prima strillano d'entusiasmo e poi mi saltano entrambe al collo. «Sei un maledetto genio», si congratula mia sorella. «Lo sapevo che c'era un motivo se eri nato dotato di un quoziente intellettivo maggiore del mio».

«Gran mossa!», esclama anche Violante. «Ma, allora, perché hai fatto quella scena di non volerti separare dall'agenda poco fa con Martini?»

«Semplice: volevo che si convincesse che non avessimo fatto delle copie. E, a proposito, mi spiace di non avervelo detto prima. In verità, nel momento in cui gli ho parlato degli appunti segreti del vecchio Ghezzi, ero abbastanza certo che avrebbe insistito per portare l'agenda con sé. Non possiamo fargliene una colpa. Noi l'avremo anche trovata, ma lui giustamente ha un'indagine da portare avanti, con molti pochi spunti, tra l'altro. È del tutto comprensibile che voglia far analizzare quelle pagine. Solo che, per quanto lui abbia tutto il diritto di insistere per averla, anche noi dalla nostra abbiamo le nostre ragioni per cercare di capirci qualcosa di più».

«Le nostre ragioni vincono sulle sue, se volete il mio parere», brontola Jeanne. «Non gli diremo più nulla!».

«Perciò, come vedi, sorella cara, niente è davvero perduto. Tuttavia, siamo a un punto morto, questo mi pare innegabile. Ho sfogliato quella stramaledetta agenda un milione di volte, l'ho analizzata da ogni punto di vista, ma a me continua a dire poco».

«Ma ora abbiamo almeno un'ipotesi del perché il vecchio Ghezzi sia stato criptico, spesso indicando le opere solo con un numero, senza nome o titolo. *Materia* e pochi altri quadri rimangono un'eccezione, in questo senso», ricorda Violante, «Direi che Ghezzi ha avuto a che fare nel corso della sua vita da collezionista sia con quadri di provenienza certa – acquisti che ha fatto nel modo più limpido e regolare possibile – sia con pezzi che si è procurato in modo più complicato, se così possiamo dire: opere d'arte che magari gli erano state affidate da persone che sono fuggite o sono state incarcerate durante la guerra...».

«O magari pezzi che ha comprato sapendo espressamente della loro dubbia provenienza», aggiunge Jeanne. «E se li ha annotati tutti in quel quaderno, è ovvio che lo abbia fatto muovendosi con cautela».

«E se qualcuno ha sentito qualcosa di strano a proposito del vecchio Ghezzi, quelli sono appunto gli amici della nonna», faccio presente.

Jeanne fa un gran sorriso. «Attenzione, Vivi, sono matti completi», l'avverte.

«Devi esserlo per forza, per arrivare a una certa età...», osservo divertito.

«La follia come unica possibilità di sopravvivenza. Mi piace come filosofia di vita», mi dà manforte Violante.

«Sì, be', aspetta di conoscerli», scherza mia sorella. «C'è un tale signor Eugenio che cerca di abbordarmi ogni volta che mi vede».

«Cielo, e quanti anni avrà?», ride Vivi.

«Credo novantacinque. Ma per certe generazioni l'età non è di certo un limite. Il dramma, più che altro, è che oggigiorno solo i novantenni ti sanno corteggiare come si deve», sospira.

Violante annuisce con tutta la comprensione possibile. «Dici che stiamo uscendo con la generazione sbagliata?»

«Più che altro dico che da un certo punto in poi gli uomini hanno avuto un vero e proprio crollo nelle maniere di seduzione», le risponde, alzando lo sguardo su di me, come a sfidarmi di negarlo.

Non ci penso affatto. «Calme, signore, calme. Vediamo di organizzare un incontro e poi mi direte...».

Sono proprio curioso di sapere se saranno ancora dello stesso avviso dopo aver trascorso un'oretta con il gruppetto di amici della nonna. Questa volta potrei uscire vincitore dal confronto.

Nel giro di qualche ora, mia nonna ci organizza un incontro con i suoi amici. È scoppiata a ridere quando mi sono stupito della sua velocità. «A una certa età la gente ha quasi sempre l'agenda libera», ha commentato senza malinconia, come se fosse un semplice dato di fatto.

In ogni caso, noi abbiamo cancellato tutti gli appuntamenti per partecipare a un inusuale aperitivo con quello che una volta era noto come "il gruppetto dei sette". Oggi sono rimasti in cinque, ma rimangono allegri e chiassosi in onore dei vecchi tempi e di chi non c'è più. La nonna è sempre stata l'unica donna della compagnia, come sta appunto spiegando a Violante, che le siede accanto sul divanetto. «Ebbene sì, sono sempre stata avanti con i tempi e ho sempre amato circondarmi di amici uomini», si vanta.

«Il nonno non era geloso?», le chiede Jeanne.

«Giusto un poco», replica sicura.

Il suo amico Eugenio, l'ultranovantenne già citato a Violante, ha però da ridire. «Be', insomma, Elisa cara, mi pare di ricordare che ci sia stata più di una scenata...».

«Oh, quelle erano solo sciocchezze. Bisogna pur mantenere l'interesse di un uomo per decenni». E così dicendo ci fa l'occhiolino.

«Qualcosa mi dice che dovrei iscrivermi alla sua scuola di relazioni, signora Elisa», ride Violante. «Perché ne deve fondare una, mi pare evidente».

«Sono solo trucchi che si imparano con l'età. Però, se volete un suggerimento sentito, è sempre bene che una donna si circondi anche di amici uomini. Ti apre a una diversa prospettiva, e ti regala parecchia leggerezza», le consiglia prima di indicarmi espressamente. «Mio nipote, per esempio, è un amico?», domanda curiosa.

Vivi alza i suoi occhi divertiti su di me. «Sì, suo nipote è decisamente un amico», le risponde.

Sarà un'impressione tutta mia, ma mi pare quasi che mi stia sfidando a contraddirla. «Forse in futuro un collega», aggiungo.

Lei annuisce. «Forse…». Ma è come se in quel semplice «forse» stesse concentrando chissà quali cose non dette.

Per fortuna lo strano clima venutosi a creare viene troncato dalla nonna, interessata a passare all'azione, per così dire. «Be', ora che ci siamo tutti, direi che possiamo parlare del motivo principale per cui siamo qui riuniti», si rivolge a tutti i presenti, ovvero noi tre e i suoi amici di vecchia data: Eugenio, Alberto, Gianni e Vincenzo. «Ragazzi, vi ricordate del buon vecchio Ghezzi?». Il fatto che si riferisca a dei quasi centenari con il termine "ragazzi" per poco non mi fa scoppiare a ridere.

«Certo, l'artista mancato», ridacchia Eugenio.

«Non era mica quello per cui hai anche posato?», si ricorda Alberto. «A proposito, non mi pare che tu ci abbia mai mostrato il risultato…».

Mia nonna arrossisce lievemente, e per combattere l'imbarazzo si fa versare del gin dalla cameriera. Meno male che era un aperitivo. Sto iniziando a comprendere quale sia la ricetta per arrivare a certe età. «Perdonami, Albi, ma sostieni di non rammentare più quello che ti dice la gente dall'oggi al domani e ora vorresti che ti tornasse in mente un mio vecchio quadro?», gli fa notare.

«Nonna, ma il medico non aveva detto niente alcol?», le chiede Jeanne con tatto.

«Il medico può andare al diavolo, mia cara», ribatte la nonna senza perdere il sorriso.

Eugenio non vede l'ora di dire la sua sul tema del ritratto. «Credo di parlare a nome di tutti quando affermo che ci ricorderemmo dell'opera, se mai ci avessimo posato gli occhi sopra…». Gli altri annuiscono solenni.

«Ah, era un nudo?», vuole sapere Alberto.

«E chi può dirlo…», ride la nonna, prima di rispondere in modo affermativo. «Sì, lo era. Ma non vi fate chissà quali idee. Erano anni di grande fermento artistico», ci tiene a precisare.

«Lo chiamavate così?», ride Eugenio.

La nonna lo fulmina con lo sguardo. «La tua era solo gelosia perché non eri in grado di tenere in mano un pennello».

Lui alza le mani in segno di resa. «Può essere. Mai avuto chissà quali velleità artistiche, sempre stato un uomo condannato a vivere con i numeri, però possiamo dire che grazie a te abbiamo tutti respirato un po' di quell'elettrizzante aria della scena artistica del Dopoguerra. Davvero, cosa ne è stato di tutti i quadri di Ghezzi? Ricordo che ci era rimasto parecchio male per il fatto che non avesse sfondato come pittore...».

«Oh, si è consolato in fretta ripiegando su una notevole carriera di collezionista», gli risponde. «Non ti so dire bene cosa sia accaduto alle tele. Presumo si siano perse, incluso il mio ritratto».

«E qui, nonna cara, abbiamo una grande sorpresa: abbiamo ritrovato i dipinti perduti di Ghezzi», intervengo in tono soddisfatto.

«Che tanto perduti non erano nemmeno, a dire il vero», precisa Jeanne. «Prendevano solo polvere in una soffitta della sua vecchia casa».

Il suo volto è stupefatto. «Avete trovato i quadri? Davvero?», chiede, letteralmente saltando sul divano. È un mix di entusiasmo e incredulità.

«Sì, e sarai felice di sapere che il proprietario della soffitta mi ha autorizzato a portarmi via tutti quelli che mi interessano. Stavo pensando che il tuo ritratto farebbe una gran bella figura nella mia sala».

«Amedeo, non riesco a capire se tu ti stia prendendo gioco di me o meno», mi rimprovera.

«Giuro che sono serissimo. Una gran bell'opera. E un gran bel soggetto, se mi è permesso, sebbene io sia di parte».

«Siamo tutti di parte», osserva correttamente Violante. «Non capisco nemmeno perché la gente si impegni tanto a enfatizzare di essere oggettiva quando non lo sarà in ogni caso. Però il quadro è molto bello», rassicura la nonna. «Perché secondo lei Ghezzi non ha avuto fortuna?»

«Erano anni particolari. Andava di moda l'avanguardia, la sperimentazione, il superamento dei limiti finora conosciuti, mentre Vittorio era per lo più un pittore classico. Romantico, a tratti. Ottocentesco, direi. Non era più tempo per una sensibilità come la sua. Era abbastanza severo con sé stesso da averne piena coscienza. E se anche ci ha sofferto, è stato molto rapido a concentrarsi su altro», spiega.

«Più che severo, io me lo ricordo ossessionato», precisa Alberto.

«Oh, e da cosa?», chiede interessata la nonna.

«Da quei suoi amici futuristi che rincorreva tipo cagnolino scodinzolante e adorante. Mi ricordo che eravamo a una festa tutti insieme quando dava la caccia alla *Ballerina blu* di Severini. È poi riuscito a ottenerla?»

«Oh sì, *Ballerina blu* di Gino Severini è uno dei pezzi forti della collezione Ghezzi», gli confermo.

«Ho incrociato Vittorio poche volte, ma anch'io me lo ricordo più che altro perché era un tuo amico, Elisa. E poi, perché non la smetteva di tediare la gente con i racconti su Boccioni...», si inserisce Vincenzo, rimasto finora in silenzio.

«Il termine corretto per descriverlo era asfissiante», precisa Eugenio. «Definiva Boccioni il suo faro nella notte», commenta ridendo.

Una sorta di lampadina mi si accende in testa. «Faro?», ripeto mentre mi alzo per recuperare dalla giacca una copia dell'agenda di Vittorio Ghezzi. Sfoglio qualche pagina e la mostro a Jeanne e Violante. «Questo cosa vi sembra?»

«Esattamente un faro stilizzato, ora che mi ci fai pensare», replica mia sorella, spalancando gli occhi colpita. «Quante sono le opere contrassegnate da un faro?».

Scorro velocemente le pagine che ormai ho quasi imparato a memoria, a forza di cercare di interpretarle. «Sette. Ma solo quattro hanno accanto al faro anche questa che sembra...».

«Una coppa», ci precede mia nonna, dopo essersi sporta per guardare bene i disegni. «Vittorio era solito scribacchiare velocemente, ma il disegno mi pare chiaro».

«Perciò, sette opere che sospettiamo essere di Boccioni, di cui quattro contrassegnate a mo' di vittoria, parrebbe», desume Vivi.

«Quante sono le opere di Boccioni all'interno della collezione Ghezzi?», domanda Jeanne.

È un'informazione che ormai conosco anche senza bisogno di controllare nell'elenco. «Sono tre».

Sulla grande sala di mia nonna cala uno strano silenzio. «Tre è un buon numero?», ci domanda Eugenio con l'aria di chi vorrebbe saperne di più.

«Tre è il numero che ci fa presupporre che a un certo punto, oltre ai quadri ufficialmente entrati a fare parte della collezione, deve essercene stato un altro, che per qualche motivo è invece rimasto defilato», ragiono. «Altre cose che vi vengono in mente?», mi rivolgo al quintetto.

Sul volto di Gianni, quello forse più timido dei cinque, compare un sorrisetto. «Ora che mi ci fate pensare... sì, c'è un dettaglio che aveva raccontato anche a me, durante una serata piuttosto alcolica».

«Non lo erano tutte?», interviene Eugenio con una punta di malinconia per i tempi andati.

«Probabile, ma durante questa specifica serata, Vittorio Ghezzi si era lasciato andare in modo particolare e mi aveva raccontato che stava cercando di dipingere negli stessi luoghi che avevano ispirato Boccioni. Parlava di un appartamento dove si intrufolava di tanto in tanto passando qualche soldo ai proprietari, perché in passato vi aveva abitato e lavorato il grande artista...».

«Ah, è vero!», esclama anche Alberto. «Via Adige, se non sbaglio...».

«Via Adige! Ci sono stata, ora che me lo dite», ci conferma la nonna. «Cielo, non capisco come non mi sia venuto in mente prima. O, per meglio dire, lo capisco ma non voglio sentirvi dire che è l'età. Vittorio una volta mi ha chiesto di accompagnarlo in un appartamento di via Adige per dargli il mio parere su un quadro al quale stava lavorando all'epoca. Sosteneva sarebbe venuto fuori un grande capolavoro perché era esattamente in quel punto che Boccioni aveva dipinto qualcuno dei suoi quadri meravigliosi».

«Uno è *Materia*». Jeanne lo afferma senza l'ombra di un dubbio.

«Sì. Per una volta qualcosa che ho studiato anch'io: pare che in *Materia* si riconoscano le ciminiere oggi distrutte della centrale elettrica di piazza Trento», interviene Violante.

«Un altro quadro è *La città che sale*, che ci ricorda di quanto la città fosse solo agli inizi del suo sviluppo e di quanto fosse periferica la zona, tutto sommato», va avanti a elencare Jeanne.

«Boccioni ha dipinto anche un famoso autoritratto, affacciato allo stesso balcone», ci ricorda la nonna.

Tiro fuori il cellulare dalla tasca dei pantaloni e scorro le foto salvate fino ad arrivare alla tela da cui è partito tutto questo trambusto. «E questo potrebbe essere un altro quadro dipinto in quello studio». Mia sorella mi prende il telefono dalla mano, osserva pensierosa lo schermo e poi lo passa a Violante, che lo mostra anche alla nonna. «Potrebbe essere lo stesso punto d'osservazione?»

«Con il progredire degli anni i suoi quadri si sono fatti sempre più metafisici e le figure sempre più scomposte, però credo di sì, potrebbe trattarsi dello stesso balcone alle spalle della donna», riflette mia sorella.

«Di nuovo la madre? La sorella?», azzarda Violante.

«E se invece non fosse nessuna delle due, ma una donna misteriosa?», ipotizza la nonna.

Il suo amico Eugenio scuote la testa benevolo. «Non tutte le grandi storie sono anche d'amore».

«Oh, ma lo so bene. Però, se penso all'Umberto uomo, non l'artista, e a quella morte in giovane età… ecco, mi piace immaginarmi che abbia avuto modo di ritrarre anche donne a cui è stato legato da una passione differente dall'affetto che provava verso la sua famiglia». La nonna poi scuote la testa, come sorpresa dal suo stesso pensiero. «Si diventa romantici, temo, di fronte a una grande opera d'arte».

Non è solo romanticismo; l'uomo ha da sempre la pulsione a cristallizzare il sentimento che lo muove nel modo che gli viene più congeniale: qualcuno con la scultura, qualcuno con la pittura, qualcun altro con la poesia o la prosa. Dalla notte dei tempi a muoverci è il desiderio di tramandare quello che ci ha colpito, quello che ci ha fatto riflettere. E mai come in questi giorni mi pare di comprendere il potere che può avere un volto di donna sulla psicologia di uomo, persino su uno che ama considerarsi irreprensibile e inattaccabile come me.

Poso lo sguardo su Violante, che sta discutendo animatamente con Jeanne e mia nonna sulla vita di Boccioni. È un bel terzetto, uno che dovrebbe riunirsi con maggiore frequenza.

Vivi si accorge quasi subito del peso del mio sguardo su di lei, e inclina la testa osservandomi con espressione interrogativa. «C'è qualcosa che non va?», sembra chiedere.

Il problema è che non lo so, dico davvero. Ma se fossi capace di dipingere, avrei voglia di immortalare quei suoi occhi intelligenti; se avessi ereditato un po' di abilità artistica, probabilmente a quest'ora starei cercando un modo per chiederle di posare per me.

Blocco sul nascere quell'idea balzana: chissà come ha fatto a infilarsi sotto la mia pelle con tanta nonchalance. E chissà quanto sarebbe pericoloso per la mia sanità mentale se accettasse la mia offerta e venisse a lavorare nel mio studio, al mio fianco. Se fossi sveglio come ogni tanto mi piace illudermi di essere, dovrei attivamente sperare in un suo rifiuto. Anzi, dovrei trovare un modo elegante per ritirare l'offerta, contando sul fatto che finora lei stessa è stata alquanto reticente a fare il grande salto.

Eppure l'idea non mi piace, e l'eventualità che lei possa rifiutare ancora meno, perché a predominare in questi giorni è una parte di me che sto imparando solo ora a conoscere. C'è dell'inspiegabile fascino nel rischio di non poter controllare qualcosa.

«Clemens! Ehi, Clemens! Sei tra noi?», mi sta richiamando mia sorella.

«Cosa? Sì, sì, certo, stavo solo ragionando», le rispondo con fare colpevole.

«E su cosa?», vuole sapere.

Oh, per la miseria... «Credo che dovremmo andare a curiosare in via Adige, visto che ci sono andati tutti».

«Tutti non so, ma Boccioni e Vittorio Ghezzi di certo ci sono passati», precisa quella pignola di mia sorella.

«La casa non era niente di che, che io ricordi. All'epoca in cui Vittorio mi ci ha portato, nell'appartamento abitava una famiglia. Due signori simpatici con una figlia ormai non più giovanissima ma non ancora fuori di casa. Erano ben contenti di arrotondare con qualche banconota offerta in cambio del fastidio che le abbiamo procurato», ci informa mia nonna.

«Chissà chi ci abita oggi. Temo che non avremo conoscenze da sfruttare in via Adige...», interviene Violante.

Ne sono cosciente. «No, farò un controllo, ma è probabile che ci tocchino i vecchi metodi».

«Fingerci venditori porta a porta?», chiede Jeanne.

Vivi scoppia a ridere. «Quelli sono ormai fuori moda. Nella città che non si ferma mai, sono gli agenti immobiliari a fare la parte del leone negli episodi di citofonate moleste».

«È vero!», concorda Jeanne. «E ti indispongono sempre quando sei sotto la doccia, per qualche maledetto motivo».

Ero pronto a presentarmi in via Adige e citofonare sperando nel buon cuore degli inquilini attuali, chiunque essi siano, ma ora che mi ci fanno pensare... «Andremo Violante e io e ci fingeremo anche noi agenti immobiliari!», annuncio sorridendo.

«Perché io no?», borbotta Jeanne.

«Perché non hai l'aria di un agente immobiliare. E poi perché sai essere impulsiva», mi duole dirle.

Lei apre la bocca indignata, salvo cambiare idea e richiuderla poco dopo. «Hmm, ok, no, è innegabile che non ci sia alcun agente immobiliare latente in me, e per quel che mi riguarda, ne vado fiera».

«Perché, in me sì?», chiede curiosa Violante.

Mi prendo un attimo per formulare bene la risposta. L'impressione è di trovarmi su un terreno scivoloso. «Tu hai l'aria di chi potrebbe benissimo interpretare qualsiasi ruolo in modo molto convincente». E sono sincero: potrebbe essere una spia, una ladra, una fiscalista, un agente immobiliare e chissà cos'altro. È sorprendentemente camaleontica, ora che ci faccio caso. «Ti intendi di valutazioni immobiliari?»

«Certo, sono tuttologa», conferma ridendo.

«Bene, ora che è tutto deciso, cosa ne dite se ci facciamo versare altro alcol?», propone mia nonna per l'entusiasmo di tutti i suoi amici presenti.

«Oh, finalmente parole sagge!», si complimenta Eugenio. «Così, dopo che avremo bevuto a sufficienza, potrò chiedere a questa bella donna se è disposta a uscire a cena con un povero vecchio, una di queste sere». E così dicendo indica Vivi, ma non prima di avermi lanciato un'occhiata furtiva.

«Mi dispiace, signor Eugenio, ma Violante esce solo con uomini di una certa statura», rispondo prima che possa farlo lei.

«Statura intesa in senso letterale o figurato? Perché nel secondo caso...», precisa subito l'anziano.

«No, temo sia da intendersi in modo molto, molto letterale. Non è così, Violante, cara?», mi rivolgo a lei facendole l'occhiolino.

«Ahimè sì», si finge mortificata. «Ma è come se avessi accettato...».

Bicchiere pieno in mano, mi ritrovo a domandarmi se sarebbe in grado di rifiutare un altro invito, magari da parte mia, nello stesso modo: «come se avessi accettato».

Però non l'ha fatto, e probabilmente mai lo farebbe. È bene tenerlo sempre a mente.

Capitolo 13
Violante

Amedeo e io ci ritroviamo davanti al civico 23 di via Adige due giorni dopo, durante le rispettive pause pranzo, in quella che è una fredda ma soleggiata giornata quasi natalizia, appuntamento a cui manca una settimana.

Lo osservo scendere dal taxi e passarsi una mano tra i capelli scompigliati, di cui va evidentemente fiero, e a ragione. Ne approfitto per mettere via il cellulare, dove stavo leggendo messaggi di incoraggiamento da parte di sua sorella.

«Mi spiace, traffico terribile dal centro fino a qui», si giustifica. «Ma lo saprai bene, visto che vieni più o meno dalla stessa zona». Colma la distanza che ci separa in due grandi falcate e poi rimane a fissarmi, come indeciso su cosa fare. Gli vengo in aiuto, avvicinandomi per dargli un bacio sulla guancia in segno di saluto.

«Sono venuta in metro, a dire il vero», lo stupisco.

«E hai fatto bene», replica. «Al ritorno vengo con te». Solleva poi lo sguardo e si prende qualche momento per ammirare l'edificio: un palazzo anonimo di quattro piani, abbastanza stretto e di uno smorto beige a cui l'inquinamento milanese ha regalato una venatura quasi grigiastra. Vi hanno apposto almeno una targa, a ricordare che il grande artista abitò qui ormai un secolo fa.

«Niente di esattamente memorabile», commento intuendo la direzione del suo pensiero.

«No, ma d'altronde ha senso: ai tempi in cui abitava qui Boccioni, la zona era agli albori dello sviluppo immobiliare. La città era in grande fermento, una sorta di cantiere sempre in movimento».

«Se è per quello, la città pare un cantiere perenne anche oggi», gli faccio notare. «Tra scavi per la nuova metropolitana e impalcature onnipresenti, mi pare di poter comprendere appieno quello che deve aver provato Boccioni quando si affacciava alla finestra».

«Oh, ma guarda che a lui il caos piaceva. I futuristi amavano lo sviluppo metropolitano», osserva Amedeo. E ha ragione, stando ai miei studi sull'argomento.

«Solo perché speravano portasse a chissà quale grande progresso per l'umanità. Alla luce di tutto quello che è accaduto, puoi seriamente affermare che la civiltà si sia evoluta in meglio?», domando interessata a sapere se condivide il mio cinismo di fondo.

«No, temo proprio che la civilizzazione moderna abbia parecchie falle, molte più di quelle che gli amici futuristi avrebbero mai potuto immaginarsi», concorda.

Ci studiamo per un attimo, poi, come se ci fossimo messi d'accordo, ci avviciniamo al citofono e scorriamo i nomi degli attuali inquilini. «Ho cercato in rete e dovrebbe trattarsi della casa con il primo balcone a partire dal basso. L'appartamento al secondo piano».

«Speriamo di avere fortuna. I nomi sul citofono dovrebbero essere in ordine di piano, perciò quello di nostro interesse potrebbe essere questo... Longoni». E così dicendo Amedeo preme il pulsante.

I primi due tentativi sono un buco nell'acqua perché non ci risponde nessuno. Iniziamo a incupirci all'idea di aver fallito, ma riproviamo ancora una volta a citofonare. La terza volta abbiamo finalmente fortuna e sentiamo la voce di un uomo, sebbene un po' nasale; difficile indovinare l'età, ma l'impressione è che non sia né troppo giovane, né troppo anziano. «Sì? Chi è?», chiede diffidente.

«Buongiorno, signor Longoni!», lo saluto con tono squillante. «Siamo dell'agenzia immobiliare all'angolo, di certo sarà passato davanti alle nostre vetrine un sacco di volte...». Amedeo mi guarda allarmato, ma io gli faccio segno che è tutto ok: ci sono passata davanti poco fa io stessa, uscendo dalla metropolitana. Quando tocca mentire, sempre meglio avere più agganci possibili con il reale.

«No, guardi, non mi interessa...», prova a liquidarmi.

«E invece le assicuro di sì», esclamo sempre allegra. «Lei è il proprietario dell'appartamento del secondo piano, quello con il balcone?». Meglio controllare di aver individuato l'immobile corretto.

«Sì, sono io, ma come fa a saperlo?», domanda sospettoso.

«Perché è il nostro mestiere, caro signor Longoni. Il mio collega e io stiamo facendo gratuitamente delle valutazioni al volo oggi, per gli appartamenti della zona. Avrà letto di certo l'ultimo report su Milano...», lo tento. «I valori per metro quadro da queste parti sono letteralmente schizzati alle stelle nell'ultimo periodo. Sa, la gentrificazione della zona...». E non sto nemmeno mentendo del tutto: ai tempi in cui studiavo all'Università Bocconi, non lontano da qui, prima che si inventassero la fondazione Prada e prima che la mia vecchia alma mater decidesse di espandersi oltre misura stile città-stato, viale Isonzo era solo il regno della nebbia e della desolazione. Ti sentivi coraggioso a mettere piede da queste parti la mattina presto. Ora invece fa tutto atmosfera e, inutile a dirsi, si paga a caro prezzo.

«Be', no, non lo sapevo. A dire il vero, ultimamente sono stato parecchio impegnato... e ora sono malato», mi informa. Ecco spiegato il motivo di quella voce nasale. «Perciò, forse dovreste ripassare...», riprova a liberarsi di noi.

Cosa ci tocca fare per venire a capo di questa storia, rifletto sospirando. Manca solo di prendersi l'influenza durante le feste. «Ah, non si preoccupi, faremo in fretta. Le rubiamo cinque minuti in tutto, in cambio di ottime notizie!».

Amedeo mi sta fissando stupefatto, come se non riuscisse a credere a questa mia capacità di improvvisare e di convincere. Se solo sapesse che sangue mi scorre nelle vene...

«E va bene... se è una cosa veloce...», cede Longoni. «Secondo piano, come già sapete. L'appartamento a destra delle scale».

Il portone si apre con uno scatto; Amedeo lo spalanca e mi fa segno di entrare per prima. C'è l'ascensore, ma scegliamo di salire le due rampe a piedi, osservando incuriositi quello che è un edificio piuttosto anonimo che, pur nella sua apparente inespressività, deve aver colpito il genio creativo di Boccioni, oltre un secolo fa. È la capacità degli artisti di vedere con occhi diversi rispetto a quelli dei comuni mortali, la loro propensione a interessarsi di dettagli che a noi potrebbero sfuggire del tutto, che li rende geniali.

Il signor Longoni ci attende sul pianerottolo, col naso rosso e un fazzoletto in mano. «Scusate, l'influenza di quest'anno mi ha investito in pieno. E pensare che di solito non mi ammalo mai...». E poi procede a starnutire sonoramente.

Ritraggo velocemente la mano che gli avevo porto, ritenendo più saggio passare per maleducata che rischiare ulteriormente la contaminazione da virus. «Nessun problema. Siamo resistenti noi, vero?». Mi volto verso Amedeo, la cui apprensione è piuttosto visibile. «A proposito, questo è il mio collega, il signor Barbieri».

«Piacere. Venite, vi mostro la casa», ci invita a entrare, facendoci strada.

L'appartamento deve essere stato ristrutturato di recente, perché dentro è tutto molto chic e armonioso. «Molto bello, complimenti», gli dico sincera. Lo spazio non manca, e la grande vetrata che conduce al balcone dona alla sala una bellissima luce. Inizio a comprendere perché Boccioni si sia fatto affascinare da questo specifico posto, e perché vi trascorresse tanto tempo, osservando il mutare della città.

«È tutto merito della mia compagna», spiega il proprietario. «Ama le riviste di arredamento».

Ci fa fare un giro veloce di tutto l'immobile. «Quindi, due camere da letto, sala, cucina, due bagni...», elenco.

«Quando ho ereditato l'appartamento da una zia, di bagno ce n'era uno solo, ma abbiamo ristrutturato. E ristrutturato ancora...». Qualcosa mi dice che la passione per le ristrutturazioni della sua compagna non è del tutto condivisa. «Perciò, ora che finalmente non c'è più un solo angolo da rifare, credo proprio che ci godremo la pace. Non siamo interessati a vendere», mette le mani avanti.

«Sa quante persone ci dicono esattamente la stessa cosa? Però poi si rendono conto del valore dell'abitazione e, se non altro, sono più consapevoli», gli spiega Amedeo.

«Sì, è sempre bene avere un'idea del reale valore del proprio patrimonio», riflette Longoni.

«Segneremo bene tutto e poi le faremo avere via email una dettagliata valutazione, va bene?», gli propongo.

«Certo, certo...», acconsente. Ma mentre rientriamo in sala, si blocca osservando la portafinestra che conduce al balcone. La apre e ci fa segno di dare un'occhiata. «Secondo voi case con una storia particolare possono avere un valore maggiore sul mercato?», chiede criptico.

Fingiamo di non comprendere. «Cosa intende?», domanda Amedeo.

«Be', non so se avete notato la targa posta sulla facciata, ma in questo stabile ha abitato per un po' di anni Umberto Boccioni in persona. A dire il vero, aveva preso in affitto proprio questo appartamento in particolare», ci rivela.

Amedeo e io ci sforziamo di sgranare gli occhi in modo da apparire sinceramente colpiti dalla notizia. «Davvero?», esclamo. «Be', in effetti la cosa potrebbe essere interessante e aggiungere valore...».

«Lo penso anch'io», conviene Amedeo. «Certo, più aneddoti conosce, e maggior peso potrebbe avere il fatto...».

«Ha detto di aver ereditato l'appartamento da una zia», lo imbocco.

«Sì, è morta quasi centenaria. Zitella. Aveva abitato qui con i suoi genitori e poi è rimasta a viverci da sola. Alla fine era uscita un po' fuori di testa, ma quando andavo a trovarla mi raccontava che gli appassionati di Boccioni la riempivano di soldi pur di dipingere proprio qui dentro, osservando dal balcone le stesse cose che aveva guardato lui. Certo, nel frattempo tutto deve essere cambiato. Se anche c'è stato un tempo in cui da qui si poteva godere di chissà quale vista, direi che è andato...».

Temo abbia ragione: di vista, al momento, non è rimasto

granché. Ormai in questa città tocca abitare almeno a un decimo piano, per poter scorgere cime e cielo.

«E a lei gli appassionati d'arte non sono mai capitati?», chiede Amedeo con una risata che vorrebbe instaurare una certa complicità.

«Sinceramente no. Ecco perché non so se credere o meno ai racconti della zia. Magari era semplicemente qualcosa che aveva sognato», commenta ridendo a sua volta. «Ogni tanto ne diceva di cose assurde...».

«Per esempio?», mi interesso prontamente.

«Diceva che Boccioni era solito tornare in questo appartamento anche dopo, quando ormai si era trasferito da qualche altra parte, perché pare avesse iniziato più di un quadro proprio con questo orizzonte, e che la luce fosse esattamente quella giusta...».

Amedeo e io ci scambiamo un'occhiata furtiva. Sì, *Materia* deve essere stato uno di questi dipinti di cui parla. E forse anche la nostra tela misteriosa. «Sa per caso dove si era trasferito dopo?».

Longoni ci riflette ma poi scuote la testa. «Non ne ho la più pallida idea. Alla zia avevano raccontato che se ne era andato perché era letteralmente impazzito per la scultura, e che per una simile attività servisse ben più spazio. Perciò ha preso le sue cose e si è cercato un posto molto ampio, in modo da avere un grande studio che potesse andar bene sia per la pittura che per la scultura. Questo almeno è quello che mi è stato riferito. Non garantisco in alcun modo sulla veridicità o meno...», ci tiene a precisare.

Ora che ci penso, ho letto anch'io su internet un articolo che parlava dell'improvvisa passione di Boccioni per la scultura, che era nata in seguito a un suo soggiorno all'estero. Sebbene sia stata intensa, si è però concentrata in un arco temporale molto breve. Dopo aver giocato un po' con le forme, è tornato al suo grande amore, ovvero la pittura.

«Sua zia ha fatto in tempo a conoscerlo direttamente?», chiede Amedeo.

«No, non proprio. La zia però diceva che Boccioni era diventato amico dei suoi genitori. Lei non se lo ricordava, purtroppo, perché era molto piccola a quei tempi. Le dispiaceva di non rammentarlo. Perciò, i suoi sono più che altro racconti di racconti, se capite cosa intendo. Chissà cosa c'è di vero...», sospira prima di starnutire ancora. Amedeo e io ci allontaniamo impercettibilmente.

«E non avete trovato materiale che gli appartenesse, presumo...».

«Lasciato da Boccioni? Solo una cosa. Sospetto si sia trattato di un piccolo regalo: è uno schizzo che la zia aveva fatto incorniciare e che secondo la mia compagna stona con le scelte di arredamento moderno che abbiamo fatto. Che *ha* fatto», specifica non senza fastidio. «Voleva appenderlo in bagno, vi rendete conto?»

«Be', i bagni sono ormai spazi importanti...», cerco di rassicurarlo.

«I bagni sono bagni, diciamoci pure le cose come stanno», ride. «Comunque, alla fine l'abbiamo appeso in cucina. Mezzo nascosto, molto sacrificato...». E così dicendo ci indica l'antica cornice che in effetti risulta essere piuttosto defilata allo sguardo, appesa dietro a una colonna. Alla signora Longoni proprio non piace.

Amedeo e io ci posiamo gli occhi sopra ed emettiamo entrambi un suono strozzato di stupore.

«Niente di che, come vi dicevo: uno schizzo preparatorio di chissà cosa, pastello su carta, molto piccolo, di venti centimetri appena...», ci sta raccontando, ma faccio fatica a seguirlo, presa come sono dall'immagine rappresentata.

Mi avvicino alla minuscola opera e la osservo quasi ipnotizzata; è proprio come ha detto Longoni, solo un piccolo disegno preparatorio di qualcosa che poi si sarebbe tramutato in un quadro vero e proprio, un dipinto misterioso e sfuggente, di cui sappiamo troppo poco, ma che abbiamo potuto ammirare in un appartamento di via Pontaccio, sebbene per un breve momento. «Sa per caso chi è la donna ritratta?», gli domando indicando il disegno.

Lui apre le mani. «Non saprei davvero. Ma in casa ho sentito di tutto negli anni... Qualcuno sosteneva fosse la sorella, qualcuno che si trattasse di una modella, qualcun altro di una donna con cui aveva una relazione… sa come vanno queste cose: con il passare del tempo le certezze finiscono per tramutarsi in mere ipotesi, in chiacchiericcio, persino un po' in mito, visto che poi l'artista in questione è diventato molto apprezzato».

A dire il vero lo è stato quasi subito, ma evito di correggerlo.

«Però la donna è venuta qui? A posare, intendo», chiede Amedeo.

L'espressone dell'uomo è titubante. «Forse. Ho idea che lo schizzo sia rimasto poi alla zia proprio per questo motivo, ma non ne ho alcuna prova», ci risponde sinceramente. «A proposito, siete grandi appassionati di Boccioni?», ci interroga con un filo di ironia.

In effetto lo abbiamo riempito di domande. «Una buona storia può avere il suo valore commerciale». Gli do la risposta che probabilmente si aspetta.

«Ogni tanto sogno di vendere questo posto solo per poter ripartire da zero da un'altra parte, partecipando a mia volta all'arredamento, in modo che la mia casa mi rispecchi, ma poi mi ricordo che probabilmente finirebbe allo stesso modo, ovvero con la mia compagna che decide comunque tutto, perciò desisto. Cortesemente, non sparate cifre troppo alte che possano farmi decidere altrimenti», supplica ridendo.

«Faremo come ci dice», lo rassicura Amedeo.

Io però non ho ancora finito di chiedergli tutto quello che mi interessa sul disegno. «Per pura curiosità, ha mai fatto valutare quest'opera? L'ha mai vista qualcuno?».

Un sorriso bonario compare sul suo volto. «La stupirò, ma no. È un ricordo di famiglia, in un certo senso. La zia mi era affezionata. Infatti mi ha lasciato questo appartamento e mi ha evitato anni di schiavitù bancaria dopo aver elemosinato un mutuo, perciò non ho mai nemmeno voluto sapere quanto potesse valere questo schizzo di Boccioni. Mi piace e penso che il suo posto sia in questa casa».

Sono colpita dal suo discorso. Una brava persona, questo Longoni; rarità assoluta, mi verrebbe da dire. «Lo comprendo», gli dico solo. E sono sincera: le storie familiari sono spesso così complicate e dolorose che, per una volta che ce n'è una differente, bisogna sforzarsi di preservarla come un bel ricordo.

«Be', grazie mille del suo tempo», si accomiata Amedeo.

«E grazie mille per averci raccontato questi aneddoti così divertenti». Lo so che potrebbe contagiarmi, ma mi sento comunque in dovere di porgergli la mano almeno all'uscita. «Se mi dà i suoi riferimenti, le manderemo la valutazione dell'appartamento».

Lui pare meditarci per un po' e alla fine scoppia a ridere. «Sapete una cosa? Vi prego, non mandatemi niente. Un po' come per il quadretto, meglio non sapere...», ci spiega. «Mi spiace se vi ho fatto perdere tempo», si scusa subito dopo. «È questa maledetta influenza: mi riduce il cervello in pappa».

«Non si deve preoccupare, è stato comunque interessante poter visitare l'appartamento, farsi un'idea degli spazi...». Spero che un vero agente immobiliare si esprima davvero così e che la mia sia un'interpretazione credibile. «Si riprenda presto!», gli auguro mentre ci accompagna fuori.

Una volta che siamo di nuovo in strada, Amedeo e io ci prendiamo un attimo per ragionare ad alta voce su quello che ci ha appena raccontato il signor Longoni. «Tipo simpatico», mi tocca ammettere, per prima cosa.

«Sei stupita come se ti aspettassi sempre il peggio dall'umanità...».

«Diciamo che ho i miei motivi». Lo dico sorridendo, ma Amedeo aguzza lo sguardo. È un po' troppo perspicace per i miei giusti.

È il momento di riportare la conversazione su un argomento che non sia io. «Quel bozzetto, sebbene molto piccolo e molto stilizzato, assomigliava parecchio al nostro quadro misterioso, nel caso non te ne fossi accorto».

«Sarebbe stato impossibile *non* rendersene conto. Per un attimo mi ha lasciato senza fiato», mi rivela.

«Interessante che anche di questo schizzo nessuno finora sapesse niente, perché si è semplicemente tramandato in famiglia...».

«Già, in un mondo dove tutti vendono subito gli oggetti di valore, noi abbiamo a che fare con vere e proprie rarità. Stiamo cercando di ricostruire la storia di un segreto probabilmente destinato a rimanere tale», sospira.

«Non ti piace non riuscire a sbrogliare il bandolo della matassa, non è vero, Clemens?», lo punzecchio appoggiando una mano sulla sua spalla. Mi viene facile perché oggi siamo quasi alti uguali; io indosso degli stivali senza tacco e quindi lo supero solo di pochi centimetri, decisamente ininfluenti, ora che ci faccio caso. Il perché invece mi venga istintivo toccarlo è un argomento del tutto differente, che non sono certa di voler indagare a fondo.

D'un tratto, ritraggo la mano come scottata, invece di farlo con nonchalance, come sarebbe stato preferibile.

Lui mi osserva concentrato. «Di solito sono uno a cui piace comprendere le cose, in effetti». Ma da come lo dice, non è ben chiaro a cosa si stia riferendo in questo momento. Al dipinto di Boccioni, a noi, o a entrambi?

Decido di combattere la mia improvvisa agitazione concentrandomi sull'indagine che oggi ci ha portato fin qui. «Purtroppo, esiste la concreta probabilità che non scopriremo mai alcuni dettagli. Per esempio, l'identità della donna che ha posato per lui».

Sorride con fare incredulo. «Non mi sarei mai immaginato di interessarmi a dei misteri, sai? È un po' una sorpresa, questo voler andare a fondo della questione…».

Oh, io invece ero ben cosciente di esserne attratta, per questo torno sull'argomento. «Dici che conviene mettersi a cercare la famosa casa che ha nominato Longoni, quella in cui Boccioni si è trasferito quando è andato via da qui?», gli domando. «Sono indecisa se questo nostro perlustrare soffitte e appartamenti ci possa essere d'aiuto, o se invece ci stia semplicemente facendo perdere tempo».

«Direi che per il momento è stato utile e che abbiamo sempre scoperto qualcosa. Ma qui rischiamo di impantanarci, perché ho già provato a fare delle ricerche su tutti gli immobili in cui ha abitato e lavorato Boccioni, nel corso dei suoi anni milanesi. È risaputo che abitò prima in via Castel Morrone, con la madre e la sorella. Qualche anno dopo si trasferì qui in via Adige. Il problema è che del terzo appartamento apparentemente non c'è traccia», mi rivela.

Lo scruto accigliata. «In che senso?»

«Ho letto che i suoi amici dell'epoca hanno raccontato di essere andati a trovarlo dalle parti di Porta Romana. Il fatto è che nessuno si ricorda con precisione quale sia il palazzo in questione. E il dubbio che sia andato distrutto durante i bombardamenti della seconda guerra mondiale, o semplicemente per mutate esigenze di topografia cittadina, è piuttosto concreto...».

«Eh va be', vorrà dire che torneremo a concentrarci su quello che sappiamo o che pensiamo di sapere». Gli sorrido, cercando di rasserenarlo.

«Detto tra noi, hai un grande futuro come agente immobiliare», commenta, cambiando discorso. «Longoni era colpito, ma io ancora di più».

Scoppio a ridere. «Perché ho l'impressione che non sia un complimento?»

«Sei una donna diffidente», afferma senza esitazione. «Ma si scopre solo dopo che uno ti conosce da un po'».

L'osservazione è piuttosto interessante. «Di nuovo, è un complimento o meno?», voglio sapere.

«Quante domande...», ride a sua volta.

«Non lo sai nemmeno tu, insomma», mi tocca dedurre.

«Sei più misteriosa e imprevedibile di quanto possa sembrare. E questo, se permetti, è un grande punto a favore».

«Mi stai dicendo che sono affascinante, insomma», traduco stampandomi in faccio un sorriso a trentadue denti. «Certo, espresso in modo molto contorto...».

«Sei... intrigante», mi conferma, dopo averci pensato per un po'. «Per nulla scontata. E capacissima di convincere la gente a fare più o meno qualsiasi cosa».

Che mi stia invitando a fare altrettanto con lui? Nel qual caso, cosa vorrebbe che lo inducessi a fare? «Ah...», mormoro solo, all'improvviso a corto di parole intelligenti o di osservazioni argute.

Rimaniamo sul marciapiede a fissarci, indecisi su come proseguire, e non solo per quel che riguarda il nostro "caso", in questa giornata fredda e all'improvviso stranamente piena di possibilità. Non riesco a capire se sia solo una mia impressione, ma mi sembra che la testa di Amedeo abbia fatto un leggerissimo scatto in avanti; la mia fa altrettanto in modo immediato e istintivo. I miei occhi cadono sulle sue labbra, che mi paiono ancora più scolpite del solito. Ha una gran bella bocca. E poi dovrei essere io quella intrigante...

Ancora un lento movimento in avanti da parte di entrambi e la distanza tra di noi ormai si è ridotta sensibilmente. Muoio dalla voglia di inspirare di nuovo il suo profumo, di sentire la consistenza della sua pelle sotto le mie dite infreddolite. Io inclino la testa, lui fa altrettanto... e poi il mio maledettissimo cellulare inizia a suonare facendoci venire un colpo.

«Oh mio Dio!», esclamo con un sussulto.

L'espressione di Amedeo è esasperata. Chiude gli occhi per un attimo; quando li riapre, però, è di nuovo perfettamente padrone della situazione.

«Ma chi diavolo è che rompe?», brontolo. «Ah, Martini!». Per un attimo arrivo a domandarmi se possa vederci, se magari ci ha fatti seguire, ma poi l'assurdità della cosa ha la meglio sulle mie ipotesi dettate da evidenti sensi di colpa. «Ispettore!», lo saluto con un tono sorpreso. «Quale buon vento!».

«Buono non direi...», brontola. «Se la giornata fosse davvero buona, non starei qui a telefonare al vostro trio delle meraviglie».

Non ho intenzione di lasciarlo parlare troppo o di abboccare alle palesi provocazioni, perché voglio essere io a fare le domande in questa telefonata. «I tuoi geniali esperti sono riusciti a decifrare i simboli dell'agenda?», passo subito all'attacco.

«Non sono affari suoi», replica con una punta di fastidio.

«Perciò no, non ci sono riusciti», mi tocca dedurre con discreta soddisfazione.

Lo sento sbuffare. «No, per il momento no. E, a questo proposito, mi domandavo se voi aveste fatto progressi».

Sono piuttosto stupita dalla domanda. «In che senso, Marco?» domando, in tono confidenziale.

«Non fare la parte di quella che non capisce. Avete scoperto qualcosa di nuovo?», mi incalza.

«Assolutamente no. E poi avete voi l'agenda», gli ricordo.

«Non prendiamoci in giro, per favore. Tu e i tuoi amici avete fatto delle copie, ovviamente», ha l'ardire di sostenere. «In caso contrario, non sarei mai riuscito a uscire da casa di Jeanne con il quaderno in mano. Avreste provato a impedirmelo col vostro corpo. O, almeno, lo avrebbe fatto quell'artista matta...».

Marco Martini sa molto della natura umana. E probabilmente parte del suo malumore perenne deriva appunto dall'averci costantemente a che fare. «Non ammetto nulla», è tutto quello che mi sento di rispondergli. Non è mai bene mentire alla polizia, va da sé, ma non sono nemmeno disposta a cedergli altre informazioni. Ci ha trattato come dei poppanti l'altra sera, e non si è comportato da persona che desidera collaborare alla pari. Perciò, che si arrangi.

«E infatti non devi farlo. La mia è un'affermazione. Non ti sto nemmeno chiedendo se avete fotocopiato le pagine, se ci fai caso...», puntualizza.

In effetti ha ragione. «Deve essere appagante avere così tante certezze, sapere già tutto...», lo prendo in giro. Se lo merita, visto come ci ha trattati. Il brutto carattere non può essere sempre la giustificazione di un atteggiamento irrispettoso; bisogna fare uno sforzo, mi pare evidente.

«E pensare che ho chiamato te, pensando di parlare con quella più ragionevole del trio».

Sono una finta ragionevole, ma non è che la cosa gli interessi. E poi si è rivolto a me solo perché comporre il numero di Jeanne lo agita, mentre Amedeo lo reputa più difficile da convincere a parlare. E a proposito di quest'ultimo, ha avvicinato il suo orecchio al mio telefono, in modo da poter seguire la conversazione. La sua vicinanza mi rende più nervosa del fatto che sono al telefono con un ispettore di polizia che mi sta accusando di non essere collaborativa riguardo un'indagine in corso.

«Ci hai detto di lasciar fare agli esperti, e questo stiamo facendo», gli ricordo. Senza pietà.

«Sono stato brusco solo perché era necessario chiarirvi di non ficcare il naso in questioni potenzialmente pericolose», insiste.

Be', sarà felice di sapere che non ci spaventiamo con poco. «E infatti non lo stiamo facendo...». Riformulo: non è mai bene mentire *troppo* alla polizia. «Il controllo sui conti di Ghezzi?», cambio discorso.

«L'abbiamo fatto», è tutto quello che mi dice.

«E?», lo incalzo infastidita.

«E non sono affari tuoi...».

«Be', su questo potrei avere da ridire, visto che ci sto uscendo». Affermazione un po' forte, ma non stiamo a guardare troppo i dettagli.

«Mi duole dovertelo dire, ma uscire con qualcuno non ti autorizza in alcun modo a fare domande sulla sua posizione reddituale».

Ma che simpatico oggi, l'ispettore. «No, ovvio che no. Però dovrebbe tranquillizzarmi sulla mia presunta sicurezza, visto il caso specifico».

«Se hai dei timori, basta non vederlo più», mi fa notare.

«E se fossi interessata?», lo sfido.

«A Giacomo Ghezzi?», chiede Martini incredulo. «Ma non avete una mezza tresca tu e quel Barbieri...».

Avvampo all'istante. «Cosa? No, certo che no... Amedeo e io siamo amici. Stiamo parlando di lavorare insieme», balbetto imbarazzata, mentre mi sento morire.

«Voi donne siete dei veri e propri enigmi», sospira.

«Allora, questo controllo reddituale?», gli ricordo. Se la vita mi ha insegnato qualcosa, è che di solito l'insistenza paga. E poi non voglio che dica altro su Amedeo. «Cose interessanti o noiose? Forza, almeno questo... non dico i particolari...».

«Non potrei mai rivelarli. Capisco che ormai vanno di moda lo sputtanamento perenne e le fughe di notizie, ma io preferisco illudermi che la privacy possa ancora esistere, da qualche parte...».

Sì, sì, santo Martini, abbiamo capito. «Hmmm...».

«Però, senza rivelare nulla, diciamo che si è trattato di un'indagine interessante», mi sorprende concedendomi finalmente qualche informazione utile. «Quindi, do ut des, cosa bolle in pentola?».

Mi allontano da Amedeo quanto basta per guardarlo negli occhi e chiedere la sua opinione: vuotare il sacco oppure no? Basta un'occhiata per accordarci di non rivelare la nostra interpretazione dei simboli sull'agenda. Ci terremo questo jolly per un altro momento, quando avremo un quadro più chiaro. Siamo diventati bravi a comunicare con gli sguardi. Lavorare insieme dovrebbe essere più semplice del previsto, e io dovrei davvero decidermi a prendere in considerazione la sua offerta, prima che possa pentirsene e ritirarla una volta per tutte.

«Non bolle niente», rispondo a Martini. «Stiamo ancora brancolando nel buio, come voi». Il che non è esattamente falso.

«Devo fingere di crederci?», chiede l'ispettore con voce stanca.

«Ma certo!», esclamo con fin troppa enfasi. «Ti chiameremo, nel caso dovessimo scoprire qualcosa di utile». E su cosa effettivamente lo sia in questa vicenda, possiamo discuterne a lungo.

«Sì, sì, mi chiamerete...», replica seccato.

«Sappiamo bene di non essere la polizia, ovviamente. Se e quando avremo informazioni utili, sarai il primo sulla nostra lista». Un conto è il neonato spirito avventuroso, ben altro la stupidità. Jeanne, Amedeo e io possiamo arrivare solo fino a un certo punto, la cosa ci è ben chiara. Ma siamo anche gli unici che hanno ottenuto dei risultati concreti, fino a prova contraria, per quanto Martini ami sminuire sempre il nostro operato.

«Fingerò di crederci. Vabbè, buon Natale, se non ci sentiamo prima, e francamente spero di no», mi saluta.

«Buon Natale, Marco», ricambio prima di attaccare.

Non ho quasi il tempo di aprire bocca per commentare la telefonata con Amedeo che questa volta a squillare è il suo cellulare. Siamo improvvisamente bersagliati da gente che vuole parlare con noi.

«È la nonna», mi dice. «Nonna cara, buongiorno... sì, sì... ah, molto interessante. Certo, ma sai come funzionano queste cose, meglio non fare troppe domande... sì, sì, certamente. Grazie mille. E ringrazia sentitamente Eugenio da parte mia. A presto!». E riattacca.

«Sei piuttosto sintetico nelle tue telefonate», gli faccio notare, non senza invidia.

«Sono diretto ed essenziale», mi corregge. «E comunque la nonna voleva solo informarmi che il suo amico Eugenio, quello che insisteva per invitarti a uscire l'altra sera...».

«Gli uomini di una volta: adorabili», non resisto dal commentare.

Amedeo fa finta di non aver colto. «...Eugenio ha fatto delle domande in giro e potrebbe aver sentito di un Boccioni poco noto destinato a un'asta per grandi collezionisti».

Sbatto incredula le palpebre. «E come avrebbe fatto a saperlo?»

«Il bridge. Apre tutte le porte. Persino quelle ermeticamente chiuse», ride Amedeo. «Battute a parte, dopo l'altra sera l'amico della nonna è andato apposta a giocare alcune partite in questo circolo di gente con la puzza sotto il naso, che di solito evita. Si è seduto al tavolo con alcuni grandi collezionisti della città, nonché gente che si muove nel sottobosco poco limpido dell'arte. Ha fatto qualche domanda tra una mano e l'altra e, oltre ad avere spennato i malcapitati, si è fatto anche raccontare di un'asta che dovrebbe tenersi a breve per alcuni pezzi rari. Tra cui un Boccioni, parrebbe».

Non voglio cadere nella trappola dell'eccessivo entusiasmo. Finora non è servito a molto. «Vabbe', ma i Boccioni che hanno ritrovato negli ultimi anni non sono pochi...», gli ricordo. «Potrebbe trattarsi di qualsiasi cosa».

«Vero, ma sembra che qui si parlasse proprio di un quadro dalle dimensioni importanti e dal valore considerevole. Che io sappia, le opere di Boccioni trovate e autenticate nell'ultimo periodo sono per lo più disegni preparatori simili a quelli che Longoni tiene in cucina. Di quelli ne stanno saltando fuori svariati, perché la gente li teneva lì senza darci grande peso. Ma un quadro... se l'informazione è corretta... quanti dipinti misteriosi vuoi che esistano?». Mi fissa curioso, in attesa di un mio parere.

«In effetti meglio non lasciare nulla di intentato. Dici che Eugenio può indagare su dove e quando dovrebbe tenersi quest'asta?»

«Oh, ormai non lo ferma più nessuno», ride Amedeo. «Sì, cercherà di andare in fondo e ci farà sapere. La nonna gli darà una mano. Accoppiata temibile, devo dire...», riflette con una punta di preoccupazione.

«Hanno novant'anni e passa», gli ricordo. «Cosa vuoi che combinino?»

«Oh, è proprio perché hanno novant'anni che potrebbero combinarne di cotte e di crude», mi fa presente.

«Perché si sentono invincibili?», domando ironica.

«Qualcosa del genere, sì...».

Il mio cellulare mi informa che ho ricevuto dei messaggi, proprio mentre sto pensando di invitare Amedeo a mangiare un panino insieme prima del rientro in ufficio. Non ho affatto fame, incredibile ma vero, ma ho molta poca voglia di salutarlo. Quand'è che il desiderio di passare più tempo possibile con una persona diventa indice di un serio problema? Ho l'impressione che un treno stia per investirmi ad alta velocità. «Oh, è Giacomo», mi stupisco. «Mi invita a una cena a casa sua».

Amedeo si acciglia all'istante. «Non mi sembra intelligente accettare», replica subito in modo alquanto prevedibile.

Temo di non essere d'accordo con lui. «E invece a me pare un invito che cade a fagiolo, come si suole dire...».

«Perché?», chiede sempre più cupo.

«Scusami, rifletticI un secondo: a casa di Giacomo Ghezzi potrei avere finalmente l'opportunità di ficcare un po' il naso nei suoi affari», provo a farlo ragionare.

La mia risposta pare agitarlo ancora di più. «Cosa? No...», sbotta. «Assolutamente no!».

Ha una voce sexy quando cerca di incutere timore o quando non approva qualcosa. E io dovrei probabilmente smetterla di fare simili pensieri su di lui. «E invece sì! Non so quando potrebbe ricapitarci un'altra occasione così ghiotta per cercare direttamente indizi in casa sua. Non comprendo proprio perché tu stia reagendo in questo modo, Amedeo. Dovresti fare i salti di gioia, per come la vedo io…».

Per un attimo arrivo a temere che possa strozzarmi qui sul marciapiede. I suoi occhi paiono lampeggiare di rabbia. «Ah, davvero? Non capisci?», domanda sarcastico, avvicinandosi con sguardo tumultuoso.

«È il prossimo step, mi pare evidente. Tutte le strade portano a Giacomo Ghezzi, e se c'è qualcosa che possa confermarci il suo coinvolgimento è a casa sua», tento di spiegargli l'ovvio. È una grandissima botta di fortuna il fatto che mi abbia proposto una cena da lui.

«Tu non sei Colombo», mi dice cercando di controllare il nervosismo.

«Chi?»

«Colombo. Il tenente Colombo». È seccato persino di doverlo specificare, a quanto pare.

Non essendo questo il momento migliore per scoppiare a ridere per il paragone démodé, cerco in tutti i modi di rimanere seria, ma a fatica. «Ovvio. Il tenente Colombo era della polizia. Il paragone che stavi cercando, al massimo, è Jessica Fletcher».

Questa volta è lui che mi scruta senza comprendere. «Eh?»

«Ma come! La signora in giallo, no?». E poi, incapace di resistere oltre, cedo a una sincera risata liberatoria.

Amedeo non condivide la mia ilarità, perché si ostina a rimanere serio, anche se l'impressione è che la sua tensione sia calata un po'. «Ma come ti vengono in mente certe cose…», sospira con una buona dose di rassegnazione.

«Veramente hai iniziato tu con Colombo», gli ricordo. «Io ho solo corretto il tiro».

«In effetti anche la signora in giallo aveva la brutta abitudine di ficcare il naso in affari che non la riguardavano. Affari spesso pericolosi…».

Vuoi vedere che è questo il motivo del suo strano atteggiamento bellicoso? «Ma… sei preoccupato? Per me?», gli chiedo diretta. Sono talmente abituata a non dover rendere conto a nessuno, a non avere persone in pena per me, che per un attimo la possibilità mi rende quasi euforica. Sono cresciuta con una madre disillusa e arrabbiata con la vita – e con il fantasma di mio padre, ma è difficile prendersela con i morti – e ho imparato presto a essere indipendente e a raccontarle il meno possibile di quello che mi accadeva. Il risultato era che non rispondevo di niente a nessuno, ma anche che nessuno si curava di me.

È una strana sensazione, a essere sincera: dovrebbe essere fastidiosa, a tratti limitante, e invece l'idea che qualcuno tenga a te abbastanza da volerti sapere al sicuro, lontano dai pericoli, è potente. Fa quasi girare la testa.

Amedeo abbassa la testa per un attimo. Quando la risolleva, pare non meno colpito di me, come se anche per lui questa sia una presa di coscienza non del tutto calcolata e non proprio piacevole. «Ehm… sì, com'è normale che sia, viste le circostanze», replica.

Una persona meno sfacciata e ostinata non insisterebbe oltre, ma purtroppo io non riesco a resistere. «Quali circostanze?», mi ritrovo a domandargli.

Lui spalanca gli occhi prima di volgere lo sguardo al cielo. «Queste…». E poi procede a indicare prima me e poi sé stesso. «Siamo in questa situazione insieme, lo siamo stati fin dal primo momento, quando mi hai trascinato con te in quel famoso appartamento. E dovremmo rischiare insieme, se proprio va fatto. Invece ora vuoi accettare l'invito di Ghezzi per frugare in casa sua, dove saresti per forza di cose da sola, a correre rischi che dovresti evitare del tutto. O che almeno dovresti condividere con chi ha fatto gran parte di questa indagine con te». Il discorso non è del tutto insensato. «Se Martini lo venisse a sapere, darebbe fuori di matto».

Quest'ultima frase mi fa sorridere. «Mi pare ovvio che l'ispettore non lo verrà a sapere».

«Potrebbe, tuttavia», insiste. «Io non escluderei il fatto che possa aver messo Ghezzi sotto sorveglianza».

«Nel caso avesse trovato qualcosa di losco nella sua situazione reddituale, dici?». Ci rifletto un attimo. «Ah, se solo ci fosse un modo per scoprire a nostra volta cosa c'è scritto in quei fogli...».

«E a questo proposito... perché non abbiamo pensato anche solo a fare una banale Cerved?», chiede colpendosi la fronte con la mano. «È la prima cosa che si fa sempre nel nostro mestiere».

«Perché probabilmente non pensavamo potesse mai venire fuori qualcosa di interessante dalla Cerved di un collezionista d'arte». Ma mi sento un po' in colpa, perché ha ovviamente ragione da vendere: sempre sapere con chi si ha a che fare, sempre richiedere una Cerved appunto, perché le persone hanno la brutta abitudine di dimenticarsi dei pezzi della propria vita patrimoniale. In genere proprio quei pezzi più delicati, come i fallimenti, i pignoramenti e così via. Le banche dati come la Cerved sono strumenti preziosi perché ci permettono una fotografia puntuale della situazione di una società o di una persona, e sono oggi uno strumento fondamentale per capire con chi si ha a che fare nel mondo degli affari.

«Vieni, andiamo nel mio ufficio», mi propone, non dico allegro, ma almeno meno cupo di prima.

Mi prende per mano con un gesto che pare molto naturale, indeciso in che direzione andare.

È una bella sensazione di calore quella che si sprigiona dalle nostre dita. «La metro è per di qua», gli dico trascinandolo con me. «Andiamo a prendere la linea gialla in Porta Romana».

«Dove si è trasferito anche Boccioni», si ricorda Amedeo.

«Appunto. Siamo pienamente immersi nel suo mondo, volenti o nolenti». È una mera constatazione, data dall'esperienza di questi giorni.

«Già, chissà se siamo volenti o nolenti», si domanda Amadeo, tornando a sorridere mentre camminiamo con passo spedito.

«Credimi, meglio non saperlo. Così, in qualsiasi modo finisca questa storia, potremo sempre dire che non eravamo davvero convinti».

«Ah, stai già preparando la nostra difesa...», ridacchia.
«Sì. Chiamalo sesto senso, ma qualcosa mi dice che potremmo averne bisogno», gli confesso. Se non altro con Martini; l'ispettore ci farà a pezzi quando ci scoprirà, di questo sono già piuttosto certa.

Capitolo 14
Amedeo

La mia segretaria ci ha visti arrivare tutti agitati e si è gentilmente offerta di andarci a prendere due panini al bar, così ora Violante e io siamo rinchiusi nel mio ufficio, seduti allo stesso lato del tavolo, che mangiamo voracemente mentre cerchiamo su internet la data di nascita del signor Giacomo Ghezzi. Ci servono i suoi dati puntuali per poter fare una visura accurata, e per il momento la ricerca non sta dando i suoi frutti.

«Forse dovrei chiedergli semplicemente quando è nato», sbotta Violante lasciandosi sprofondare nella poltrona.

«Sarebbe una richiesta strana, non trovi? Non è il genere di informazione che di solito si domanda alla gente. Almeno, non senza allarmarla».

«Lo dici perché sei un fiscalista e consideri i dati sensibili, sensibili appunto». E così dicendo mi fa l'occhiolino. «Sta tutto nel modo in cui lo chiedi. Tu, per esempio, quando sei nato?».

La scruto confuso e un tantino diffidente. «Perché vuoi saperlo?»

«Per scoprire il tuo segno zodiacale e verificare se siamo compatibili, no?», replica come se fosse ovvio.

È seria o mi sta prendendo in giro? Nel dubbio… «Il dieci di aprile», le rispondo.

«Ah, ariete!», esclama per ridacchiare subito dopo.

«È un male che io sia un ariete?», mi ritrovo persino a chiedere. E avrei potuto anche evitare, me ne rendo conto.

«Non necessariamente», ribatte sibillina. «E non mi dica che crede a queste cose, dottor Barbieri…».

«No, certo che no», replico alla velocità della luce. «Però, per curiosità, tu quando sei nata?»

«31 luglio».

«E quindi saresti...».

La risata di Violante è alquanto ammaliante. O almeno sono io a subire parecchio il suo fascino ultimamente. «Leone. Non sai niente di oroscopi, non è vero?»

«Meno di zero», ammetto senza problemi. «Quindi, ariete e leone vanno d'accordo?». Che la domanda sia sciocca mi è chiaro sin dal primo istante; ma la rifarei comunque. Oggi va così.

«Ah, non lo so proprio», confessa a sua volta. «Scopriamolo!». E così dicendo si sporge per googlare sul mio computer. Nel farlo invade un po' il mio spazio, ma non ho alcuna intenzione di lamentarmi.

Il primo articolo su cui clicca inizia riassumendo le caratteristiche di ognuno. «Clemens, qui dicono che sei dominante e un leader naturale. Enfatizzano anche il fatto che tu sia un segno di fuoco. Fuoco, eh?», mi punzecchia.

«Mica ci crederai...».

«No, affatto. Però... hai un po' un lato dominante, se proprio vogliamo dirla tutta», mi fa notare con sguardo allusivo.

«Qualcuno deve pur decidere, no?», mi difendo, anche se non so bene perché. «Vediamo un po' cosa dicono di te: grintosa, energica e profondamente affascinante», leggo ad alta voce. E, che mi venga un accidenti, mi pare che nell'assurdità della situazione ci abbiano preso alla grande.

«Modestamente...», scherza Vivi. «Ti rendi conto delle sciocchezze che dicono in questi articoli? *Profondamente* affascinante...». E scoppia ancora a ridere.

«Sei anche tu un segno di fuoco». Ci guardiamo negli occhi con espressione tra lo scettico e l'ironico. «E ora arriviamo al bello: la compatibilità tra ariete e leone...».

Vivi sospira in modo teatrale. «Non so se sono pronta per il responso», commenta, fingendosi seria.

«Entrambi desiderano avere un ruolo predominante, perciò il rapporto sa essere molto vivace», leggo.

«Insomma, due rompicoglioni che si sono trovati», traduce lei divertita.

«Sì, qualcosa del genere. Ah, sono spesso gelosi l'uno dell'altra». E questo avrei potuto anche saltarlo.

Per mia fortuna Vivi non ci fa troppo caso. «Sì, e indovina dove vanno più d'accordo?», mi chiede sporgendosi di più verso lo schermo e bloccandomi la visuale. Si volta e il suo sorrisetto sottintende già tutto.

«Il sesso?», azzardo. La mia testa si popola di immagini che farei meglio a eliminare alla velocità della luce, prima che la situazione mi sfugga di mano.

In teoria fare una Cerved avrebbe dovuto essere veloce e per nulla sensuale; alla prova dei fatti, finora è stata tutt'altro.

«Così pare. Ma ovviamente gli oroscopi non hanno alcun valore. Meno di zero. Senza contare che noi non andiamo a letto insieme», mi ricorda. E fa bene, perché improvvisamente mi sembra importante che qualcuno mi ripeta questo concetto: non andiamo e non andremo a letto insieme, visti i rapporti.

«Chiaro. Ma tornando a noi, ci serve la data di nascita di Ghezzi...», le rammento il problema imminente, non senza difficoltà.

«Oh, senti, faccio prima a chiederglielo». Estrae il suo cellulare dalla tasca e digita velocemente un messaggio. Lui le risponde cinque secondi dopo, il che mi infastidisce non poco. «12 novembre. È uno scorpione... E torna a quella ricerca di prima, dove abbiamo letto l'anno di nascita».

Clicco un po' sul computer e trovo l'informazione che cerco. «Sì, è nato il 12 novembre del 1971. Non è vecchio per te?».

Vivi scuote la testa. «E perché mai dovrebbe esserlo, con quel patrimonio artistico?»

«Materialista», l'accuso per scherzo.

«Ma magari!», ribatte lei. «Ho sempre pensato che i materialisti vivano meglio: poche aspettative ben chiare, niente disillusioni, rapporti molto prevedibili. Se ci rifletti, i matrimoni hanno funzionato benissimo finché sono stati unioni di convenienza di famiglie potenti, danarose e con gli agganci giusti. Sono state le aspettative sentimentali a incasinare tutto...».

«Perché i sentimenti secondo te non durano?».

La sua espressione diventa pensierosa. «Più che altro perché è molto facile deludere le persone. Perché chi ama non può essere obiettivo, e non credo gliene si possa fare una vera colpa. Quando ti innamori di una persona complicata, che non prende sempre decisioni giuste, cosa fai? Molli? Le rimani accanto? O hai semplicemente sbagliato all'inizio, quando hai perso la testa per qualcuno di inaffidabile, e quindi ti meriti di soffrire, in un certo senso?».

L'impressione è che Violante stia parlando di qualcosa di ben più grande e complesso di quello che intendevo con la domanda scherzosa. Deve accorgersi del mio stupore, perciò scuote la testa e torna a sorridere, sebbene in modo che mi appare un po' forzato. «Diamoci da fare con la Cerved…», mi dice.

«Calcoliamo per prima cosa il codice fiscale di Ghezzi. Di secondo nome si chiama Vittorio, giusto?»

«In teoria, sì. Prova comunque in entrambi i modi, sia con il secondo nome che senza, e vediamo cosa viene fuori», mi consiglia.

Alla fine scopriamo che il codice fiscale corretto è quello con il secondo nome. «Bingo!», esclamo dopo che sullo schermo ci compare la visura dettagliata. Ne mando in stampa due copie e poi attacchiamo a leggerla con interesse. Mi aspettavo qualcosa di breve, e invece, sorpresa delle sorprese, non solo vi sono pagine su pagine, ma pure chicche piuttosto interessanti.

«Si è dato da fare negli anni…», osservo dopo aver dato una prima, veloce lettura al documento.

«Ha aperto e chiuso un impressionante numero di società, in effetti», concorda Violante.

«Non esattamente un brillante imprenditore».

«È uno che, almeno in ambito imprenditoriale, ha spesso cambiato idea. Guarda qui: è stato proprietario anche di una galleria d'arte, a un certo punto, insieme ad altri soci», mi fa notare. «Non me l'ha accennato. La sera della mostra di tua sorella avrebbe potuto dirmelo…».

Sempre tramite la banca dati, richiamo i vecchi bilanci della galleria d'arte, chiusa ormai cinque anni fa. «Ah, diciamo che, a vedere questi conti, non mi sorprende più di tanto che non te ne abbia fatto parola...».

Violante sbatte le palpebre, impressionata. «Però... Ha buttato al vento un sacco di soldi con questa avventura della galleria!».

«Non ne sono troppo stupito. Si vede a occhio nudo che è il tipo di persona che ama fare le cose in grande. Sta tutto nel capire se se lo poteva permettere allora, e se eventualmente potrebbe farlo oggi», rifletto.

«Chi erano i suoi soci?», vuole sapere Violante.

«Difficile a dirsi così su due piedi... Il 40% della galleria era di pertinenza di una società, una S.r.l. Ma se approfondiamo...». Vado avanti a digitare. «Ah, qui ci fermiamo, perché la proprietà della S.r.l. in questione è stata schermata da una fiduciaria. Indovina un po'?».

Vivi intuisce subito. «Lussemburghese? Di nostra conoscenza, magari?»

«Ebbene sì. Quindi delle due l'una: o è scoppiata una vera moda e tutti improvvisamente ricorrono alla medesima fiduciaria, oppure è sempre lo stesso giro di persone».

«Questa necessità impellente di mettere qualsiasi cosa sotto un cappello fiduciario è rara, secondo la mia esperienza, anche perché è un'operazione costosa. Tu hai già visto questi schemi?», mi chiede.

«In verità, sì. Non sono frequenti, su questo punto hai ragione, ma la gente ricca sa essere piuttosto paranoica. Certo, di solito si sceglie una fiduciaria italiana, perché è tutto molto più veloce e snello, lato procedurale. Le schermature estere andavano per la maggiore venti o anche trent'anni fa, quando ancora esisteva il segreto bancario nei paradisi fiscali come la Svizzera o, appunto, il Lussemburgo. L'esigenza non era di mera privacy, diciamo». Il fiorente business dell'evasione ha avuto un colpo mortale dall'introduzione della cosiddetta black list, ovvero l'elenco dei Paesi che non collaboravano con le autorità finanziarie e si rifiutavano di partecipare allo scambio di informazioni. I Paesi che non hanno voluto sentire ragioni sono stati di fatto isolati dal punto di vista internazionale, e tanti altri hanno dovuto cedere alle pressioni e calare le braghe. Ecco perché è una scelta strana che una S.r.l. italiana sia andata sino in Lussemburgo per sottoscrivere un mandato fiduciario: non serve a evitarle problematiche fiscali e indica invece una fortissima necessità di protezione della privacy. Una molto superiore alla media.

«Però, sai come vanno queste cose… a Milano la gente mormora. Chi non vuole correre rischi se ne va lontano, dove tenere la bocca chiusa è un dovere sacrosanto». E mi fa l'occhiolino. «In quali altre avventure si è cimentato il nostro signor Ghezzi?».

Scorro la lista. «È stato piuttosto vario nei suoi investimenti: ha aperto e chiuso ristoranti, ha persino avuto alcune boutique di moda».

«Be', devi ammettere che si sa vestire», mi stuzzica.

«La sua è un'eleganza un po' da lacchè che non mi convince molto».

Violante ride divertita dalle mie parole. «Il dolcevita su un uomo è un indumento controverso, che sa essere piuttosto divisivo. Tu, secondo me, non lo metteresti mai un dolcevita. E invece staresti bene».

Inclino la testa per godermi per un attimo la vista di quel sorrisetto beffardo sulle sue labbra. Le dona. «Il dolcevita è scomodo. Mi sentirei soffocare».

«Oh, sciocchezze. È solo questione di abitudine», prova a convincermi.

«Scusa, ma non sta bene solo a quelli alti? Com'è che ora potrebbe starmi bene?», scherzo.

Sospira, non troppo stupita delle mie affermazioni, che presumo errate. «Punto primo, il dolcevita sta meglio ai bassi che a quelli molto alti. Punto secondo, a mio parere è di grande eleganza», rimprovera me e tutti gli uomini.

Fingo di indignarmi. «Punto primo, io non sono basso. Sono di altezza assolutamente nella media, e non per modo di dire. Punto secondo, credi davvero che a me starebbe bene?». Il mio tono è molto ironico, perché vorrei fosse chiaro che stiamo scherzando in modo innocente. Anche se, ora che ci faccio caso, non sono del tutto certo che questa pausa pranzo sia un esempio di innocenza… Percepisco in modo piuttosto netto il pericolo di poterla trasformare in altro con un solo mezzo gesto avventato. Il mio sguardo cade di nuovo sulla sua bocca. Deglutisco e mi impongo di tornare a leggere la visura che sto tenendo in mano.

Violante scrolla le spalle, per fortuna ignara dei miei pensieri inopportuni. «Ora che ci penso meglio, no, forse hai ragione, il dolcevita non ti donerebbe… Non hai la personalità da dolcevita».

Qualsiasi cosa voglia dire. «Lo prenderò come un complimento, grazie».

«E ora, tornando agli uomini a cui invece dona, per esempio Ghezzi, non ti colpisce la velocità con cui ha chiuso buona parte delle attività in cui ha investito?», chiede.

«No, sinceramente. Io ci vedo solo una persona alla ricerca incessante di soldi facili, possibilmente molto veloci. Solo che ogni volta le sue speranze devono essere state disilluse, motivo per cui ha quasi sempre gettato la spugna in fretta. Se qualcosa non funzionava subito, lui passava all'idea successiva e così via. Mi chiedo quanti soldi abbia buttato in oltre dieci anni di investimenti…». Cerco di fare velocemente un calcolo, ma temo che sarebbe comunque una cifra al ribasso.

Vivi invece non vuole nemmeno tirare a indovinare. «Forse è meglio non saperlo. Ci rimango sempre male, quando mi trovo davanti a certe perdite ingenti e soprattutto evitabili. Come dico anche ai miei clienti, a questo punto meglio la beneficenza diretta, ben fatta, mirata a cause meritevoli».

Quasi me la vedo mentre lo ripete ai suoi clienti, che invece hanno finanziato a fondo perduto iniziative di ogni genere. La quantità di soldi che viene sperperata di continuo in stupidaggini è imbarazzante. Il calcio, per esempio: mi stupisco sempre del fatto che uomini che ne sanno di economia, e che magari hanno alle spalle un glorioso passato imprenditoriale, caschino nell'illusione di poter fare soldi investendo nel calcio. Che invece è un profondissimo buco nero per quasi tutti quelli che vi si trovano invischiati. Ma meglio tornare alla questione che ci interessa. «Al momento, tuttavia, pare avere in essere una sola attività: la Ghemira S.r.l., che... sorpresa delle sorprese, ma nemmeno troppo... si occupa di aste d'arte», concludo la lettura, essendo finalmente arrivato alla fine di questo lungo elenco.

Vivi salta sulla poltrona come punta sul vivo. «Aste? Davvero? E dov'è la sede?»

«Dalle parti di corso Sempione, ma secondo me deve trattarsi della solita domiciliazione presso la sede del commercialista», l'avverto.

«Cerchiamo su internet...». Si prende del tempo per analizzare bene i vari link. «Eccola, la società dovrebbe essere questa». Mi indica lo schermo e scorre il sito. «Hmm, aste personalizzate, anche telefoniche, ma niente annunci per quelle previste a breve. L'ultima che compare qui è addirittura di due anni fa. Strano, non trovi?»

«Dipende. Magari si è dedicato ad altro, come portare appunto la collezione in giro per il mondo, prima di trovarle una sistemazione più di lungo termine a Milano. O magari invece...». Non termino la frase, perché mi rendo conto di essere sempre io quello a suggerire scenari apocalittici quando si tratta di Ghezzi. E francamente non vorrei essere accusato di essere geloso.

Violante mi guarda attentamente, in attesa che io mi esprima. Cede solo dopo essersi stufata di aspettare. «O magari invece organizza aste sottobanco, intendevi? In nero?».

Mi fingo sorpreso. «Cielo, non mi era venuto in mente, ma ora che me lo dici...».

Scuote la testa e ride. «Sì che ci avevi pensato! Anzi, era stata la prima cose che ti era venuta in mente, ammettilo».

«No no, ti assicuro», replico. «Però ci sta».

«Non saprei cosa pensare. Da un lato Giacomo non mi pare il genere di persona che può decidere di darsi al commercio clandestino di opere di dubbia provenienza, però, dall'altro lato, questi suoi investimenti imprenditoriali devono avergli lasciato grossi buchi finanziari».

Rifletto a fondo su tutte le informazioni in nostro possesso. «Secondo me ha ereditato dei soldi, insieme alla collezione d'arte, ma non così tanti come avrebbe voluto. Probabilmente molti di più di quanti una persona normale potrebbe mai sognarsi, ma ognuno ha i suoi standard. Vittorio Ghezzi avrà anche speso molti soldi di famiglia per mettere insieme la sua amatissima collezione, ma è probabile che suo figlio e soprattutto suo nipote siano cresciuti abituati a un tenore di vita alto».

«E certi tenori di vita vanno pur foraggiati», commenta Violante.

Non solo, hanno rovinato più di un uomo, per quello che ho visto. Chi viene da famiglie di successo da un lato è difficile sia stato abituato al sano sacrificio – probabilmente si illude di conoscerlo, ma non ci si avvicina nemmeno – e dall'altro sente su di sé il peso di dover combinare qualcosa di buono. Non è raro che tanti "figli di" o "nipoti di" soccombano sotto il peso del desiderio di mostrarsi meritevoli. «Penso che Giacomo, dopo essere venuto in possesso dell'eredità di suo padre, abbia voluto dimostrare di saper fare a sua volta. Ha venduto la casa del nonno, tra l'altro, con la volontà chiara e precisa di rompere con il passato».

«Be', di questo non possiamo fargliene una grande colpa. Non tutti veniamo da famiglie felici...», mi fa notare incupendosi. «Certe volte la volontà di staccarti dalla tua famiglia d'origine, di non farsi definire da chi è venuto prima di te e dai suoi errori, può essere l'unica decisione che non ti faccia uscire fuori di testa».

Mi volto verso di lei perché ho l'impressione che la frase sia stata molto personale e che c'entri fino a un certo punto con le vicende della famiglia Ghezzi. Le è comparsa sulla fronte una ruga marcata che di solito non si vede. Sollevo la mano senza riuscire a resistere all'impulso di cancellarla delicatamente. Violante inspira, stupita del contatto, ma non si sposta e non dice niente. «Parli per esperienza personale?», le chiedo con tatto, abbassando la voce.

Si morde il labbro in un gesto che non ha nulla di provocante ma che indica invece quanto sia combattuta sull'aprirsi o meno con me. Abbiamo passato molto tempo insieme nell'ultimo periodo, con la storia del quadro, di Boccioni e di Ghezzi; l'impressione è che, seppure in poche settimane, si sia creato un rapporto di complicità che può andare oltre una semplice conoscenza, che può permetterci di diventare amici intesi nel senso più vero. Ecco perché vorrei che Violante si sentisse abbastanza a suo agio con me da volersi aprire. C'è in lei una parte chiaramente non accessibile, che tiene sottochiave, e che credo possa avere a che fare con la sua famiglia. Anche perché, ora che ci penso, Jeanne e io le abbiamo presentato la nonna, ha brevemente incrociato all'uscita dalla mostra anche i nostri genitori… insomma, sa molto di noi Barbieri e delle nostre dinamiche familiari, mentre noi non possiamo dire lo stesso. Ha nominato qualche volta sua madre, ma in modo molto frettoloso e senza addentrarsi in dettagli, e suo padre è un tema che ha evitato del tutto. Magari si è trattato di un caso, o magari è stata una precisa omissione volontaria. E io vorrei sapere di quale delle due ipotesi si tratta.

Violante solleva lo sguardo e incontra i miei occhi. Vorrebbe essere distaccata ma io vi noto comunque l'ombra di un dolore persistente. «Non mi ero accorta che stavamo parlando di me…», replica, nel tentativo di passare oltre.

«Stiamo sempre anche parlando di noi, se ci pensi. Ci stiamo conoscendo, in fin dei conti. E conoscersi sa essere… avventuroso».

«Per via della polizia, del morto e di chissà cos'altro?», chiede con una risata, cercando di sdrammatizzare.

«No, a dire il vero in questo momento mi stavo riferendo a tutt'altro: ritengo sia sempre un po' un'avventura abbassare la guardia a sufficienza da far entrare le altre persone nel proprio mondo».

«Certe persone nascondono mondi complicati che forse è meglio non esplorare nemmeno», mi avverte.

Oh, come se basti questo a farmi desistere. «L'oroscopo diceva anche che gli uomini ariete sono coraggiosi», le ricordo. «Era in fondo alla descrizione». E per quanto continui a non credere a mezza parola di quello che c'era scritto, non ho alcun problema a usarlo a mio vantaggio.

«Amedeo, siamo in quella meravigliosa terra di mezzo dove ci sembra di iniziare a conoscerci, ma ancora non a sufficienza da poterci ferire o usare certe informazioni riservate per lanciare dardi avvelenati. Non pensi che dovremmo rimanere lì? Al sicuro?».

Vorrei avere più tempo per esaminare le sue affermazioni. Ma qui tocca giocare a chi reagisce meglio e prima. «Al sicuro?», ripeto sorridendole. «Per te è importante sentirsi al sicuro?».

Alza gli occhi al cielo e sbuffa. «Non lo so...», ammette a fatica. «Non lo so davvero. Dovrei voler essere al sicuro, non solo sentirmici. Eppure, finisco con il farmi sedurre dal pericolo».

«Forse perché è nella tua natura», le suggerisco.

E qui Vivi annuisce quasi malvolentieri. «Sì, forse lo è. E uno può lottare solo fino a un certo punto contro sé stesso, non è vero?»

«Perché non vuoi raccontarmi di te?».

Mi rivolge un'espressione quasi esasperata. «Ma io ti racconto di me!», cerca di convincermi.

«No, a essere sinceri no. So piccole cose, so che vorresti importi di non rischiare mai, anche in ambito professionale, ma che invece subisci il fascino delle decisioni avventate e che sei in grado di trascinare un uomo appena conosciuto in esplorazioni impensabili...».

La mia affermazione, se non altro, la fa sorridere. «Finora non mi era mai capitato. Dico davvero. Sono sempre riuscita a resistere alla voglia di avventura, che tra parentesi è poco intelligente. Perciò sono rimasta con il dubbio se a farmi scattare quella sera sia stato tu, le circostanze, o se semplicemente si sia trattato di qualcosa che era in maturazione già da un po'».

«Probabilmente un mix delle tre cose», suggerisco, sebbene sia di parte. L'idea che conoscermi possa essere stato anche solo in minima parte un qualcosa che possa averla condizionata mi piace più di quanto voglia ammettere.

Lei ne è cosciente e infatti ride. «Ah, ti vedi in parte protagonista in questa vicenda...», scherza.

«Guarda per me è la stessa cosa». No, in verità per me potrebbe essere persino peggio, ma iniziamo a piccoli passi.

Vivi non ha l'aria convinta. «Oh, per favore… Puoi sempre darmi la colpa di tutto, per quel che mi riguarda».

«È questo il fatto: non ho la minima intenzione di farlo».

Mi pare piuttosto sorpresa. «Perché no?»

«Perché non è vero che mi hai trascinato con te in quell'appartamento. Mi sono *fatto* trascinare. Differenza sostanziale», puntualizzo.

«E va bene, allora la colpa è di entrambi. Palla al centro e riprendiamo il gioco», scherza.

«Ho capito: sarò buono e ti concederò una tregua. Torniamo piuttosto a Giacomo Ghezzi e al suo bisogno di affrancarsi dalla famiglia. Certe volte le persone iniziano un qualcosa con le migliori intenzioni, ma poi ci si mettono gli ostacoli imprevisti, le crisi economiche e così via».

«Secondo me Giacomo ha ancora tanto da raccontare, e se non lui, ci saranno magari carte o altro in giro per casa sua».

Da un lato ha ragione, ma dall'altro l'idea che vada a cena da Giacomo Ghezzi, da sola, in casa sua, mi riempie di una sensazione che non so bene come definire: è un mix di preoccupazione, paura e terrore. Non oso dirglielo apertamente, perché temo potrebbe offendersi e scambiarlo per un giudizio su di lei, sul fatto che possa non essere in grado di compiere questa missione, mentre invece è un'apprensione che parla più che altro di me e della mia reazione di fronte a situazioni in cui non posso avere il controllo diretto o essere presente. «Può essere, ma…».

Lei mi precede. «Ma devo stare attenta. Sì, lo so», mi rassicura con un sorriso benevolo. «Nonostante l'impressione che posso averti dato, di solito sono una che procede con i piedi di piombo».

«E se dovesse… non so, provarci?».

Non riesce a trattenere una risata. «Guarda che una non arriva a trenta e passa anni senza essere in grado di gestire a suo piacimento il sottile gioco della seduzione».

La frase non mi rassicura granché. «Oh, per esempio, se io

ora cercassi di baciarti, in che modo riusciresti a sottrarti senza offendermi?», la sfido.

Lei continua a fissarmi sorridendo. «Be', posto che posso sempre valutare di sacrificare un banale bacio per esigenze investigative, ho i miei metodi». E così dicendo si alza dalla sua poltrona e mi si siede in grembo.

Mi sfugge un mezzo gemito di sorpresa, perché non mi aspettavo assolutamente una mossa simile. «Ma...», mormoro arrossendo.

Violante fa passare un braccio dietro al mio collo e avvicina pericolosamente il suo volto al mio. Per un attimo mi dimentico quasi di respirare. Cosa diavolo stavamo dicendo?

«Come vado in quanto a seduzione?», osa chiedere, sfacciata.

«Lo sai benissimo», le rispondo, a tratti quasi arrabbiato con me stesso perché subisco in modo così poco onorevole la sua vicinanza. «Il tema è un altro: se io ora faccio questo...», avvicino la bocca alla sua, «...tu come ti tiri fuori dalla situazione?».

Violante non si muove, io nemmeno. Sembra quasi un perverso gioco a scacchi, almeno finché lei non spezza la tensione che scorre tra di noi scoppiando in una risata forzata. Indietreggia e ristabilisce una distanza di sicurezza. «Non è la stessa cosa», replica sibillina.

«Cosa non è la stessa cosa?», domando senza comprendere.

«Con Ghezzi sarà molto più facile».

«Se lo dici tu...». A me al massimo pare più difficile, visto che Ghezzi non si farà le stesse remore che mi sono fatto io.

«Dico davvero: è tutto più semplice, quando non c'è coinvolgimento emotivo, quando ti è chiaro l'obiettivo e quando sei concentrata su un piano. Invece, simulare con te è... sfidante», conclude. La parola che ha scelto all'improvviso mi pare importante, ma come tutte le cose importanti, richiede il giusto momento. E questo non lo è, mi pare evidente.

«Sfidante in questo caso è un aggettivo con una valenza impegnativa», mi permetto solo di farle notare.

Lei rotea gli occhi, come a voler sminuire il tutto. «No, non necessariamente. Facciamo la cosa più intelligente, ti va?», mi propone, sollevandosi dalle mie gambe. «Torniamocene a lavorare…».

«Ah, il lavoro che ci salva da tutto», prendo in giro entrambi. Ma ha ragione, e infatti mi alzo a mia volta dalla poltrona per accompagnarla fuori. Tra di noi passa un'occhiata complice, mentre ci fermiamo sull'uscio del mio ufficio. Siamo più simili di quanto si potesse pensare all'inizio.

«Risponderò a Ghezzi, e ovviamente accetterò il suo invito. Tra pochi giorni è Natale, perciò, non so bene quando riusciremo a organizzare, ma per quel che mi riguarda, prima è, meglio è, inutile a dirsi», mi annuncia.

«Cosa fai a Natale?», le chiedo, preferendo non nominare ancora il nome di Ghezzi.

«Vado da mia madre».

«Lo passi solo con tua madre?»

«Solo con mia madre», ripete, senza offrire altro.

«E ti piace andare da tua madre?». Questo mio bisogno di sapere di più di lei è irrazionale, me ne rendo conto, ma potrei essermi stufato di combatterlo.

«No, non particolarmente. E non mi piace nemmeno il Natale, se è per quello, ma ci tocca…». Il tono è allegro ma lo sguardo non lo è affatto. È un avvertimento a non varcare una certa linea, a non chiedere.

«Peccato che non ti piaccia il Natale. A me invece diverte molto».

«Sì, tu hai esattamente l'aria di uno che apprezza le festività natalizie», concorda ironica.

«Magari potresti venire a pranzo da noi, e provare anche tu a fartele piacere». L'invito istintivo ha sorpreso me per primo, perché probabilmente avrei dovuto verificare con la mia famiglia, prima di farlo. Eppure non me ne pento, e anzi, lo rifarei.

Lei scuote la testa. «Ti ringrazio ma non posso mancare al pranzo da mia madre. Però, sei dolce ad avermi invitato. Lo apprezzo». E così dicendo si sporge e mi dà un bacio veloce sulla guancia. «Grazie, Clemens, dico davvero. Ci sentiamo».

Apro la porta e la lascio libera di uscire. Rimango per un po' sulla soglia a guardarla allontanarsi. No, non sono per nulla dolce, ma per un attimo mi ha fatto venire voglia di esserlo.

Il pranzo di Natale è un grande evento da sempre in casa dei miei genitori, e si mangia tanto e per così tante ore che dopo si rotola. L'atmosfera è sempre allegra e vivace, visto che siamo così fortunati ad andare tutti d'accordo in famiglia.

La nonna, in particolar modo, è in splendida forma e si sta facendo riempire il bicchiere di vino, come se l'avesse scambiato per acqua. «Forza, non essere tirchio con quel rosso», si raccomanda. «Tanto tuo padre ha di certo qualche altra bottiglia messa da parte per le emergenze». E così dicendo fa l'occhiolino al genero.

«Ho tutto il vino che serve», la rassicura.

«Ecco, appunto. E poi versa anche a te, che ti vedo pallidino, nipote caro...». Avvicina il mio bicchiere al suo, in modo che possa seguire il suo suggerimento.

«Sono solo stanco morto», mi giustifico.

«Qui siamo tutti stanchi morti», mi ricorda Jeanne, seduta dall'altro lato del tavolo. «Però la nonna ha ragione. Sei meno brillante del solito. Perché non te ne vai un po' in montagna?»

«Ci andrò», rispondo solo. Quando questa storia sarà finita.

«Ah, come sta quella vostra amica tanto carina?», chiede la nonna. «Violante, se ricordo bene...».

«Sta benone», le risponde Jeanne. «A proposito, Clemens, le ho chiesto se volesse passare a salutare la nonna oggi, e magari mangiarsi un dolcetto, ma mi ha detto che tu l'avevi già invitata».

Uno strano silenzio cade sulla tavola. Tutti gli occhi sono fissi su di me. Mi sento un po' a disagio, a essere sinceri. «Be', l'ho fatto perché è una tua amica... Mi pareva un gesto gentile...».

«Gentile, eh?», ripete Jeanne. Le è comparso uno strano sorriso sulle labbra.

«Però non ha accettato e quindi non vi ho detto niente. L'ho fatto solo perché non mi pareva molto felice all'idea di passare il Natale con sua madre». Più parlo e più peggioro la mia situazione, probabilmente. Ma la tentazione di giustificarsi è difficile da sopraffare.

«Interessante», osserva anche la nonna. «Come va la vita amorosa, nipoti cari?», domanda subito dopo.

«Non vedo il nesso logico», replico un po' piccato.

«E infatti non c'è. Stavo cambiando argomento e passando oltre. Tu forse non volevi passare oltre?», mi chiede. L'espressione non è tanto da vecchietta indifesa quanto da falco rapace.

Ai miei genitori sfugge una risata divertita. «Mamma, non trasformare il pranzo in uno di quei classici momenti natalizi che tutti tanto odiano, nei quali si interrogano i presenti sui progetti futuri», l'avverte nostra madre.

«Mi stavo solo informando», si difende lei. «Le mie erano domande molto innocenti».

Jeanne ne approfitta per intervenire. «Clemens, Mirko fa gli auguri a tutti e ti saluta tanto. Certo che hai sempre avuto ascendente sui miei amici...».

Che sia anche questa una frecciata in tema Violante? Che io ormai veda frecciate simili ovunque, anche dove non ce ne sono affatto? Possibile... «Quel poveretto è ancora perso di te?».

Gli sguardi si spostano in massa verso mia sorella. Che arrossisce. «Non è perso di me...».

«E invece sì. Dovresti provare a uscirci, è uno a posto, con la testa sulle spalle», peroro la sua causa. «Certo, sempre che tu non sia interessata ad altre persone...».

Jeanne mi incenerisce con lo sguardo. «E a chi dovrei essere interessata?».

Fingo di non saperlo e scrollo le spalle. Qualcosa mi dice che l'ispettore non l'ha più chiamata e forse lei avrebbe voluto che si facesse vivo.

«Ah, piuttosto, il mio amico Eugenio ha avuto altre informazioni su quell'asta misteriosa di cui ha sentito parlare. Pare si farà on line, i primi giorni di gennaio», ci rivela la nonna.

«Quindi il piano va avanti», rifletto a voce alta.

I nostri genitori ci guardano senza comprendere, ma nessuno di noi ha intenzione di addentrarsi in dettagli. Meglio che non sappiano. «Ringrazia Eugenio e digli pure di rimanere sull'attenti, nel caso venissero fuori altre cose».

«Oh, lo farà, statene certi. Si sta divertendo da morire, infiltrato in quel circolo di bridge da puzza sotto il naso», ride. «Spolpare certa gente lo ringiovanisce. E ce ne vuole...».

Per un attimo mi trovo a invidiare mia nonna e l'intelligenza che ha avuto nel portare avanti per tutti questi anni rapporti di amicizia che non si sono incrinati con il tempo. «E bravo l'Eugenio», mi congratulo sinceramente, poi sollevo un calice e invito tutti a un brindisi. «A noi!».

«A noi e alla salute!», mi corregge prontamente mia nonna. «Qualcosa mi dice che il prossimo anno ritrovarsi qui a Natale potrebbe essere ancora più interessante, perciò vorrei esserci...».

Capitolo 15
Violante

Dopo aver venduto la casa del nonno, Giacomo Ghezzi è andato ad abitare in quella zona residenziale molto chic compresa tra Santa Maria della Grazie e Sant'Ambrogio, tanto apprezzata da chi ama sentirsi milanese dentro e fuori. Case antiche, soffitti alti, architetti impegnati a far sentire i loro clienti parte di un'élite che si ritiene tale non solo per via dei soldi che ha da spendere (quelli li hanno quasi tutti, nelle città con certi prezzi al metro quadrato), ma anche e soprattutto per via del gusto che considerano innato per via della loro storia famigliare. Per la serie, c'è chi può e chi non può.

E che Giacomo fosse convinto di essere in qualche modo superiore a noi comuni mortali mi era già ovvio – d'altronde, ereditare una grande collezione d'arte non è da tutti e rischia di darti un po' alla testa – ma questa serata è un'ulteriore conferma, caso mai ce ne fosse bisogno.

Ci siamo messi d'accordo molto velocemente per vederci pochi giorni dopo le varie festività, il che mi ha stupito non poco, perché mi aspettavo di trovarlo sulle piste da sci di qualche località altrettanto chic. E invece è qui, a Milano, con quelli che, come me, sono costretti a coprire il turno in ufficio. D'altronde, in queste occasioni la precedenza sulle ferie le hanno quasi sempre le persone con figli in età scolare; non sapendo cosa fare della prole ridotta allo stato brado, fuggono dalla città e la affidano a un maestro di sci. Chissà se anche Giacomo Ghezzi ama andare a sciare in periodi meno affollati o se invece si tratta di altro, come per esempio una possibile asta.

«Bellissima casa», mi complimento con lui dopo che mi ha fatto fare un veloce giro per il suo appartamento. Non è grande, ma gli spazi sono ben sfruttati e la sala è di rappresentanza, come si dice di solito. Giacomo ha deciso di abbondare, perciò le mura sono ricche di modanature e decorazioni, con un grande rosone che spicca in modo particolare sul soffitto. È stato tutto pensato per essere in armonia con una serie di quadri che donano grande eleganza allo spazio, e che catturano subito il mio interesse.

«Di solito faccio venire poche persone a casa mia, ma qualcosa mi dice che tu non cercherai di rapinarmi», ride, sebbene io trovi la battuta non così vincente.

Mi sforzo però di sorridergli. «Mi sento di poterti rassicurare su questo punto. Bellissimo quadro, a proposito. Di cosa si tratta?», gli domando indicando l'opera appesa di fronte a me. Leggo bene la firma, ma voglio che mi racconti lui stesso. Questa sera il mio compito è curiosare il più possibile, parlare poco e scoprire quanto mi riesce.

Giacomo mi raggiunge e sospira osservando il dipinto. «È un paesaggio alpino di Segantini, ma...». Si blocca, chiaramente a disagio e indeciso se proseguire.

«Ma non è l'originale», intuisco. Non so come mi sia venuto in mente, ma credo che abbia contribuito il suo atteggiamento dimesso; fosse stato autentico, se la sarebbe tirata da morire. Volto lo sguardo verso di lui e gli rivolgo un sorriso rassicurante. «Certo che non lo è, nessuno mai terrebbe certi quadri originali in casa, con tutti i furti che ci sono al giorno d'oggi...».

Lui si rilassa visibilmente. Interessante come temesse di essere giudicato per il solo fatto di aver appeso una copia. Non solo è insicuro, ma addirittura super insicuro. «No, appunto. È impossibile tenere in casa dipinti veri di questo genere, a meno di non avere un servizio di guardia fuori dalla porta. E anche in quel caso...».

«Molto meglio conservare gli originali in un caveau. Al sicuro», convengo. Rimango poi in diligente attesa di una reazione da parte sua.

Che non tarda ad arrivare, sotto forma di un rossore appena

visibile. Giacomo è a disagio, per qualche motivo. «Ah sì, certo...», concorda rapido con me.

«Fa parte della collezione anche questo Segantini?», mi informo.

«No, non esattamente. La collezione in quanto tale consiste solo in opere del periodo futurista. È quello che la rende così preziosa e unica. Ma c'erano anche altre opere d'arte nel lascito di mio nonno. Nei primi tempi, subito dopo la sua morte, mio padre ha anche comprato qualcosa in autonomia, sebbene io non ricordi più cosa sia stato scelto da uno e cosa dall'altro. A mio padre piaceva l'Ottocento; era un uomo dai gusti più classici, se vogliamo, perciò immagino che sia stata una sua scelta».

«E a te cosa piace?», gli domando. Il mio interesse è reale, sebbene abbia un secondo fine.

Lui scrolla le spalle. «Piacermi? Sai, credo che quello del mero gusto personale sia un concetto un po' superato. A me piacciono le opere che un giorno potranno esprimere un valore, quelle che sono destinate a essere apprezzate su larga scala e non solo amate da chi se le appende in casa, se capisci cosa intendo...».

Sta cercando di farla filosofica, ma capisco bene: mi sta dicendo che gli piacciono opere che crede potranno salire molto in termini di quotazione. Non è necessariamente una scelta sbagliata, ma cozza con la passione con cui ha collezionato suo nonno. Secondo me, Vittorio Ghezzi ha cercato di comprare i quadri che più amava, non tanto quelli che secondo lui lo avrebbero reso ricco un giorno. Suo nipote si muove sulla scena artistica contemporanea con interessi molto differenti. Non che un modo sia giusto e uno sbagliato, sia chiaro; forse Giacomo Ghezzi interpreta solo i valori dei tempi moderni.

«Quelle destinate a finire in un museo, insomma», lo incalzo per osservare la sua reazione.

Che infatti non tarda ad arrivare. Si acciglia, in difficoltà su come rispondermi. «Be', non necessariamente. Abbiamo questa moderna convinzione che i capolavori dell'arte siano di tutti e che il loro unico scopo sia quello di stare in un museo, ma non è del tutto vero. L'arte è di chi la sa valorizzare e proteggere, anche al costo di tenerla al riparo da troppi sguardi».

Non sono certa di aver compreso bene. «In che senso?», gli chiedo coinvolta.

«Certe opere che hanno avuto un passato turbolento finiscono per essere contese da persone senza il minimo rispetto per l'arte. C'è chi si proclama erede e pretende la restituzione di pezzi andati perduti, senza la minima considerazione di cosa significhi prendersene cura. È anche una responsabilità», spiega. «Bisogna essere meritevoli di certe opere».

Immagino lui si consideri molto meritevole. «Perciò, se ho capito bene, stai dicendo che anche certi collezionisti, interessati più che altro a tenere per sé un capolavoro, potrebbero essere più meritevoli di altri, per il solo fatto che sanno apprezzare quello che hanno davanti agli occhi?». Lo affermo in modo chiaro perché mi pare un punto piuttosto importante e non voglio correre il rischio di non aver capito bene.

È indeciso se confermare o meno, ma è probabile che abbia fatto centro. «Dico solo che saper apprezzare in modo profondo e intimo un grande dipinto, per esempio, è molto meno scontato di quanto possa sembrare. E, alla fine, a noi interessa che le opere arrivino nelle mani di questa tipologia di persone, indipendentemente dal fatto che le esporranno o meno in un museo. L'arte è sempre stata anche una cosa privata».

Non potrei essere più in disaccordo con lui, ma è un giudizio che mi toccherà tenermi per me. Mi sforzo di sorridergli prima di passare a esaminare un altro quadro appeso a poca distanza. Qualcosa mi dice che anche questo è una copia. Anzi, sono pronta a scommettere che siano *tutti* copie. «A proposito, quando uno vuole tutelarsi, a chi è che si affida per far fare una replica così precisa e puntuale di un quadro?», mi interesso.

«Oh, non è così complicato, se ci si muove in questo ambiente da sempre. È un po' come trovare il giusto ghostwriter per far scrivere la biografia di un personaggio famoso: è un mercato ricco, con diverse persone specializzate in differenti periodi storici».

«Perciò, ipoteticamente parlando, se volessi far fare una copia di Segantini e una di Boccioni, i pittori prescelti sarebbero molto probabilmente due persone differenti, in base alla loro specializzazione diciamo, non è così?»

«Sì, ma ovviamente dipende anche da quanto vuoi che il quadro sia somigliante. Se ti accontenti di una copia approssimativa, o se invece vuoi spendere per ottenere qualcosa che sia difficile da distinguere dall'originale…».

La frase cattura subito il mio interesse, inutile a dirsi. «Davvero esistono copie che quasi si potrebbero confondere con l'originale? Ho sempre pensato fossero un po' leggende metropolitane…».

«Oh, ci sono veri e propri maestri, abilissimi nel confonderti le idee». Ride pure, come se fosse tutto molto divertente. «Ecco perché serve avere un occhio particolarmente allenato, quando ci si muove in questo ambiente».

Oh, sto iniziando a comprenderlo. «Tra parentesi, ho letto che, anche in quel caso, due esperti, persino di fama mondiale, possono essere in disaccordo sulla questione…». Gli sto lanciando varie esche nella speranza che abbocchi a più possibili.

«Capita spessissimo, a dire il vero», mi conferma.

«Hmm, certo che è un settore molto interessante. Deve essere complicato, a dir poco, per le case d'aste stare dietro a simili problemi di attribuzione».

Fino a questo momento Giacomo Ghezzi non mi ha mai accennato di possedere una casa d'aste a sua volta; mi domando se sia stata una precisa scelta, oppure se semplicemente non ha mai avuto l'occasione di parlarmene. In ogni caso, se non è un segreto, ora potrebbe rivelarmelo. E invece… «Chissà», mormora sibillino. «Diciamo che per fortuna sono problemi che non ci riguardano. Hai fame?», mi chiede poi, chiaramente intenzionato a spostare il discorso su altro.

«Ma certo. Io ho sempre fame», ribatto con una risata, sperando di farlo rilassare.

«Allora accomodati al tavolo che arrivo subito con i nostri antipasti. Ah, confesso subito i miei peccati: non ho cucinato io questa sera, ma mi sono fatto consegnare tutto da un ristorante qui sotto. Però, in mia difesa, diciamo che per qualche secondo ho persino riflettuto sull'eventualità», mette le mani avanti.

«Apprezzo la sincerità. E se uno non sa cucinare, molto meglio che ordini». Su questo punto mi trova d'accordo. I tentativi in cucina sono divertenti quando sei molto giovane e sei con gente altrettanto portata per il rischio. Per qualche buffo motivo mi ritrovo a pensare ad Amedeo: potrebbe essere uno abbastanza avventuroso da voler assaggiare un mio maldestro tentativo culinario. E forse, non so bene perché, potrei aver voglia di cucinare per uno come lui. Per uno come lui o proprio per lui? Scuoto la testa e torno a concentrarmi su Giacomo. «Ti posso dare una mano? Anche solo per portare le cose in sala», mi offro.

«Non c'è bisogno. Farò in un attimo. Tu accomodati pure». E così dicendo mi indica il suo bel tavolo di legno antico che arreda meravigliosamente un angolo della sala. Cimelio di famiglia, ipotizzo, mentre mi siedo. Approfitto del momento per dare un'occhiata anche ai messaggi sul cellulare; Jeanne mi ha mandato un in bocca al lupo, augurandomi di portare a termine con successo la missione. Amedeo invece di messaggi me ne ha scritti dieci, e sono una buffa escalation di consigli prima morigerati, poi sempre più agitati. Mi trovo a sorridere mio malgrado; questa cosa che si preoccupi per me – anzi, che non riesce a fare a meno di preoccuparsi – la trovo proprio comica, senza contare che il mio ego un po' ringrazia. Forse dovremmo avere tutti qualcuno che ci manda un messaggio agitato per assicurarsi che non facciamo qualche pazzia; forse essere adulti non significa per forza essere sempre razionali.

Ho riposto il telefono da un secondo, quando Giacomo ricompare con due piatti pieni di pesce affumicato. «Salmone e pesce spada. Banale ma efficace», mi informa.

«Allora ho fatto bene a portare il prosecco», esclamo, indicando la bottiglia che mi ha accompagnato e che ora giace sul tavolo. L'ho addirittura tenuta in fresco, quindi è pronta da stappare.

«In questa casa il vino non manca mai...», ci tiene a precisare, «… ma visto che l'hai scelto tu, lo apro subito». Si mette a lottare con il tappo mentre lo osservo indecisa se la sua sia una sorta di scarico di responsabilità.

Mi versa un primo goccio affinché possa assaggiarlo e dargli la mia approvazione. «Ottimo: fresco, extra dry, di Valdobbiadene. Diciamo pure che sarebbe stato impossibile sbagliare». La mia è una sfida a smentirmi. Anche perché, dal momento che il mio geniale piano prevede che lui si lasci andare e si ubriachi, ho fatto grande attenzione alla scelta della bottiglia. Non solo: ne ho portate due. Ma la seconda l'abbiamo messa in frigo.

Lui finisce di riempire i nostri bicchieri e poi porta il suo alla bocca, gustandosi l'assaggio. «Ah, è tutto vero!», concorda. Pare quasi stupito del fatto che una donna sappia scegliere un buon vino, ma non sono qui per offendermi o per difendere cause femministe, bensì per ficcare il naso alla ricerca di elementi interessanti.

Gli rivolgo l'ennesimo sorriso forzato. Di questo passo mi ritroverò con una paresi alla fine della serata. «Quindi, che progetti hai, ora che la tua collezione ha trovato finalmente casa per un po'?», chiedo.

Lui nel frattempo si è scolato il primo bicchiere con la scusa che questo prosecco scende molto bene, e se ne è versato un secondo. «Rabbocco?», chiede anche a me.

«Dopo, dopo, non c'è fretta», gli rispondo coprendo il calice con la mano, perché invece è essenziale che io rimanga concentrata e sobria.

«Allora, che progetti ho… mah, mi sto concentrando molto sulla scena dei nuovi artisti, quelli emergenti, per vedere di scovare un diamante grezzo. A proposito, quand'è che la tua amica si convincerà a vendermi quella veduta del Naviglio?», vuole sapere.

Probabilmente mai, ma tocca essere diplomatici. «Jeanne fa un po' fatica a separarsi dai quadri che più le stanno a cuore, ma tu cerca di essere paziente…», gli suggerisco.

In poco tempo abbiamo terminato l'assaggio degli antipasti e lui ha anche fatto fuori il secondo bicchiere; per il momento tutto procede come da programma.

Aiuto Giacomo a riportare i piatti in cucina e aspetto che torni con il pezzo forte della serata: un branzino al sale, che però insiste per voler scaldare un attimo al forno. «Non c'è fretta. Fai pure con comodo», mi raccomando. «Io magari ne approfitterei per andare in bagno. Ricordami, in che direzione?»

«Segui il corridoio: lo troverai in fondo», mi istruisce, tutto preso dal suo forno ipertecnologico. Francamente non lo invidio affatto; anch'io ho il terrore di questi elettrodomestici che aspirano a essere più intelligenti di me.

Lo abbandono e mi dirigo verso il bagno, ci metto il naso dentro, ma poi esco quasi subito, attenta a non fare il benché minimo rumore. A poca distanza vi è infatti quello che nel veloce giro iniziale lui ha liquidato come un piccolo studio, ma senza farmelo vedere neanche solo per una sbirciata. È l'unica stanza che non mi ha mostrato e, inutile a dirsi, è quella che ha catturato la mia attenzione.

Appoggio con estrema delicatezza la mano sulla maniglia e la abbasso sperando che la porta non faccia rumore; per mia fortuna avviene tutto nel più profondo silenzio. La serratura non era chiusa a chiave, com'era da aspettarsi, visto che Giacomo abita da solo e non ha occhi indiscreti da cui proteggersi. Oltre ai miei, ovviamente.

Faccio un primo passo nello studio, richiudendo la porta alle mie spalle con cautela. Non posso accendere la luce, ma una grande finestra mi aiuta a notare tutto quello che c'è in giro, dopo che i miei occhi si sono abituati alla penombra. Davanti alla finestra c'è una grande scrivania, un bel pezzo di arredamento antico, che secondo me potrebbe ancora una volta aver ereditato da qualche membro della sua famiglia. Conoscendolo, il mobile deve avere anche un discreto valore economico, oppure in caso contrario Ghezzi l'avrebbe abbandonato al suo triste destino, come ha fatto con i dipinti di suo nonno.

Mi avvicino alla scrivania e inizio a curiosare. La mia attenzione è attirata da alcune file di cartelline disposte con ordine. Il padrone di casa deve amarle molto, perché ne ha tantissime, impilate una sopra l'altra. Quelle a destra sono state contrassegnate con dei numeri; ne apro una, quella più in alto: sembra la stampata di un foglio Excel con un lungo elenco di oggetti identificati con un numero di serie, una breve descrizione, stima del valore e prezzo di assegnazione. Qualcosa mi dice che potrebbe trattarsi di una seduta d'asta che c'è stata in passato, anche se non riesco bene a capire a quando possa risalire. Si fa riferimento per lo più a oggetti d'arredamento: vasi cinesi, tappeti arabi, persino un arazzo. Le cifre sono importanti ma non altissime; personalmente non spenderei duemila euro per un vaso, ma lì fuori ci sono tanti che lo fanno e che, anzi, ne spendono anche ventimila.

Ripongo la cartellina e proseguo con quella successiva; e qui le cose iniziano già a farsi più interessanti: si parla di un'asta di quadri, sebbene di pittori che a me, umile ignorante, dicono poco o nulla. Le valutazioni arrivano a massimo cinquemila euro, con valori di assegnazione di poco superiori. Nessuno che si sia stracciato le vesti per contendersi queste opere d'arte, deduco dalla sequenza di cifre.

Ho sempre pensato che i numeri fossero in grado di raccontare vere e proprie storie, per chi ha la volontà e la pazienza di interpretarli. In questo caso specifico, raccontano di aste non da capogiro, frequentate da gente benestante ma non troppo, che è alla ricerca di pezzi interessanti ma non grandi capolavori. È la classica operatività di una casa d'aste di piccole dimensioni, dove non ci sono grandi rischi e probabilmente nemmeno grandi guadagni. Qualcosa mi dice che a un certo punto Giacomo Ghezzi deve essersi stufato di tutta questa tendenza all'ordinario, lui che invece deve sentirsi uno da eventi straordinari. Non mi stupisce che abbia voluto dare una svolta alla sua casa d'aste.

Frugo per bene e tiro fuori una delle ultime cartelline; è nera, a differenza delle altre che sono o gialle o arancioni, perciò salta all'occhio. E qui si apre un mondo molto più interessante, sebbene enigmatico: si parla di valori ben più alti – dai cento fino anche ai cinquecentomila euro come prezzo di aggiudicazione –, ma ci si deve accontentare solo dei numeri di serie: nessuna descrizione, nessun indizio circa il nome dell'artista, solo delle sigle che potrebbero indicare qualsiasi cosa. QA, QM, SA, SM… vallo a sapere a cosa si riferiscono. E siccome negli altri elenchi era chiaramente indicato l'oggetto, l'artista, il Paese di provenienza e così via, mi pare evidente che questa scelta di privacy assoluta sia voluta, oltre che sospetta.

Un rumore in cucina mi riporta alla realtà. Non dovrei essere qui dentro da tanto, ma potrei anche sbagliarmi. Decido di tentare comunque la sorte e passo lo stesso alla pila di sinistra. Queste cartelline contengono numerosi articoli in varie lingue – ne vedo in italiano, inglese e francese di certo, ma potrebbero essercene altre – che trattano di quadri particolari, di sculture, ma anche di oggetti di arredamento ricercati e antichi. Giacomo è evidentemente uno che legge moltissimo sul tema e che si tiene da parte tutto quello che cattura il suo interesse.

Un altro rumore, che mi pare più vicino, mi fa sussultare. Temo di non avere altro tempo, perciò cerco di rimettere tutto in ordine, possibilmente come l'ho trovato. Prima di affrettarmi a tornare in sala, tento di aprire il cassetto della scrivania: è però chiuso, con mia somma disdetta. Il padrone di casa deve essere paranoico, per qualche motivo, oppure ha qualcosa da nascondere.

Con passo silenzioso esco dallo studio e richiudo lentamente la porta; faccio poi sbattere quella del bagno, per segnalare il mio arrivo. Giacomo compare sulla porta della cucina con la teglia del pesce. «Siamo pronti?», mi chiede di buon umore.

«Ah, prontissima!», gli rispondo con entusiasmo un tantino eccessivo, ma l'adrenalina mi è rimasta in circolo. Inutile a dirsi, non sono solita curiosare nelle stanze altrui senza farmi scoprire.

Torniamo a sederci e, mentre lui sfiletta il pesce che ha scaldato e tolto dalla crosta di sale, io ne approfitto per versargli altro vino nel bicchiere. «Prima o poi imparerò anche a cucinare», promette. «Ma per il momento, meglio andare sul sicuro. Assaggiamo?»

«Cielo, è buonissimo. Come se l'avessi cotto tu!», gli dico facendogli l'occhiolino. «E in un certo senso…».

Giacomo ride e torna ad afferrare il bicchiere con mia somma gioia. Presumo debba avere qualche problema con l'alcol, vista la facilità con cui svuota in un solo sorso i calici che si trova in mano. Mi domando se ne sia cosciente o meno. «Perciò, dimmi… cosa fai nel tempo libero? Cosa ti appassiona?».

È la prima volta che si interessa a me, sul serio. Fino a questo momento ha parlato solo di sé stesso o ha risposto alle mie domande sulla sua vita e sulla sua famiglia. E infatti in un primo momento sbatto confusa le palpebre, non sapendo bene cosa diavolo rispondergli: mentire o essere sincera? «Un po' quello che appassiona tutti, direi. Mi piace moltissimo viaggiare…». Cosa vera. «Mi ritaglio sempre molto tempo per leggere». Altra cosa vera. «E poi sono molto appassionata di pilates e di padel». E queste sono due bugie, perché, sebbene pratichi entrambe le discipline, faccio pena a pilates, data la mia rigidità, e sono poco armonica a padel. Eufemismo che uso quando non ho voglia di ammettere in modo netto di essere una schiappa. Livello commedia, con tanto di palline che mi centrano sulla testa mentre cerco di colpirle.

«E cosa leggi di solito?», vuole sapere.

Questo interesse improvviso mi sorprende. Sarà l'alcol a renderlo stranamente empatico? «Sono una grande appassionata di gialli», gli rivelo. Rimango poi concentrata sul suo volto, in attesa di una qualche reazione da parte sua. «Mi piacciono gli enigmi, il mistero, e anche la caccia ai malviventi».

Lui rimane impassibile e nel frattempo allunga la mano verso il bicchiere, tristemente vuoto. Lo riempie per l'ennesima volta senza farsi troppi scrupoli. «Ti confesso che non sono mai stato un grande amante dei romanzi gialli. Li ho sempre trovati… come dire… un po' troppo fantasiosi».

«Be', certi lo sono volutamente. Anzi, se non lo fossero, è probabile che il lettore ci resterebbe quasi male. Tuttavia, trovo che i profili dei cattivi siano sempre molto interessanti».

Lui ci acciglia. «Interessanti?»

«Sì, ti fanno riflettere sull'origine del male, se vogliamo. O, almeno, su quale sia il motivo scatenante delle cattive decisioni, quelle che portano sulla strada sbagliata», cerco di spiegarmi.

La risata di Giacomo è quasi amara. «Ah, le cattive decisioni...», sospira.

Una parte di me sarebbe quasi tentata di domandargli se ne sa qualcosa, ma non credo sia la scelta migliore. «Se ci pensi, la più grande scrittrice di gialli che abbiamo avuto finora, Agatha Christie, è sempre stata molto più interessata alle dinamiche psicologiche, specie dei cattivi, che alla violenza o ai colpi di scena. Il male è psicologicamente intrigante, perché, che lo si voglia ammettere o meno, tutti ne siamo capaci».

«Hmm, probabilmente...», conviene.

«I criminali non sono poi così tanto diversi dai noi. Anzi, si muovono tra di noi senza che uno se ne accorga, proprio perché il confine tra le scelte giuste e quelle sbagliate è spesso molto sottile». O almeno mi piace pensare sia così, alla luce della mia storia familiare.

«Certe volte sono le aspettative eccessive a fare più male che bene», commenta Giacomo. «Quando tutti si aspettano troppo da te, il rischio di combinare qualche cazzata è molto concreto».

«Vero, ma certe persone si fanno sedurre fin troppo facilmente dalle decisioni sbagliate, a prescindere da tutto», aggiungo.

«Anche quello fa parte della natura umana, a ben vedere», osserva lui. «Cosa saremmo senza i nostri errori...».

«Persone migliori?», suggerisco con una risata che spero suoni in qualche modo complice.

«Dio ci salvi delle persone migliori!», esclama afferrando il bicchiere. Lo svuota e poi si alza, allungandosi per afferrare il mio piatto vuoto. Ma nel farlo deve avere un mezzo giramento di testa, perché per un attimo ho il terrore che caschi per terra. Lui scoppia in una risata alcolica.

«Faccio io», mi offro, prendendo sia il mio piatto che il suo.

Giacomo mi lascia fare, rimettendosi seduto a versarsi altro vino, mentre io pian piano tolgo tutto dal tavolo.

«Ah, ci sarebbe anche il dolce», si ricorda. «Scusami se ti sfrutto, ma sai, la stanchezza...». Sì, sì, chiamiamola così.

Nonostante sia venuta qui con le peggiori intenzioni, al dolce non rinuncio. Ognuno di noi ha i suoi punti deboli. «Ci mancherebbe. Dove trovo il dolce?»

«Direttamente in frigo. Ho scelto dei profiteroles». Un grande classico su cui nessuno mai potrebbe avere da ridire.

Tempo un minuto, e ho portato tutto, piattini e dolce. «Sai cosa ci starebbe bene ora?», mi chiede con uno strano sguardo.

Terrorizzata che possa propormi qualcosa tipo un bacio, gioco d'anticipo. «Del rum?».

E lui, che evidentemente al rum non aveva pensato fino a un secondo fa, si illumina. «In effetti...», conviene. Si alza di nuovo, questa volta più stabile, e recupera da un armadietto una bottiglia di un rum d'annata. «Mai provato il Kraken?».

Scuoto la testa. «Temo di no». Dovrò bagnarmi solo le labbra anche di questo.

Lui non perde tempo e serve una dose generosa a entrambi. «Si chiama così per via di una leggenda», mi rivela. «Si racconta che molto tempo fa, una nave che trasportava il rum dai Caraibi sia stata attaccata dal Kraken, una piovra gigante che abitava gli abissi. Le botti, macchiate di nero, sono affondate nel mare, dando origine alla leggenda di questo rum così scuro, che in verità è tale per via delle erbe. Si sa, un mito mostruoso ha sempre il suo valore in ambito di marketing».

Ne assaggio un goccio. «Veramente buono, qualsiasi sia il motivo...». Me lo comprerò come premio, quando questa storia sarà finita.

«Vero?». E così dicendo procede a berselo tutto.

Gli riempio di nuovo il bicchiere, sorridendo. Non sto cercando di essere seduttiva, ma più che altro amichevole. Il problema, però, dell'avere a che fare con uno brillo è che il confine a lui non risulta altrettanto chiaro. «Ci sediamo sul divano?», mi propone con occhio languido.

Mi sforzo di pensare al cassetto chiuso. Se riuscissi a farlo bere ancora un po' e crollare, potrebbe in qualche modo essere la mia occasione per trovare la chiave. «Volentieri, staremo molto più comodi», acconsento.

Una volta seduti, Giacomo non perde tempo e mi stringe a sé. In quell'istante, a me cade l'occhio sulla cinta dei suoi pantaloni costosi, a cui ha attaccato un mazzo di chiavi. E se lì ci fosse anche quella del cassetto? Che possa essere il mio colpo di fortuna?

D'un tratto, Giacomo mi posa la bocca sul collo e mi fa sussultare, ma mi impongo di non scappare a gambe levate. «Porto qui il rum?», gli propongo, sfilandomi abilmente dal suo abbraccio. Altro che piovra gigante dei Caraibi...

«Hai sempre delle ottime idee», si complimenta sempre più ubriaco. Ormai ride per qualsiasi cosa. Spero sia un buon segno e che stia per soccombere a breve all'alcol.

Riempio per bene il suo bicchiere – la dose di rum potrebbe stendere un cavallo – e torno a sedermi al suo fianco. Io fingo di bere, mentre lui ingurgita tutto. Posa poi il bicchiere per terra e prova di nuovo a toccarmi.

«Periodo stressante?», gli chiedo mostrandomi comprensiva. «Hai come della tensione nelle spalle. Massaggio?», mi offro.

Lui sbatte le palpebre confuso, ma poi si lascia sedurre. «Ah, anche il massaggio. Sono un uomo proprio fortunato...».

«Girati», lo invito. «Così posso passare all'azione».

Per qualche motivo deve trovare la mia frase molto buffa, perché scoppia in una risata sfacciata. «Oh, cara, sapessi l'azione che ci attende...».

O anche no. «Ora rilassati e concentriamoci sul tuo massaggio. È un periodo stressante?», gli chiedo.

Lo sento sospirare. «Molto, a dire il vero».

«Preoccupazioni che vuoi condividere?», lo tento.

«Magari si potessero condividere... Certe volte siamo condannati a portare il peso della responsabilità da soli», biascica.

«Appoggia pure la testa allo schienale del divano. Riesco a massaggiarti lo stesso», gli suggerisco.

Per un po' va avanti a blaterare cose senza senso, ma poi il silenzio cala sulla sala. L'attimo dopo, lo sento addirittura russare. Il suo è un vero e proprio svenimento alcolico. Emetterei quasi un gridolino di vittoria, ma non vorrei svegliarlo, ed è fuori discussione che io mi rimetta a massaggiare quest'uomo. Anzi, credo proprio che questo piccolo dettaglio dovrà essere taciuto a Jeanne e ad Amedeo.

Allungo con molta cautela una mano verso Giacomo e stringo il mazzo di chiavi attaccato alla cintura. La molla è dura e fatico un po' a sganciarla, ma alla fine riesco nell'impresa di sfilarlo. Dopodiché, mi alzo dal divano facendo attenzione a non muovermi troppo in fretta. Il nostro subconscio riesce a captare di tutto, motivo per cui un uomo, sebbene ridotto in quello stato, potrebbe pur sempre agitarsi. Ecco perché mi sposto molto lentamente, imponendomi di essere paziente e controllando il suo respiro profondo, che rimane tale anche dopo che mi sono messa in piedi.

Ok, è ora di passare davvero all'azione.

Torno velocemente nello studio: non è mia intenzione mettermi a esaminare le chiavi e magari fare rumore a pochi passi da Giacomo. Una volta dentro, mi concedo il lusso di accendere la luce e faccio di nuovo scorrere lo sguardo su ogni angolo della stanza, notando diversi particolari che mi erano sfuggiti. La libreria posta di lato cattura subito la mia curiosità: è piena di oggetti anche piuttosto stravaganti, tra cui spicca una collezione di carillon antichi dalle forme bizzarre. Li osservo per un secondo, prima di concentrarmi sul mazzo di chiavi che ho in mano: sono tante e devo dire che Ghezzi si porta appresso un peso non da poco. A proposito, perché? Qualcosa mi dice che il volerle avere sempre addosso è un modo per tranquillizzarsi, per impedire che qualcuno di non autorizzato ne venga in possesso. Qualcuno come me, per esempio.

Le chiavi sono tutte relativamente moderne, tranne una. È piccolina, che si potrebbe quasi scambiare per quella delle cassette della posta di un condominio, se non fosse che questa è anche piuttosto lavorata: sembra forgiata a mano, direi di ferro, e con la testa traforata. Potrebbe essere la perfetta chiave per una scrivania antica.

Mi avvicino allo scrittoio e cerco di infilare la chiave nella serratura del cassetto, ma niente da fare, non entra nemmeno. Sollevo allora la chiave e la fisso intensamente a breve distanza. «Chiave misteriosa, a cosa mai servi?», le chiedo, come se potesse rispondermi.

L'occhio mi cade sulla libreria e l'intuizione mi colpisce in modo così improvviso che mi pare sia quasi una scossa. Vuoi vedere che...

Vado proprio alla libreria e studio la collezione di carillon; hanno forme diversissime uno dall'altro – ce ne sono di rettangolari, cubici, simil-giostre, a forma di uovo e così via – e quasi tutti hanno uno spazio per una piccola chiave. Vado per tentativi, che però finiscono tutti a vuoto. Provo una serratura dopo l'altra, ma nessuna è quella giusta; una mi illude, perché la chiave addirittura entra, ma poi non ne vuole sapere di girare. Non mi azzardo a forzarla, perché, se ho ragione, deve trattarsi di un meccanismo che viene utilizzato spesso e che quindi funziona alla perfezione.

Mi rimane un ultimo carillon da provare, ma a questo punto il mio entusiasmo iniziale è quasi svanito. Lo osservo da vicino: ha la forma di una gabbia per uccelli con dentro un canarino. Può essere che canti anche, ma non me la sento di testare la teoria azionando la piccola levetta posta di fianco. Prendo in mano il carillon e lo giro; c'è una fessura sotto, che era del tutto nascosta alla vista. Provo a infilarvi la chiave e… ruota senza il minimo sforzo. La serratura emette uno scatto e si apre un piccolo scompartimento che, sorpresa delle sorprese, contiene un'altra piccola chiave antica.

La infilo nella serratura del cassetto e questa scatta, permettendomi finalmente, e dopo tanta fatica, di poter curiosare dentro. Se si rivelasse vuoto, darei di matto, penso, mentre lo faccio scorrere il più silenziosamente possibile.

Per mia fortuna, non lo è: è pieno di carte, che mi metto a esaminare velocemente una alla volta. Tiro fuori il cellulare e inizio a fotografare tutto, in modo da poter analizzare i dettagli con calma, una volta che sarò al sicuro. D'un tratto, una cartellina simile a quelle poste sulla scrivania, cattura la mia attenzione: con un pennarello è stata denominata "asta 10 gennaio 2024". Settimana prossima!

Dentro c'è un plico di fogli. Li scorro velocemente e poi mi fermo di fronte a un documento con numero di serie 1708-1916. Deve trattarsi di un quadro, perché nella descrizione è riportato «olio su tela, dimensioni 226x150». Quello che mi colpisce, però, è la valutazione che è stata inserita per l'oggetto misterioso: trenta milioni.

Inspiro e mi prendo un attimo. Che mi venga un colpo. Trenta milioni???

Lo so che non dovrei perdere tempo, ma non riesco a resistere alla tentazione di chiamare Amedeo seduta stante. Lui risponde dopo nemmeno mezzo squillo, come se fosse rimasto con il cellulare in mano tutta la sera, nel caso si fosse verificata qualche emergenza. «Cosa succede?», chiede con voce agitata. «Sei uscita?»

«Dall'appartamento di Ghezzi? No, certo che no, la notte è ancora giovane», scherzo. Pare che io sia molto brava a reggere la tensione, tutto sommato, visto che riesco a fare anche dell'ironia dopo aver stordito un uomo ed essermi messa a frugare in casa sua.

«C'è un problema? Devo intervenire?», domanda pressante.

«Cielo, Clemens, respira. Non siamo ancora al punto in cui devi tirar giù la porta di Ghezzi e mettermi in salvo...». Prenderlo in giro potrebbe risultarmi un tantino troppo piacevole, ma nessuno è perfetto. E io lo sono ancora meno degli altri.

«E allora come mai stai chiamando?», chiede all'improvviso seccato. Si vede che è cosciente di essere agitato e che la cosa non piaccia granché nemmeno a lui.

«Per condividere una grande scoperta...».

«Scusami, ma Ghezzi dov'è?»

«Di là, mezzo svenuto sul suo divano».

Per qualche strano motivo la mia risposta pare agitarlo di nuovo. «In che senso? L'hai drogato?»

«No, in effetti non mi è nemmeno passato per la testa. Dici che avrei dovuto?»

«Violante, smettila subito con questo atteggiamento infantile e torna seria!», mi richiama all'ordine.

Che guastafeste. «Sì, sì... Comunque, per tornare a noi, no, non è stato drogato, ma si è ubriacato alla grande ed è di là che dorme. Potrei averlo condotto per mano sul sentiero della perdizione alcolica, lo confesso, ma per lo più ha fatto tutto da solo. Credo beva troppo».

«Cavoli suoi, per quel che mi riguarda. Ho poca comprensione per la gente privilegiata che decide di imboccare strade sbagliate invece che tirare dritto...».

«Clemens, ma anche tu sei un privilegiato», mi tocca fargli notare. Nel caso non se ne fosse accorto.

«Mai detto il contrario, mia cara. E infatti non mi drogo né mi ubriaco. Ho altre inclinazioni masochistiche, ma non mi pare un buon momento per parlarne».

Ha ragione, ed è un peccato, perché invece avrei molta voglia di farmi raccontare tutto del suo masochismo. Qualcosa mi dice che potrei trovarlo interessante. «Comunque, mi sono infiltrata nel suo studio e sono riuscita ad aprire il cassetto della scrivania che teneva chiuso a chiave. Ho trovato qualcosa che, secondo me, è un chiaro collegamento al nostro caso. La prossima settimana si terrà un'asta, e, indovina un po'... verrà messo in vendita un quadro che ha una base di partenza di trenta milioni», gli rivelo eccitata.

Amedeo emette un fischio. «Accidenti, qui si spara in alto...».

«Dalle dimensioni segnate sul documento potrebbe trattarsi del nostro Boccioni misterioso. La valutazione, tra l'altro, tornerebbe».

«Potresti avere ragione», mi concede. «Ci sono altri dettagli? Informazioni sui possibili acquirenti?».

Scorro velocemente tutti i fogli. «Qui in fondo c'è qualcosa. Presumo che l'asta si terrà online, perché c'è un elenco anonimo dei potenziali compratori, identificati tramite indirizzo IP, a cui devono essere stati forniti i dati di accesso. Niente nomi, ovviamente; c'era da aspettarselo, ma è comunque un peccato. Si tratta di una ventina di potenziali clienti».

«Be', immagino che la privacy sia un elemento importantissimo in questo ramo, se aspiri a vendere un quadro dalla dubbia provenienza. Se il collegamento da remoto funziona per le multinazionali, a maggior ragione deve essere la scelta vincente per traffici illeciti...», commenta Amedeo. «Chi mai rischierebbe di farsi vedere in carne e ossa a un'asta di questo genere...».

«Nessuno. Non solo, è altamente probabile che si voglia tenere le persone all'oscuro delle rispettive identità. Se io fossi un riccastro interessato a spendere trenta milioni per un dipinto di Boccioni in un'asta illegale, come minimo pretenderei l'anonimato totale».

«Fai le foto di tutto e poi fila via da quell'appartamento», mi supplica Amedeo. «Quanto prima», insiste con tono minaccioso.

«L'ho gestita benissimo fino a ora, e lo farò fino alla fine», lo rassicuro.

«Posso non commentare questa frase? In ogni caso, mi trovi sotto».

«Sotto, dove?», chiedo confusa.

Amedeo emette uno sbuffo piuttosto comico. «Sotto casa di Ghezzi, no?». La sua esasperazione è toccante. «Jeanne era d'accordo che rimanessi nei paraggi...», si giustifica, cercando di scaricare la responsabilità su sua sorella.

«E da quanto sei sotto casa di Ghezzi?».

Non mi risponde nemmeno. Mi tocca presumere sin dall'inizio della serata.

«Cielo, Clemens, fa un freddo maledetto fuori...».

«A me lo dici? Esci da lì, per cortesia. Salvami dal congelamento, se proprio vuoi un motivo in più per non rimanere in quella casa», brontola.

«E va bene. Cercherò di fare il possibile. Non potresti trovarti un posto al caldo, però, nel frattempo?». Provo una strana sensazione indefinibile al saperlo al freddo e al gelo, una specie di pressione al petto che mi appesantisce il respiro.

«Tu non preoccuparti per me. Preoccupati per te stessa», replica seccato. «A fra poco». E poi riattacca.

Mi affretto a fotografare più pagine possibili e poi rimetto tutto al suo posto, inclusa la chiave nel carillon. Mi prendo un secondo per inspirare in profondità prima di uscire dallo studio e tornare dalla forma semisvenuta di Ghezzi, che per mia fortuna sta continuando a dormire. Infine mi risiedo sul divano, conscia che ho ancora un ultimo ostacolo da affrontare, ovvero riattaccare il mazzo alla cinta dei pantaloni. Per assurdo sono più nervosa ora che sono quasi alla fine della mia "missione", di quanto non lo fossi all'inizio. Dopo essermi fatta un breve discorsetto motivazionale, allungo una mano verso Giacomo e tento di rimettere le chiavi al loro posto. Il mio primo tentativo fallisce perché nel frattempo lui si è piegato su sé stesso, rendendo più difficile l'accesso al passante corretto dei pantaloni. Potrei sempre attaccare il mazzo in un punto diverso, ma non voglio correre il rischio che se ne accorga dopo, quando si sarà ripreso dalla sbronza.

Sono costretta ad avvicinarmi ancora di più a lui e lo sto quasi abbracciando da dietro, pur di portare a termine il compito. Giacomo Ghezzi ha usato parecchio profumo questa sera, ma l'effetto su di me è del tutto differente da quello di Amedeo. Molto, molto differente...

Basta, devo rimanere concentrata. Per mia fortuna la mossa dell'abbraccio si rivela quella giusta e, al secondo tentativo, riesco nell'impresa di rimettere a posto le chiavi. Proprio dove stavano originariamente. Appena in tempo, perché i miei movimenti hanno risvegliato Giacomo dal torpore alcolico. Emette prima un mugugno e poi cerca di appoggiarsi meglio allo schienale del divano; infine, apre gli occhi e mi mette a fuoco, seppure a fatica. Quando finalmente ci riesce, mi trova che lo fisso con un sorriso tutto meno che autentico.

«Cos'è successo?», chiede con voce impastata.

«Ti sei appisolato un secondo. Ma proprio uno, eh», lo rassicuro prontamente, dopo aver visto del panico comparire sul suo volto. «Sarà la stanchezza del periodo... E anche lo stress...».

«Sì, in effetti è un periodo... provante, diciamo», commenta mentre riflette frenetico. Probabilmente si starà domandando quanto tempo sia stato realmente ko; d'un tratto, porta istintivamente la mano al suo mazzo di chiavi, e si rilassa visibilmente dopo essersi assicurato della sua presenza.

«Be', io ti ringrazio della bellissima cena e di tutto, però credo che sia il caso che vada», prendo la palla al balzo per alzarmi dal divano e allontanarmi da lui.

«Cosa? No...», replica, ma il tentativo di rimettersi in piedi a sua volta non va affatto liscio, e gli tocca accasciarsi di nuovo sul divano.

«Non ti preoccupare, magari possiamo rifare presto a casa mia…». Magari no. «Potrei cucinare io per te». Questo no di certo.

Giacomo sospira, rassegnato. Temo che si fosse fatto chissà quali illusioni su come sarebbe finita la serata, e presumo che questo non fosse nei suoi piani. «E va bene… volentieri», accetta. «Ti chiamo un taxi?»

«Non c'è bisogno, grazie. Userò l'app», gli rispondo. Trovare un taxi il sabato sera sarebbe quasi eroico, se anche fossi interessata sul serio a prenderne uno, ma non starò certo a discutere di questo con lui. Mossa da un moto di umana pietà, mi sporgo verso Giacomo per dargli un veloce bacio sulla guancia. Lui deve interpretarlo per quello che non è, ovvero un invito a prendersi chissà quali libertà, e cerca invece di darmi un bacio sulla bocca. La mia ritirata fulminea mi salva da un simile gesto nefasto. «Buonanotte e grazie mille di tutto», lo saluto. In primis, grazie delle preziose informazioni sull'asta della prossima settimana.

«Buonanotte», ricambia. Tenta di nuovo di rimettersi in piedi, ma io lo fermo.

«Tranquillo, non serve che mi accompagni».

Lui annuisce tristemente mentre mi osserva andare via. Quando richiudo la porta d'ingresso alle mie spalle, mi dispiaccio quasi per Giacomo Ghezzi, vittima delle sue scelte sbagliate. Più di una brava persona è andata a fondo per lo stesso motivo, rifletto. O almeno mi illudo sia così, nella speranza che in fondo al cuore anche mio padre fosse una brava persona.

Ma non tutti possono esserlo, questo è un dato di fatto. E che mio padre lo fosse in origine, rimane tutto da dimostrare.

Quando esco dal portone di Ghezzi, noto subito Amedeo, appoggiato a un lampione a breve distanza. Mi sfugge una risata liberatoria, non solo per la sua espressione vagamente accigliata, ma anche perché posso finalmente rilassarmi e lasciarmi andare. Può essere che fossi più tesa di quel che sembravo, o che la concentrazione nel portare a termine la mia missione mi abbia fatto dimenticare per un attimo il possibile rischio. Ma che ci fosse, ne ero cosciente, evidentemente.

Mi avvicino alla mia autonominata guardia del corpo e la prendo a braccetto, incamminandomi con lui lontano da lì. «Mi serve un drink», lo informo. «Esiste ancora il bar Magenta? Ci andavo quando ero giovane e avevo voglia di fare serata...».

«Certo che esiste. Credo sia anche sempre uguale a sé stesso, nel bene e nel male», riflette. Anche lui pare essersi finalmente rilassato. «Stile liberty in tutto il suo splendore. Mi pare di ricordare fosse stato aperto proprio agli inizi del Novecento».

«Lo stesso periodo in cui Boccioni si è trasferito a Milano». Ormai mi viene naturale fare questo tipo di raffronti, incredibile ma vero.

In queste settimane mi sono chiesta spesso come fosse la città che ha tanto incantato i nostri amici futuristi e, sebbene sia evidentemente cambiata moltissimo, mi piace l'idea che invece qualcosa si sia conservato intatto, come appunto un bar, che di solito invece è tra le prime cose a passare di moda. In un mondo proiettato sempre verso il futuro, che corre velocissimo, qualcosa è stato in grado di mettere radici.

«Devo mandare un messaggio a Jeanne per avvisarla che sei sana e salva o mi farà a pezzi», si ricorda all'improvviso.

«Già fatto, mentre stavo uscendo», lo tranquillizzo. «Guarda che sono una persona responsabile». O almeno mi piace fingere che sia così. Lui mi lancia un'occhiata non troppo convinta. «Tu, piuttosto, perché sei stato fuori al freddo e al gelo? È andato tutto bene... non dico liscio come l'olio, visto il vino che si è scolato Giacomo, ma la cosa ha funzionato».

«Per fortuna. Ma avrebbero potuto anche esserci degli intoppi», ci tiene a puntualizzare, rammentandomi i rischi del primo pezzo di serata. «Diciamo a Jeanne di raggiungerci al locale?», chiede con il telefono in mano.

È stranissimo, ma avrei quasi voglia di dirgli di no. Lo so che non ha senso, perché è invece il caso che sia presente anche Jeanne al nostro piccolo brainstorming. Ma rimane il fatto che una parte di me vorrebbe rimanere così, sola con lui, a passeggiare per le strade semivuote e gelide di una città che a gennaio di solito ti fa venir voglia di andare lontano, magari al caldo. Persino le luminarie natalizie che ancora sono appese non mi fanno il solito effetto malinconico da post festività; in questo preciso istante mi sento quasi felice, e per qualche motivo mi pare di essere con la persona giusta. Mi sto ficcando in un bel problema, non è vero? «Ma certo, la aspettiamo lì», gli rispondo invece.

Tempo due minuti e siamo già al bar, seduti all'unico tavolino che si è liberato in quell'istante. «Io prendo un Irish coffee», mi dice subito Amedeo, sfregandosi le mani gelate. «Mi serve qualcosa che mi scaldi a dovere».

Gli sorrido. «Saranno almeno dieci anni che non ne bevo uno, ora che mi ci fai pensare. Credo che ti farò compagnia».

Ordiniamo due Irish coffee, che compaiono davanti a noi alla velocità della luce. Facciamo un brindisi, dato che la serata in qualche modo lo autorizza, e poi diamo un sorso. Scoppiamo poi a ridere a crepapelle quando ci accorgiamo di avere entrambi della panna sopra il labbro superiore. Che mi venga un colpo, vorrei togliergli quella panna con un dito, invece di limitarmi a pulire me stessa.

«Eccomi! Eccomi!», irrompe sulla scena Jeanne, con un tempismo che non so se chiamare provvidenziale o infelicissimo. «Cosa mi sono persa?», domanda trafelata, togliendosi un piumino molto lungo. «Cielo, fa un freddo cane».

«Ma se sei venuta con il taxi!», esclama Amedeo divertito. «Io sono l'unico che può realmente lamentarsi del gelo, se permettete».

Sua sorella si siede e lo fissa concentrata. «Come fai a sapere che ho preso un taxi?»

«Ci hai messo troppo poco per averla fatta a piedi», replica.

«Hmm, interessante. Avresti voluto che ci mettessi di più?», si informa con l'espressione furbetta di chi sa bene che ci sta provocando.

«Non abbocco», la informa lui stoico. «A proposito, sorella

cara, bevi qualcosa?». La domanda sa un po' di tentativo di evasione, ma è ben piazzata.

«Oh, state bevendo un Irish coffee! Come siete anni Novanta», ride. «Lo voglio anch'io!». E così dicendo ferma un cameriere al volo per farsene portare uno.

Quando siamo tutti e tre con il drink in mano, posso finalmente iniziare con il racconto di quello che ho scoperto. «Sono felice di potervi confermare che avevamo ragione».

Jeanne è chiaramente eccitata. «Perciò sta seriamente organizzando un'asta...».

«Sì, venerdì prossimo. Credo con un collegamento on line che verrà schermato a dovere e aperto a una ventina di interessati». Tiro fuori il mio telefono e mostro ai miei amici la foto con l'elenco degli indirizzi IP associati ai potenziali acquirenti. Amedeo ingrandisce la foto e scorre la lista.

«Parrebbe che tu abbia ragione», commenta.

«E non dirlo con quel tono stupito», gli dico ridendo. «Modestamente, ho *spesso* ragione». E gli faccio l'occhiolino. «Secondo me il pezzo forte dell'asta deve essere di certo il nostro Boccioni inedito. Presumo abbiano dato qualche garanzia del fatto che sia la versione originale, altrimenti uno non spende trenta milioni».

«Più che altro, chi spende una cifra simile per un quadro di dubbia provenienza, deve essere una persona che non si fa problemi a muoversi nel sottobosco e nel torbido...», riflette Jeanne. «Non credo siano ex scout, per capirci».

«Be', non è bello ricordarvelo ora, e capisco che tutti abbiamo volutamente cercato di non pensarci, ma qualcuno deve pur aver fatto fuori il tizio a Palazzo Parigi», avverte correttamente Amedeo.

«Qualcuno che volevano fregare?», ipotizzo. «Altrimenti, perché farsi fare una copia così ben fatta del quadro?»

«Stai dicendo che volevano rifilare a qualcuno il Boccioni falso?», chiede Jeanne. «Magari invece il tizio che ci ha rimesso le penne ha cercato di fregare Ghezzi...».

È un'eventualità che non mi entusiasma perché non mi piace

l'idea di essere uscita con uno in grado di uccidere un uomo. A ogni modo, francamente Giacomo non mi pare avere il sangue freddo necessario a compiere un tale gesto, da quel poco che l'ho conosciuto, ma mai dire mai, specie in casi estremi come questi.

Trenta milioni sono una cifra molto alta, capace di cambiare la vita persino a una persona come Giacomo, e i disperati sono disposti a tutto. «Entrambe le ipotesi sono ugualmente valide e possibili», replico. «Per scoprire come stanno davvero le cose, ci toccherà infilarci nella sede della casa d'aste venerdì prossimo». Tanto vale tentare il tutto per tutto.

Amedeo scuote la testa con espressione per nulla persuasa. «Non se ne parla», è categorico.

«Non devi andarci tu. Ci vado io», mi offro.

«Ma a maggior ragione!», esclama. «Cielo, donna, puoi evitare di ficcarti in situazioni assurde nonché pericolose per cinque minuti?». Si passa poi una mano tra i capelli, arruffandoli. «Se ci andrà qualcuno, sarò io», stabilisce alla fine, con il tono di chi non ammette discussioni.

«Scusate, ma non dovremmo, forse, andare da Martini?», suggerisce Jeanne con fare titubante.

Amedeo e io ci lanciamo un'occhiata. Non ce l'aspettavamo; almeno, non da lei. «Ci direbbe di starne fuori», avverto.

«E a ragione», commenta prontamente Amedeo.

«Perdonate se insisto, ma se avessimo fatto come suggerito da Martini, nulla di tutto quello che abbiamo scoperto sarebbe mai venuto fuori. E non so a voi, ma a me non piace l'idea che un prezioso quadro di Boccioni finisca nelle mani di qualcuno che lo farà di nuovo scomparire. Qualcuno di poco raccomandabile, magari. E in ogni caso, qualcuno che pensa di potersi comprare l'impunità con i soldi». Sono in parte sorpresa da me stessa per questo atteggiamento così belligerante; il tema deve starmi a cuore più di quanto immaginassi.

Jeanne annuisce. «In effetti, non per sminuire il lavoro della polizia, ma è un dato di fatto che le nostre esplorazioni siano state più efficaci delle loro...».

«Solo perché Martini non ci ha detto nulla», insiste Amedeo. «Magari gli abbiamo sempre e solo raccontato cose di cui era già a conoscenza».

Gli lancio un'occhiata dubbiosa. «O magari no. Io non andrei da Martini, ma sono pronta a rimettere il giudizio alla votazione della maggioranza. Perciò, chi è d'accordo di recarci alla sede della casa d'asta venerdì prossimo?».

Jeanne alza piano la mano, sotto lo sguardo minaccioso del fratello.

«Due a uno. Direi che siamo d'accordo», concludo soddisfatta. La mia mente ha già iniziato a lavorare. È fondamentale fare un giro prima da quelle parti, per renderci conto della soluzione migliore per infilarsi dentro l'edificio. «Allora, la casa d'aste di Ghezzi è in fondo ai Navigli. Molto in fondo, dove non c'è vita mondana, per capirci. È una zona di vecchi capannoni», dichiaro, dopo aver verificato l'indirizzo su internet.

«Stanno pian piano demolendo anche quelli per costruire nuove case costosissime», sospira Jeanne.

«Ma per il momento questa sede mi pare una discreta catapecchia». E così dicendo mostro loro una foto di Google Street View.

«Sentite, se non volete coinvolgere Martini, almeno consultiamoci con la nonna e il suo gruppo di amici. Sanno tenere un segreto, e poi potrebbero anche darci alcuni suggerimenti validi», ci tenta Amedeo. «Qualcosa mi dice che più siamo, meglio è».

«Temi vada male», constato sorpresa.

«Temo che l'impresa sia fuori dalla nostra portata», mi corregge.

«Lo dicevi anche di questa sera».

«Lo so. Ma il fatto che abbia avuto torto e tu fortuna, non vuol dire debba sempre andare in questo modo».

Come se dovesse ricordarmelo. «E va bene, coinvolgiamo anche gli anziani arzilli, se proprio ci tieni. Tanto, cosa vuoi che abbiano da dire...». Il mio sorrisetto è beffardo, lo confesso. «Figurarsi se possono fare qualcosa».

«Si vede che frequenti poco gli anziani, Vivi. Sono coriacei», mi avverte Jeanne ridendo.

Ora che ci penso, anche a me piacerebbe arrivare alla loro età con lo stesso atteggiamento battagliero e curioso. Certo, per arrivarci, tocca prima sopravvivere all'asta di venerdì. Perciò, meglio tornare a pianificare con grande attenzione tutto quanto…

Capitolo 16
Amedeo

Quando nomini i Navigli, la prima cosa a cui tutti pensano sono gli innumerevoli tavolini all'aperto dei bar che non si fermano mai e servono aperitivi a tutte le ore del giorno e della notte. È il teatro della movida, ma per secoli questa è stata una zona fondamentale per gli scambi commerciali, che nulla avevano a che fare con il diletto. Si dice spesso che fu Leonardo in persona a ideare la rete idrica dei Navigli, ma lui si limitò a migliorare il funzionamento di canali che esistevano già da almeno tre secoli, creando un sistema di chiuse. In ogni caso, non so cosa ne penserebbe oggi il grande genio della fiumana di persone che si riversa qui a bere tutti i giorni; probabilmente la considererebbe uno sperpero delle sue energie di ingegnere.

In realtà, se ci si infila nelle viuzze laterali, si ha subito l'impressione di essere precipitati in un mondo del tutto differente, fatto di edifici vecchi e fatiscenti, che via via il mostro della nuova edilizia si mangerà per risputarli come nuovi condomini di lusso. Per fortuna di Ghezzi, presumo, in via Watt il processo di ammodernamento è ancora agli inizi; da queste parti nuove palazzine ultramoderne convivono con edifici bassi e brutti, ex magazzini e vecchi capannoni, altrimenti la sede della sua casa d'aste sarebbe già stata sfrattata per far posto al nuovo che avanza e che tutto inghiotte. Il fabbricato è tragicamente deprimente: un solo piano, di forma rettangolare, con muri di un grigio che potrebbe essere stato voluto come pure il risultato di anni e anni di inquinamento. In pianura padana il clima non regala un'aria granché salubre né agli abitanti né tantomeno agli edifici.

Parcheggio a una certa distanza e spengo le luci. La tensione nell'abitacolo è palpabile. «Ricapitoliamo il piano: voi rimanete qui», istruisco Jeanne e Violante.

Mia sorella, seduta dietro, si sporge dal sedile. «Per il momento», ci tiene a puntualizzare.

Accanto a me, anche Violante ha da ridire. «Se non ti dovessimo veder tornare nel giro di quindici minuti, verremo a cercarti».

«Detta così, sembra una minaccia», le faccio notare in un palese tentativo di sdrammatizzare un po'.

«Questo perché lo è», mi conferma Jeanne. «Devi temerci a tal punto da correre indietro sano e salvo».

Trattengo una risata. «Ovvio che tornerò indietro. Ma voi datemi tempo, per cortesia, e non fate irruzione nel palazzo prima del tempo. Anzi, mi correggo, non dovete fare irruzione in *alcun caso.* Se proprio qualcosa dovesse andare storto, e io ve lo facessi sapere in modo chiaro con un messaggio, chiamate Martini. Siamo intesi? Niente manovre avventate», ricordo. Sono giorni che glielo sto dicendo, ma meglio una volta in più che in meno, visto che mia sorella e la sua amica sanno essere due notevolissime teste dure. Per non parlare di mia nonna e di quel pazzo del suo amico Eugenio, che, quando gli abbiamo parlato, continuava a insistere per intrufolarsi con me. Capisco che l'età è spesso un numero, ma con dei limiti oggettivi.

«Sì, sì… chiameremo Martini», borbotta mia sorella, ma con il tono di chi lo dice solo per darmi il contentino.

Mi volto verso di lei. «Dico davvero, ragazze. Niente colpi di testa».

«Detto da quello che pensa di essere in *Caccia al ladro…*», osserva malandrina Vivi.

«Solo perché sono vestito di nero?»

«No, perché ti senti segretamente Cary Grant», mi prende in giro. «Per curiosità, chi sarebbe Grace Kelly?»

«Nessuna delle due. E io non mi sento Cary Grant».

Alza le mani in segno di resa. «Se lo dici tu...».

«Potreste non flirtare in questo momento, per cortesia?», ci richiama Jeanne. «Già c'è molta tensione...».

«Non c'è niente per cui essere tesi, infatti. Entrerò dentro un attimo, scatterò qualche foto, possibilmente troverò il quadro, dopodiché me ne andrò in fretta e furia e porteremo tutto alla polizia», riassumo il piano.

«Martini ci chiederà come mai non l'abbiamo coinvolto prima», sospira Violante.

«Mi offro per spiegarglielo», si affretta Jeanne. «Sarà con grande soddisfazione che gli dirò che siamo riusciti a scoprire dov'è finito il quadro».

«Sì, non ne dubito, ma affinché tu possa andare da Martini a fingerti superiore, ora devo entrare in quell'edificio in fondo alla via. Voi ve ne starete buone e tranquille in questa macchina, come avete giurato, quando avete insistito per accompagnarmi». Ovvio che avrei fatto molto prima a lasciarle a casa, ma sanno essere piuttosto rompiscatole. E un pover'uomo riesce a reggere due donne che ti stressano in contemporanea solo fino a un certo punto.

«Ti aspettiamo qui», mi assicura Vivi.

Lancio un'occhiata sospettosa a mia sorella. «Assolutamente! Per chi ci prendi?», mi chiede quasi offendendosi.

«Spero di metterci il meno possibile. A fra poco». E così dicendo apro la portiera ed esco nel freddo della notte di gennaio. È una serata asciutta, con solo una leggerissima nebbia a rendere il tutto più ovattato. Ho deciso di non portarmi dietro la giacca, in modo da essere il più agile possibile, così mi ritrovo fuori con indosso un paio di jeans neri e una felpa dello stesso colore. A Cary Grant la mimetizzazione riusciva molto meglio, inutile a dirsi.

Mi avvicino alla sede della casa d'aste di Ghezzi con passo felpato; sono ormai quasi giunto a destinazione, quando la porta d'ingresso si apre e ne esce un omone enorme, anche lui vestito di nero. Mi infilo in fretta e furia in un'intercapedine sulla sinistra, tra due edifici, sperando che il tizio non mi abbia visto. Quando mi sporgo per controllare la situazione, lo vedo accendersi con tutta calma una sigaretta, ma non prima di aver imprecato per il freddo.

È di certo un complice o una sorta di guardia del corpo. Vista la mole, probabilmente la seconda. Il fatto che Ghezzi abbia optato per un servizio di sicurezza mi fa sperare che il quadro si trovi qui dentro.

Passare per la porta d'ingresso è assolutamente fuori discussione ora. Non che io l'avessi mai presa in considerazione, comunque. Quando sono venuto a fare un veloce sopralluogo due giorni fa – senza dare troppo nell'occhio, visto che in questa città all'apparenza si fanno tutti gli affari propri, a eccezione di quando avresti bisogno di un po' di sano menefreghismo –, ho notato una finestrella bassa aperta dall'altra parte del palazzo, ed è da lì che ho intenzione di passare. Una volta che il bestione è rientrato soddisfatto della propria sigaretta, non mi rimane che sperare che le mie supposizioni siano corrette: in quanto ex capannone industriale, l'edificio dovrebbe avere una cantina per stivare la merce, a cui si dovrebbe poter accedere tramite appunto la finestrella.

Sfreccio di fronte all'ingresso e giro a sinistra, in una stradina senza uscita molto stretta. Non dubito assolutamente che la mia via d'accesso possa essere chiusa e la fortuna si rivela essere dalla mia: la maniglia gira senza problemi, permettendomi di aprire la finestrella quanto basta affinché io possa infilarmici dentro.

Anni di palestra e sport mi hanno illuso di essere agile e in forma, ma è evidente che non ho molta esperienza in questo genere di imprese, perché finisco per ruzzolare senza troppa grazia sul pavimento. Sì, mi sono appena fatto una discreta caduta e sono precipitato male su un fianco, però sono davvero in una cantina, come avevo preventivato. Trattengo un gemito di dolore e prego di non aver fatto troppo rumore.

Mi rimetto in piedi pulendomi i vestiti dalla polvere e poi mi posiziono dietro la porta, pronto (per modo di dire) nel caso qualcuno dovesse venire a controllare. Rimango in silenziosa attesa per almeno cinque minuti, ma non odo alcun rumore di passi. Tiro un sospiro di sollievo, che non sapevo nemmeno di stare trattenendo.

Apro piano la porta, facendo molta attenzione affinché non scricchioli, e infilo fuori la testa per verificare cosa mi aspetta; il buio è fitto, ma l'impressione è che davanti a me vi sia un lungo corridoio. Ai lati sono poste altre porte uguali a quella da cui sto uscendo. Ne apro una a caso: la stanza a cui dà accesso è immersa nell'oscurità, visto che non vi sono finestre come quella da cui sono entrato. È probabile che da qualche parte sul muro vi sia un interruttore, ma non rischio di certo di accendere la luce. Aziono invece la torcia del mio cellulare per perlustrare velocemente l'ambiente; questa cantina non è vuota com'era invece quella di prima, ma è piena di scaffali su cui sono stati riposti svariati oggetti. Direi ceramica cinese, vasi, piatti e figurine di diverso tipo. Vi sono anche delle scatole in cui sono stati posti degli altri articoli già incartati e adeguatamente protetti, pronti per la spedizione o per il ritiro, probabilmente.

Spengo la torcia ed esco dalla stanza: interessante, ma solo fino a un certo punto, per quel che mi riguarda. La cantina successiva è vuota e quella dopo contiene invece delle sculture; non sono un grande esperto, ma mi pare roba moderna. Di una in particolare noto svariate copie. Spero che gli acquirenti o futuri tali non si aspettino unicità.

Arrivato in fondo al corridoio, constato che mi rimangono da controllare ancora due cantine. La prima si rivela subito molto intrigante, perché è evidente a occhio nudo che è stata ristrutturata e i muri sono stati ricoperti a dovere con un materiale che non saprei identificare, ma che persino a un occhio poco esperto come il mio sembra isolante. E infatti in questa stanza sono stati messi al sicuro numerosi quadri di tutte le dimensioni: alcuni sono piccoli, altri medi e altri ancora molto grandi. Mi avvicino e inizio a scorrerli uno alla volta: sono stati accatastati per periodi storici, a quanto pare. Vi è un piccolo gruppo di quadri molto antichi, direi tardo medioevo o giù di lì. Qualcosa che mi pare risalire al Settecento. E poi molti sono di inizio Ottocento, ma niente che salti all'occhio come particolarmente famoso. È tutto poco degno di nota. Si tratta di opere per lo più mediocri, di pittori decisamente poco noti.

In un altro angolo vi sono invece dei quadri che sono stati coperti con della pesante stoffa, come a proteggerli ulteriormente. Nel sollevarla, mi accorgo che si tratta di dipinti molto più moderni, di inizio secolo scorso, con molta probabilità. E qui le cose si fanno subito più interessanti, perché ne tiro fuori uno che mi ricorda moltissimo le prime opere di Giacomo Balla. Anzi, mi correggo, questo è di Balla, probabilmente di fine Ottocento o primissimi inizi del Novecento, quando era ancora fortemente sotto l'influenza degli impressionisti francesi. Ho un attimo di dubbio se sia vero o meno, ma la cornice antica, probabilmente dello stesso periodo della tela, mi fa propendere per un sì.

Scorrendo le opere, mi ritrovo davanti altri quadri di artisti noti, sebbene abbia l'impressione che si tratti di lavori minori. Pochissimi sono olio su tela, dalle dimensioni ridotte; la maggior parte sono bozzetti preparatori. Indubbiamente hanno un valore più che dignitoso, ma escludo che Ghezzi possa aver catturato l'attenzione dei grossi collezionisti con qualcosa di simile. E lui mirava a quelli. Tant'è che ha dovuto tirar fuori il capolavoro della sua collezione, il grande Boccioni perduto, per richiamare quelli realmente danarosi. In fin dei conti, tutto ha un prezzo, rifletto cupo.

Spengo la torcia e mi dirigo verso l'ultima cantina; ho il presentimento che mi sto pian piano avvicinando ai pezzi forti che si trovano elencati in quella stampata che ha fotografato Violante a casa di Ghezzi. Mi intrufolo velocemente dentro e… vittoria: questa stanza contiene le opere d'arte che sono state destinate all'asta di questa sera, e sono già state predisposte con tanto di numero di serie. Vi sono alcuni pezzi davvero interessanti, tra cui un quadro che direi essere di Sironi, a giudicare dalla firma. Per un attimo nelle mie vene pompa del vivo entusiasmo, l'adrenalina di chi è finalmente arrivato alla meta. Ma la bellissima sensazione dura poco, ovvero il tempo di rendersi conto che del Boccioni qui non vi è traccia.

Mi fermo a riflettere un attimo: possibile che abbiano già iniziato e che siano partiti con il cavallo di battaglia della collezione? Una parte di me lo esclude, perché se Ghezzi non è un cretino – e pur con tutti i difetti che può avere, non mi pare un'idiota – cercherà di costruire una sorta di crescendo durante l'asta, terminando con il Boccioni, dopo aver fatto attendere e salivare tutti quelli interessati ad acquistarlo.

E poi ho un lampo di genio. Ci scommetto che, proprio per creare il giusto pathos, è altamente probabile che abbia voluto esporlo da qualche parte dove possa essere ben visibile, sotto gli occhi di tutti, in modo che nessuno possa dimenticarsi anche solo per un secondo di quello che li aspetta.

Speravo di cavarmela senza rischiare, ma ormai sono qui dentro, e non posso tirarmi indietro. Violante non lo farebbe mai, tanto per fare un esempio a caso (o no). E anche se tutta questa vicenda non è mai stata una gara tra noi, non mi piace indossare i panni di quello che se ne torna indietro inconcludente. Motivo per cui mi richiudo la porta alle spalle e inizio a salire i gradini che credo portino verso i locali veri e propri della casa d'aste. Una volta sul pianerottolo, mi rendo conto che sono in un altro corridoio buio; c'è una porta di vetro smerigliato in fondo a questa sorta di tunnel, da cui filtra della tenue luce. La seguo, cercando di non fare troppo rumore. Apro la porta quel che serve perché possa passare. Scricchiola un po', ma sono abbastanza sicuro che il rumore sia risultato assordante solo a me perché ho il terrore di essere beccato. Probabilmente Vivi non avrebbe nemmeno paura, ma in questo non posso competere con lei.

Richiudo l'uscio e mi volto. Mi trovo in quello che è chiaramente un ufficio, con un sacco di carte sparse sulla scrivania, e un computer acceso a illuminare l'ambiente, insieme a una bella lampada di design. Anni Settanta, se non sbaglio. Sporgendomi sul pc, posso notare che il file aperto è esattamente quello fotografato da Violante. Sono state aggiunte delle altre note da allora, ovvero gli oggetti destinati all'asta. Non solo, qui i nomi degli artisti non sono più nascosti e alla fine dell'elenco campeggia in bella mostra quello di Umberto Boccioni, con il suo *Ritratto di donna* del valore di partenza di trenta milioni. Faccio una foto a tutto quello che mi pare degno di nota, incluso lo schermo del pc e la copia della perizia dell'opera di Boccioni, firmata da un esperto che ho già sentito nominare in passato. Altra gente connivente, convinta a collaborare a suon di generose mazzette.

Dopo aver finito di curiosare in lungo e in largo, faccio un respiro profondo e mi decido ad aprire l'altra porta presente nella stanza, quella che di certo condurrà verso il quadro. E anche verso Ghezzi e il suo energumeno, piccolo inciso che non mi è mai passato di mente.

Questa volta il corridoietto in cui mi ritrovo è molto breve, senza alcuna porta, e conduce direttamente in una grande sala, che presumo di solito venga usata per ospitare quelli interessati a partecipare all'asta dal vivo. Questa sera le sedie sono vuote, visto il bisogno di proteggere l'anonimato dei compratori che quindi si collegheranno da remoto, ma il palco su cui verranno presentate le opere è invece perfettamente illuminato e ospita Ghezzi in persona, insieme a un ragazzo scheletrico dall'aria molto annoiata. Alle loro spalle troneggia il Boccioni in tutto il suo splendore. Come sospettavo, è stato messo ben in vista, come a ricordare a tutti quelli online che il meglio deve ancora venire. Mi accuccio, nascondendomi tra le poltrone, sperando di non essere stato scorto, ma Ghezzi sta continuando a dare istruzioni al suo gorilla del tutto indisturbato, perciò presumo non abbia fatto in tempo ad accorgersi di me. A quanto pare stanno per partire con l'asta, e infatti all'omone vestito di nero viene intimato di far partire la telecamera che è stata sistemata a breve distanza dal palco.

«Emanuele, vai a prendere il primo oggetto della serata, la scultura di Mino Rosso», ordina al ragazzo, che obbedisce in silenzio.

Ghezzi è molto bravo nell'introdurre sculture e quadri. Li presenta uno alla volta, senza perdere tempo, con un atteggiamento che gli riconosco essere molto professionale. Se solo non si fosse dato alle aste criminali... Il suo assistente controlla velocemente le offerte e aiuta a concludere le assegnazioni, mentre il gorilla continua a filmare, probabilmente zoomando di volta in volta su quello che c'è di interessante. Sono piuttosto efficienti, quindi presumo che questa non sia la prima asta di questa tipologia che organizzano e gestiscono.

Dopo un po', mentre i tre sono impegnati con una scultura particolarmente ingombrante, cerco di avvicinarmi maggiormente al palchetto, in modo da riuscire a scattare qualche foto da consegnare a Martini. La visibilità non è il massimo e sono costretto a spingermi ancora qualche fila in avanti, avanzando piano e molto lentamente.

Dopo la scultura, Ghezzi presenta alcuni disegni di Sironi, che fortunatamente riesco a fotografare. Se ho capito bene come funziona il gioco, l'assistente riceve in tempo reale le diverse offerte dei clienti collegati da remoto e poi le comunica al suo capo, trasmettendogliele sia a voce che su un tablet che Ghezzi tiene a breve distanza. Assisto a diversi rilanci che fanno salire il prezzo a cinquantamila euro. Non poco, indubbiamente, ma ben lontano da quello che si sta pregustando il nostro grande collezionista, visibilmente emozionato.

Sotto i miei occhi scorrono altre sculture e numerosi quadri, e alla fine tocca a lui, al pezzo forte della collezione.

«E ora il gran finale», annuncia Ghezzi, facendo cenno di avvicinare il dipinto a cui stiamo dando la caccia da settimane. «Qualcuno di voi forse avrà sentito delle falsità circa un tentativo di vendita di una copia da parte di un mio ex socio, ma ci tenevo a rassicurarvi sul fatto che questo è il quadro autentico. Lo garantisce il più grande esperto di Boccioni in circolazione. Ovviamente chi se lo aggiudicherà sarà libero di sottoporlo all'attenzione del suo esperto di fiducia. Noi non abbiamo alcun dubbio sull'autenticità di questo incredibile capolavoro. *Ritratto di donna* è una delle ultime opere del noto artista, datata probabilmente tra il 1915 e il 1916, anno di morte di Boccioni. Abbiamo motivo di credere che la signorina qui riprodotta fosse un'amica, un'amica carissima a cui l'artista alla fine ha voluto regalare il quadro».

Ah, che storia interessante. Sempre che sia vera e che Ghezzi non stia raccontando frottole solo per aumentarne l'appeal.

«Le dimensioni sono esattamente le stesse di *Materia*, come avrete modo di notare dall'opuscolo di presentazione che avete ricevuto…». E che noi non abbiamo trovato, ora che ci penso. Probabilmente non è stato nemmeno stampato per non correre rischi, ma è stato inviato con mille precauzioni ai potenziali acquirenti. «Perciò, direi di non perdere altro tempo e partiamo pure con le offerte. La base d'asta è di trenta milioni», dichiara con occhi infuocati. Qualcosa mi dice che si sta già immaginando la montagna di soldi che porterà a casa da questa vendita.

L'asta deve essere partita, ma uno strano rumore proveniente dalla porta alle mie spalle allerta il gorilla di Ghezzi, che fa segno al suo capo di voler andare a controllare. Io ne approfitto per avvicinarmi ancora un po' e scattare qualche altra foto alla scena, in modo che sia tutto ben visibile: Ghezzi, il quadro e l'allestimento.

Sto riflettendo se inviare subito il materiale al cellulare dell'ispettore, visto che ho avuto l'intelligenza di salvarlo in rubrica prima di avventurarmi in questa impresa – meglio prevenire che curare, come si vuole dire –, quando l'idea passa del tutto in secondo piano. La guardia è tornata, ma l'uomo non è solo, maledizione. Con lui ci sono Jeanne e Violante, e lui le sta spingendo in avanti con notevole rabbia.

«Eh, che modi!», lo riprende mia sorella. «Non si trattano così due signore!».

«Io conosco il suo capo», gli sta dicendo Vivi. «Siamo amici».

Ghezzi sbianca; passa dalla gioia della quasi ricchezza al panico più totale in circa mezzo secondo. Sarebbe quasi comico, se non venissi investito da una paura viscerale, mista a rabbia. Ma che diavolo ci fanno qui quelle due teste dure, quando avevo dato chiarissime istruzioni di attendermi in macchina?

Ah, le donne, quale supplizio senza fine…

«Ma che diavolo…», balbetta Ghezzi. «Cosa ci fate qui?»

«Passavamo?», azzarda Jeanne. «Sai, volevo giusto parlarti della tua offerta per quel mio quadro e mi sono ricordata che avevi una società d'aste… perciò, eccoci qui!», prova a convincerlo. Ma è un tentativo che ha poche possibilità di riuscita, questo deve essere chiaro anche a mia sorella.

«Io non ti ho mai detto di avere una casa d'aste». Il tono di Ghezzi è gelido.

«Però lo hai detto a me», interviene Violante. «Sai, quando eri ubriaco, l'altra sera...».

Lui ci riflette un attimo, ma poi scuote la testa. «Impossibile. Non è un'informazione che rivelerei mai a qualcuno. *Persino* da ubriaco. E non credo nemmeno che sia un caso che siate capitate qui senza avvisare. Violante, dimmi la verità, perché siete qui?». La sua espressione e il suo tono si sono fatti minacciosi. L'energumeno spinge entrambe in avanti, in direzione di Ghezzi.

Le due si scambiano un'occhiata indecifrabile. «Ma quello è un Boccioni?», domanda mia sorella.

Giacomo sbatte le palpebre, preso come in contropiede. «Non vedo cosa c'entri...».

«Sì che è un Boccioni!», esclama Violante. «Stai battendo all'asta un Boccioni?», finge di indignarsi. «Ma non dovrebbe trovarsi insieme agli altri quadri della tua collezione?». La loro strategia sarà anche improvvisata e un tantino disperata, ma sta quasi funzionando, incredibile ma vero.

«Fatevi gli affari vostri!», ribatte Ghezzi rabbioso.

«Un Boccioni è affare di tutti!», ribatte mia sorella. «È un bene pubblico, in un certo senso».

«Ah, no, basta con questa storia dell'interesse della collettività! Questo è un quadro di cui nessuno era a conoscenza e di cui ho pian piano tolto di torno ogni possibile testimonianza...».

Violante lo interrompe. «Di questo, dubito, perché, se permetti, ho visto con i miei occhi un bozzetto preparatorio di questo preciso dipinto appeso nella cucina di un tizio».

A Giacomo Ghezzi sta per venire un colpo in diretta streaming con i suoi acquirenti. Deve rendersi conto che questa discussione non è di alcun aiuto per i suoi piani, perciò fa segno all'altro di tagliare. La diretta viene così bruscamente interrotta, e chissà quando saranno in grado di riprenderla. Jeanne e Violante si scambiano un piccolo sorriso vittorioso.

«Quale bozzetto? Dove?», pretende di sapere Ghezzi, scendendo le scale del palchetto e incamminandosi verso le due.

«Cielo, non mi ricordo mica...», gli risponde Vivi, fingendosi sbadata.

«Voi non vi rendete conto della gravità della vostra situazione!», sbotta lui.

«Al massimo, *tu* non ti rendi conto della gravità della *tua* situazione», rettifica Jeanne, con un atteggiamento che non so se sia di coraggio o di follia più totale. Probabilmente un mix di entrambe le cose.

Giacomo scuote la testa. «Incredibile, queste due pazze continuano a non capire... Giò, vediamo di schiarire loro un po' le idee», ordina al suo gorilla. Che infatti non perde tempo ed estrae da dietro la schiena una pistola che era ben nascosta da una giacca di pelle, molto in linea con il personaggio.

Non solo, toglie pure la sicura, puntando l'arma in direzione di Jeanne e Violante.

Oh cazzo!

Mai mi sarei immaginato di essere il genere di persona in grado di agire per puro istinto, ma pare che invece lo sia eccome. Esco dal mio nascondiglio e mi lancio sul bodyguard, prendendo di sorpresa un po' tutti, in primis Ghezzi, che emette un suono di spavento che ovviamente lo fa rientrare seduta stante nella categoria dei grandi cagasotto. L'energumeno non si aspettava la mia entrata in scena e non si difende. La pistola gli sfugge di mano e schizza via, e per un attimo ci ritroviamo a lottare per terra, cercando di far perno uno sull'altro per rimetterci in piedi. Lui ne approfitta per tentare di tirarmi un pugno sul naso, ma io per fortuna riesco a schivare il colpo.

Almeno il primo. Cosa di cui vado comunque fierissimo.

Il secondo è già tutt'altra storia e mi prende in pieno sulla mascella. Sono cresciuto in un ambiente in cui non si faceva a botte, ahimè, e solo ora mi rendo conto di quanto avrebbe potuto servirmi ricevere un'educazione un po' meno alto-borghese e pacifista.

Il terzo colpo mi centra sullo zigomo e mi stende sul pavimento. Con la coda dell'altro occhio, nel pieno della colluttazione, riesco ad avvistare Jeanne e Violante che stanno correndo insieme a Ghezzi e al suo aiutante in direzione della pistola, finita chissà dove in fondo alla sala. Si spintonano, si tirano i capelli, cercano di farsi lo sgambetto in una scena che in un altro momento non avrei esitato a definire comica, se non fossi in balia di una montagna di muscoli.

«Toglietevi di torno!», urla Ghezzi, disperato. «Avete rovinato tutto!». Quest'ultimo commento fa intuire la portata del suo abbattimento.

«Pazzo psicopatico, sei tu che hai rovinato te stesso!», gli risponde mia sorella a tono, per nulla dispiaciuta per quell'uomo. La pietà solo per chi se la merita davvero, inutile a dirsi.

Nella baruffa collettiva qualcuno dà inavvertitamente un calcio ulteriore alla pistola. Tutti quanti ci fermiamo e, come al rallentatore, la osserviamo rotolare ancora più in lontananza. Solo che invece di andare a sbattere contro un muro, si ferma bloccata da uno stivale. Un grosso stivale nero. Una sagoma scura si china per prendere in mano l'arma e poi compare alla luce.

«Marco!», esclama mia sorella con esasperazione mista a sincero entusiasmo.

«Ispettore!». Anche Violante tira un sospiro di sollievo.

Lui scuote la testa senza dire niente. Ma quello che pensa gli si legge tutto in faccia. Ah, se uno sguardo potesse uccidere…

Epilogo
Jeanne

Siamo di nuovo tutti riuniti nell'ufficio di Marco Martini, e il vociare dei presenti è talmente rumoroso che dubito qualcuno possa capirci qualcosa.

«Per cortesia...», ci sta dicendo l'ispettore, «... uno alla volta!». Ma a quanto pare nessuno gli vuole dare retta, perché lo schiamazzo di fondo pare addirittura crescere. «Ho detto: state zitti!!!», urla alla fine, non sapendo cos'altro fare per riprendere il controllo. Questa volta sulla stanza cala un silenzio nervoso. «Oh, finalmente. Come dicevo, uno alla volta, e possibilmente quando interpellati da me!».

«A dire il vero, più che parlare ancora noi, sei tu che ci dovresti dare dei chiarimenti», mi permetto di intervenire. Non solo, gli sorrido anche, cosa che so benissimo detesti profondamente perché la mia è un'evidente provocazione.

«Io? A voi?». Marco non riesce a trattenere l'incredulità.

E io, dal mio canto, non riesco a non domandarmi come debba essere fuori di qui, lontano dalle sue beghe lavorative, senza testimoni poco collaborativi e donne ostinate.

Chissà se esiste una donna nella sua vita, a proposito. A vedere la sua espressione perennemente in lotta con il mondo, si direbbe di no, ma mai dare per scontato nulla con i tipi come l'ispettore Martini.

All'improvviso ho una voglia matta e inspiegabile di ritrarlo con questa stessa espressione furente. Racconta una storia, in un certo senso. Non solo la sua, ma quella di tante altre persone con cui è finito invischiato suo malgrado.

«Sì, se permetti. Dal nostro lato, è tutto chiaro. Non è che serva un dottorato in astrofisica per capire cosa stava accadendo, tra l'altro...», lo stuzzico.

«Sarebbe stato meglio non fosse stato così tanto chiaro», puntualizza. «E tu, Amedeo Barbieri, non solo ti sei cacciato nei guai, ma hai permesso a tua sorella e alla tua fidanzata di immischiarsi in questa brutta storia, con tanto di pistole e gente che tira cazzotti?», chiede rivolgendosi a Clemens.

Mio fratello abbassa le spalle con atteggiamento colpevole. Non osa nemmeno smentire la sua prima affermazione o correggerlo circa lo status di presunta fidanzata di Violante. «Per quel che vale, non avrebbero mai dovuto entrare nell'edificio...», risponde soltanto.

«E cosa pensavi, che bastasse chiedere "per favore" per tenere questi due tornado lontane da lì?», chiede Martini con una risata amara, come se si trattasse di un'idea totalmente pazza.

«Siamo perfettamente in grado di decidere dove andare e quando», si intromette Violante, che poi solleva lo sguardo verso di me, come a chiedere conferma.

«Assolutamente. E poi, dovresti ringraziarci, invece di tenerci qui a ripetere la stessa cosa milioni di volte», lo accuso.

Potrei sbagliarmi, ma l'ispettore non mi pare condividere il mio punto di vista. «Ringraziarvi? *Ringraziarvi*?», ripete in un crescendo. Ha una bella voce, maledizione a lui. È solo un peccato che la usi per scopi sbagliati.

«Diciamocelo: voi della polizia non stavate facendo alcun progresso», insisto. «Noi tre, invece, vi abbiamo servito su un piatto d'argento la soluzione al caso».

La risposta di Martini non fa in tempo ad arrivare perché la porta del suo ufficio si spalanca di colpo, facendoci sussultare tutti. Probabile che nell'agitazione del momento nessuno si sia accorto che stessero bussando.

Il sovrintende Belli compare sull'uscio con la faccia di chi non ne può più. «Mi scusi, capo, ci sarebbero delle persone che insistono per entrare...».

Martini si corruccia come uno a cui è appena risalita l'acidità di stomaco. «Ma non vedi che sono già occupato?»

«È questo il fatto, credo siano tutti un gruppo». E così dicendo fa passare la nonna, Eugenio e Alberto.

«Ma che è?». Martini si alza di scatto dalla sedia, non capendoci più nulla.

«Giovanotto, ma che modi!», lo riprende subito nostra nonna.

Per un attimo ho pietà di Marco Martini e gli rivelo l'identità dei nuovi arrivati. «Lei è nostra nonna, e gli altri due sono suoi amici carissimi che ci hanno aiutato con le indagini».

L'ispettore alza gli occhi al cielo. Vorrebbe piangere, qui e ora. «Sedetevi, per la miseria», cede affranto. «Belli, porta altre sedie, che questo ormai è un circo a tutti gli effetti».

«Vi hanno arrestati?», vuole sapere la nonna, rivolgendosi a Clemens. Non pare preoccupata, a dire il vero; più che altro eccitata, alla sola idea.

«Non saprei… non ho capito bene», le risponde.

Le sedie compaiono in fretta, permettendo ai nuovi arrivati di accomodarsi.

«Allora, tornando a noi…», incalzo Martini.

Sì, devo decisamente chiedergli di posare per me. Ne verrebbe fuori un quadro notevole, me lo sento. Certo, devo prima trovare un modo per ricattarlo, perché qualcosa mi dice che non sarebbe tanto propenso a fare da modello, dopo tutta questa vicenda.

«Avete quasi mandato a monte l'indagine», ci accusa senza mezzi termini Martini, che invece è rimasto in piedi, a sovrastarci tutti. «E in più avete rischiato la vita voi stessi, invece di farci fare il nostro lavoro. E per cosa? Solo perché avevate una stramaledetta fretta di intervenire senza nemmeno riflettere!», ci riprende senza tanti giri di parole.

Violante alza la mano per intervenire. «Ma senza il nostro intervento, Ghezzi avrebbe venduto il Boccioni a chissà chi e tanti cari saluti al quadro!», osserva.

«No, non *tanti cari saluti*, ma tante belle manette non solo per il venditore ma anche per l'acquirente!», la corregge l'ispettore, di nuovo arrabbiato. «Guardate che ci era tutto chiaro, e stavamo tenendo d'occhio la sala d'aste e la trasmissione live per cercare di scoprire qualcosa di più sull'identità dei partecipanti, sui quali avremmo volentieri indagato in separata sede. Non solo, avremmo seguito passo a passo anche la consegna del Boccioni, in modo da arrestarli tutti. E invece voi…».

Per la prima volta dall'inizio di tutta questa vicenda, mi sento dalla parte del torto. «Davvero avevate capito tutto?», chiedo a bassa voce.

«Sì, davvero», mi risponde Martini senza pietà. «Ora ci toccherà cercare di fare il possibile per rintracciare tutti quelli che erano collegati tramite VPN, ma non sono certo che troveremo qualcosa. Forse, se Ghezzi alla fine dovesse decidersi a collaborare o se ci dovesse andare molto di fortuna, nel perquisire computer e file, potremmo scoprire dell'altro… Tuttavia, non mi faccio illusioni: di solito questa gente sa come si opera e non fa simili errori».

«Ma chi, Ghezzi?», domanda mio fratello non senza ironia. «Non mi pare questo grande criminale…».

«Ghezzi no, ma i suoi soci sono brutta gente che sa bene come muoversi, come riciclare denaro sporco e come proteggere le identità dei clienti», ci rivela.

«Mafia?», chiede la nonna con vivo interesse. Questa storia l'ha resa più giovane, incredibile ma vero.

«Ormai non si definiscono così. Si sono evoluti, diciamo…», replica Martini. «Sono organizzazioni criminali, a voler essere precisi».

«Wow», esclama Violante. «Perciò il morto… l'hanno fatto fuori loro?», desume.

«Crediamo di sì. Tutti gli indizi portano in quella direzione. È probabile che Salvatore Busti fosse un loro uomo, visto che aveva accesso all'appartamento intestato alla famosa fiduciaria lussemburghese. Se volete una mia interpretazione dei fatti, Ghezzi deve essersi lavorato questo Busti e insieme hanno cercato di fregare tutti, sostituendo il Boccioni che Ghezzi aveva, per così dire, ereditato lontano da occhi indiscreti, con un falso, che avrebbero probabilmente destinato all'asta».

«E quello vero?», chiede la nonna.

«È probabile che avessero già un accordo con un acquirente

fidato, qualcuno che non avrebbe fatto storie e che avrebbe continuato a tenere il dipinto nascosto».

«Insomma, uno di quei collezionisti senza scrupoli…», mormora Clemens.

«Non fingiamoci innocenti: da certe parti del mondo non si fanno troppe storie sul modo in cui si ottengono le opere d'arte. Purché uno possa appenderle al proprio muro».

«Perciò, se ho capito bene, l'organizzazione criminale ha scoperto che Busti stava cercando di fregarli e lo hanno fatto fuori, corretto?», chiedo conferma.

«Altamente probabile. Abbiamo incrociato tabulati telefonici e movimenti di noti sicari, e ci sembra la cosa più plausibile».

«E come mai Ghezzi è rimasto in vita?», domanda Violante.

«Questo ce lo faremo dire da Giacomo Ghezzi, non appena avrà incontrato il suo avvocato in cella, che di certo gli consiglierà di collaborare con noi. Visto che siamo nel campo della pura ipotesi, secondo me Ghezzi si è dichiarato all'oscuro del tentativo di sostituzione del quadro in asta. E i suoi soci hanno fatto finta di crederci per mero opportunismo, sapendo benissimo di averlo spaventato a morte con l'uccisione di Salvatore Busti. Il fatto che lo abbiano fatto fuori nello stesso posto in cui si trovava a cena con la signorina qui presente, per come la vedo io, non è stato tanto un caso quanto un messaggio neanche troppo velato. Per la serie, attento che sei il prossimo, se non righi dritto. E guarda che ti stiamo alle costole…».

«E si potrà risalire a chi si nasconde a tutti gli effetti dietro alla fiduciaria?», chiedo speranzosa.

«Ci proveremo, ovviamente, ma vi anticipo che queste cose si concludono sempre con un nulla di fatto: scatole cinesi, prestanome stranieri che non sanno nulla di nulla… Questi sono professionisti, mica degli scappati di casa», ci avverte, probabilmente in un raro momento di bontà, per non farci illudere di poter scoprire altro.

«Il Lussemburgo rimane terra poco collaborativa, nonché paradiso fiscale», conviene anche Clemens.

«In Svizzera ti arrestano se cerchi di svelare il segreto bancario, persino se si tratta di gente poco onesta o di capitali di dubbissima provenienza», commenta Vivi.

«I soldi aprono porte. Oppure le chiudono, a seconda delle necessità», sospira l'ispettore. «Questa non credo sia una grande novità per nessuno».

Triste ma molto vero. «E il quadro di Boccioni? Che fine farà?», voglio sapere.

«Cercheremo di scoprire a chi potrebbe appartenere, ovviamente», ci spiega. «Ma sono passati tanti anni…».

«Se solo si riuscisse a risalire a quell'ultimo indirizzo milanese di Boccioni», riflette la nonna. «Credo che dovrò lavorarci sopra», annuncia alla fine con espressione determinata.

Un lampo di terrore passa negli occhi di Martini. «Ah no, per cortesia, da questo momento in poi, nessuno di voi dovrà mai più nominare Boccioni o interessarsi alle sue opere! Tutti voi dovete trovarvi un altro hobby, possibilmente uno meno movimentato».

Alla fine ognuno di noi rilascia la propria dichiarazione ufficiale, firma ed esce dall'ufficio dell'ispettore, per la grande gioia di Martini, che è pronto a buttarci fuori di peso.

Peccato che a ogni passo che compio in direzione dell'uscita della questura, l'impressione è di commettere un errore. Così mi blocco e decido di seguire l'istinto. «Scusate un attimo… ho dimenticato una cosa», mi giustifico e torno nell'ufficio dell'ispettore.

Marco è ancora in piedi e non si può certo dire che sia felice di vedermi rientrare. «È stata una lunga, lunghissima giornata…», mi avverte stanco. «Potrei aver terminato la pazienza».

Potrebbe, condizionale. Decido di leggervi un'apertura, sebbene minuscola. «Mi domandavo, e se ti chiedessi di posare per me?».

Osservo il suo volto accigliato e guardingo assumere una buffa espressione stupita. «Cosa?», chiede quasi ridendo. «Posare?».

Annuisco con vigore. «Sì, per un quadro. Vorrei dipingerti», gli dico in tutta sincerità.

Apre la bocca per rispondermi, ma non ne viene fuori nulla. Ho come l'impressione di averlo lasciato senza parole. «Io…».

«Non dirmi che non ti sembra una buona idea, per cortesia,

perché invece a me pare ottima. E sono io l'artista, qui, fino a prova contraria».

Marco Martini continua a guardarmi come se fossi pazza, ma anche irresistibile. «Sì, sei tu l'artista...», conviene con mio sommo stupore. «Però l'idea mi pare... se posso permettermi... un tantino pericolosa».

L'aggettivo che ha utilizzato mi riempie di speranza. «Addirittura?», chiedo sorridendo. «Non avrai mica paura di posare...», lo provoco. «Voglio dire, sei qui che dai la caccia ai malviventi e poi ti agiti per un quadro...».

«Posare come?», chiede preoccupato.

Non riesco a fare a meno di scoppiare a ridere. «No, non nudo», gli rispondo intuendo il suo timore.

Certo, ora che mi ci ha fatto pensare, a petto nudo non sarebbe male.

Lo osservo rilassarsi. L'ispettore è pudico, chi lo avrebbe mai detto, constato divertita.

«A meno che tu non voglia farlo», preciso poco dopo. «Scherzi a parte, sui dettagli si può lavorare. Sono aperta a tutto».

C'è una luce strana nel suo sguardo. «Altra frase pericolosissima».

«Sono una donna pericolosissima», gli faccio il verso.

«Tu scherzi, ma in questo c'è un fondo di verità. Ho naso per la gente pericolosa», mi ricorda.

«Però sai anche come gestirla».

Lui scuote la testa. «Non sono così pazzo da non rendermi conto che gestire *te* sarebbe tutt'altra cosa».

Ne approfitto per avvicinarmi ancora. Forse ha ragione a voler essere prudente. Il problema è che tutta questa storia di Boccioni mi ha fatto venire voglia di osare, di rischiare, di essere parte attiva di qualcosa, non solo mera spettatrice degli eventi. E sì, magari avremo anche sbagliato a indagare, ma l'abbiamo fatto con le migliori intenzioni. «Non abbia paura, ispettore Martini. Sarò buona», lo rassicuro cercando in qualche modo di rimanere seria.

«Ci penserò», mi concede infine. «E a proposito... quel famoso quadro che Ghezzi voleva comprare da te...».

«La veduta del Naviglio?»

«Proprio lui. Il fatto che non fosse in vendita dipendeva solo dal potenziale acquirente oppure davvero non te ne vuoi separare?».

Strana domanda. Inclino la testa per osservarlo meglio; che mi venga un colpo, l'ispettore tutto d'un pezzo sta arrossendo. «Lo vuoi comprare tu?», domando incredula.

«Be', sì... piaceva anche a me. Ghezzi sarà anche uno che ha cercato di contrabbandare opere di dubbia provenienza, per non dire illegali, ma in fin dei conti ha buon occhio per le cose di valore», mi risponde cercando quasi di sminuire il suo interesse per il mio dipinto.

E invece a me la cosa colpisce molto; non credevo fosse un amante dell'arte e di certo non lo facevo tipo da dipinti *miei*. «Certo che puoi averlo», lo rassicuro prontamente. «Anzi, ti dirò di più: se accetti di posare, ti farò anche uno sconto», lo tento.

Glielo farò in ogni caso e sarà pure piuttosto importante, ma non è il caso di dirglielo ora.

«No, non se ne parla. Teniamo le cose ben separate». Lo dice come a convincere sé stesso.

«E va bene, faremo come vuoi».

La mia accondiscendenza deve in qualche modo insospettirlo. «Così facile?», chiede ironico.

«So essere estremamente ragionevole, per tua informazione».

Marco non riesce a non ridere. «In casi rari e circoscritti», specifica.

Scrollo le spalle e lascio correre. «Perciò, mi farai sapere?»

«Certo, ci aggiorniamo», mi saluta allungando la mano nella mia direzione. La afferro e la stringo con determinazione, prima di girargli le spalle e incamminarmi fuori dal suo ufficio per la seconda volta.

Non mi rimane che sperare in qualche miracolo. So che è difficile che accetti di posare, ma sono successe tante strane cose in questo ultimo periodo. Non vedo perché non potrebbe avverarsi anche questa.

Qualche settimana più tardi

Se il miracolo si è avverato? Pare di no, ahimè. E per quanto mi sia ormai imposta di smettere di pensarci, la mia mente non fa che tornare a quell'ultimo scambio di battute che c'è stato tra me e Marco Martini, l'ispettore di ferro che sarebbe tanto stato un soggetto magnifico da dipingere. Il suo volto invece è destinato a rimanere nella mia testa senza arrivare alla tela.

Sto dipingendo un'altra veduta del Naviglio, una molto più nebbiosa e invernale, quando mi squilla il cellulare. È il numero della galleria d'arte in cui ho esposto e che si è occupata della vendita delle mie opere. «Cara, lo so che mi avevi detto un certo prezzo, ma niente da fare: quel Martini ha insistito per staccare l'assegno pieno, quando è venuto a prendersi il quadro, e non ha voluto sentire ragioni», mi avverte Susanna, la gallerista, sospirando. «Uomini… molto difficili da capire».

«Quell'uomo in particolare ancora più degli altri», commento.

«Però un gran bel volto. Racconta una storia».

Una parte di me è sollevata che anche Susanna lo abbia notato. «Vero? Sarebbe stato un buon soggetto… se solo si fosse mostrato sensibile all'arte».

«Be', lo è stato, invece, visto che si è preso il tuo pezzo migliore», mi ricorda. «Non pensavo volessi venderlo, a proposito…».

«Non lo pensavo nemmeno io. Ma, sai com'è… mai mostrare troppo attaccamento verso il proprio lavoro. Ti impedisce di progredire e pensare a nuovi progetti». Il che è vero, ma solo in parte. Mi sono domandata a lungo se avrei accettato di vendere ad altri quel dipinto, e alla fine sono arrivata ad ammettere a me stessa che probabilmente non l'avrei fatto. L'avrei appeso invece in sala, un po' come Clemens ha di recente appeso il quadro del vecchio Ghezzi che raffigura la nonna. Ha avuto ragione anche questa volta, ovviamente, perché arreda in modo perfetto il suo appartamento.

«Un'artista saggia… quale rarità», scherza Susanna. «Be', ti faremo presto il bonifico della vendita. Certo che hai piazzato proprio tutto… a quando un'altra mostra?», vuole sapere.

«Quando l'ispirazione risponderà alla mia chiamata», prendo tempo.

«E va bene, ho capito l'antifona. Non insisto oltre per il momento e ti lascio lavorare», mi dice salutandomi.

«A presto. O almeno spero», replico.

Riprendo poi il pennello in mano e torno a fissare la mia tela. È un bel soggetto, ma non è quello che avrei voluto dipingere. Non faccio in tempo però a tornare a lavorare che a distrarmi questa volta è il suono del campanello.

Aspettavo qualcuno? Non mi pare... E ormai le persone non arrivano mai senza annunciarsi. Non esistono più le improvvisate, il che è un peccato in un certo senso.

Rassegnata al fatto che debba trattarsi del portiere, vado alla porta. E rimango letteralmente di sasso nel constatare che lo spioncino mi sta mostrando una persona che mai mi sarei immaginata potesse passare. «Oh, ispettore...», lo saluto dopo aver spalancato la porta. «Quale buon vento...».

Lui mi pare quasi a disagio, come se avesse a lungo dibattuto se suonare o meno. «Ho degli aggiornamenti», mi dice solo.

Io gli faccio segno di entrare. «Acqua, caffè, vino o altro?», gli offro.

«Niente, grazie», risponde sedendosi sul divano. Oh sì, è decisamente nervoso, e per qualche motivo la cosa è quasi deliziosa. «Ci sono stati degli sviluppi e volevo informarti...».

«Sono tutt'orecchi».

«Forse abbiamo rintracciato l'erede della persona a cui apparteneva il quadro di Boccioni», mi stupisce.

«Davvero? Che bella notizia! E come avete fatto?»

«Pura fortuna. È saltato fuori che in verità due esperte d'arte sono riuscite a risalire all'ultimo studio di Boccioni, quello che avrebbe dovuto trovarsi in Porta Romana e che pareva fosse andato distrutto. Semplicemente le vie si sono in parte spostate rispetto al passato, perché la toponomastica è materia viva, e quello che una volta corrispondeva ai Bastioni di Porta Romana oggi è invece in via Regina Margherita. Al civico 9, se ti interessa passare. Una volta l'appartamento era uno solo, mentre oggi è diviso tra due studi...».

«Certo, non mi sorprende in alcun modo, a vedere i prezzi degli immobili in questa città...».

«Le due esperte però non si sono limitate a trovare l'appartamento, ma sono anche riuscite a recuperare delle vecchie lettere di Boccioni, che evidentemente non ha fatto in tempo a spedire. O magari se n'è dimenticato, vallo a sapere».

«Non trovi sia bellissimo il fatto che una volta le persone si scrivessero e che ci arrivino ancora testimonianze di quei tempi?», rifletto. «Di quello che ci diciamo noi oggi, tramite messaggistica istantanea o app, invece non rimarrà un bel niente».

Martini mi scruta colpito. «Non sarai mica una romantica?», stuzzica.

«No, solo una nostalgica». O almeno spero.

«In ogni caso, in una di queste lettere si parla appunto della donna ritratta. Un'amica, a quanto pare». Lo dice divertito. «Il quadro era destinato a lei. Un ritratto, insomma».

«Pensi fosse la sua amante?».

Marco sorride. «Penso che i rapporti umani siano questioni complicate, perciò mi piace che questo dettaglio rimanga misterioso. Forse sì, forse no. Dalle lettere non si capisce e, in fin dei conti, meglio così. Purtroppo la storia continua in modo meno fiabesco, perché abbiamo scoperto che la signora ha poi sposato un uomo di origini ebree. E venticinque anni dopo che Boccioni ha dipinto quel ritratto, la cosa è diventata un problema», prosegue.

«Fammi indovinare. La signora ha affidato il dipinto a cui tanto teneva a Vittorio Ghezzi, affinché se ne prendesse cura».

«Crediamo proprio di sì. Lei e il marito si sono imbarcati alla volta degli Stati Uniti giusto in tempo, lasciandosi indietro la vecchia vita. Il destino però non è stato affatto clemente, perché chiedendo informazioni all'estero abbiamo scoperto che la signora si è ammalata di polmonite poco dopo ed è morta. Il marito si è risposato e ha cambiato anche cognome, per ripartire da zero a tutti gli effetti».

Questo mi dà da pensare. «Perciò può essere che Vittorio Ghezzi, pur volendo restituire il quadro, non sia riuscito a farlo. Forse non intendeva appropriarsi del dipinto, ma non ha più ritrovato i legittimi proprietari!».

«È probabile, sì...», conviene l'ispettore. «Ma non lo sapremo mai con certezza».

«Se era a conoscenza della storia che c'era dietro – e secondo me è questo il caso – lo avrebbe restituito, se avesse potuto». Almeno, a me piace credere sia così. Vittorio Ghezzi me lo immagino come un romantico. «Il problema è che per quanto ci piaccia incolpare i social di tutti i mali del mondo, fino al loro avvento era davvero dura rintracciare qualcuno oltreoceano, con di mezzo due generazioni».

«Li abbiamo utilizzati anche noi», ammette Marco divertito. «Esistono degli eredi legittimi a cui, dopo opportune verifiche, verrà probabilmente restituito il dipinto».

«Pensa che botta di insperata fortuna: a qualche americano verrà restituito un Boccioni scomparso dall'enorme valore di mercato mentre io mi ritrovo con un nudo di mia nonna appeso nella sala da pranzo di mio fratello», commento scoppiando a ridere. «Valore commerciale prossimo allo zero, ma vuoi mettere il chiacchiericcio familiare...».

«Non puoi avere tutte le fortune, d'altronde», si presta allo scherzo. «Sei già un'artista di talento...».

«A proposito di talento...». E così dicendo punto il dito verso di lui con fare un po' accusatorio. «Tu avevi promesso che mi avresti chiamato per posare! E invece non ho più sentito nulla di te».

L'espressione è vagamente colpevole. «Però sono venuto di persona. Conta, no?»

«Solo se accetti la mia proposta». Non mi pare vero, ma ho l'impressione che voglia farlo. Devo in qualche modo contenere l'entusiasmo, ma non so bene come fare.

Alla fine, non gli concedo nemmeno il tempo di rispondere e decido io per lui. Lo prendo per mano, trascinandolo con me per le scale, fino al mio studio. Lui osserva colpito il grande spazio pieno di dipinti, ma io sto già cercando la luce migliore in questo momento. Individuo un buon angolo e vi trascino una poltrona di pelle che di solito uso per leggere. «Qui, siediti qui». Un ordine più che un invito, ma credo che l'ispettore Marco Martini non si faccia spaventare da così poco.

«Guarda che non ho detto di sì», mi fa notare ridendo.

Ma si siede. Non solo, lo fa sistemandosi a dovere, con l'atteggiamento di chi non ha intenzione di alzarsi tanto presto.

«Se è per quello, non hai nemmeno detto di no», replico sicura. Il Naviglio era interessante, ma questo prossimo quadro sarà molto meglio, me lo sento.

Sposto la grande tela e ne prendo una vergine, pronta a questa nuova avventura. Sono felicissima di poterlo dipingere e temo che la mia eccitazione non si possa nascondere, facendo di me l'anello debole in quest'equazione di forze contrastanti. Oh, poco male, perché ho tutta l'intenzione di capovolgere molto presto la situazione.

«Come mi metto? Così?», mi chiede Martini, accennando a una possibile posa.

Per un po' lo osservo pensierosa, e poi gli faccio la domanda da un milione di dollari: «Marco, ma se ti togliessi la camicia?».

Ancora un epilogo, perché no

Violante

Questa volta Amedeo e io ci siamo dati appuntamento al caffè di Villa Necchi Campiglio, un magico angolo della città che sebbene sia centralissimo, era conosciuto a pochi, prima dell'avvento dei social. Oggi la bellezza dei suoi giardini nascosti ai frettolosi passanti è invece nota a tutti, e trovare un tavolo in una delle settimane in cui qualcuna delle solite fiere richiama in città fiumane di gente è ostico a dire poco. Ma io sono stata fortunata. Non solo: nell'ultimo periodo ho l'inusuale sensazione che il fato sia dalla mia.

Sono arrivata da poco, puntuale come un orologio svizzero e piuttosto emozionata per questa occasione. Forse mi farebbe bene un attimo di solitudine per processare il momento, ma non è destinato a durare, perché Amedeo arriva nel giro di qualche minuto, trafelato come suo solito, con i capelli in disordine secondo quello che ormai considero un suo marchio di fabbrica.

«Cielo, scusami per il ritardo», mi dice tornando a respirare normalmente, sedendosi di fronte dopo avermi dato un veloce bacio sulla guancia. Ne sento l'effetto, e infatti sorrido mio malgrado.

«Sei in ritardo di soli sei minuti», gli ricordo ridendo.

«Vero, ma non mi piace comunque. Oggi più che mai. Ma sai come vanno lunghe certe telefonate…».

«Tranquillo, hai preceduto persino l'arrivo del vino che ho ordinato per noi», lo informo.

Mi scruta positivamente colpito. «Ah sì?»

«Prosecco. Una bottiglia intera, non un calice. Dobbiamo festeggiare, no? Almeno, io devo festeggiare… Tu potresti anche avere dei rimpianti, ma sei grande e vaccinato, perciò dovrai vedertela con le tue scelte. Giuste o sbagliate che siano». Il tempo di finire il mio piccolo discorso che ecco comparire il cameriere con la nostra bottiglia e due eleganti bicchieri. Ci serve prima di lasciarci a decidere con quale cibo accompagnare il vino. No, non il contrario.

«Allora alla nostra!». Amedeo solleva il calice e sfiora il mio senza mai staccare i suoi occhi dai miei. «Benvenuta, cara collega».

Mi sono finalmente decisa ad accettare la sua offerta qualche giorno fa e gli ho telefonato appena ho compreso di avere molta voglia di lavorare con lui, ma oggi è la prima volta che ci incontriamo di persona per suggellare questa nuova avventura professionale. E sebbene mi sia chiaro che si tratti di una scelta lavorativa, qualcosa mi suggerisce che questa è anche e soprattutto una scelta personale. «Ieri ho rassegnato le dimissioni, a proposito. Hanno minacciato tempi lunghi ma è bastato spendermi il tuo nome per ottenere maggiore collaborazione. Hai una certa influenza sulle persone nel nostro settore, nel caso non lo sapessi. Perciò, due settimane e posso iniziare, se sei sempre dell'idea».

Amedeo ride scuotendo la testa. «Continui a pensare che io debba ricredermi. Chissà cosa mi nascondi…». Lo dice divertito, ma per un attimo io torno seria.

«A proposito di segreti…», balbetto a disagio.

Ma Amedeo non sarebbe Amedeo se non avesse percepito all'istante il mio momento di malessere. Ha ragione Jeanne: certe volte è così superiore agli altri da lasciarti a disagio. «Ognuno di noi ha i propri, non credere. E in fin dei conti è giusto così», chiude la questione. «Un giorno spero che avrai voglia di confessarti con me, ma fino ad allora, non forzarti. In fin dei conti la fiducia è una cosa che si nutre di tempo», commenta saggio.

«Di tempo ma anche di gesti», aggiungo. «Mi hai salvato alla casa d'aste e io non so bene come ringraziarti». In questi giorni non riesco a smettere di ripensare a quella sera e al modo in cui Amedeo è intervenuto senza nemmeno un attimo di esitazione. Il ricordo mi crea un certo batticuore, non voglio negarlo.

«Non è stato niente», sminuisce la cosa come sempre.

«Be', niente... Questioni di punti di vista». La sua faccia ne porta ancora i segni, a proposito.

«Tu avresti fatto la stessa cosa per me».

Inclino la testa per osservarlo meglio. Mi colpisce l'assoluta certezza con cui ha pronunciato la frase. «Dici?».

Annuisce con vigore. «Siamo fatti della stessa pasta». E poi si sporge verso di me e sussurra sorridendo: «Ti ho riconosciuto. Ecco il motivo per cui ti ho seguito in quell'appartamento la famosa sera».

Qualcosa mi dice che abbia riflettuto a lungo sul motivo per cui si sia fatto convincere a irrompere nell'appartamento in via Pontaccio, e che tra tutte le varie ipotesi, questa non solo lo abbia convinto di più, ma in qualche modo rassicurato. «Certo che sembra passata una vita da allora... e invece, solo due mesi», commento. Anch'io ho ragionato molto su tutti gli avvenimenti, una volta che la vicenda si è chiusa, prima di accettare di venire a lavorare nel suo studio. Volevo essere certa che questa sorta di... come vogliamo chiamarla... mia *simpatia* nei confronti di Amedeo non fosse un problema e non rischiasse di complicarmi la vita. Un conto è una piccola avventura di tanto in tanto, ben altro è prendere decisioni irragionevoli. Alla fine mi sono convinta di poter benissimo riuscire a dimenticarmi di averlo voluto baciare nel bagno di quel locale. Piuttosto disperatamente, ora che ci penso. Ma deve essersi trattato di una pazzia momentanea. Alzi la mano chi non ne ha mai.

«Due mesi avventurosi», concorda. Amedeo sorride inconsapevole di tutto il mio flusso di pensieri.

«E divertenti», aggiungo.

«Non lo nego. Ma non aspettarti chissà quale spasso nel mio studio», mette le mani avanti. «Siamo pur sempre due noiosissimi fiscalisti», scherza.

«Secondo me non siamo noiosi».

Lui solleva lo sguardo e sorride. Che mi venga un colpo, mi si è appena bloccato il respiro. «No, non siamo noiosi», concorda. Passa un lungo momento di silenzio in cui ci sorridiamo l'un l'altro senza dire niente. Alla fine Amedeo solleva di nuovo il bicchiere, per toglierci dall'imbarazzo che in qualche modo ci ha avvolto. «A noi, mia nuova partner in crime», scherza.

«A noi», gli faccio eco.

Partner in crime: devo dire che mi piace. Promette bene. O promette male, a seconda del punto di vista. In ogni caso, credo che ci sarà da divertirsi.

Ringraziamenti, varie ed eventuali

Quasi sempre la sfida di chi scrive è con sé stesso, e per me questo romanzo è stata una vera e propria prova: ho voluto raccontare una storia diversa, più movimentata e con tanti personaggi, ma nello stesso tempo ho cercato di farlo con il mio stile, secondo il mio modo di narrare.

Come vi sarete accorti, ho anche voluto sperimentare con il feeling tra due persone che non sempre si concretizza immediatamente, ovvero il tempo della durata di un romanzo. Certi personaggi richiedono percorsi più lunghi, ma non per questo meno autentici. La sfida, in questo caso, è stata creare la giusta tensione che possa portarmi un giorno a voler ancora scrivere di Amedeo e Violante, di Jeanne e di Marco (spoiler: non vedo l'ora di farlo).

Come sapranno in molti, il mio amore per i musei è talmente grande (io ci vivrei e infatti ci passo parecchio tempo) che nello scegliere di parlare di arte – passata e presente – ho voluto trovare un vero aggancio con un museo che i miei lettori potessero aver voglia di visitare, dopo questa lettura. La scelta è quindi caduta sul museo del Novecento, e per rendere il tutto ancora più autentico, ho cercato di scegliere quadri esistenti (lo sono tutti quelli nominati, a eccezione del Boccioni scomparso, ovviamente). Per la collezione di Ghezzi mi sono ispirata alla famosa collezione Mattioli, che di recente ha trovato casa a Milano e che vi invito ad andare a visitare quanto prima. Anche i riferimenti ai luoghi di Milano in cui ha abitato Boccioni sono tutti precisi, e la storia del suo ultimo appartamento, inizialmente considerato "scomparso", è anch'essa reale.

Ho fatte ampie ricerche sulle aste d'arte, e per chi è appassionato del tema e volesse saperne di più consiglio il documentario di Antoine

Vitkine sull'emozionante caso del *Salvator Mundi*, a oggi l'opera più costosa che sia mai stata battuta a un'asta.

Tra l'altro, mentre sto concludendo la revisione di questo romanzo mi trovo Parigi, e sono fresca di una nuova visita al Louvre e alle sue infinite meraviglie, perciò davvero ritengo che l'arte sia in grado di generare stupore, ammirazione ma anche molto mistero. Insomma, il soggetto perfetto di cui raccontare.

Dal momento che questo romanzo è stata incentrato su tematiche differenti dalle mie solite, è stato letto da diversi amici e parenti che mi hanno aiutato moltissimo a concretizzare alcune idee. Grazie di cuore a voi tutti per il vostro prezioso supporto! You know who you are ;-)

Non mi sono volutamente addentrata in modo eccessivo nelle dinamiche interne della questura e dei metodi di lavoro della polizia, ma chissà mai che in futuro decida di osare di più. Marco Martini si è rivelato essere un personaggio molto più interessante di quello che avevo programmato, ma capita spesso con i cosiddetti personaggi secondari.

Grazie mille a Elena della Newton che mi ha accompagnato nel percorso di lavoro su questo romanzo, grazie mille a Raffaello, Antonella, Gabriele, Bianca e tutti gli altri preziosi membri del team Newton! Ci tenevo anche a ringraziare di cuore Alessandra Penna per tutto quello che mi ha insegnato in questi anni e per la straordinaria pazienza che ha avuto in questo decennio di lavoro insieme perché, quando mi ha "trovato", partivo letteralmente da zero (anche sotto zero), e se ora leggo con occhio completamente differente tutti i libri e riesco a giudicare se sono stati editati in modo corretto o invece solo superficiale, è interamente merito suo.

Infine, il mio ringraziamento più grande va alle mie lettrici e ai miei lettori, che, tra l'altro, si stanno palesando sempre di più tramite email e social. Bravi, sono felice che certe barriere "di genere" stiano finalmente venendo meno e che la lettura sia universale, a prescindere dal sesso.

I miei contatti sono sempre gli stessi: @anna.premoli su IG e anna@premoli.net, invece se volete mandarmi un'email. Un grande abbraccio e alla prossima storia!

Indice

Anna Premoli

In amore vince chi rischia

Volume di 288 pagine, euro 9,90

Rebecca è un avvocato di successo. Vive a New York, in un piccolo appartamento a Manhattan, rifugio serale dopo giornate di lavoro intenso, quando l'unico desiderio è staccare la spina e rilassarsi. Una persona accanto? Ogni tanto ci pensa, ma non è la sua priorità. E comunque, dovrebbe essere come vuole lei: condividere i suoi interessi, avere i suoi stessi obiettivi. Essere simili e intellettualmente complici: questo è secondo Rebecca il segreto per un'unione duratura. Anche se gli appuntamenti con probabili anime gemelle si rivelano sistematicamente dei flop, Rebecca non è disposta a cambiare idea né a scendere a compromessi. Ma le sue certezze cominciano a vacillare quando una sera alla porta di casa sua si presenta un pompiere, per prelevarla a forza dopo che lei ha deliberatamente ignorato un allarme antincendio. Diretto, sicuro di sé, bellissimo, Niel è quanto di più distante possa esserci da lei. Eppure quell'incontro così rocambolesco e quelli, fortuiti, che seguono, sono destinati a lasciare un segno in entrambi. E se Niel non fa nulla per nascondere l'attrazione che prova per lei, Rebecca vuole solo tenerlo a distanza: perché lui è uno di quegli uomini che non temono di mettere a repentaglio la propria vita per salvare gli altri. E Rebecca non è proprio disposta ad accettarlo... Ma se correre questo rischio aprisse invece le porte a un'inaspettata felicità?

NEWTON COMPTON EDITORI